十年一剑　批删八载　吐故纳新之旷世遗作

修崃荣◎著

中国出版集团
中国民主法制出版社
全国百佳图书出版单位

图书在版编目（CIP）数据

围宋 / 修崃荣著. -- 北京：中国民主法制出版社，2017.9

（修崃荣作品）

ISBN 978-7-5162-1577-7

Ⅰ. ①围… Ⅱ. ①修… Ⅲ. ①长篇小说 – 中国 – 当代 Ⅳ. ①I247.5

中国版本图书馆CIP数据核字(2017)第189131号

图书出品人 / 刘海涛
出 版 统 筹 / 赵卜慧
图 书 策 划 / 江 力
责 任 编 辑 / 陈棣芳 庞贺鑫 江 力

书名 / 围宋
作者 / 修崃荣 著

出版·发行 / 中国民主法制出版社
地址 / 北京市丰台区右安门外玉林里7号（100069）
电话 / 010-63292534 63057714（发行中心） 63055259（总编室）
传真 / 010-63292534
Http: //www.npcpub.com
E-mail: mzfz@npcpub.com
经销 / 新华书店
开本 / 16开
印张 / 25
字数 / 338千字
版本 / 2023 年 3 月第 1 版 第 2 次印刷
印刷 / 涿州市荣升新创印刷有限公司

书号 / ISBN 978-7-5162-1577-7
定价 / 98.00元

序一

传播思想文化正能量的民间使者

李中华

北京大学中国哲学暨文化研究所所长、
中国文化书院导师、副院长、哲学系博士生导师

多年来，我有幸认识并结交了三位作家。一位是具有学院派特点的作家宗璞女士，一位是西南作家群中最具乡土情怀的李宽定先生，再一位便是我将要在本序中向读者介绍的公安系统中的通俗文学作家修峡荣先生。这三位作家各自代表了三种不同类型的文学创作特点，他们也都是作家协会的成员，他们所创作的文学作品在各自的领域里，都是佼佼者，都有广大的读者群。

在三位作家中，我与宗璞女士交往时间最久，也最密切，因为她的父亲冯友兰先生是我的恩师，每当我去探望冯先生的时候，也就自然而然地要与宗璞女士聊天，并成为了朋友。她如同自己的大姐一样，我常常受到她的关照。李宽定先生虽然远在贵州，平时联系也不多，但我俩因为年龄相近，因此定交后，便如兄弟般心有灵犀，每当想念他的时候，就翻翻他的作品，就好像见了面一样。至于我与修峡荣先生的交往，则有着一番特殊的经历。

我与修老（与他交往的朋友们常称他为修老）交往是从讨论他撰写的一部书开始的。那是 2006 年的冬天，由他撰写的一部长篇报告文学《修涞贵与修正哲学》正式出版前，由修正药业集团的副总裁，也是北京大学哲学系毕业的

高材生吕竺笙先生专程来京请我为修老的这部书写序。竺笙先生也算是我的学生，由他出面约请，我不能推辞，答应他可以写序，但要给我时间，读完全部书稿后再做最后决定。就这样，我用了几天的时间，认真拜读了这部洋洋洒洒近30万字的长篇大作。读后被这部反映修正药业集团是如何从一个负债累累濒临破产的企业，被重新打造并发展成年销售额高达40多亿元（当时的估值）的大型民营企业创业过程的巨著所感动。我当即动笔为该书写了一篇长序，主要谈该书对我的启示及作为中国百姓一员的我，对修正药业集团的感怀和期许："企盼修正药业集团以修正哲学的理念与实践，为中国现代化建设及中华民族的伟大复兴，不仅能贡献使百姓身体健康的药物，也同时贡献使员工、企业及整个社会精神健康的中国化的企业哲学和企业文化。"不久，修老把他正式出版的《修涞贵与修正哲学》这部谈企业文化最为深刻的书送给我，同时又以对话的形式在《企业研究》杂志上发表了《为企业插上哲学翅膀——与北大李中华教授谈〈修涞贵与修正哲学〉》的讨论文章。

就这样，由一篇书序和对话录开始，直到修老2016年6月去世止，我和修老成为莫逆之交。我们在一起讨论了许多当时他最关心的问题，如"修正哲学"和企业文化如何界定和发展、《周易》的起源和性质、和谐哲学的发生和价值意义、"致中和"思想在中国文化中的地位、老子与孔子的差异、关公的忠义如何在现实中推广……。我们讨论了无数个关于中国哲学、中国文化、中国历史、中国现代化等大大小小的问题。可以说，我们共同讨论的思想、学术、文化，培育与滋养了我与修老长达整整十年的友谊。

这十年的友谊对我来说是一份弥足珍贵的人生财富，因为我从修老身上学到了很多在与其他朋友交往中所学不到的东西。修老是一位真诚、直率、朴实、勤勉、和蔼可亲，且以自己毕生的努力，乃至用自己火热的情怀和全部生命去书写、履行和捍卫自己真诚信仰的人。单讲"信仰"二字，只是一个概念。真正的信仰，是需要人们在这一空洞的概念中，通过亲身实践，去填实他的价值理念和人生追求的实际内容。因此，信仰可以有多种，但如何选择、陶铸和坚守与自己的价值理念和人类社会发展相契合的信仰，却是不容易的事，而修老做到了。

修老15岁（1954年）便加入了公安队伍，一直到45岁，在其间整整三十年里，把自己炼就成为公安战线上一名不惧危险并屡建奇功的坚强战士。他参与并破获了一系列特大案件，其中包括轰动全国的特大杀人案和特大流窜抢劫团伙案，曾获公安部嘉奖并荣立个人二等功。他用自己的坚定信念和无畏精神，勇敢地捍卫了人民的生命、财产和利益，坚守并践行了他的崇高信仰。

20世纪80年代初，改革开放的春风吹遍祖国大地，正值不惑之年的修老走上了文学创作道路。1981年，他参加了黑龙江人民出版社“中长篇小说创作学习班”，此后不久便成为一名公安系统的脱产专业作家。放下枪，又拿起笔，在他所熟悉的公安战线上开始了写作。由此他的文学创作热情，像泉水一样涌动，像火一样燃烧并一发不可收拾。

1983年，修老撰写了他的处女作——中篇小说《军火1946》，之后又改编为同名电视连续剧，并于1986年在中央电视台首播，获东北“金虎奖”二等奖。接着，他又撰写了第二部中篇小说《狼巢匪影》并于1986年出版，荣获首届公安部“金盾文学奖”。隔两年，他又发表了第三部小说《刑警的隐秘》，获“全国通俗小说”三等奖。三部作品虽属修老的文学初创，但却全部获奖，迈出了文学创作的坚实步伐，不能不说，这是由于他多年的公安实践，不断启发了他的创作灵感，同时也成为他创作的源泉。社会实践再加上他的天赋和刻苦，这三条构成他后来成为一名多产作家的基本条件。以上修老在80年代完成的三部作品可称作是修老文学初创的“三部曲”，同时也构成修老在文学创作道路上的第一个里程碑。

进入20世纪90年代，修老用了整整六年时间，完成了他的第一部传记文学与历史文学合体作品《陈龙传》，传主陈龙是一位鲜为人知，但又具有传奇色彩的在中共隐蔽战线上作出卓越贡献的英雄人物。陈龙的一生历尽艰险，最后把生命献给了中国人民的解放事业。这部作品可谓修老文学创作中最为呕心沥血的著作，用修老自己的话说：“为了写好这部近40万字的作品，我所下定的决心整整坚持了六个年头，让我走遍了全国20多个省市，采访了近百位东北抗联和我国侦察工作的前辈们，录制了几十盘磁带，收集了上百万字的历史档案和文字资料，带着一种沉甸甸的历史使命感和对英雄充满崇敬和深情的思考，才使这一创作任务的完成变为可能”；“可以说，陈的历史就是一部中国侦察史”；“也是我创作道路上的一次万里长征”（修老采访所走过的里程甚至超过二万公里）。该书1995年正式出版，此后又再版了多次。该书出版不久，便获得了中宣部“五个一工程”奖、公安部“金盾文学奖”一等奖、“黑龙江文艺创作大奖”，可谓是“一书获三奖”。同时，《哈尔滨晚报》《北京晚报》《作家文摘》《党史纵横》《南方日报》等30余家报纸、杂志、新闻媒体予以连载和转载，在广大群众中特别是公安战线上，乃至全国都产生了广泛影响。此后又完成了警匪小说《特工行动》（1997年出版），并获“金盾文学奖”二等奖。1999年又发表了长篇报告文学《北疆大追逃——99，哈尔滨市公安局“追捕逃犯专项斗争”纪实》。

20世纪90年代是修老文学创作的第二个十年，这十年共产生三部作品，其中两部作品获大奖，尤其是《陈龙传》，可称作是修老文学创作的第二个里程碑。

随着21世纪钟声的敲响，修老的文学创作进入了第三个十年。此时，修老已是一位过了“耳顺”之年的退休老人（2000年退休）。按一般人的想法，退休后应该颐养天年，但他却说：“我虽然在组织上退休了，但大脑的思考和用笔写作的工作却没有退休。”他以老骥伏枥的精神，在21世纪的头一个十年里，先后发表了长篇报告文学《大案惊天——“2·2”绑架银行行长案侦破纪实》（2000年），电视剧本《无愧苍生》（原名《北方警官》，2001年）。该剧本被拍成20集电视连续剧，于2004年在中央电视台黄金时段首播，荣获第25届中国电视剧“飞天奖”长篇电视剧一等奖；第10届“五个一工程”奖。2009年，修老已年届70岁，在耄耋之年的开端，他又创作了电视连续剧剧本《西部警官》，该剧本已完成拍摄和后期制作阶段（但至目前仍未见播出）。

在修老文学创作的第三个十年里，除了上述三部作品外，他的注意力和文艺创作开始转向企业文化的研究。2006年，在他完成《无愧苍生》剧本后，便专心思考企业文化建设问题。因为他在从事文艺创作的同时，还兼任《修正世界》的主编，并肩负着东北地区最大的民企药业集团——修正药业集团文化总顾问一职。

修老是一位十分认真的人，他在长期的公安工作中，养成了一种对任何工作不做则已，一旦决定做就会锲而不舍地做好它、完成它。在这种负责态度和承担精神的支配下，他以“秋童”的笔名撰写并出版了《修涞贵与修正哲学》一书（2006 年）。这部书是以报告文学的形式呈现的，但其内容已突破了报告文学的形式，在内容上展示、反映出在多元文化及经济全球化时代，中国企业家对自身企业软实力开发和建设的深度思考。在这部著作中他对上述问题的思考和研究，并非是纸上夸夸其谈或脱离实际的臆想，而是通过对修正药业集团发展的认识和总结，揭示了一个企业的建设发展，离不开企业自身的文化建设，必须把自己的发展与本民族的文化传统和哲学智慧结合起来，从而开创并建立适应社会历史发展并与民间百姓及现实的社会需求相统一的企业新思维、新方法和新战略。这种建立在文化自觉和哲学突破基础上的企业文化建设，不仅是企业的需要，更是中华民族实现民族复兴的需要。

修老的《修涞贵与修正哲学》一书的出版，及其所展现的思想和探讨的理论，标志修老文艺创作思想的转型和深化，他开始注重从更深的思想文化层面，思考包括企业发展在内的中国社会的现实问题，从而使他的文艺创作逐渐突破公安文学的局限，使他的创作活动转向文化和哲学。可以说，《修涞贵与修正哲学》这部著作，正是企业文化与中国传统哲学融合的产物，是他文艺创作历程中又一座里程碑。在这个十年中，他大量阅读中国传统文化经典，如《大学》《中庸》《论语》《孟子》《周易》《孙子兵法》，以及大量的中国历史典籍，跨入他人生及文艺创作的最后一个十年。

进入 21 世纪的第二个十年，也是修老文艺创作的第四个十年，但他却于 2016 年 6 月仙逝。可以说在第四个十年里，修老只走完了一半。一个人很难预测自己的死亡时间，修老也是如此。在我与他的交往中，我们从未讨论过生死问题，看来他是一位藐视死亡的人。当历史跨入修老生命的最后五年里，他虽然已年过 70 岁，但其文艺创作的步伐不仅没有因年龄增长和身体状况的日下而停止，反而有加快的节奏。

2012 年 7 月，修老在自己的原著基础上改编的电视连续剧《夜隼》，在地方卫视播出；2012 年 12 月，由修老担任编剧的电视连续剧《浴火危城》（又名《大瘟疫 1910》）在中央电视台八套黄金时段播出；2013 年 5 月发表了报告文学《气吞万古——记钱锺书与“中国古典数字工程”》；同年 9 月，出版了《古今一本通》（原名《侃古聊今录》）；2014 年，组织筹划拍摄《从“亡命”到武圣》的文化专题片并撰写了解说词，并与北京电视台《档案》和中央电视台《国宝档案》栏目联合制作《大丈夫 关羽》《传奇——关羽缘何失荆州》两期节目，分别于 2015 年 3 月和 8 月播出。2015 年 9 月出版《关公精神新解》。

从以上可知，修老在他生命的最后五年中，他撰写并出版了六部作品，除两部电视剧本外，其余四部所涉及的几乎都是历史与文化的内容。其中的《古今一本通》，是一部历史、文化和哲学相互交融的杂文或随笔性质的作品。其内容十分广泛。从历史到文化，从《周易》到马克思主义哲学，从国际政治到当今天下热点问题，可谓是一部人文学科及文化的“科普读物”，它反映了社会上一般民众对主流社会价值的基本看法，也表达了修老所思所想和所聊所侃积淀下来的问题意识和社会、历史、文化的承担精神。可以说这是改革开放以来，对我国由下至上的文化热和国学热的通俗解读和对当今社会及人类文明所面临的调整、重组和转型的一种理解和诠释。从这一意义上说，《古今一本通》所表述的思想议题已远远超出了文学讨论的范畴，标志修老不满足于以文学形式表达文化传播正能量，而是企图直接从思想、理论和文化上进入思想世界，以解决他所追求的价值观的改造和对世俗世界的人文关怀。《古今一本通》代表了修老的文化修养境界和哲学理论高度。

在修老生命的最后两年中，他尤其关注对关羽的研究。他在同我的多次谈话中，对当今社会不讲诚信，不讲仁义，道德衰微，世风日下的社会乱象深感忧虑。但他向来不是一个悲观主义者，他总想用自己的笔写出有益于社会健康的作品来影响和改变社会。他在发表《关公精神新解》后不久，接受多家媒体采访，大谈关公精神。如在山西运城第26届关公文化旅游节的大会上，他接受《黄河晨报》记者采访，并发表了《挖掘关公新文化内涵，为社会进步提供正能量》的讲演，反复强调，“传统文化中所蕴涵的思想正能量是不能丢弃的，因为它在今天仍有改造世态人心的作用”。他把民俗文化中关公的忠义精神，凝聚为八个字：“惟正是忠，为正而义”。这是对传统忠义观念的新解释。“忠”不是忠于某人某氏；“义”也不是传统的侠义、仗义。在他看来，“忠”说到底，就是“正”；“义”说到底，就是“为正”。不正则谈不上忠，不为正则谈不上义，此即“忠义而归于正”。孔子说：“政者，正也”；“其身正，不令而行，其身不正，虽令不从”；“苟正其身矣，于从政乎何有？不能正其身，如正人何？”。老子也说：“以正治国，以奇用兵。”修老晚年，不遗余力地推广关公文化，其深意可知矣。

现在摆在读者面前的三部长篇小说《少林武禅》、《掉脚》和《围宋》，也是在修老生命的最后五年中整理完成的。

《少林武禅》是一部介于历史与武侠之间二者合一的长篇小说。故事发生在20世纪20年代后期，其以少林寺生存发展的历史为背景，讲述军阀石友三部队和潜入中国为非作歹的日本武士与少林武僧之间展开的对少林“三宝”的盗夺与反盗夺的故事。故事描述了当年达摩祖师传下来的少林“三宝”(金版《坛经》、架裟和金钵)在其历史传承中所经历的百般劫难及少林武僧在反盗夺的斗争中，凭着坚毅、果敢、智慧和九死不悔的奋斗精神，用鲜血和生命保护了民族财宝，并最终使少林“三宝”完整地回归少林。

《掉脚》(原名为《83年》)，是一部长篇匪警小说，故事以1983年和北方名城哈尔滨为时空定点，以历经千年几易其主的“九宝金佛”的失窃为主线所展开的公安刑警与窃贼团伙之间迂回曲折、险象环生的斗争故事。故事写得逼真、悬疑、惊险，颇具立体感。人物形象鲜明、生动，语言朴实、机警、老道，让人读起来有不忍释手之感，是一部可读性甚强的长篇巨制。

《围宋》是一部长篇历史演义小说。历史演义小说的特点，是以真实的历史为背景，即人物和故事的核心是历史的，但更多内容则是作家虚构的。因此就历史小说的本质说，往往是真假相掺、虚实相伴。历史只是作品的一个骨架，其血肉则须作家凭自己的价值取向而加以虚构，方具有小说的感染力。因此可以说,历史小说的最高境界应该是历史性与艺术性的高度统一。修老的《围宋》，虽未能达到历史小说的最高境界（可能只有《三国演义》《水浒传》等名著，才能达到这一标准），但却是符合历史小说这一体裁而进行的文艺创作。

《围宋》这部小说，以虚构的主人公陈小与沁儿的爱情故事为起点，一直演义到他们的子孙后代陈玉坚、青柳为终点，贯穿中国历史上的辽、宋、夏、金、元五个朝代（前面还追溯到渤海国），大约 400 年的历史。小说以一个平民家庭的家族史与两宋及辽、夏、金、元错综复杂的关系史相交融为主线，描绘出中国北方少数民族崛起与南宋灭亡的历史轨迹。小说以 28 位重要的真实历史人物为章题，与传承十代的陈小家族史巧妙地连接、融汇在一起，使读者可以在轻松的艺术虚构中，了解和体会 400 多年的真实历史，从中可以窥探出作者渗透其中的多民族融合理念和他对社会、人生及历史的人文情怀。

中国文学史上的历史小说非常丰富，几乎对每个朝代的历史和著名人物均有演义小说加以描述，但据我所见所读或孤陋寡闻的推测，像修老这部小说，叙述了从辽东的渤海国一直到辽宋夏金元这样历史跨度的演义小说来说，可能还是第一部。该小说的不足也即体现在这种大跨度的历史集中在一部小说中，很难达到艺术性和历史性的高度统一，因此这部小说读起来，感到跨跃性太大。尽管如此，在我读过这部小说原稿后，还是感觉这部小说给我带来了历史知识的增加和艺术欣赏的愉悦，特别是由此对修老艺术创作的探索精神和坚韧不拔的毅力、耐力产生更高的敬意。

修老是一位多产的作家，其作品除诗歌、散文外，对其他文体几乎都有所涉猎，甚至跨跃了文学创作的门坎，对历史、哲学、文化各领域都有一定的研究和理解，一生创造出 300 多万字的文化成品。很难想象，一位未读过高中、大学、未受过专门的文艺训练的人，为什么能够创造出这么多的精神文化产品？这是一个很难回答的问题。但据我观察，似乎可以找到答案，那就是挂在修老书房中的一幅匾额——“天道酬勤”。这可能是修老一生最为尊崇的理念。他一生勤于实践、勤于读书、勤于思考、勤于笔耕。有这“四勤”，天道何不酬之！此外，修老还具有四项好的品德：有昂然向上的人生志向，有思想正能量的实际践行，有薪火相传的文化担当，有悲天悯人的人文情怀。有此“四有”，人道岂能远之！

除“四勤”“四有”外，修老还有一个优于常人的地方，即能以虚心的态度广交朋友，用孟子的话说：“一乡之善士斯友一乡之善士，一国之善士斯友一国之善士，天下之善士斯友天下之善士。以友天下之善士为未足，又尚论古之人。”修老就是这样一位善友天下善士的人；同时，他还常以“善友天下善士为未足”，便又去追论古人。“颂其诗，读其书，不知其人，可乎？是以论其世也。是尚友也”。

我怀念耿直心热的老友，在他生前未曾出版的三部长篇小说付梓之际，仅以此序纪念他！

2017年9月25日

于北京大学

序二

勤学善思，自强不息

——怀念大哥修崃荣

修涞贵

全国工商联医药业商会会长　中国修正集团董事长

我们兄弟姐妹共八人，大哥是五个兄弟中的老大。大哥长我 15 岁，他在我出生那年就离开了家乡——吉林通化，被哈尔滨市公安局录用。所以，记忆中我们兄弟之间没有童年相戏无间那种时光。我自小就尊重大哥、敬重大哥！因他在公安部门从事治安、刑侦工作，职业的威严使得大哥在我心目中的形象一直是严肃的、正义的、高大的和神秘的。因此，他每次回通化探亲，我总要缠住他问一些大大小小的问题。他也总不厌其烦地为我细心解答。那时的大哥，在我眼中简直就是一个渊博的智者，对社会对人生有那么多透彻的了解和认识！我总是如饥似渴地从他身上汲取知识和经验的养分。我们的父亲是一个律己甚严的工程技术专家，和中医世家出身的母亲一样，都是秉承中国传统价值取向和教育观念的老人。但他们养育出来的儿女却是不恋故园，心忧天下，具有以建功立业为己任的济世情怀和抱负——进取、革命、志在四方。我的大姐解放前就不辞而别，随军南下，投身革命；二姐也早早地进入政府部门从事领导工作；大哥、二哥早在 20 世纪 50 年代就投笔从戎，成为哈尔滨市警察；我自己也于 20 世纪 80 年代初进入通化市公安部门工作。耳濡目染、言传身教，他们对我价值观、人生观的形成所起的正面影响和作用是很大的。用今天的话说，他们给了我为人做事的“正能量”。尤其是大哥，由于他喜欢对传统文化和现实人生进行人文思考，这与我青年时期的精神求索相契合。所以我一直喜欢和大哥进行心灵和思想的交流，并从中获得很多教诲与启发。他不但是我血缘关系上的大哥，也是我精神世界里的引路人。现在，每当我遭遇精神上的困惑，总会不自觉地想起大哥，想起那些移樽就教，不知东方之既白的日子！

大哥这一生，从事的社会工作就是公安工作。这份工作也可以说是“武行”之中的工作，他做得很出色。大哥 1954 年从通化到哈尔滨，那时他才 15 岁，开始担任道里区派出所民警，负责街道治安工作，后又调入区公安分局，任侦察员。1984 年他破获了以“黄瘸子”为首的特大流窜犯团伙，轰动全国，受到公安部嘉奖并荣立个人二等功；后又破获胡清林特大系列杀人案。在做好本职工作的同时，大哥一直勤奋地读书、思考、提炼、总结。他是“武行”之中的文人。生活中，大哥除了饮茶、抽烟之外，就是画画和读书，尤爱读书。此外别无嗜好，一生如此！大哥很早就去外地谋生，并未接受系统的学校教育。但他酷爱读书，他读书的范围也很广。公安工作带给他丰富的社会阅历和人生经验，加上他喜欢思考，这一切就成为他文学创作的素材来源。1980 年大哥开始尝试以公安工作为题材进行小说创作，这让他旺盛的生命激情获得了一个美丽绽放的新天地。一本本小说、传记、报告文学、电视剧本问世，赢得了社会各界广泛赞誉。他接连获得公安部首届“金盾文学奖”、“金盾文学奖”一等奖、中宣部第五届“五个一工程”奖、第十届“五个一工程”奖、第二十五届电视剧“飞天奖”长篇电视剧一等奖等各类奖项，成为全国公安系统获奖最多、奖项最高的知名作家。他的作品在《作家文摘》《啄木鸟》《党史纵横》《南方日报》等 30 余家报纸、杂志连载或转载；他创作的电视剧《无愧苍生》在中央电视台一套节目里的黄金时段播放。晚年，大哥转入对哲学和文化的思考，代表作包括已经出版的《修涞贵与修正哲学》《气吞万古——记钱锺书与“中国古典数字工程”》《古今一本通》《关公精神新解》等，同时继续创作具有文化历史内涵的小说，如这次出版的《少林武禅》《掉脚》《围宋》。大哥真是一位奇人！

一个初中尚未毕业的人，用今天的标准，可以说尚不具备完整、系统的人文知识。他却在创作和研究两个方面上下古今，纵横捭阖；在小说、剧本、报告文学、文化研究诸领域妙笔生花、厚积厚发。创作需要的是以想象力为基础的形象思维，还有娴熟自如的文字技巧；而研究却既仰赖于文献与相关专业的深厚积累，更要依靠推理、论证为工具的逻辑思维。两者大相径庭，但在大哥那里却并行不悖，而且还相得益彰。这使得他的创作总是带有一种对社会、人生进行思辨的哲理韵味；而他的研究则又总饱含着对历史、文化作出探究的人文情怀。

大哥的一生是勤奋的一生，从早年到暮岁，大哥一直勤奋地工作和学习。古人讲"天道酬勤"，现代有识之士说，人与人之间成就大小的区别，就在于业余时间的利用。时间对每个人都是公平的，它从不厚此薄彼。但人对时间的态度却大不相同，有的人虚掷光阴，有的人惜时如金，大哥就是一个惜时如金的人。他虽然起点不高，没有受过高深、系统的学院教育，而且还承担着重要的本职工作。但他内心的求知欲很强，他不断地在提升自我，依靠不懈的努力，他终究成就了他自己，活出了人生的精彩并达到了常人难以企及的高度！我自1995年下海经营企业，创建修正药业以来，由于责任重大，工作繁忙，就没有闲情逸致和大哥去探讨早年感兴趣的那些宏观而抽象的大课题。兄弟俩即使见面，我也都是和他说一说企业经营管理上的一些具体问题。大哥非常关心、关注修正药业的成长，经常和我探讨企业经营过程中面临的各种问题。2000年他退休后，应我之邀，还专门来修正承担具体的管理工作，出任集团法务中心主任和《修正世界》主编的职务。但他的兴趣终究是在文化研究和小说、剧本的创作上。在公司工作了一段时间之后，他就向我提出辞去具体的管理职务，出任修正药业集团文化总顾问一职，为修正哲学和修正文化的建立与完善做了大量有价值的工作，可谓是殚思极虑、鞠躬尽瘁！

自父母和大姐离世后，大哥在我及兄弟姐妹的情感世界里占据的位置愈显重要。大家心里有事，总愿意和大哥去谈一谈，听听他的意见和建议，从中可以获得许多的人生教诲和生活启示。这些年来，只要有机会，我也总是抽出时间到大哥住处坐一坐，聊一聊。而他，任何时候都会搁下手中的事情，和我兴致勃勃地交谈。从修正文化到中国文化；从家庭情感到人生百态；从现实生活到历史人物。大哥的知识面确实宽，兴趣非常广，思路也很活跃和清晰。虽然此时他已步入人生的暮年，但在才智和思想方面，我没有感觉他有任何衰老或退化的迹象。相反，他的思想倒是越来越成熟和深刻，情感也越来越豁达与醇厚。我内心对大哥一直很敬仰！很叹服！我钦佩他过人的才华，钦佩他旺盛的求知欲和创造力，钦佩他似乎一直不衰竭的生命意志。我总觉得，大哥始终是年轻的，因为他的思想始终年轻。他一直不满足，不断在追求！大哥是一个有生命激情的人！他的激情体现在对知识的渴望和占有之上。年轻时如此，退休后更是如此！含饴弄孙、颐养天年，这是中国人向往的老年生活，但却不是大哥想要的生活方式。退休之后，他更是心无旁骛地读书、写书，沉浸在书的海洋中流连忘返，真正达到了孔子所说的，发愤忘食，乐以忘忧，不知老之将至的境界。作为长兄，大哥始终是宽厚的。在他面前，我们弟妹都可以言谈无忌，不论深浅，大哥从未苛责过我们；大哥又是深刻的。几十年公安工作的历练加上作家的眼光，使他对人性、人情有着清醒而深刻的洞察。但他经常会以理解和解嘲的口吻来评价人世百态，教我们秉持悲天悯人的情怀；大哥还是亲切的。和他在一起的时候，我的内心始终是温暖的、安详的，觉得他是可以依赖的好兄长。现在大哥走了，让我上哪儿再去寻找这样的好大哥？佛说，前世的五百次回眸，才换得今世的擦肩而过！大哥和我做了六十二年的兄弟，我们该有多么深的因缘啊！一朝永别，阴阳两隔，大痛无言，大悲无声。我是多么舍不得大哥的离去啊！这是人生的至痛！是生命的悲剧！但也是自然的规律！一代一代生命的新陈代谢，犹如滚滚东逝的长江之水，奔流到海，滔滔不绝，汩汩不息！生命凋零，人世代谢，湮灭的只是躯体，永存的乃是精神，传承的却是文化。万古长空，一朝风月。大哥虽然驾鹤西去，但他心血凝成的文字还在！他的思想和精神还在！这就是我们这次出版他著作的价值和意义之所在！愿他的书让我们再一次感受他那犀利深刻的思想、澎湃昂扬的激情、悲天悯人的情怀和蓬勃不屈的意志！大哥的音容笑貌常在！大哥的思想精神永存！

目 录

前　言

这个故事发生在一千多年前，当时是大契丹国开国皇帝耶律阿保机建国后的第二十个年头——天显元年（926年）。

地点在哪儿?

地点是在山海关外的北边，原来是渤海国的国都忽汗城，后来改名为东丹国的首都天福城。

学过历史的人都知道，渤海国建立于公元698年，曾自命名为震国，它东临日本海，北望库页岛，南至朝鲜半岛北部，西到而今的白城、大安附近，以靺鞨族为主，人口曾经多达两百多万。传位十五位君王，延续二百多年，是一个历史上久负盛名、一直从属于唐朝的“海东胜国”。

可惜的是，这样一个在关外地区称雄二百多年的庞然大国，竟然在不到一个月的时间里在契丹铁蹄的践踏下就旗倒兵散，挂起了乞降的白旗。要问这到底是怎么回事儿?那就得且听末学慢慢道来了——

第一章

小髡匠

这一场雪，下得好大。大片的雪花，像鹅毛，也像撕碎了的破棉絮，飞飞扬扬地下了一天一夜，在天近晌午的时候才渐渐停了。

又过了几个时辰，云散天开，偏西的阳光照耀着银白色的山川，一望无垠的漠北大地银光耀眼。

这一天是二月初一，傍晚，改朝为东丹国的皇宫里悬灯结彩，锣鼓频敲。远从千里之外杀将过来的契丹大军成了这里的主人。左丞相国舅爷萧木达要在这里举办一场规模盛大的宴会，招待契丹贵族和文武百官。

太阳还没落山，东丹国的王公大臣纷纷赶到。文官下辇，他们各个貂裘锦袍，眉飞色舞。武将下马，人人盔明甲亮，喜笑颜开。不论文武官员都是趾高气扬，摆出一副战胜者的姿态。见面便学着唐朝的礼节抱拳施礼，说笑着陆续走进王城里的银安大殿。

银安殿是原渤海国王宫中最高大、最豪华的宫殿，自从上个月渤海国国王大諲譔在阿保机率领的大军围攻忽汗城的时候率众请降，这里就变成了耶律阿保机的长子——人皇王耶律倍上朝议事的地方。

在契丹开国皇帝耶律阿保机的心中，自己是天皇，皇后述律平就是地皇，长子耶律倍自然就是人皇。由他来镇守刚刚纳入版图的地方是最合适不过的。于是，赐皇帝服装，行登基大礼。这样一来，耶律倍在东丹国就成了当朝天子。按着唐制，下设左、右丞相，中书令、仆射，再设文武百官。

自幼酷爱汉文化的耶律倍，做事一向拿捏有度。虽然他现在可以自称天子，想到“一国不能有二君”这样流行于南朝的一句俗话，尽管父皇已经对东丹国民宣布他就是皇帝，但普通的契丹人，乃至自己的家人依然得称他为王爷。当然，也有人称他为太子爷，这就有些献媚的成分，因为耶律阿保机还没有宣布他就是继承皇位的储君。

太阳快下山了，耶律倍准备出门，端顺王妃把用骆驼绒编织的、镶满黄金缀着十几颗宝石的王冠捧到他的面前。耶律倍顺手摸了摸头顶，微皱了下眉头，他的头顶已经长出了一层短头楂，已经变成浅黑色，按理说应当打理一下，可是，他一直没有找到可心的髡匠，只好作罢，实在不行他还要亲自动手。

王妃似乎看出了王爷的心思，轻声说道：“太冷，别摘王冠，等我给你找好髡匠。”

人皇王点头，他又叮嘱道：“再赏‘奥姑’一件皮袍。”

“奥姑”是契丹国巫师的统称，早晨，她来作法，王爷看她穿得单薄。王妃对身边的侍女沁儿说道：“你去挑一件皮袍，叫侍卫送给她。”

沁儿点头。

人皇王的住处离银安殿不远，在侍者和护卫的簇拥下，两个人手挽着手走出了寝宫，为的是在国舅爷和众文武面前“秀”一把恩爱。

人皇王夫妇走进银安殿，文武官员少不得一阵欢呼，人皇王频频点头，拉着王妃坐到首座。刚刚坐定，大殿外，响起了一阵锣鼓敲击声。人皇王熟悉这些鼓点，这是催将督阵的激昂锣鼓。又随着三声炮响，几十位契丹猛士赤膊上身，光着两脚，腰扎宽带，踩着鼓点踏着鹰步上了银安殿前广场。广场上积雪盈尺，勇士们各找对手捉对摔跤。尽管是隆冬季节，尽管是冰天雪地，他们全都赤膊赤脚厮打在一起。人人显露身手，各个龙腾虎跃。锣鼓敲得越紧，摔得越发起劲，广场上到处摔的是人仰马翻，一片雪雾腾腾。

每个获胜者都是浑身冒着热汗走进银安殿，来到人皇王和国舅爷面前领赏，除了一枚沉甸甸的金币外，当然少不了要喝王爷赏赐的一大碗酒。

银安殿内外一片欢声笑语。

耶律倍不仅满腹经纶，还是个演说和讲笑话的高手。他问大家，你们知道为什么国舅爷打仗那么卖力气吗？周围的大臣纷纷摇头。

他又道："你们知道他为什么把今天的宴席弄得这么丰盛吗？"

众人还是摇头。

有人等不及了大声嚷着："人皇陛下，快说吧——"

人皇王慢条斯理地喝了一口酒，示意大家肃静，便轻声说道："他是怕我在被窝里揍他妹妹！"

哗！一番话，笑得大家前仰后合。

端顺王妃顿时神态发窘，用臂肘拐了王爷一下。

人皇王笑着说道："我都是在私下里揍你，你倒在众臣面前拐起我来——"

人们连连发笑，有人提议，让陛下和娘娘像南朝人一样，喝一个交杯酒。

人皇王夫妇当即响应，两个人端着酒杯站起来，互相挎起胳膊，在叫好声中喝干了杯中酒。

银安殿里又是一阵欢呼。

也许是太兴奋，人皇王耶律倍在与身边的官员干杯后，又与几位在攻占渤海国国都忽汗城的有功将领干了几杯。接着，他走到举办今天宴会的国舅爷萧木达面前，他让侍者端来两个大碗，倒满了酒。看到两个人端起大碗，文武官员一起瞪大了眼睛，银安殿内一时鸦雀无声。

只见人皇王和国舅爷一口气干了一大碗酒，殿内文武官员一齐喊好，有的连连跺脚，震得殿宇轰轰作响。

大块吃肉，大碗喝酒，契丹人就是这样彪悍潇洒！

站在一边的端顺王妃担心王爷喝醉了，便叫几个侍卫把人皇王搀到席位上落座。果然，王爷刚坐下不久就觉得头重脚轻，浑身燥热，他顺手摘下王冠，放到桌上。接着，一阵晕眩涌上头来，他两眼微闭，便打起鼾来。不一会，鼾声越来越响，他睡着了。

人皇王酒量很大，但他有个特点，喝醉了就睡觉，不吵不闹，倒也省心。

可是，王妃还是有所担心，大殿里虽然烧着炭火，但这里毕竟是漠北苦寒之地，外面积雪盈尺，屋中冷飕飕的，王爷又摘了王冠，若是这样睡了肯定会着凉。王妃责怪哥哥，不该让王爷喝那么多的酒。

岂料，哥哥却朝她吼了起来："我……国舅爷，契丹大军的前部先锋。我第一个杀进扶馀城，第一个包围忽汗城，平定渤海国，我……我是第一功臣，喝点酒……你还不让！别想当了王妃就来管着我！"原来，他也喝醉了。

他身边的副先锋也离汕也插嘴道："不错，咱们契丹人从古到今……都是受人欺负，亏得今上……当了天皇帝，称霸天下，我才能吃……吃肉、喝酒……"

他说得不错。

据史料记载，从商周时代起，北方少数民族几乎与中原王朝共生共存。从西戎、北狄到汉代的匈奴，北方草原经过上千年的争斗和优胜劣汰，到了唐代，只剩下这几大族群依然驰骋北方：除了亲唐朝的回纥族群和大贺氏族群外，还有与唐朝交战长达百年的突厥族群、遥撵族群、鲜卑族群。到了唐朝后期，亲唐和反唐的几个族群也是你袭我扰，相互间打得不可开交。

这个时候，大唐王朝因为"安史之乱"和黄巢造反闹得国力大衰，早已雄风不再，对北方民族再也无力出兵清剿，只能靠"以夷制夷"的办法，维持北方暂时的安宁。

唐开元二十三年，唐玄宗曾经任命一位亲唐的大贺氏族群的将领过折为松漠府的都督，希望他以赤峰一带为依托统辖漠北。谁知，此人刚当松漠都督不久，就被反唐的遥撵氏族的涅礼所杀，权力又归到亲突厥的遥撵氏部族。

按理说，遥撵部族的涅礼当权，应当对突厥表示效忠才对。不料，遥撵族却一反常态，他们既不效忠于突厥，也不效忠于大贺氏。时任"夷离堇"（兵马大元帅）的契丹人俎午，与族人几经谋划，决定直接向唐朝表示效忠，打了一个成功的"越顶"外交。

唐朝巴不得在不同的族群之间挑起纷争，它好来充当居中调解的天朝上邦角色。一见遥撵族的俎午直接表示效忠，皇帝龙颜大悦，马上就把俎午封为崇顺王，还有松漠都督等一系列官职。并赐国姓李，名怀秀，还以宗室之女孤独为静乐公主与其完婚。有了大唐朝廷的支持，遥撵一族便雄踞漠北，并趁机把管辖领地，从今天的赤峰逐步扩大到朝阳、辽阳一带。

一百多年弹指而过，终于在公元十世纪初年，从遥撵八部中诞生了一位有勇有谋的英雄，他的名字叫耶律阿保机。因为他能征惯战，年纪轻轻就当上了遥撵和契丹部的“夷离堇”，统帅各部兵马，后又被选为可汗。要按当时族人的话说，这位猛士什么都好，就是有点恋权。本来，族群有明确规定，这个可汗，每个人只能当三年，然后改选。可是在耶律阿保机当上可汗之后，连干了九年也不让位，当然引得其他窥视权力的族人大为不满。

阿保机岂是等闲人物？他不想让出的东西谁能夺了去？这中间又经过许多争斗，在他那位强悍的妻子述律平的策划下，慑服族下八部。一不做，二不休，这位可汗，听了汉人韩延徽的话，索性要弄个皇帝当当。于是乎，便择吉日杀青牛、白马、白雁祭祖，燔烧柴堆告天，自称真龙天子。接下来便是在群臣的簇拥下登基称帝。建元神册，国号契丹。

耶律阿保机就是这样的人，他想干的事情，就一定能够干成。

为了扩张版图，阿保机先是平定周边的奚族和回纥、党项等几个部落，接着又南征幽州。这场战争几年打下来，有胜有负，重要的是积累了丰富的战斗经验。

天显元年，耶律阿保机率大军和耶律倍、耶律德光两个儿子西征渤海国。有了和南朝汉人战斗的经验，几仗下来，渤海国损兵折将，丢失城池。契丹国大军直逼渤海国首都忽汗城下，国主大諲巽感到穷途末路，便带领文武出城请降。阿保机便把渤海国改名为东丹国，命长子耶律倍为人皇王，主政东丹国，赐天子服，建元甘露，一切皆随唐制。

想想也是可怜，这个在唐朝的庇护下、在东海之滨生存了二百多年，传了十五位帝王的“海东盛国”，因为失去了唐朝的庇护，在辽军的铁蹄下几十天的工夫便土崩瓦解。尽管渤海国的军民都不甘心国家就这样亡于契丹，也曾在忽汗城内起兵反抗，但马上就被镇压下去，无奈之下只能服输。

今天这场宴会是有来头的。

按着阿保机和皇后的规定，每年的二月初一，是皇后萧氏家族宴请耶律家族的日子。这个法定的宴会来自一个奇特的规制，原来，在契丹贵族中只有两个姓氏，一个是耶律，另一个就是萧。耶律为帝王，萧姓为皇后。也就是说，凡是进宫当皇帝的必是耶律家族，进宫当王妃和皇后的娘家都必须姓萧。

今天宴会的主角是后党萧家，所以端顺王妃责怪哥哥也是有道理的。无奈哥哥也喝醉了，有理也是说不清的。看到人皇王和萧木达都喝醉了，有人提议说，下一个节目就不必演了。

什么节目？

他们还想把渤海国降帝大諲譔弄来，让他喝酒，灌醉他，当然还想要变着法地戏耍他。

此刻必须由王妃来执掌宴会大局。她看到众多文臣武将吆五喝六喝得正欢，有几名武将把身上的盔甲都卸了放到一边，尽情豪饮。她不想尽早收场，搅了这兴头，便命令卫士们把王爷和国舅送回各府。没醉的接着喝，醉一个送走一个，反正他们的亲兵卫士都在身边。

这场从傍晚开始的宴会，喝到半夜还没结束……

直睡到第二天中午，耶律倍才醒了酒。

几个侍者赶忙上前侍候他穿衣下床。

他觉得头有些发胀，昏沉沉的。有人端来了醒酒汤，他喝了几口，坐在床沿上，想了半天才想起昨天他喝了好多的酒。最后他跟国舅爷端的都是特大号的酒碗……

他今天心情颇佳，没对下人发脾气。是因为一位巫师对这两天的大雪做了一个预测让他印象深刻。那是昨天早晨，下了一天一夜的大雪还纷纷扬扬下个不停。这里的雪和草原的雪不尽相同，又湿又重。听说马陷到深雪里走不出来，许多房屋都压塌了。这一切让他想起几年前跟随父王在太行山脚下遭遇的那场大雪，大雪过膝，天气奇寒，契丹人马损失无算。契丹史上最大的一场败仗就是因雪而起。他相信，长生天发出的一切都有警示意义，对这场雪心存忧虑，不知是吉是凶，便派人去请巫师。

巫师，也叫“奥姑”，是一个蓬头垢面的老女人，她在皇宫门前的雪地上画了几个圈，在里面蹦跳了一阵，口中又念念有词，最后，跪到地上告诉王爷：“这一场大雪是长生天送给新皇登基的礼物，预兆今年五谷丰登。”

人皇王眉头舒展开来，问道：“雪，什么时候停？”

巫师直起腰杆看了看天空，又趴在地上说道：“如果这场雪在正晌午时停止，就是长生天要降福于东丹国的喜兆。”

说来也巧，这雪真在正晌午时停了。

看来，长生天真要眷顾东丹国，这让人皇王感到十分欣慰。此前，他一直认为长生天总是为难他。

直到酒醒再想起巫师的话，还是让他感到心情舒畅。

想到这里，他习惯地摸了摸头，发觉头两侧的发辫松了，头顶部长出了短短的发楂，这对接受鸿运是不利的。便吩咐道：“去把剃刀拿来，我要髡发。”

侍者一听王爷又要自己理发，吓得连忙跑去禀告端顺王妃。

王妃早已来看过两次了，方才听说王爷醒了，忙从后宫赶过来，正好和报信儿的碰了个正着。王妃一听，连忙来见王爷道：“臣妾正在为王爷寻找最好的髡匠，今明天就来打理。”

最好的髡匠，什么样？

髡发就是理发，当年的“髡”字可是一个动词。为什么理发的人叫髡匠？那是因为契丹人的发式与汉人大不相同。

契丹人承东胡、鲜卑为宗。早年，东胡人为与匈奴及汉人区分，在发式上做了重大改变。他们都是把头顶剃光，在脑后和左右留数条长辫，是为髡发。

髡发样式颇多，唯头顶之发必须剃光。大巫师说，头顶囟门乃灵魂出入之地，不能让头发阻挡。又谓：天人相交，头顶直受日月光华，不可覆盖。故每隔七八日必剃光一次。

囟门是哪儿？就是生下来头顶长不实，呼嗒、呼嗒的那个地方。

人皇王天资聪颖，从小就对汉文化有兴趣。他能诗善画，喜读古书，每天大多数时间都是与宫中嫔妃及文臣饮酒作诗、写字、画画。孰知，就这样一位温文尔雅的人皇王，对待下人却颇为严厉，婢妾稍有过错就会挨打受骂，人人望而生畏。

髡匠更是危险职业，几年来凡伤其头皮的髡匠都被他打过，一段时间竟然无人敢给他剃头。无人敢剃，人皇王也不作难，他拿来剃刀自己剃。他就不信，还有他人皇王干不了的事情？自己髡发，反会觉得安全。可想而知，若有人拿着锋利的剃刀，在你头顶脖项转来转去，心里难免担心。

可惜这位人皇王拿得了笔杆偏偏拿不稳剃刀，每剃一次总是要划出几个道子，血流不止，吓得王妃和下人围着他团团打转。

对于统管东丹国数十万民众、掌握生杀大权的人皇王来说，剃头只是芝麻小事，可是，这件小事弄不好反倒成了宫中的头等大事。

在宴会上端顺王妃看到王爷的头顶短发越长越长，她为此伤透了脑筋。

端顺王妃是耶律倍的发妻，为人聪明贤惠，也富有同情心，对挨了打骂的下人，常施以小恩小惠，以缓解他们对王爷的怨恨之心。唯一的缺憾就是嫁到皇家七八年，也没能生个一男半女，两个人的感情也一直不咸不淡。但是，人皇王也不敢得罪她，因为她是母后述律平的娘家人，不论是行军还是打仗，端顺王妃一直都跟在他的身边，因为这是母后明确的授意。

人皇王的另一个妃子柔贞王妃生了一个男孩。皇后奶奶以喜欢孙子为名，把娘俩一直留在身边，人皇王与儿子很少见面。皇后的意图很明显，用娘家人监视人皇王的一举一动，把孙子扣在身边，以防止其受到人皇王的影响而趋向汉化。

耶律倍对这一切都心知肚明，可这一切他难以做半点改变。他老早就对母亲下过定义：她是女人身，男人心，而且还是一颗强悍的男人心。

就在契丹建国之初，父皇带着他们弟兄西征党项族，前方交战正酣，后方却传来了帝京龙化州被叛乱的室韦人围攻的消息，正在战场上与党项人厮杀的耶律倍和耶律德光也感到了危机，他俩曾和父亲商量，要父亲带兵回去平叛，留下他们两个与党项人周旋。正在犹豫间，有人来报，说皇后述律平已经带领属珊军组织起对室韦叛军的抵抗，保卫帝京，让皇上安心在前方作战。等到阿保机率兵回来才知道，皇后带领亲兵和全城百姓已经把叛乱平息了，还抓了不少室韦叛乱首领等候发落。本以为这是一场被抄后路的大灾难，孰料却被皇后一举化解，这种意外的惊喜总是让人感动莫名，皇后不仅在阿保机心中的分量越来越重，连满朝文武也无不为之敬畏。

要说耶律倍小的时候，对作为“夷离堇”阿保机妻子的述律平，设计杀掉其余部落的几个叔叔的残忍还有些懵懂的话，这次消灭室韦的叛乱，让他真实地领教了母亲的厉害。母亲很强悍是小时候的看法，通过这次平叛，他认为母亲十分彪悍！

他对母亲只能唯命是从，而且要做到顺从，顺从，再顺从。

同样，髡发的事情也要听王妃的安排。

听到王妃又说起髡发的事情，沁儿心里一动，她思索片刻，终于下定决心要抓住这次机会，实现自己朝思暮想的愿望，便对王妃道：“沁儿知道有一家养了个好髡匠。”

王妃一听忙问道：“谁家？”

沁儿道：“就是您上次吩咐我给送点心的那个宰相家。”

王妃问：“就是那个留着山羊胡子的？”东丹国毕竟新建，王妃对文武百官不甚熟悉，但说到当朝宰相，还是有些印象的。

沁儿点头。

于是，王妃传懿旨，宣宰相耶律努万进宫。

不到一个时辰，努万便匆忙赶到宫中。

东丹国新朝刚立，礼制不甚严苛，不等王妃赐坐，耶律努万便坐到对面问道，王妃宣召何事？

端顺王妃看了宰相一眼，果然他头上的左右发辫梳得十分整齐，辫子里面编着一条红绳，辫梢下面垂着几颗珍珠和宝石，耀眼生辉。头顶剃得精光，连嘴巴上的胡子都规规整整，便道：“看宰相面容这般整洁，想必有人专门打理。”

努万以为王妃突然宣召进宫有什么大事相商，不料王妃倒问起头脸的事情，便顺口答道：“家中有两代髡匠梳洗打理，倒也称心。”

王妃颇有兴趣地问：“怎么个两代髡匠？”

宰相是朝廷重要官员，平时很少到后宫来，特别是能够跟王妃面对面交谈，机会更是难得，努万便打开了话匣子：“我家的老髡匠叫陈大命，本是回纥人，因其祖上与唐军交战被虏，分配给南朝一位姓陈的将军为奴，遂改陈姓。因为南蛮有一刑法为髡刑，便让他去给人犯剃剪头发。几年后，主人看他心灵手巧便让他学着给陈将军的母亲梳头。后来，他们父子杀了一个南朝将军逃来漠北，在龙化州以髡发为生。时任‘夷离堇’的当今圣上也曾去髡发，圣上见他父子忠厚老实，知其还会梳头，便让老陈侍候皇太后和皇后，让他的儿子给男人打理髡发。当年臣随圣上南征时发髻不整，圣上念我屡立战功，便把御用的髡匠陈大命和他的儿子赏赐给我，如今他的儿子年已十八岁，论手艺已经不在其父之下。”耶律努万边说边捋着发辫得意地微笑道：“臣有这等两代髡匠每日打理，焉能不光鲜？”

说者无心，哪知道听者有意。端顺王妃弄清了宰相家髡匠的底细，便说道：“卿家髡匠这般好，却不知王爷髡发的难处。”

努万听了有点吃惊：“是的，昨天在银安殿见到王爷摘了王冠，头顶已有黑楂。可我不明白，王爷髡发有何难处？”

王妃道：“王爷喜书爱画，与大臣们来往谦恭礼让，却不知他对下人颇为严厉，稍有过错非打即骂。特别是几个为他髡发之人都被他打骂过，一直无人敢为他髡发。”

努万刚想要说把自家髡匠送给王爷，却又止口，他怕人皇王也会打他，便嗫嚅道：“臣怕……”

王妃见他犹豫，便道：“如果你家髡匠理得好，王爷也会善待的。”这话说出口她自己也觉得心虚，因为她也没有把握到底能不能得到善待。

话说到这里，努万只能点头：“臣回去就送髡匠过来。”

“髡匠”，用现在的话讲就是个剃头的。在当年那可是众人景仰的职业。为了要跟其他民族相区别，要把长在头上的头发弄得与众不同，就得花很多心思。这不，东胡人巫师说东胡人的灵魂要从脑顶出入，应当把头顶剃光。这样，既与匈奴人有所区别，又便于咱自己的灵魂出窍与长生天沟通，于是乎，东胡系的鲜卑、回纥、契丹、党项……全都髡光头顶，一批髡匠从此诞生。

东胡人好美，髡发给他们创造了表现自身美的机会。发辫梳几绺，编成什么样式，哪几绺朝前，哪几绺朝后，看似随意而为，其实都是髡匠的精心安排。为了保持头顶光亮，必须五到六七天就得髡光一次，所以一个大家族养几个髡匠都不稀奇。

髡匠可以在任何时候髡头，家族开会的时候，你一边参加会议，髡匠就可以一边给你髡着头，髡完了这个，再髡那个。

看到男人可以随心所欲地打理自己的头发，女人们更是心有不甘。她们也需要髡匠美化和打理她们。东胡的妇女都喜欢留刘海，但是，刘海的样子却是千变万化，多出一绺，耳朵边留几个葫芦卷，看似无意，其实都是有意而为之。

髡匠是当年最受人爱戴的职业。

说完了髡匠，还得说一件在东丹国必须要干的大事儿，那就是："改朝必铸权，改元必铸钱。"

权，就是古人市场交易中少不了的秤砣，秤砣就叫秤砣呗，怎么古人还把它叫权呢？权，不就是权力吗？人要是有了权，什么大事都能干出来，把个称重量的铁疙瘩也称呼为权，是不是有点名不副实？且慢，评判古人咱得谨慎点，他们管秤砣叫权，说明古人对公平交易的重视。

古人说，能成为商品的东西林林总总，何止万千？用现在的话说，商品世界复杂纷呈，杂乱无章，必须有一物率而统之。这个能率而统之所有商品的东西是什么？一个字以蔽之，曰：钱！

钱，靠什么来统帅所有的商品？靠的是它手下的三员大将，这三员大将又是谁？

一叫度，二叫量，三叫衡。

再进一步解释，度将军用的是尺，量将军用的是容器，衡将军用的就是秤砣。这三位之中，衡将军的用处最多最广，权力也最大，只有它才能确定这样的商品，该付多少钱，交易是否公平。谁都知道，交易之权和世俗之权同样重要，所以朝代更迭必制"权法"，看来，把秤砣称为权，也算是名至实归了。

铸权是为了管理买卖榷场，保证交易公平。要说到铸钱的作用，那就更大了。这些自秦汉以来不变的规矩，漠北地区历代政权早已效仿。早从东胡时期，汉朝的"五铢"钱币就已流行于市。鲜卑大魏国造"太和五铢"，虽然当初只流行于洛阳一带，但毕竟成为漠北鼓铸之始。

唐铸"开通元宝"（也称开元通宝）流布各地。唐亡以后，中原失主。割据各

方的诸侯纷纷称王称帝。梁、唐、晋、汉、周都纷纷铸钱。

因漠北地方多产铜铁，早在遥辇时期，契丹人就开始铸造铜钱。有人说，遥辇和契丹的兴旺发达和他们大量铸钱有关。换句话说，他们就是靠着鼓铸铜钱才兴旺起来的。

想想就能知道，近山采铜，就地鼓铸，活计虽然又苦又累，自有俘虏和奴隶去干。哪国富裕就造哪国的钱，然后就拿这些钱到那个国家去买好东西，这就等于现在无限制地印钞票。那个时候还不管假币、真币，只要铜质好、分量足就大受欢迎。到了遥辇逐渐强盛的时候，就造“遥辇汗国”钱，由于铜质好、重量足，倒也颇受欢迎。用不了几年的工夫，契丹人就要啥有啥，富得流油了。

耶律阿保机当“夷离堇”的时候，大造“通行货泉”。用这些钱购买兵器、马匹、盔甲、布匹、粮食，这种无本生意，稳赚不赔。自耶律阿保机登基以来，又开办了几个鼓铸场，日夜炉火通红，最先造的当然是“神册通宝”。这也是效仿南朝，改元便重新铸钱。后又改元天赞，便铸“天赞元宝”通宝钱。兵发渤海国那年又改元天显，当然要铸“天显元宝”通宝钱。这种新钱一面市，立即被当作最实在的硬通货，周边各国纷纷拿出最好的商品来赚契丹国的新钱币。不用问，契丹国又得了一笔大便宜。

耶律倍小时候就对金银铜币有浓厚兴趣。他曾随父亲到鼓铸场去，看南朝被掠来的工匠如何鼓风、炼铜、制钱。他手中也存有春秋战国的刀币，秦、汉、唐、及五代时期的多种铜钱。

而今他坐镇东丹国，业已改元为“甘露”，那也理当要铸钱的。

渤海国有自己的鼓铸场，耶律倍在鼓铸场见到了原来渤海国的铸币老工匠。这是一位年过半百的老人，年轻的时候被渤海国的国君派到唐朝首都长安去学习铸币本领。三年后，他学成回到家乡，开始带领年轻人学习鼓铸钱币，经过二十多年的烟熏火燎，他已经成为铸币大师。

而今，渤海国云消雾散，契丹国的人皇王坐镇在此，业已改元叫甘露，那就一定要铸“甘露通宝”和元宝、重宝。

这时，一位随行的钱帛司大臣出了个主意，他建议，东丹国开国之际，要铸一种钱币赏赐给大家，以便留个念想。人皇王也有此意，便拟名为“开丹圣宝”，这种赏赐钱更要铸得精美，足量。

老工匠诺诺答应，他同时开四个炉炼铜，三个炉铸“甘露通宝”，一个炉铸“开丹圣宝”，毕竟年号钱才是正统。

至于要铸成什么样子，要多少铜，加多少锡，加多少锌，那就得听从工匠们的意见。耶律倍是个做事认真的人，他要求“甘露通宝”要足斤足两，“开丹圣宝”是赏赐钱，更要铸得让大家喜欢。

因为他喜欢汉字书法，要趁契丹文字还在草创之时，抢先铸造一批汉字的“甘露通宝”。同时他还想铸造两种钱以财力支援父亲。钱文已经想好，一叫“助国元宝”，另一叫“壮国元宝”。

老人告诉他，按照王爷的要求，他会作出一批“呈样钱”，请王爷审验。

耶律倍之所以着急铸钱，是因为发行钱币是改朝换代最好的证明和宣传工具。

“满城贴告示，还有不认字的。”渤海国疆域辽阔，谁也不能贴那么多的告示。可是，“钱没腿，走万家”。新铸的钱通过集市买卖，很快就会流布全境，原渤海国的臣民百姓只有看到“甘露通宝”，才会相信渤海国已被取代了。

耶律倍点头同意，便带着众人骑马回到王宫。刚进门，有侍者禀告他，说王妃请王爷到后宫。

到了后宫他看见有一老一少两个陌生人站在堂中。端顺王妃告诉他，这是两个髡匠来给王爷理发。

耶律倍问：“从哪找来的？”

端顺王妃道：“是专为宰相髡发的。”

耶律倍摸了摸头顶问：“怎么来两个人？”

老髡匠道：“小可陈大命，这是我的儿子陈小，我想让他给王爷理头，又不放心，便跟着一起来了。”

端顺王妃道：“他们曾给皇太后梳头，后来父皇把他们赏赐给了努万宰相。”

有了这样的经历，让耶律倍感到放心，便问：“要多长时间？”

大命答道：“半炷香的工夫。”

耶律倍有疑问:“这么快?”

陈大命道:“陈小比我髡得还快。”

耶律倍用手指着陈小说道:“那就让他来打理。”

陈小上前一步单膝跪地双手交叉放在前胸，接着把头一低向王爷施了一礼。耶律倍动也不动，一直注视着他。

这是契丹人觐见尊长的大礼，行得熟练麻利。

陈小站起，早有沁儿在一个银盆里倒进温水，陈小把一条白色丝巾在里面浸泡后，拿出来拧了拧，来到王爷身后，把湿巾轻轻地盖在王爷的头顶。

头皮是身体最敏感的地方，从前的髡匠把湿巾一放，王爷就会破口大骂，不是太烫，就是太凉，哪像这次温热适度，只觉得头上一阵温热一阵舒服。

这时，端顺王妃向站在一旁的老髡匠问道，攻打渤海国的时候，见过王爷吗?

老陈道，攻打到渤海国首都忽汗城的时候，我见过王爷，宝剑一挥，冲在头里，那渤海军一下子就垮了。

提到攻打渤海国，是让耶律倍感到最舒心的时候，在他带兵攻下扶馀城之后，有不少将领止步不前，为的是掠夺那里的金银珠宝，贪图享受惬意生活。是耶律倍劝说父皇阿保机继续带兵东进，为的是要直捣渤海国王城忽汗城，只有攻占它的首都，才算是真正征服了这个存在二百多年的“海东盛国”。在渤海国国王大諲譔派三万大兵迎击的时候，也是自己率军迎敌，让二弟耶律德光带兵去偷袭已经是一座空城的繁华首都。

在征服渤海国之后，父亲把他册封在这里当王。他理解父亲的用心，契丹族要想走向昌盛，必须学习汉人治国的方法和生活习俗。可是，这个做法也遭到一些人的非议，有人说，这等于把契丹分成了两个国家，契丹人要学汉人那一套，早晚得亡国。一听就知道，这两种看法是尖锐对立的。

但是，父亲的话在契丹人心里分量最重，可以说是一言九鼎，连强势多谋的母亲也不敢当面表示反对。也许，只有儿子才能知道母亲的心里是多么强大，觉得除了父亲无人能够让母亲服从。

让他感到欣慰的是，父亲才五十多岁，身强体健，但愿他长命百岁，他宁愿永远当一个太子或是东丹王，别无他求。

髡匠老陈提起了攻占渤海国的事情，让他想起这么多往事。也就在这个时候，陈小单腿跪地说：“禀王爷，理完了。”

“咦？”耶律倍摸了摸头顶，果然非常光滑，垂在耳边的几根发辫也编得整整齐齐，发辫中还夹了一条黄丝带，下面垂着几颗大粒的东珠。这大概是他们先与王妃研究好的，辫在一起果然显得十分耀眼。不知不觉间一切打理妥当，对这样的髡匠，你想打骂都找不到理由，只有夸奖的份了。

耶律倍脱口说了声：“理得好。”

下人端来一面大号的铜镜，王爷照了照，满意地点了点头。

老陈和小陈一起单腿跪下说道：“谢王爷夸奖。”

端顺王妃在一边说道：“那就隔五天来给王爷打理一次，要是孩子理得好，老陈就不用来了。”

老陈父子躬立点头。

沁儿从陈小手中接过丝巾和剃刀，就在两人递手相接的时候，四只眼睛望在了一起。

说起这四目相对，这可是第二次了。

陈氏父子二人今天能到皇宫来给王爷髡发，全是沁儿的心计，其实也是一种缘分。

那是半月之前，沁儿奉了王妃之命给宰相夫人送些点心，在走廊等候的时候看见了刚给夫人髡完发的陈小。两人也是四目相望，就这一望，两个人不仅看到了对方的相貌，好像一下子就看到了对方的内心，因为此刻两个人的心都是透明的。

就这一望，让一对少年少女的心激跳不止，这大概就是青春期的本能反应吧。

俊朗的面孔，高挑的身材，特别是那双明亮的眼睛，深深印在沁儿的脑海。沁儿难以解释，她见过无数男青年，有的还都是王公少爷，她都毫无感觉，为什么见到这个小髡匠，就心跳不能自已？

难道，这就是常听人说的前生缘分？

送完点心，走在宰相府的大院里，她一直在东张西望，希望再能看到那个让自己一见倾心的年轻人。她拐过一个墙角，却见那个人正站在那里张望，显然是在等她。

契丹女子在出嫁前都要髡发。陈小不知道为多少女孩髡过发，有的女孩禁不住春心荡漾，有的朝他撒娇，有的抛送媚眼，他都不为所动，他甚至不知道这些女孩为什么对他那样殷勤。可是，今天见到沁儿，不仅让他心动，甚至让他产生了遐想，心儿乱跳，甚至浑身都感到发热。有一种强烈的愿望在他心里激起，他一定要再见到她，说上几句心里话。他不知道为什么会变成这样，好像一切都是一种本能力量的驱使。

本能的力量是原始的，也是猛烈的，它可以让人不顾一切。

男孩呆呆地站在那里，痴痴地望着她。

沁儿停下了脚步。

那男孩声音急促地说道：“我叫陈小，是个髡匠。”然后发问：“你呢？”

沁儿的心更是慌乱，身上一阵发热，脸忽然涌上一片绯红，低声道：“我叫沁儿，是端顺王妃的贴身侍女。”

陈小难得跟一个女孩站得这么近说话，他强压着心跳，喘息着说道：“我想跟你好……”

沁儿一听，心里更是惊慌不已，她小心地看了看四周轻声道：“等……等机会吧。”说完匆匆走了，因为门外还有车在等她。

从那天起，陈小的心就像被她挖走了一块，整天丢了魂儿似的，他不知道这机会得等到什么时候。

陈小的老爹看出了孩子魂不守舍，便追问缘由。孩子也不隐瞒，就把想念沁儿的事情说了。老爹虽然通情达理，理解孩子的心情，但也无能为力，只能干替儿子着急。

真没想到，熬了半个月，这机会就来了！

沁儿是端顺王妃见过的最聪明的孩子，她是亲眼看见王爷怎样处罚那几个髡匠的。自从见到那个小髡匠，除了朝思暮想，她也想过要把他弄到王爷身边。但是，万一他触怒了王爷再受处罚，岂不是害了他？那该多么让人心痛。那十几天她就忍着，熬着，就是不说。

可是，日子一久见不到他，沁儿心里就像长了草。开始是浑身发热，坐立不安，接下来夜夜难眠，一闭眼睛那小髡匠就出现在她的脑海，那一句“我想跟你好”更是日夜响在耳边。

想不到，心里有了他，又见不到他，会让人这样难忍难受。这天早上，她再也无法忍受这样的煎熬，便向王妃做了推荐。

王妃是述律平皇后的娘家人，按照本朝的规矩她应当姓萧。沁儿是契丹八部的后人，当年皇后的姑姑嫁给了沁儿的叔爷，这么轮来轮去，沁儿和端顺王妃还沾一点亲。王妃在娘家的时候沁儿就服侍她，待成为王妃之后就一直把她带在身边做贴身侍女。

今天，日思夜想的人终于见到了，沁儿浑身有说不出的舒畅，心里甜甜的。想不到他小小年纪髡发做的这样好，竟然得到了王爷的夸赞。更让她高兴的是，每隔几天他就会来宫中一趟，有了见面的机会，这就是天遂人愿。

陈小也是一样，想到今后可以常常见到这位美丽的姑娘，幸福的感觉流遍全身，不用说，心里也是装满甜蜜。

端顺王妃的一颗悬了多少天的心总算是落了地，心里着实高兴，便向沁儿道：“选几件棉衣给他们爷俩，再来的时候，得穿光鲜衣服。”

沁儿答应着屈膝施礼，转身招呼陈氏爷俩走出了寝宫。

三个人默默地走在雪地上，谁也不知道该说什么好，只有嘎吱嘎吱的脚步声伴随着他们。走了不远，陈老爹故意走慢落在后面，为的是让两个人说几句话。

沁儿何等聪明，三言五语就把陈小的现状摸了个清清楚楚。

陈小也从怀中掏出一个带着体温的玉佩，偷偷递到沁儿手中。这是他听别人讲“古”的时候学来的，把你贴身带的玉送给心爱的姑娘，你身上的热气就能传给她，缠住她的心。

沁儿接到手里看也没看就揣到怀里，她的心里又是一阵激跳，她知道，这是定情之物，要接受了它，就等于两个人许下了海誓山盟。她不是不想看，而是不想这样匆匆地看，她要找一个静的地方仔细品味，因为这毕竟是关系终身大事的物件。

渤海国的皇宫已被战胜者全盘接受，契丹大总管正在查点库存。

二百年基业的渤海国储藏财宝无数，金器、银器、珍珠、玛瑙堆满了几个库房。绫罗绸缎、皮衣、棉衣难以数清。沁儿说王妃让大总管找两件皮袍。大总管马上拿出两件崭新的海獭皮袍。

这棕红色皮袍又轻又暖和，可是上等货。

陈老爹识货，他知道这是皮袍中的极品，怕这等海獭皮袍太贵重，像他们这样的下人，有件羊羔皮袄就满意了。沁儿见老爹犹豫，忙向他递了个眼色，让他们收下拿走。反正是大总管给的，拿回家去就是财富。再来王宫你就穿羊羔皮袄，谁能知道？

陈老爹心知肚明，这姑娘刚跟儿子相好，就这么"向"着他们，陈小的眼力不错，沁儿真是个好孩子。

傍晚时分，有快马跑进王宫来报，天福城（原渤海国国都忽汗城）东的几个城池都发生了渤海人的叛乱，他们杀死契丹士兵，企图控制城池恢复渤海国。人皇王闻听大怒，他立即下令让宰相耶律努万和国舅萧木达领兵平叛，他自己要亲自率领大军去荡平叛军的老巢。

契丹人有王妃随军参战的习俗，想到外面冰天雪地，天气奇寒，王妃命总管拿来了两件最好的皮袍。这两件皮袍是渤海国皇帝和皇后穿的，都是白熊皮做的。

白熊生活在最北边的大洋里，那里整年冰雪不化，白熊的毛皮又轻又密，穿着它躺在雪地里睡觉都不会觉得冷。

侦察得知，鸭绿府和龙源府两地叛乱者多达五千人。人皇王决定，将父皇留下的三万兵马拨出两万，他与国舅各带一万出征，留下一万将士守城。第二天一早，平叛大军在银安殿前列队。人皇王同时宣布，攻下叛乱城池，士兵可以大抢三天！契丹士兵一阵欢呼，大军随即出发。

王妃随军出征，沁儿一定得在身旁。

王妃惦记王爷的头发，连夜通知陈小随军出发。

第二天一早，沁儿见到陈小，几乎认不出来了。他穿着士兵的盔甲，骑着一匹枣红马，披着羊皮斗篷，腰里挎着一把弯刀。

沁儿把他领到王妃的车前，王妃也感到惊奇便说："打仗轮不到你。"

陈小道："禀王妃，陈小从小就愿凑热闹。"

王妃的车又宽又大，车上拉着一顶厚厚的皮毛帐篷，里边还生着炭火，几节薄铁打制的烟囱伸出帐篷外，既稳当又暖和。沁儿示意让陈小跟在车后，便扶着王妃上了车。

陈小骑马跟在车后。

契丹大军攻占渤海国首都一月有余，士兵们吃得饱，穿得暖，加上抢掠的财富，各个富得流油，闲得手头发痒。听说又要攻城略地，各个欢呼雀跃，平叛进城还可以大抢一把。

其实，攻城略地加上抢夺财物，甚至奸污妇女，是北方族群刺激士兵作战情绪的一种办法，当然这只限于打胜仗的军队，常打败仗的队伍则适得其反。契丹军队正处于情绪的旺盛期，没仗打的时候憋得嗷嗷叫。这样的军队一上阵，士气就占了上风。

人人皆知，武器装备是取胜的关键，契丹国冶铁、炼铜行业都非常发达，将军可以穿青铜锁子甲，用铜和铁来制造箭头，而渤海国的箭头多是用鱼骨和牛骨做的，根本无法射穿金属盔甲。

渤海国人的反抗结果可想而知，成千上万的人做了刀下之鬼，就连陈小还杀了两个叛乱士兵，抢了一个女人的头饰。

鸭绿府和龙源府再次被洗劫，路上走了五天，实际交战仅用一天，两个城池的士兵和百姓再次投降。耶律倍怒气未消，一个"杀！"字出口，两个城池的渤海人几乎被杀掉一半，剩下的一半还是随军的中书令韩延徽力保下来的。他向人皇王进言：到处都是尸体，总得留下一些人来收尸，总得留下人种粮食，不然明年军用粮秣从哪里来？

王爷和王后住进了鸭绿城的官衙，王妃看见王爷的头顶又长出了短发，便让陈小打理。沁儿帮助准备温水，王爷便坐在椅上等候。

沁儿向王妃努了努嘴，王妃也坐到王爷身边的椅上说起奉承的话，无怪乎是说王爷用兵如神、旗开得胜等等。

此时，陈小已将温丝巾敷在王爷头顶。

听了夸赞的话，王爷脸上露出了微笑，便说起渤海兵如何软弱，毫不经打，一个冲杀就打乱了他们的阵脚，下令屠城是要给其他城池的人看的，叫作杀一儆百。怎奈中书令韩延徽看不透其中玄机，怕没人收尸、没人种地……未等王爷说完，陈小已经打理完毕，并对王爷说，等过些时日，后脑的头发长长些，便在王爷头顶做一盘髻，以显示您与众不同。

这个陈小的髡发的手艺看来已到出神入化的地步，不然怎么两次打理他都毫无知觉？王爷饶有兴趣地问起在哪里盘髻？陈小说："囟顶后一寸。"

王爷伸手摸了一下，点了点头。

囟顶就是婴儿时期的头芯儿，摸上去是软的能感到跳动，待一周岁后才能长实。北方民族留髡发者都把这里当成灵魂出窍的地方。

每次给王爷打理，沁儿都为陈小捏一把汗，这次又顺利髡完，两个人在收拾工具的时候不由得相视一笑。

不料，两人这一笑，正让王妃看了个正着，她立即把脸一沉，叫了声："沁儿，过来！"

沁儿心中一抖。她太熟悉王妃的语气了，这一声是她心里极为厌恶所发出的声音。她连忙放下手里的工具，疾步走到王妃跟前。

陈小收拾好工具本想与沁儿再用目光交流一下，孰料，沁儿根本不再看他，他只好低头走出。前线需要打理头发的人跟多，陈小又去给一位将军理发。

这次打理出了一点小小的纰漏，他一直在想沁儿为什么不理他，结果在这位将军的头上留下一个微小的刀口。尽管他连忙用手一抹就止住了血，甚至将军对这一失误都没有察觉。但陈小心中却恼恨不已。

在给下一位打理的时候，他强迫自己全神贯注，结果一切顺利。可是，他回到驻地，这一夜却失眠了。他脑海里一直响着王妃严厉的声音和沁儿惊慌的面孔……

侍候王爷睡下后，端顺王妃吩咐下人调好炭火，关好门窗在屋中值守，便与沁儿走了出去。

沁儿打着一个灯笼，上有“王府”二字。随军王妃每夜都要巡视王爷住处的警戒，这可是皇后述律平立下的规矩，为什么让女人跟着上战场？就是因为女人心细，每晚查岗验哨，要比那些喝酒误事的男人强得多。

满地积雪发出吱吱嘎嘎的响声，哨兵听见声音都紧张地观望，待看见王府灯笼，便单腿跪地请安。王妃和气地问他们冷不冷，什么时辰交班？哨兵们一一回答，王妃满意地点头。快查完岗在向回走的时候，王妃忽然问道："你是不是对那个小髡匠动了心思？"

沁儿急忙躬身回答："没有。"

对于沁儿的回答，王妃仍有疑虑，当天晚上，端顺皇妃对沁儿进行了严厉盘问。她问道："你平时不苟言笑，这也是我喜欢你的原因，为什么你对小髡匠眉来眼去，相视而笑？"

沁儿是个机灵姑娘，但是，遇见了陈小让她有些情难自禁，让王妃看出了端倪。如果要是当即追问，她可能无言以对，现在，经过了大半天，她已经想好了对付王妃的办法。

沁儿满脸委屈地说道："请主子息怒。小的从来没见过这般机灵的髡匠，别人常常被王爷打骂，他髡发的时候那么快当，王爷都没察觉他就髡完了，我想，我们侍奉主子做事也能这样麻利该多好，小的只是羡慕而已，绝没有半点非分之想。"

王妃点头："那就好。你在我身边，将来是要做大事的，我想让你做东丹国后宫的总管，将来，你要改姓萧，嫁给耶律家的人。他是一个小髡匠，还被汉人掠去过，这样的人只能做一辈子髡匠，懂吗？像这样的下等人，你连理都不要理，懂吗？"

毕竟她和沁儿沾亲带故，她只想点到为止，倒也不想过分追究。在她看来，有嫁给耶律家的诱惑，沁儿是会听话的。

沁儿连连点头。作出一副决意听从的样子。她心里却庆幸那块玉佩揣得严密，没让王妃看见。

王爷剿平叛乱，班师回到天福城，城内城外都有队伍敲锣打鼓迎接。走时，他看见城门还有"忽汗城"三个大字，现在已经换成了"天福城"三个大字，渤海国龙化州忽汗城这个名字从此消失。

回到王府，侍者报告，说是鼓铸场送来一批钱样，请王爷审阅。

人皇王命把钱样呈了上来，他一个个仔细察看，字体还算规整，用手掂着分量，觉得与南朝那些钱也不相上下，便命照样铸造。数量嘛，他一时拿不定主意，便让人把后宫总管叫来，询问缴获渤海国的铜、铅、锡的库存数量。

总管答道："经过这些天清点库存账目，库中有铜一万斤、铅五千斤、锡五千斤、锌三千斤。这些都存放在鼓铸场跟前的仓库中。"

王爷略作计算，便下令："甘露通宝"元宝铸一千缗，"开丹圣宝"铸三百缗，"壮国元宝""助国元宝"元宝各铸五百缗。铸好后，"甘露通宝"留在东丹国通用，"开丹圣宝"用以赏赐有功人员，"壮国"和"助国"元宝入箱装车运往上京。

鼓铸场得令，马上从仓库运来铜、锡等原料，开炉生火。因为开炉就不能停火，必须日夜赶铸，造币场里一片忙碌，白天夜里炉火通红。

办完了这几件事儿，王爷摸了摸头皮，觉得头发又该打理了，便吩咐道："去把小髡匠找来。"

第二章

韩知古

老髡匠看出儿子陈小从那天给王爷打理回来就有点发茶，白天无精打采，晚上翻来覆去在床上打滚，这孩子怎么啦?

老爹问话，儿子也不回答，只是一个劲地长吁短叹。

看着儿子老是对着窗外出神，那里正是人皇王的王宫。他忽然想起第一次给王爷打理头发的时候见到的那个紧跟在王妃身边的小姑娘。那姑娘明眸皓齿，长了一张俊俏的脸蛋儿，高挑的个儿，真是一个小美人。想到这里，老髡匠一拍脑门，明白了。从那天起，就看出儿子总是心花怒放，一天到晚像吃了蜜果子似的。看那时候的满心欢喜，再看如今的失魂落魄，老髡匠猜出了个七八成，这孩子准是让那姑娘给弄蔫了。

老髡匠问儿子:“你中意王妃身边那个姑娘?”

陈小凄苦地笑了笑，点了点头。

陈家住在契丹和南朝交界的地方，饱受战争之苦。陈小出生不久，母亲就抱着他跟着逃难人群离家出逃，在躲避南朝军队突袭的时候，陈母被流矢击中心脏去世。后来，一起逃难的小姨帮助老陈一把屎一把尿把陈小拉扯大。这个小姨后来就跟陈小的父亲生活在一起。不久他们被南朝军队俘虏，父亲和陈小在军中靠着高超的理发技艺，让众人折服，便让他俩给将军的母亲和夫人梳理头发。陈小那时候十三岁，他生性聪明，勤恳好学，小小年纪就成了个理发高手，周围的人都对他啧啧称奇。

所以，父亲问他什么事情他也不会隐瞒。

本以为这一家三口能过上太平日子，偏这时，因为他们就住在军营边的民房里，将军手下一个副将看上了小姨，趁着陈小父子外出给人理发，闯入家中，想要强行无理。小姨不从，便与他厮打。那副将恼羞成怒，拔出短刀杀死了她，接着又奸了尸体扬长而去。

父子回家看到这种惨状不由得气满胸膛，陈小抽出一把长刀就要出去杀人拼命，老陈也抓起刀冲了出去。两人跑到院里，老陈一把抓住了儿子，夺下了刀，又把他按到地上，让他坐在那里。

陈小不满地看着父亲："你干什么拦我？不报仇啦？"

老陈问："杀谁去？"

陈小喊道："我知道！就是他！"

老陈道："我也认为是他！证据呐？"

陈小低下头哭了起来。

老陈说："此仇不报我誓不为人！可咱得抓到把柄，杀了他，心里安稳，过往神灵才不会怪罪咱们。"

陈小问道："那你说该怎么办？"

老陈道："得慢慢查访，要想不惊动那个坏人，我们得装作说你姨娘一向不忠实于陈家，死有余辜，把她埋了就算了。这样，杀人的人就不会太警觉，我们就能慢慢地查出来，到时候，你我一齐上手宰了他，不报此仇我死不瞑目。"

陈小知道父亲自从和小姨生活在一起，就像换了一个人，每天精神焕发，跟小姨如胶似漆。真想不到，遇到小姨被杀，他却这般冷静，完全像处理旁人的事情。

"那要不要报告将军？"陈小问。

"当然要告诉，就说她早死早利索。"老陈道。

果然将军闻讯来看了一下，见老陈对这个女人的死不疼不痒，只说了些要慢慢侦查，找到坏人必欲严惩的话就离开了。老陈跟儿子把小姨装进一口薄棺材，草草埋葬了事。

那时候，陈家父子住在属于南朝管辖的北疆小镇，之所以能在这里成镇，是因为这里是一个历史悠久的边境贸易的“榷场”（集市）。每逢三、六、九日，两边的边民都会聚在这里交换茶叶、丝织品和毛皮、马匹……

陈家父子就住在一个苫草覆盖的泥坯土房里，院门口挂着一块布幌，上写一个大字：剃。

当年，这个“剃”字除了代表理发，还表明可以给契丹人“髡发”。

陈家隔壁是一个专钉马掌的铁匠炉，每逢集市，总是叮叮当当忙个不停。

埋葬了小姨的第二天晚上，老陈从镇北的烧锅打了一斤酒，又切了二斤牛肉到了铁匠家。酒到半酣，老陈呜呜地哭了起来。铁匠知道他的心事，就向他透露说，当天下午，前面兵营里的那个副将也喝了点酒，进了陈家，足足有半个时辰才走。

铁匠说他看得真真切切，陈家父子也横下一条心，杀副将报仇才算是血债血偿。

果然，没过几天，一个月黑风高的晚上，从一相好女人家里出来的那个副将就被杀死在路边，身上被捅了七八个窟窿。

第二天早晨尸体被发现，将军一看，有这样的深仇大恨一定是陈家所为。等带兵到了陈家，发现院门家门洞开，父子俩早已无影无踪。

向邻居铁匠打听，铁匠也不隐瞒，这爷俩老早就想到北边去。那边的人大半个脑门都刮得铮亮，干他们这一行的，钱当然好挣。

那个时候，边关还有换牒的制度。将军把陈氏父子二人画了图像，写了罪状，交给了契丹的边防。

当天夜里杀了那个副将，老陈父子两人各骑一匹马一直向北方逃窜，跑了几天，来到一个两条河流交汇的地方，看到这里人烟稠密，老陈决定就在这里住下。

那个时候，契丹建国已有数年，为了站住脚跟，不得不连年发动对外战争，打仗成了国家的第一要务，还来不及搞城镇建设，百姓居住简陋，许多人还住在地窨子里，一些人刚刚学会开荒种地，许多伤残的军人和妇女从事游牧和渔猎。陈老爹看到这里人烟稠密，是个赚钱的好地方，就决定在这里落脚，尽管他还不知道这里就是契丹国的首都。

好在南朝的铜钱流布甚广，“开元通宝”和“乾元通宝”都是流行在北方民族的硬通货。老陈只用十几个铜板就买了一个小房子，就是用泥坯搭成的草皮屋，屋门前用树枝围成一个院子。院门口高挑一个布幌，上写斗大的一个“剃”字，还画了一个髡发人的头像。一开张，来小院的人就络绎不绝，生意还挺红火。

更吸引人的是挂在迎面墙上的两轴条幅。

上幅是：身怀顶上功夫，

下幅是：专做头等大事。

这是南朝的一位文人见两人技艺超群，有感而发写出来，裱好了送给他们的，在南朝还没来得及挂上墙，就出事了。两个人把它带到了北国，工工整整地挂到墙上。

契丹人有认识汉字的，见了这两轴条幅，禁不住交口称赞。不认识汉字的，听陈老爹一讲，也是连声叫绝。

许多契丹人就是为了看看这两轴条幅，不怕绕远来到这里髡头。你想，那生意能不红火吗？

半年以后，有个军官也慕名前来髡发，看到陈家父子打量一阵，认出他俩都是南朝要抓的杀人犯。陈家父子这才知道，他们杀死的那个南朝副将是边界闻名的一员猛将。那个副将杀死不少契丹的军官和士兵，更让人发指的是，他经常滥杀边境的无辜百姓用以邀功。陈氏父子杀死他等于为契丹除一大害，也是为南朝边民除了一大害，哪能捉拿他们？

这军官一讲，周围的人听了都把这父子髡匠当成了英雄，消息传到天皇帝耶律阿保机的耳朵里，那时候，阿保机已经当了好几年的皇帝，年号也从神册换成了天赞。这几年，几场仗打下来，四边稳定，缴获无数。

过两天，耶律阿保机要接待一个远从西方来的使节团，据说那些人都穿白袍，蓝眼高鼻，蓄着大胡子。契丹国头一次接待这样的人，头脸必须打理得十分光鲜才好，这一天，耶律阿保机便换了便装，只带一个护卫，亲自来到这家髡发店里髡发。

阿保机一进店门，陈老爹就看出此人气度不凡，急忙上前让座，此刻，陈小刚给一个人髡完发，想要接着给来人髡发，陈老爹抢先上前，让来人坐到凳子上，自己动起手来。

好髡匠的刀法纯熟，又轻又快，几乎没什么感觉，连打开头上的顶髻，重新梳理，又重新编好，他都毫无感觉，阿保机不由心中暗暗称赞：好手艺！

髡完后，陈老爹把两手搓热，连连捏阿保机的耳朵，接着又噼啪地拍他的脑袋。护卫一见刚要制止，却见阿保机舒服地闭着两眼，似乎十分享受，便坐在那里呆呆地看着。

拍完了脑袋，又拍脖子，两手在双肩又捶又捏，把阿保机舒服得连连说好，身子也随着轻轻摇晃。拍打一阵，陈老爹身上出了汗，停了手。却不料客人不依不饶，连连说道："接着来，接着来，莫停。"

陈小看见父亲累了，他上前接替又是一阵连拍带捏，让阿保机舒服得嘴里不住地哼哼唧唧。接着就发出一阵鼾声，他睡着了。

陈小刚要叫醒他，护卫连忙上前拦阻，不许叫醒。

陈老爹知道此人得罪不得，又担心他着凉，便把一片麻布盖在他的头上。那护卫站到门前，把来髡发的人统统赶走，就给陈家断了生意。

陈氏父子面面相觑，这是一位什么人物?

睡了足足有一个时辰，阿保机醒了，他高举双臂打了个长长哈欠，口中说道："好舒服——"

护卫急忙上前轻声问道："可以走了吗？"

阿保机站起身来对护卫说："一会派人把他们带回去。"

陈氏父子一时愣在那里。

护卫道："愣什么？还不叩拜天皇帝！"

两人一听吓得魂飞天外，连忙跪地叩头。陈老爹担心犯了弥天大罪，胆敢拍皇帝的脑袋。

阿保机不但没有怪罪，却说道："拍得好。这是南朝的手艺，契丹人不会，有几个拍打得很不舒服。进宫去，好好侍候朕。这才是顶上功夫，做头等大事。"说着走出门去。

陈氏父子好久也没敢站起来，直到有人进来髡发，两人才慌忙站起。陈老爹对来人说："今天不髡了……"

不到一个时辰，便有人来找这父子两人，让他们收拾家什，随他去皇宫。

两人不敢怠慢，便带着家什离开了家。

原来，两人北逃落脚的这个地方，就是西拉木伦河与老哈河的交汇处。在契丹的古老传说中，契丹的祖先一男一女骑青牛白马就在这里相会，生息繁衍，直至出现契丹部落。现而今，契丹人历经千年风雨终于迎来了耶律阿保机时代，契丹人离一统大漠的日子已经不远了。

所说的皇宫。名头虽然响亮，其实就是一个由土墙围绕的大院子。院子里有几幢泥坯土房，倒也修成了像南朝的三进的样子。可惜的是，这里既无飞檐也无斗拱，只有茅草盖顶，铺得比百姓的土坯草房要厚密一些而已。

据说，新的皇宫已经开建两年，大概还得一年才能完工。新皇宫是仿长安大唐宫殿，由汉人指导兴建，规模不小，气势恢宏。

陈家父子来到这里便被带到一间厢房，那里有七八个青年人，个个都在髡着头发，每人手里都有一套髡发的家什。

一见陈家父子走进，几个蹲在墙边的青年一齐站起，都口称师父。原来，找他俩来是教这些人髡发的。

那个当官的找来一个持枪的卫兵，让老陈先理个样子。

老陈便让陈小动手，他在一旁讲解。几个年轻人都围拢过来，认真地看着、听着。其实，陈家父子在南朝也教过一些人理发，都是陈小在做，老陈讲解，倒也是轻车熟路。

这几个人都是宫廷的髡匠，除了给皇帝髡发，也给大臣和士兵髡发，都有些基础，动剪，用刀，早已经做过几年，陈老爹这一指点，为的是让他们掌握南朝的髡发技艺。

几个学徒便给附近的百姓和士兵理发，当然，也包括拍打头顶，拿捏双肩的按摩技术。

髡发时，割破头皮流淌鲜血是免不了的。从前，老陈腰间总是挂着一个绣着一对鸳鸯的白绸布口袋，用一块兽骨拴在绳头当作"别子"。里面装着南朝人烧檀香剩下的香灰。口子割得大了止不住血，他就捏出一撮，往伤口上一抹，立马止血。那口袋是小姨绣的，从她不在了，老陈便再也没拿出来过。这几天学徒的年轻人要开始干活，老陈知道伤头皮的事情少不了，便揣在怀中带了来。一个年轻人毛手毛脚，剃刀在一个士兵头上一碰就开了一个口子，血流不止。老陈只得掏出口袋捏了一撮香灰敷上，立刻止住了血。

睹物思人，看到这个香囊，陈家父子心中无限惆怅。

没几天，这几个学徒的腰间也都多了一个口袋。

在这些年轻人中，要数一个叫韩知古的汉人理得最好，既快，又没有伤及人家的头皮。直到第二天，陈小才发现，原来这个家伙偷偷地使用自己的剃刀。

这还了得？陈小宁可拿钱请人喝酒，也不能让别人动他的剃刀。

陈小怒不可遏，两个人几乎交手厮打。

这个韩知古也能无理搅三分，就用了！你能怎么的！没偷你的也没抢你的，用完了放回原处，师父的家什徒弟用用有何不可？听了这话，陈小更是气不打一处来，扯住了他的脖领，就要动粗，幸好老陈上前拉开。

剃刀为什么这样尊贵？俗话说“手巧不如家什妙”。

陈家父子髡发技术固然高明，但也得益于那两把锋利无比的剃刀。

看外表，这两把剃刀与其他剃刀并无大的区别，懂行的人才能看出来，这两把剃刀上都有隐暗的像行云流水似的花纹，这是锻造的时候千锤百炼的结果。

契丹人善于锻铁，首先得益于当地铁矿石的含量高，成分好，他们连通西域以后，除了贸易还有交流和学习炼铜冶铁的技术。他们打造的阿拉伯弯刀同样锋利无比。

那是十多年前，当陈小还是个光腚娃娃的时候，老陈就意识到剃刀对于一个髡匠的作用，那个时候，天下大乱，朱温灭唐建立了梁朝（史称后梁），西南有王建建立的蜀国（史称前蜀），东南海边钱镠称王，长沙马殷自立为楚王，福州王审知、南平高季兴都割据一方称王称帝，也就是现在所说的“五代十国”。老陈开始在南朝北国寻找最好的铁匠。最后，他在西北陇上找到一家雇用阿拉伯工匠的铁匠铺，付了双倍的价钱，打造了两把布满暗花流云的剃刀。

这是由一位后唐人雇用了十几名阿拉伯人兴办的，冶铁、炼铜、打造金银器皿和各种首饰的作坊。几十年后成了大夏国（西夏）的币帛司属下的工场。

这两把刀，吹毛即断，剃发无声，难怪韩知古一眼就看出端倪。

要说这个韩知古倒也值得大书特书，为什么？

史书上说对契丹人帮助最大的有两个汉人，说来也巧，这两个人都姓韩，还都是河北人。有人说他俩是一家人，错了。韩知古是燕北蓟县人，韩延徽是幽州地界的安次人，隔着上千里呢。韩延徽是“官二代”，韩知古祖祖辈辈都是土里刨食的庄稼人。可是，这个韩知古自幼聪明好学，在他八九岁的时候，村里有一位落第书生，见他聪明好学便主动教他读书识字，说来也怪，凡是韩知古看过的书他都能背下来，虽然不能说倒背如流，至少也是过目不忘。有一年大旱，村里人饿死不少，父母让他到幽州去投奔亲戚，逃个活命，那年他十三岁。虽说中断了学业，但好歹学了一年多《论语》，也够用一阵子了。

到了幽州韩知古才知道，原来那家亲戚已经穷困潦倒，加之重病在身，又无儿无女，家里是吃了上顿没有下顿，现在眼看又添了一张嘴，愁得整天长吁短叹。

韩知古年龄虽小，却是自有主张，为了不连累亲戚，他就在吃饱肚子上打主意。他很快就看到这位亲戚家的两家邻居大有利用价值：不远处有一家畜医作坊，不光是给马钉马掌，还能医治六畜疾病；隔壁是一家中药铺，有一位行动不便的老郎中坐堂。他先是主动去畜医那里帮忙牵马，拴马。那位“六畜郎中”见他勤快，还认识许多字，便留他吃饭，一来二去，就成了光干活吃饭不要工钱的小伙计。由于勤学好问，一两年后，学了不少兽医的本事，再有谁家牲畜生病，他也敢伸手医治。

到了畜医那里没有活计的时候，韩知古便跑到中药铺去，为老郎中端茶倒水。这位老郎中善治疑难杂症，韩知古看到的学到的也真不少，不出一年，他也学着把脉看病，甚至开药方，那一年他才十六岁。一句话，他是学啥会啥，什么事情让他琢磨一阵，就能干得得心应手，甚至出于蓝而胜于蓝。

就连这次学习髡发也是一样，学了不久，韩知古的手法就赶上陈家父子了。

陈氏父子被召去给阿保机髡发，为皇后述律平梳头。三年之后，在一场大战之后，阿保机把他们父子俩赐给了全国的后勤主管耶律努万。

陈氏父子在皇帝和皇后那干得好好的，一无错，二无过，怎么就把他们赐给别人了呢？

这就应了坊间流传的那句话："教了徒弟，饿死师傅。"

到底是谁夺了这对父子在皇宫的饭碗呢？不用问，就是这个韩知古。

韩知古在幽州学了两门手艺，虽然挣不到多少钱，肚子总算能填饱了。

那一年冬天，离家三年的韩知古想家了，到了年跟前，他挑着一个挑子出了幽州城。挑子一头是畜医作坊和老中医送给他的幽州土产，另一头是给爹妈买的几件衣服和路上吃的干粮。打幽州到蓟县四百里出头，韩知古晓行夜宿足足走了六天才到家。腊月二十八家人团聚，欢喜得老人边笑边流泪。

想不到乐极生悲，一家人光顾得高兴却忘了一件大事儿。什么事儿？就是契丹人每到冬天就在边境一带"打草谷"。

说是叫"打草谷"，你可别真的当成契丹人在侍弄庄稼。这三个字，就是到了秋天出动人马到边境去烧杀抢掠的代名词。蓟县正是南朝北国与契丹的边界线，村里人被抢、被杀都是常事儿。小时候父母带着他，东躲西藏几次"打草谷"都躲了过去，这次回家，赶上韩知古正在给一个病危的老妇人看病，没加防备，爹妈都躲了过去，他却让几个契丹人抓了个正着。

抓来的汉人，留着长长的头发，都是绾在头上的，这一点与契丹人大不相同。长官看着用绳子拴成长串的汉人，要挑些精壮的留着做奴隶，只要长官喊声："髡了他！"就会有人上来或刀割或剪刀剪，弄得你的头秃一块光一块，要么就是东短西长，难看之极。这模样，就是放了你，你也没脸回到南边去。那时候讲究，谁被髡了头，就是辱没门庭和祖宗的奇耻大辱。

若是长官不髡你的头，你也别高兴，说不定就砍了你的脑袋呢。

既被髡了头成了奴隶，韩知古被几经转手倒卖，最终来到了时任"夷离堇"的阿保机府中当一名护院的家丁。他平时顺从，勤快，受到护院总管的喜欢。

听说来了一个手艺高超的髡匠，还是杀了南朝大将的英雄，耶律阿保机便想去见识一下他们的手艺。

效果让人满意，阿保机从小髡发，从来没有人能髡到这样光滑，舒服。回到元帅府，他频频摸着头顶，动起了心思。

游牧生活常是和衣而睡，席地而坐。头不梳脸不洗都是常事儿，平时就显得邋里邋遢。为了能在登基时让王公大臣和亲兵亲将显得光鲜亮丽，除了更换服装，阿保机下令让耶律各家抽出家丁和奴隶向陈氏父子学习髡发，把所有参加庆典人的头脸都整得油光水滑的，韩知古便被荣幸选中。

手艺学成，韩知古并没有着急显露手艺，他知道“手巧不如家什妙”的道理，先是四处寻找好铁匠，他要打造一把比陈氏父子还要好的剃刀。

老陈的剃刀打造于十多年前，现而今这契丹境地可是兴旺了。当地不光有南朝的工匠，也有高鼻子蓄着大胡子的阿拉伯工匠，要打造一把好剃刀，甚至超过陈氏父子的剃刀水平的也不是难事，只是价格要稍贵一些。

韩知古存了一些私房钱。这些钱虽说都是偷偷攒下的，说起来攒钱之道也不丢人，那是靠手艺挣钱，光明正大。

原来，当地马匹有一种常见病，就是肠套叠。也不是当地，全世界的马都好得这种病。马得此病医治不及时，很快就因不能进食而死掉。

契丹的马医太少，当地人对此束手无策，而韩知古却是治疗牛马肠套叠的高手，他一看症状，基本就有个八九不离十，他也不怕脏，把手伸进马屁股里，有时伸到臂弯处，有时连整条胳膊都伸了进去，一阵左掏右掏，只要他把手拿出来，那马立刻就活蹦乱跳。

对这样的奴隶谁家都得高看一眼，治好了马病，赏几个铜钱，甚至几两碎银，都是理所应当。

韩知古有个小牛皮口袋，已经被摩挲的黝黑锃亮。里面装着各种各样的钱币，唐朝的“开元通宝”自不待说，还有“大历通宝”，梁朝的“开平通宝”，甚至还有两枚远在西北的高昌国造的钱，名叫“高昌吉利”。韩知古最愿意听的就是这些钱在口袋里稀里哗啦的声音。

说实在话，在老家他挣不到这么多钱。有了钱也是边挣边花，除了自己吃还得养活那位风烛残年的亲戚。这里物品没有南朝那样丰富，有了钱也花不出去。想想当年仅能糊口的穷日子，看看如今尽管当奴隶，还有铜钱和碎银，真说不清在哪儿是福，在哪儿是祸。

看看那位汉人本家韩延徽，本来是南朝派他来契丹办事的，却因为冒犯了阿保机被贬去放马。后来因为他给阿保机出谋划策，让阿保机当了契丹开国皇帝，从此，韩延徽青云直上，备受尊崇。想我韩知古也是一脑门子聪明伶俐，凭什么不能飞黄腾达？奴隶有了心情的改善，干起活来的热情是会让主人感受到的。

韩知古最早是种地，当牛当马拉犁杖。管事的见他会医马，便把他调到大院里，谁的马病了就找他去看。马病不是天天有，奴隶是不能闲着的，就让他在大院里干活。掏马屁股不怕脏，打扫院子也不怕累。自从他来之后院子总是干干净净的。一有闲暇就给别人髡发、看病，整天乐乐呵呵，讨得人人喜欢。传说他也有把神奇的剃刀髡发的消息让述律平皇后得知后，便要他到后宫给宫女髡发。

可巧的是，述律平的一位贴身女管家一年前得了一种怪病，怕冷。怕到什么程度？大夏天别人穿罗纱还出汗，她得穿双层夹袄，一点汗也不出，到了秋冬，冷的连屋都不敢出。请巫师看过，说是有一条蛇精附体，又是驱妖又是赶鬼，全无效果。要不是皇后的至近亲戚，早就被赶出宫门了。

这件事情被韩知古听说后，他偷偷地见到那位女管家，说他能治她的病，要是治好了得答应他一个要求，就是让他脱离奴籍，成为一个在籍的平民。

这种病他在幽州见到过几个，那个行动不便的老郎中就有祖传的绝招。因为治这个病的时候得有帮手，韩知古每次都是打下手，早就弄了个一清二楚。

韩知古不论是出力还是给谁帮忙，都有自己的算计。按理说，他真要是治好了女管家的病，这点要求也不算什么。那个时候北方部落几乎没有给人看病的郎中，有了病，就靠巫师赶妖驱鬼，好了，就是长生天显灵照应，死了，就是命里该绝。

女管家一听，满口答应，要是治好她的病，不仅要除去他的奴籍，还让他当“夷离堇”府上的郎中和马医。

韩知古是个办事认真的人，他说，光你说不行，你得跟皇后说，要她也答应才成。

果然，第二天述律平皇后亲自召见他，答应他的条件，外加奖赏一个金币。

韩知古叩头谢恩，当着皇后的面就为女管家治疗。

韩知古治疗的办法挺特别：先让女管家用热水洗头，然后把一块拳头大的鹅卵石加热到滚烫的程度，用麻布包好，放到女管家的后脑处，说这是热灸，连治两天，到了第三天也如法炮制，还让宫女不住地向女管家头上浇热水。最后，韩知古把滚烫的石头去掉麻布，直接就放女管家的后脑，烫得那女管家呀呀怪叫，接着就连声喊热，浑身发痒。随着喊声，女管家身上冒出一层臭汗，那汗不仅臭而且发黏，周围的宫女都捂住鼻子。皇后也连连摆手。韩知古让人把女管家抬到了后室的澡盆里，让女管家用冷水洗澡。这一热一冷，谁也说不清什么原理，反正病是彻底痊愈，从此再不怕冷。

据说女管家那一身被臭汗溻湿的衣服，放了好几天还臭不可闻。

女管家对韩知古连声感谢自不待说，皇后也不食言，除了他的奴籍，还赏给他一块罕有的金币，上面铸有四个字——“皇帝万岁”。

其实这个时候，阿保机已经在韩延徽的策划下紧鼓密锣地做称帝的准备，阿保机不仅铸了“皇帝万岁”，还铸了“天朝万岁”和“千秋万岁”。这三种万岁钱钱币都铸了金、银、铜三种。因为这三种万岁钱造型精美，寓意吉祥，契丹后继皇帝也多有仿制，只是质量稍逊而已。

韩知古学会了髡发，既会治人病，又会治马病，又被除去了奴籍，加之女管家替他美言，很快，他就成了述律平皇后身边的人。那时还是陈氏父子给皇帝和皇后打理头发。但是，韩知古的过人之处是会给皇后弄些发饰的新花样，按着他的想法作出来，皇后显得年轻干练。

老陈知道韩知古在皇后心中的分量，有时就主动请韩知古给皇后打理。三个人虽说是同行，倒也没有“同行冤家”的感觉。毕竟都是遭过难、吃过苦的人，心胸都不是太过狭窄。像陈小与韩知古两人差不了几岁，也许是不打不相识，两个人都看出对方性格耿直，反倒成了一对好朋友。

阿保机看出皇后对韩知古印象越来越好，而且他的手艺也可以取代陈氏父子，就有了调换的想法。这时，恰有一位官员应当奖赏。那是在一次大战中，阿保机的储粮重地让敌方偷袭，身为押粮官的耶律努万为保粮食不失，在粮草遭到抢劫的时候，拼命鼓动将士杀敌保粮，将士被其感动纷纷顽强抵抗，终于等来援兵，杀退敌人，保住了粮食。战斗中耶律努万头皮受伤，不能打理头发，显得十分邋遢和狼狈，皇帝知道他身边没有好髡匠，便把陈氏父子送给了他。

耶律努万感激涕零。

三个髡匠要分手，他们依依不舍，当晚就在皇宫跟前一家酒馆喝了一顿酒。那时候的酒都是米酒，人人都能喝上几大碗，直喝到酒酣耳热，陈小与韩知古抱头痛哭，显得难舍难离。

哭完了，陈小说对不起韩知古，什么都教了，就是南朝的按摩手法还留了一招，就是拍打的时候不光是用力，还要运用气功，看似重，却不重，看似轻，却不轻。当时没有教，是对他还不太了解，后来也没找到机会。

韩知古却不以为然，他摆摆手道："这算什么？从你们给天、地二皇帝按摩的时候，我就学会了，不客气说，二位皇帝认为，我的按摩手艺比你们还强呢，不然，能放你们走吗？"

原来，韩知古还跟那位老郎中学过吐纳气功，所以，掌握按摩手法那是一点就通。

当晚，两个人在皇宫里的关帝爷泥像前焚香磕头结拜为异姓兄弟。

韩知古长陈小两岁为兄，陈小为弟。两人誓约："有福同享，有难同当。"

两个人还想誓约"不能同年同日生，但愿同年同日死"，可是，谁也没有胆量说出口。其实，不论韩知古和陈小何等精明能干，毕竟都是升斗小民，结拜是为了抱团取暖，他们没有那样的英雄胆气，为了弟兄肯把自己的生死置之度外。

自从脱离奴籍，韩知古就在盘算下一步行动。他看得很清楚，如果把契丹的权力等级比作七层宝塔，最上层的就是阿保机和皇后。下一层是三位王爷和几位元老，再下边才是那些文臣武将，最底层是地方的各级官吏。看看自己，连那个宝塔的塔基还没跨上，何谈下一步？

虽然他已经成为皇后身边的人，也算是站到了皇权的势力范围之内。可在许多人眼里，他依然是个脱离奴籍的奴隶。他必须尽快摆脱这个阴影，不然，他永生都没有出头之日。

要摆脱这个阴影，对他来讲，唯一的办法就是为契丹人建功立业。

他本是南朝人，为契丹效力会不会有违民族大义？韩知古不懂这些，他出身底层，继而变成奴隶，谁管他，谁就是主人。眼下，他侍奉皇帝和皇后及宫妃们，这些人都是他的主人。为主人建功立业，理所应当！

韩知古看到阿保机当了皇帝就要出兵打仗，扩张疆土，便萌发出要成为军事人才的梦想。虽然没有冲锋搏斗的高超武艺，但是能成为军中诸葛亮，摇着羽毛扇便可指挥千军万马，那该何等风光！

诸葛亮凭什么成为统帅？上知天文，下知地理。运筹于帷幄之中，决胜于千里之外。韩知古知道南朝有农书、医书还有兵书。农书、医书他都看过，只是没看过兵书。他知道，契丹国内只有一个人在看这种书，谁？

韩延徽。

他做了个大胆的决定，去找那位帮助契丹谋划大事的韩延徽，并向韩延徽和盘端出自己的想法。

韩延徽多年以前就认识韩知古，却从没把他放在心上，只知他是一个会医病的奴隶。可是这几年的变化，让韩延徽对这个小自己十六七岁的本家，不得不刮目相看了。

韩延徽是述律平皇后的贴身侍奉。要得到述律平皇后的赏识那可不容易。当初，韩延徽代表南朝来到契丹国的时候，因为没有跪拜，惹恼了阿保机。阿保机扣留了他，让他和马夫们一起放马，目的就是羞辱他。是皇后看韩延徽人品耿直才重新得到赏识的，韩延徽通过与阿保机几次畅谈，阿保机才发现韩延徽是一位人才，接着就接受他的建议，谋划起登基坐殿当皇帝的事情来了。如今这个脱了奴籍的年轻人能在皇后身边跑前跑后，又没有什么皇亲国戚罩着、护着，想必靠的就是过人的聪明。

看到韩知古要研究兵书战策，韩延徽心里甚是高兴。韩延徽出身于武将世家，父亲曾做过南朝几个州郡的刺史。他从小熟读兵书，又精通文墨。而今几乎参与了阿保机的所有重大决策。同时，他也看到了韩知古的潜力。当然，他也知道契丹国奇缺人才，像韩知古这样的人是不应当被埋没的。

韩延徽决心倾囊相授，不仅让韩知古看兵书，还给他讲解许多实兵案例，让他知道了南朝许多重大战役的胜负原因。

韩知古读了《孙子兵法》，记得十分牢固。不仅能背诵许多重要章节，还提出了不少自己的见解，这让韩延徽感到十分惊奇，他不得不说，韩知古是个奇才。

当了契丹皇帝，阿保机要平定周边，首先选定的目标除了党项还有奚族。出征奚族的时候，韩延徽就说服皇后让韩知古随行。韩知古不负所望，他虽然不能上阵杀敌，但是，在面对奚族勇猛反抗杀得难解难分的时候，他却通过审讯俘虏，询问当地牧民，产生了新的想法。他不想越俎代庖，便把改变战术的想法先说给韩延徽。

韩延徽一听，觉得可行，便向阿保机提出“避其锋芒，侧翼出击”的办法，获得阿保机的赞赏。在汇报的时候，韩延徽也没攫他人之功为己有，再三表示这是韩知古的见解。阿保机欣然接受，一仗打下来，果然发现，奚族人虽然作战彪悍凶猛，但是缺少战术思想，粮秣和后勤物资都在侧翼存放，却没有重兵把守。阿保机便命韩知古率兵从侧翼进攻，以求突破。

韩知古知道，命运的转折点到了。

当几位将领来到身边时，韩知古突然向着大家单腿跪地。

韩知古的身份人人皆知，许多人以为像他这样的人一旦得势必定飞扬跋扈。他这一跪，出乎所有人的意料。

契丹人虽然不注重礼节，但韩知古毕竟传达的是皇帝旨意，韩知古跪下，没有谁敢还站着，众将一起双膝跪地。

韩知古说：“我韩某是脱籍的奴仆，理应先向各位将军跪拜。但是——”说着站起身来，大声说道：“我要传达皇帝圣意，各位必须遵行，不得有任何怠慢！”接着就把侧翼冲锋的战法说了个清清楚楚。

几位将军都是跪着听完传达的。

接着韩知古就带领大军冲向奚族侧翼。

大军一到，奚族侧翼立即被冲垮，缴获无数粮草辎重。韩知古把令旗一挥，大军直冲奚族腹地。

看到侧翼攻击已经得手，阿保机指挥大军迎面发起冲锋，前后夹击，一场战斗，就让奚族人俯首投降。

韩延徽夸韩知古是一位奇才。

接下来，皇帝要带兵攻打幽州，韩知古却表示了不同意见，他认为幽州城多经战乱，守城将士经验丰富，城墙坚固，易守难攻，建议班师回朝，可阿保机压根儿没有把他的话当回事儿。

在阿保机看来，你出了个好主意打赢了一场战斗，就想充当军师？侥幸而已。你的本事我还不知道？脱籍奴隶，会髡发，医牛马，治人病，充其量你是个郎中，我要总听你的话，岂不让三军将领笑话？

韩知古说服不了阿保机，便去找韩延徽，凭他对幽州的了解，估计契丹大军难以取胜。这一回，韩延徽却犯了踌躇。

韩延徽现在已经成了阿保机肚子里的蛔虫，他非常清楚阿保机心里想的是什么，要的是什么。打败了党项，灭了奚族，心气正盛，他已是契丹的皇帝，眼看就能当上南朝的皇帝，岂能放手？加上那些贵族元老看到南朝这般富足，简直就红了眼，趁着现在有兵、有马、有刀枪，不抢它个满载而归，岂不是天大傻瓜！谁敢拦挡，谁就会变成叛贼、奸党。

二韩的看法大致相同，都知道阿保机要做南北两朝皇帝的心非常急切，根本听不进任何不同主张和劝阻。

韩延徽想得更多些，毕竟他是南朝人，幽州有他的父老乡亲，要是能让阿保机在这里碰个钉子，也可以让其今后少打做两朝皇帝的主意。或许，也算自己对家乡父老有个交代。

韩延徽走进幽州城外阿保机的大帐，简单说了韩知古的忧虑，也说了他的相同看法，立马遭到几位将军连声反对，连随军征战的两位王子也断然反对，阿保机当然拒绝。

对这个结果韩延徽早已料定，无非是想留下个“立此存照”。

果然，连续攻打让契丹损兵折将，围困幽州几个月都无法攻进城去，那一场几十年不遇的大雪，把契丹人马冻死大半，阿保机只好悻悻下令撤兵。

正如韩延徽所料，碰了这个钉子，耶律阿保机再也没向南朝发动过战争。直到多年以后，有人出卖国土，献上燕云十六州，还甘愿当个儿皇帝，才把契丹人引领到与南朝的战争中来。

从剿灭奚族以后，韩知古就离开了皇后，紧随阿保机的鞍前马后，当了一个没有什么实权的随从。可别小看了这个随从，有不少战役的计划都是他来拟订的。但是，韩知古从来没忘老师的指点，每次做完计划，不论离着多远，他都要找韩延徽，让其过目。

韩知古还是一个挺顾家的人，兵发幽州的时候，他就派人到蓟县去接父母，还有一位本村的姑娘，那是跟韩家从小就定了娃娃亲的，也一起接到了契丹国的京城。

阿保机要东征渤海国，韩知古被皇后下令留下来守卫京城。韩延徽随军出征，耶律努万重新担任老差事，还是押运粮草，也跟着来到了渤海国的京城。

耶律阿保机留人皇王耶律倍管理东丹国，待到诸事安排妥当，便与韩延徽从原路返回。

耶律努万被赋予重任，做了东丹国的宰相，陈氏父子也一直在周围侍候着，直到有一天他们奉命来到东丹国的王宫，为人皇王髡发，直到与陈小与沁儿从“四目相对”到“相视一笑”。

也就从这“相视一笑”后，两个人就像断了线的风筝，再也无法得知对方的消息，怎不让陈小心急如焚？

沁儿何尝不也是如此？

王宫里又传过话来，让去给王爷髡头，还特地说，只让老陈一人去。明摆着，这是王妃还提防着呢。

老陈只得领命，儿子却是一脸无奈，天天盼着能进宫去，却等来这样一个传令。老陈小声道：“我会见机行事。”

陈小把一腔希望都寄托在老爹身上，但愿他能带回一个好消息。

端顺王妃有一个发现：要是能在髡发的时候让王爷分神，不知不觉中就把头髡好了，这是最好的妙招。所以老陈进来的时候，就有两位官员在向人皇王报告东丹国的情势，无非是说原渤海臣民完全臣服无不感激人皇天子的大恩大德……

两位官员看到要给王爷髡发，便想退出，王妃却做了个明确的手势，要他们继续讲下去。

就在两名官员把奏折翻过一页的时候，沁儿已经把温水和湿巾泡好，老陈接过，轻轻地敷在人皇王的头顶。

两位官员从未在这种情况下向王爷禀报，心中忐忑，不时偷眼望着王妃。

王妃便问道：“文武百官最近有何议论？”

一官员道：“回王妃殿下，文武百官在宴会上看到王爷和王妃伉俪情深，心中都感到羡慕。”

人皇王道：“你们没看见她用臂肘拐我？”

王妃急忙站起躬身道歉：“臣妾鲁莽失礼，望王爷恕罪。”

人皇王挥了下手：“国家草创，礼制不周，在所难免，这回就饶你一把，下次再犯，可不轻饶。”

这时，陈大命已经收起剃刀单膝跪地：“禀王爷，已经打理妥当。”

人皇王摸了摸头顶，已经非常光滑，便脱口说了个——好！

老陈再一次单膝跪地：“谢王爷。”说完站起，走到放脸盆处，收拾他的工具，沁儿乘机把一个纸团扔到工具袋中，麻利地帮他拧干了湿巾。老陈收起工具。王妃挥了下手，老陈恭顺地走出宫门。

老陈看见沁儿朝工具袋中扔了什么东西，也不敢打开，揣在怀中回到宰相府，急忙招呼陈小打开看看。

陈小急不可耐地打开工具袋找到了那个纸团，打开一看上面写了两行毛笔小字：“在……天……”一连几个字不认识，下一行是：“在……”只认一个字。

陈小头上冒汗，他不知道沁儿写的是什么。

老陈也不认字，爷俩一对文盲，面对纸团大眼瞪小眼。

陈小急得眼泪都快流出来了。

老陈安慰他：“我看姑娘有意与你，不然，她理你干什么？”

陈小问道：“那这些字就是说，想要跟我好？”

老陈道：“那是当然。”

陈小心里顿时轻松许多。是啊，她要不想跟我好，何必写些这个，还是偷偷塞下的，要是让王妃看见那还了得？她要冒多大的风险？显然，这是两句表达情意的话，只恨自己太愚太蠢，竟然不认识，落了个干着急。

老陈长叹一声，儿子攀上王妃的贴身侍女，这就叫门不当户不对。人家姑娘一心朴实，写字表示心意，爷俩都不认得，将来，他们两个还能处得长远吗？

想到这里，老陈道："咱家祖辈都没读过书，斗大的字不认识几升，将来怎么跟人家过日子？"

陈小一向以为自己心灵手巧，干活挣钱从来不落人后，想不到今天遭了这般大难，成天日思夜想的人回信儿了，自己却不认识，不知道写的什么。一时间觉得羞愧难当，甚至无地自容。他拿起纸团道："我去问问看后院门的秀才。"

老陈制止了他："吴老秀才识文断字不假，就怕他喝点酒就胡嘞嘞，一旦让他说出去，传到王宫里岂不坏了大事。"

"那你说怎么办，我也不能一辈子解不开这几个字吧。"陈小也知道那位老先生一旦有酒进肚，嘴上可就没了把门的。

"拿点碎银子，让他教你识字。"

"现学？那得猴年马月！"

"不晚，我估计你一年半载进不了王宫，你要是用功，至少能在这段时间给她写个回信。不然，今后你怎么跟人家见面？"

一番话说得陈小心潮澎湃，觉得真有道理，他从箱子里抓出一把银子，还有一些铜钱就出了门。

宰相府是仿长安王府造的，三进大院，宽敞气派。后院西便门是进车马的大门，一个姓吴的，被"打草谷"时抓来的南朝老秀才在此看守。

当初这里是渤海国丞相府，改朝换代，原来渤海国的丞相被贬出京城到了外府当了官搬出了这里。本来，东丹国开国后原渤海国的官员基本留任原职，为什么丞相被贬出京城？原因很简单，那是因为耶律努万看中了这个府邸。

老子在《道德经》中说："祸兮福所倚，福兮祸所伏。"真是说到了一切事物转化和反复的腰眼上了。当初渤海国丞相盖了这样的府邸，以为是福。孰料，这一改朝换代，这一福反而给主人招来了祸，就因为这套住宅宽敞、阔气，才被努万看中，他才被赶出家门贬到外地，这就叫因福而得祸。东丹国的宰相耶律努万住进这里，以为得福，谁知将来会否有祸？

一年后，一个要找原渤海国丞相报仇的人来到天福城，夜入丞相府，以为耶律努万就是原来渤海国的丞相，便把他的脑袋割了，而那位被贬到外地的丞相却捡了一条命……

第三章

人皇王

甲戌，次扶馀府，上不豫。是夕，大星陨于幄前。辛巳平旦，子城上见黄龙缭绕，可长一里，光耀夺目，入于行宫。有紫黑气蔽天，逾日乃散。是日，上崩，年五十五。

天赞三年上所谓“丙戌秋初，必有归处”，至是乃验。

壬午，皇后称制，权决军国事……

上面这些都是《辽史》里说的，一共说了两件事情：一、阿保机死了；二、皇后述律平掌权，决定军国大事。

不论说有黄龙缭绕，还是说有紫黑气蔽天……契丹国满朝文武对阿保机突然驾崩，都深感意外。他才五十五岁，身强力壮，那天得的也不是什么大病，怎么忽然说没就没了？

是不是有谁从中做了手脚？

不仅朝臣议论，就连亲兵卫队的将士心里也都画着魂儿呢。

——皇帝生病的时候谁不离跟前？皇后述律平。

——没了阿保机谁得到的最多？还是皇后述律平。现在朝中大事都由她一人独揽，独断。

述律平年近五十，长相颇佳，就是脸上有几块横肉，说明她的性格专横跋扈。她说话喉音很重，干脆果断，颇具威严。自幼习武，平时也好舞枪弄棍，佩刀总是不离其身。

按理说，天皇帝死了，身为地皇帝应当马上给两个儿子报丧，好让他们来祭奠父亲。

按《辽史》记载：阿保机死后十四天才“举丧”，安排“梓宫”（皇帝的棺材），分别派人去给两个儿子报丧。

按今天公历换算的日期是：阿保机死于九月六日，到了九月十九日才公布丧事，安排棺材，才派人给耶律倍和耶律德光报告说你父皇死了，整整拖了半个月，这是为什么？

《辽史》没有明说，但是它记载了详细的时间，在这半个月的时间里，一手掌控大权的皇后述律平都干了些什么？

第一件事就是杀掉阿保机的四弟耶律寅底石。

阿保机没得病的时候，曾任命四弟去渤海国帮助耶律倍治理朝政，耶律寅底石毕竟是耶律倍的四叔，官封得也不小，属于监国太师一类。阿保机一死，嫂子掌权，也许耶律寅底石感到了什么，便匆匆离开扶馀城到渤海国去。孰料走到半路竟然被人杀死，谁干的？那还用问。

阿保机的四弟被杀，还不算，接着担任契丹国南府宰相的阿保机的六弟耶律苏也死了。老六四十来岁正值壮年，死因极为可疑。

《辽史》留下了让人想象的空间，这亲哥仨相继死亡，着实让人匪夷所思，要问是谁这么狠？那还用问。

述律平敢于独揽生杀予夺大权，仗着她有一支军队，那就是完全由她娘家人组成的“属珊军”。这支军队跟着皇后打过龙化州保卫战，多次讨平想要造反的部落，这个不论男女个个死忠于述律平的队伍，不仅武器精良，而且勇猛彪悍，控制满朝文武当然不在话下。

为什么要杀老四和老六，原因很简单，就是这两个人都认为人皇王耶律倍是长子，又是东丹国的皇帝，嫡长子继承父业天经地义。再加上多年来，这两人一直跟述律平唱对台戏，甚至老四脑后还长着反骨，起兵反过阿保机，也是被述律平镇压下去的。这两个人平时跟耶律倍关系甚密，面对当前局势，他俩一定希望耶律倍能够承继大统。如果让耶律德光继位，这两个人首先会跳出来反对，一家人窝里反，述律平难以招架，把这两个人除掉，既是扫除障碍，还是杀一儆百。

《辽史》记载说："八月甲午（农历八月十日，即公元九二六年九月十九日）皇后奉梓宫西还。"

大元帅皇二子耶律德光在其父死后第二十一天赶赴西还行在（驻地）。皇太子人皇王东丹国主耶律倍也于阿保机驾崩后第二十四天赶到行在，比二弟晚到三天。

"时维九月，序属三秋"，扶灵西还队伍整整走了三十二天，真不知在这样长的时间里如何保护阿保机的尸体不腐？这一点，在若干年后耶律德光死后的处理方法可以做参考。就是把他的腑脏都掏出来，用盐腌上。

西还队伍于"九月丁卯（农历九月十二日，即公元九二六年十月十九日）将梓宫运至皇都，权殡于子城西北"，也就是暂存。

早到三天的耶律德光和皇后都说了什么，无人记载，晚到三天的耶律倍的态度倒是非常明确：我虽为长子，但生性愚钝，性格懒散，当不了皇帝，也不想继承皇位，请母后做主，让二弟德光登基称帝，他比我胜强百倍。

显然，他已经知道母后有了倾向性，并且心意已决，他也看到了拥护他做皇帝的四叔和六叔的下场。

尽管耶律倍已经答应让位，回到龙化州的述律平皇后并没有马上宣布决定，她还搞了一个颇有民主倾向的"择主"活动。

就是让耶律倍和耶律德光各牵一匹马站在两边，让文武百官上前选择，希望让谁当皇帝，就牵谁的马。

哪个大臣不知道皇后要选择谁？大家都纷纷往耶律德光的马前站。但也有坚持原则的，硬是站到了耶律倍的马前。譬如那位南院夷离堇，也是执掌兵马的元帅耶律迭里，就是坚决支持耶律倍继承王位的中坚分子。

"民主"择主结果了然，耶律德光果然是"众望所归"。皇后对于死心眼的耶律迭里憋着一肚子火，她先是好言相劝，劝他改弦更张，放弃支持耶律倍。

谁知道这个迭里，不但是个死心眼，还是个犟脾气：我知道先皇的观点，就是要传位给长子！

这一下真是惹恼了述律平，她把龙案一拍，就把迭里下了大牢。在牢房里迭里还是不改初衷，皇后下令大刑侍候。哪想到，别说大刑，就是刀山火海也不能让耶律迭里改口。坚持观点，宁死不屈，本是为臣子的美德。可是，述律平为一己之私，不辨忠奸良莠，竟把迭里杀死在狱中。

阿保机的梓宫回到京城，因为没有事先修造陵墓，只能暂时葬在城西北，等到陵墓修好，再移葬过去。这期间，述律平又举起了屠刀，对着文武群臣又一轮大开杀戒。

述律平心里明白，尽管不少大臣都去牵了耶律德光的马，多数人心里还是不服气的。在临时安葬梓宫的时候，许多大臣哭得那么伤心，甚至是撕心裂肺，其实是触景伤情，对着耶律阿保机遗体的一次控诉，也暴露出他们对杀掉耶律兄弟的强烈不满。

一不做，二不休，述律平心里又萌生出更大的杀机。

不论当时还是后人评价，都一致认为述律平十分残忍，有人说她的行为完全是兽性，因为她的残忍已经完全超出了人性的范畴。

其实，野兽的残忍是它的生存本能，完全无可厚非。扑食的时候，杀戮的时候都表现出残忍的本性。但是，野兽的残忍只要欲望得到满足，就会收敛。老虎、狮子只要吃饱，就会停歇，它不会仗着孔武有力而去杀死周边自己的同类和其他动物，也就是说，兽类的残忍是有限度的。

述律平则不同，她已经杀了一批反对她的人，这一次，她把屠刀对准了更多心存惊恐的大臣们。

心存惊恐，不等于反对，只要善待他们，他们之中绝大多数人会感激涕零地臣服。

述律平不这样认为，在她的眼里，没有博得她信任的人，全都是叛逆。

从族群的散乱管理到燔柴祭天称帝建国，就是从蛮荒走向文明的起点，也是粗犷的草原文化向精致的中原文明进化的转折点。当他们还没有掌握帝王术和驭人术的时候，依靠权势排除异己的最简单做法就是杀戮。

为了实施这一场屠杀，她谋划了很久。在近百名文武大臣面对梓宫失声痛哭的时候，她忽然对大臣们提出了一个无法不二回答的问题：“你们想念先王吗？”

哭声戛然而止，所有大臣都发出了同一个声音：“想。”

她道：“既然你们想念先王，先王也很想念你们。他一个人在那边一定很孤独，你们就全都去陪伴他吧。”说完把手一挥，埋伏在四周的“属珊军”一拥而上，切瓜砍菜一般，把所有大臣统统斩杀！

尸体东倒西歪，殷红的鲜血四处喷溅，把灵柩和土地染得通红。

这种残忍不属于野兽，我们只能说述律平身上具有魔和鬼的双重残忍，阿保机在世的时候，她把魔性隐藏着，只展露人性的一面。阿保机一死，当她掌握权力的时候，魔性全面发作，作出了不是欲望所及，而是权力所及的、令人发指的残忍屠杀。

接下来，还发生了一个敢于触碰这位正狂发杀性的魔鬼的重要事件。正是这次碰撞，让这位为所欲为的皇后丢了一只宝贵的右手。

梓宫暂厝后，皇后临朝，现在还不能称她为太后，因为她还没宣布儿子登基。不知为什么，她觉得南朝一个名叫赵思温的降将有点不顺眼，便当着满朝文武的面说道：“赵思温，先帝想你了。”

这位赵思温是看着阿保机为人宽厚、有勇有谋才投降的，几年来跟随阿保机南征北战屡立战功，天皇帝一死，赵思温认为契丹大位之争与己无关，只是冷眼旁观而已。虽是冷眼旁观，不等于没有想法，也许他的情绪不慎外露，也许有谁暗进谗言，不曾料到，皇后今天点名点到自己，不亚于在头上响了一个炸雷。这样轻率地要他死，不由得让人气满胸膛。赵思温知道，今日难逃一死。可是，临死也得出这一口怨气，不然，死不瞑目！想到这里，他的心气反倒平和起来，便索性把憋在肚子里的话轰轰烈烈地扔了出来。

赵思温愤然对着述律平说道：“要说跟先帝最亲近的人，这谁都知道，先帝最为想念的也应当是皇后，为什么您不去陪伴先帝？您要去陪先帝，我跟着就去！”赵思温毕竟是吃过墨水的人，几句话说得在情在理，铿锵有力，一下子竟把述律平噎得说不出话来。

谁不知道一日夫妻百日恩，皇后与先帝携手三十多年，论感情远比大臣亲近，为什么不去追随先帝？

述律平杀人无数，有多少冤屈的，有多少无辜的，从来没有人敢于顶撞半句。今天，赵思温临死之前情急发难，打了她个措手不及。

看到赵思温把皇后问得张口结舌，无法应对，文武大臣心中窃喜，总算有人仗义执言了。

想了半天，她只能以三个皇子年幼为由，还得由她辅佐，社稷为重嘛，说一旦皇子长大，她定随先帝而去。可谁都知道，这是搪拖之词，难以服众。

耶律倍已近而立，连最小的儿子李胡都十五岁了，说出这些话连她自己也觉得不在理上。要想服众，今天得作出点超人想象的举动，不然，她的权威就难以为继。想到这里，她嗖地拔出佩刀，把右手放到几案上举刀就剁，未等大臣和宫女反应过来，咔嚓一声，鲜血喷溅，右手已从腕处齐齐断开，满朝文武一起惊呆！

惊慌失措的宫女忙上前给她包扎，述律平疼痛难忍，她尽量用平静的语气说道："把这只手葬到先帝身边，以表我的心意。"说完，她把手一挥，众人退朝。

赵思温捡回一条命来。

众官员虽然退朝，皇后身边依然忙碌，有人喊来了韩知古。

他跑来一看吓得惊魂失魄，南朝北国几千年，从没见过皇后把手剁下来殉葬的，此人之蛮，此人之狠，足见一斑。

战争年代刀伤药是最为普及和发达的，韩知古做的刀伤药一定得是最好的。他把平时随身带在身边的一布兜里挨排缝在一起的三个小瓶中那个红色小瓷瓶掏了出来，倒出一些紫红色的药末，全都抹到断腕处，说也神奇，不到几分钟，血不流了，皇后嘘了一口长气，脸上也平和下来，一定是不疼了。

述律平朝韩知古抬了抬下颏，韩知古知道这个暗示的含义：退下，也别走远了。韩知古便弓着身子退到了大殿边。

契丹国正处在开疆扩土的时代，大仗、小仗年年不断，刀伤药也用得最多。韩知古最初并不会配刀伤药，只是看到用处大，他才到处找随军郎中和巫师讨要配方。凭着他对各种药材药性的理解，再配出独特的、属于自己的秘方，装在红、白、黄三个小瓷瓶中随身携带。韩知古知道既然自己命如飘萍，被风吹得到处飘零，今天落到了大契丹国，要想混下去，再混出个名堂，往好了想再能出人头地，那就得有超越别人的本事，还得把超越你的人统统踩到脚下。他是这么想的也是这么做的。他把周围的人分成三等，他的刀伤药给什么人用也分三级，因为药里有一种只能在冬眠的蛇窝附近才能找到的止血奇效药，名叫蛇噙草，极难寻找，这三个药瓶中蛇噙草的含量多少，就决定了刀伤药的药效。

不用说，红瓶里蛇噙草的含量最高，好钢用到刀刃上，他给述律平倒的就是这一种。

当今许多学者都在探讨述律平不让人皇王接班和屠杀文武百官的真实动机，普遍认为，述律平拒绝契丹汉化，反对契丹汉化，认为凡是像人皇王那样向往中原文化的都应斩尽杀绝。

认真想来，契丹建国是走契丹老路还是汉化，这是契丹国的政治抉择，就像今天我们是搞改革开放还是闭关自守一样，要根据国情和世界发展趋势来判断。认真想来，述律平没有这样的政治眼光，也没有这样的政治韬略。要说她真的反对汉化，她首先要杀的应当是始作俑者。因为真正把契丹领上汉化道路上的不是她杀掉的那些契丹人，而是汉人韩延徽。

《辽史》记载说："太祖崩，哀动左右。太宗朝，封鲁国公，仍为政事令。使晋还，改南京三司使。世宗朝，迁南府宰相，建政事省，设张理具，称尽力吏。天禄五年六月，河东使请行册礼，帝诏延徽定其制，延徽奏一遵太宗册晋帝礼，从之。应历中，致仕。子德枢镇东平，诏许每岁东归省。九年卒，年七十八。上闻震悼，赠尚书令，葬幽州之鲁郭，世为崇文令公。"

这意思是说，阿保机驾崩，韩延徽哭得十分伤心，连周围的人都受了感动，想必，他是参与了殡葬仪式的。为什么没有杀他，反而让他继续管理朝政？接着，在太宗朝封鲁国公，世宗朝任南府宰相、河东使。应历中才退休，此人该是四朝元老。

还有一位就是韩知古，他在后宫侍奉，许多宫廷生活都仿汉制，他时刻都在皇后述律平的眼皮底下，他的家族在辽国历代兴隆，直到他的孙子韩德让成了皇太后萧绰的宠臣。

这说明述律平关心的不是自己的国家是否汉化，她能看到的只有个人的实际利益。她的实际利益只有两个，一是巩固个人权势，二是加强耶律德光的权势。

按理说述律平应当非常清楚，正是由于汉化，她和阿保机才能从“夷离堇”变成天、地两位皇帝，才能执掌无上权势。要是遵照契丹传统，“夷离堇”要三年一换，不换就会引起族人纷争。争执一起，杀戮血腥，说不定早就成了孤魂野鬼，这样的汉化她当然会打心眼儿里欢迎。

当然，还有二韩一向精于运筹周旋，善于明哲保身，她完全相信，这两个人绝对不会参与契丹人争嗣的纷争，更不会对自己和耶律德光的利益造成任何损害。

她多次反对阿保机和耶律德光南侵，其理由也不是担心被汉化，只是认为要是不能把汉人杀光，契丹人无法统治中原。

至于她不准耶律倍继承王位，应当是她反复思考的结果，不管阿保机在世的时候如何打算，她考虑的就是一条——母子关系。如果说到汉化，耶律德光也很向往，只是他欠缺文艺细胞，没有诗和画让世人皆知，这是述律平看在眼里的。其实述律平注重的并不是这些，关键是谁能对她百依百顺。

我们不要忘了，在阿保机家族里，除了阿保机的儿子，还有他的一奶同胞四弟和六弟，他们与述律平是叔嫂关系，都是亲戚。也许，当初述律平没看好耶律倍就与这两个叔叔有关。老四耶律寅底石曾经起兵反过哥哥阿保机，也许老六暗中同情。关键是这两个人都与耶律倍关系甚密，现在，耶律倍的四叔和六叔都死在述律平手中，耶律倍一定记恨在心。也许，这才是述律平坚决排斥耶律倍的关键因素。

谁都知道，耶律德光从小就对母亲唯命是听，她不选他选谁？

屠杀，因述律平丢失了右手而告终，接着便宣布由耶律德光登基称帝，年号续用天显，以表示子承父业。

本来，耶律倍从天福城赶到扶馀城奔丧，见到二弟早来三天，已经猜到其中必有蹊跷。尽管二弟悲悲切切，耶律倍还是看出了他志得意满的样子，两个人从小生活在一起，他对弟弟的一颦一笑都非常熟悉。

扶灵回京，耶律倍一路上寡言不语。当他听到四叔耶律寅底石被杀，接着是六叔被杀的消息，心中更是惶恐不已。他知道要想保住性命，只有明确表示自己绝无称帝之心，并且要让母亲和二弟相信，在未来的日子，他也不会染指皇权，也许这样能够让他们饶过自己。

他是这样想的，也是这样做的，一路上就在各种场合多次表白这种心态：二弟骁勇过人，智慧超群，能力胜我数倍，为保契丹永兴，我无能为帝，请母亲准二弟承继大统云云。

在梓宫刚抵达京城的时候，耶律倍借着想看孩子的名义到了后宫，见到了母亲，又说起他想让位给二弟之事，述律平半闭着眼睛沉思半晌问道："不当皇帝，那你就想管东丹国吗？"

他刚想答"是"，忽觉母亲好像话中有话，急忙改口道："不想，孩儿懒散惯了，东丹国我也管不了。"

述律平把眼睛睁开，看了看侧身坐在一边的耶律倍点了点头："整天写写画画，耽误多少事儿？"

耶律倍连连点头道："是——是。"

述律平脸上露出了些许罕见的笑容道："你们哥俩都是什么料，我早就看得透透的，这样也好，给你找个有山有水的地方，你愿意写什么就写什么，愿意画什么就画什么，多省心。"

耶律倍作出满心欢喜的样子："母后说得对，这话真说到我心坎里了。"

述律平满意地挥了下手："去看看额约吧，他们娘俩在我这乐得把你都快忘了。"

耶律倍点头站起，向母后抱拳施礼说道："是啊，在您这里，他们娘俩净享福了。"

走出后宫，风一吹，耶律倍才觉得后背发凉，原来，汗把内衣都湿透了。

耶律倍的长子叫耶律阮，小名额约，神册二年生，今年快满十岁了，是柔贞王妃所生。因为述律平喜欢小孩，这孩子生下来不久就被接进皇宫，一直由奶奶照料。

柔贞王妃姓萧，也是述律平的娘家人，都是亲戚套着亲戚，这祖孙三代在一起倒没有隔阂。柔贞王妃性格强悍，酷似述律平，仗着娘家势力对耶律倍并不恭顺。特别是对端顺王妃十分嫉妒，尤其是生了男孩之后，不仅敢顶撞耶律倍，甚至对端顺王妃破口大骂。

耶律倍觉得长生天似乎总是与他为难，端顺王妃温柔贤惠，尽管当年识字不多，嫁给耶律倍后除了侍奉他就是看书习字，几年下来，不仅字写得好，还能撰文写诗，也能跟耶律倍抒情唱和。受耶律倍熏陶，她也喜欢白居易的诗。她不光自己学，还带着沁儿学，那张纸上写的“在天愿作比翼鸟，在地愿为连理枝”，就是她们主仆二人在练写白居易的《长恨歌》中抄录出来的。

唯一的可惜是与他情投意合的妃子结婚多年却一直没生育。

结婚多年没生育，人们背后就会议论，光撒种不长苗，还是“地”不行。虽说她是耶律倍的发妻，但在家中不知不觉就矮了三分。

心仪的爱人不生，偏偏是个悍妇刚娶进一年多，却给耶律家中添一龙种，公公婆婆喜欢得不得了，这就让柔贞王妃在强悍中又添了跋扈，常常把耶律倍气得怒火冲天。也许是述律平早就知道耶律倍对这两个王妃的态度，老早就把这母子接进宫中，耶律倍与她一年半载见不着面也是常事儿。

这样看，耶律倍想的也对，长生天是跟他有点拧巴。

事情还不单是这些。本来就是太子，却得不到皇位，本来是被人家夺走的，还得说是自己心甘情愿的让贤，不仅得说心甘情愿，还得自贬自己无能无德……想到这些，耶律倍禁不住长吁短叹，看来，长生天不单单是为难他，而且处处与他作对。

一切因果都不怨，只因生在帝王家。

耶律倍心疼自己的儿子，也很惦念儿子，这次好不容易见了面，他以为孩子见到父亲就会扑上来亲热一番。谁知道，这孩子对他却是一脸的不屑，只是勉强叫了声“父亲”。

耶律倍半蹲下身，向他伸出双臂，孩子已经明白了父亲的意思，但他不知道该不该过去，扭头看着母亲。

柔贞王妃抬了抬下颏，耶律阮才向他跑过来。

耶律倍紧紧抱着他，顺手把自己脖子上的那颗大号的东珠摘下来，戴到他的脖子上。

在东丹国的境内有牡丹江和粟末水（松花江）两大河流，出五彩特大东珠，十分珍贵。这颗东珠有鸽子蛋大小，温润光亮，旋转中不时闪出五彩光芒。耶律阮抓在手中不再松开，连柔贞王妃两眼也直直地盯着。

看着柔贞王妃的目光，他知道只要他离开，母子二人很快就会对这颗珍珠展开争夺。他对自己的儿子是了解的，不会轻易给她。这孩子自出娘胎就有狼性——护食。只要他认为好的东西，不管是吃的还是玩的，绝不准别人染指。从他死死攥着东珠的样子看，要从这个狼崽子手中拿走，也不是容易的事情。他问了问孩子吃饭睡觉的情况，想到父子不知何时相聚，心里一酸，便在他耳边说："谁想要也不给！"便起身离开了。

中国有"二桃杀三士"的典故，耶律倍也许想到了这个故事，因为他读的汉文书太多了。他相信，这一颗东珠会在皇太后、王妃和孩子之间掀起一场你争我夺的风暴。至于说到还影响到后来的皇位争夺，这是他始料不及的。

端顺王妃得到阿保机"升天"的消息，心中充满不祥的预感，父皇身体强壮正值中年，怎么会突然病故？带着种种疑惑，便率领着换了素服的亲兵和沁儿离开东丹国皇宫赶往扶馀城要去吊孝。因为得知消息较晚，等她们匆匆走了三天赶到扶馀城的时候，护送梓宫的队伍已经走了几天了。当时，天色已晚，接待的官员安排王妃住进了述律平刚住过的行宫。

所说的行宫就是大的套院，院内有东西厢房和一间正房。那时，许多契丹人还住在地窨子里。所说的地窨子，就是在地上挖坑，越富贵的人家挖得越深，上面用树枝搭个架子，盖上羊皮兽皮，最上面还要留一个出气口，为了透光还要遮挡雨雪，还要蒙上一个剥开的半透明的猪尿泡。

契丹人原本不会盖房子，这些年东征西讨，掠来无数南朝的工匠，他们先要在京城盖皇宫，皇宫是仿长安造的宫殿群，规模虽然小些，但气势不减。

眼下，京城里大兴土木，很多工匠在给王公大臣盖住宅，像扶馀城能有一个大型的套院，尽管是当初渤海国造的，在这一带已经算是豪华居所了。

阿保机就是在这座行宫里咽气的，走进来就感到一种阴森气氛。

管事的要王妃住到主室，王妃摇头不肯，她不敢睡母后睡过的床榻。

管事的官员只好打扫出东边的厢房。亲兵在门外站岗，王妃带着沁儿住了进去。

虽然说时令已是初秋，这里有时晚上还是挺热，到处蚊蝇乱飞，打扫屋子的时候赶了一阵蚊蝇，把门一关，屋中还是嗡嗡作响，沁儿拿着拂尘一顿乱打，总算清静了许多。

月上东山，夜色渐晚，沁儿为王妃铺好了炕上的被褥，王妃卸了妆，看了看炕上还很宽绰，便叫沁儿挨着她睡在炕上，她觉得虽然到了东厢房，那股阴森之气还在身边萦绕。

从天福城赶过来，每天晓行夜宿，道路崎岖，马上颠簸，几个人都十分疲劳。沁儿吹了灯，头一沾枕头就呼呼睡去。王妃尽管心中慌乱，也经不住睡意的困扰，不一刻也沉沉睡去。

晚凉天静，月影婆娑。到了夜半时分，忽然树影乱晃，从院子一角刮起了一股旋风，这旋风从西南刮起，直旋到东厢房窗外便悄然消失。

一阵旋风吹过，值岗的哨兵忽觉得通体发凉。

睡在屋中的王妃和沁儿对这一切毫不知晓，沁儿蹬了被子，凉风吹过，她抓过被角盖到身上，接着熟睡。王妃也在熟睡中，却不停地扭动身子，忽然，王妃的两只手向空中一抓，呀地大叫一声坐了起来。

熟睡的沁儿被立即惊醒，她看见王妃大瞪两眼满面惊恐，也感到惊恐，忙抱住王妃问道："娘娘，你怎么啦？"

王妃也紧紧抱住沁儿，连声说道："吓死我了！吓死我了！我见到了父皇，是父皇……"

沁儿惊恐地四下张望，屋中黑洞洞一片，除了从窗外透进的月光，再没有一丝光亮。便低声向王妃说道："您一定是做梦了。"

王妃惊魂未定点头道："是……是，是做梦了。可父皇说的话清清楚楚，他说……"

沁儿忙更紧地抱住她："别说，我害怕。"

王妃道："我小声说，你听着——"显然，她已经平静了许多。

沁儿点了点头。

"我看见他是从那扇门走进来的，头发蓬乱，口鼻流血……"

沁儿由于害怕，把王妃抱得更紧。

"他看见我，直瞪着我说：'大媳妇，你听着，为父是被你婆婆害死的。'我说不能，您搞错了。他说话有气无力，指着肚子说'她在药壶里下了毒，我没在意全喝了……’我想问他喝的什么？忽然又来一群人抓住他，喊着还我命来！父皇就跟他们厮打，我想上前帮助父皇却动不了身子，我伸出两手，死命向前一抓，却突然醒了……”

沁儿小声说：“娘娘，你可千万别对别人说，连王爷也别说，说了就要出大事儿呀。”

王妃点头：“我不说，我谁也不说。梦里的事情，无凭无据，这要叫母后知道，还不得剐了我。”

两个人紧抱在一起，都没有了睡意，她们就这样默默地坐着，一直到东方微明。

王妃低声道：“天亮了，该走的都走了，睡一会吧。”

沁儿看到窗外的晨曦，马上就来了困意，头一歪，沾着枕头就睡着了。

这一觉，两个人直睡到日上三竿。

起来后，沁儿侍奉王妃梳洗完毕，吃完早饭，亲兵头领问是否可以动身。

未及王妃回答，门卫匆匆跑进：“启禀王妃，门外有老髡匠从京城赶来，有急事求见。”

王妃一听忙说快传来见，话音刚落，陈老髡匠已经疾步跑进，见到王妃扑通跪地，从怀中掏出一封信用双手呈上。

老髡匠从那日进入王府就一直跟随在王爷身边，他从京城匆匆赶来，一定有王爷的重要消息，王妃接过信来。

一递一接之间，跪在地上的老髡匠向王妃使了个眼神。王妃明白便朝亲兵挥了下手，两位亲兵退了出去。

沁儿上前搀起老髡匠。

王妃看完信，呆坐到椅上。

沁儿忙问：“娘娘，信上写的什么？”

王妃把信递给她。

信是用毛笔所写，一看就知道是王爷的笔体，字迹潦草，显然写时十分匆忙。信中说：“得知爱卿身体欠佳，甚为忧虑，可缓来京，静养为主，待康复后再来吊唁父皇。”

老髡匠在王妃耳边轻声说着什么，王妃脸色已经变得苍白。

老髡匠的到来，总算是有了王爷的消息，京城再险，好在王爷无恙，倒也让王妃放下心来。她吩咐亲兵因为昨夜偶感风寒，在这里暂住几日，等候王爷消息。

老髡匠还要赶回去向王爷复命，待他吃过饭，马也喂足了草料，临分手时，偷偷塞给沁儿一张纸条。

沁儿把纸条藏到怀里，直到晌午才有机会打开，只见上面歪歪扭扭地写了两行字：天长地久有时尽，此情绵绵无绝期。

就这几个字，却让沁儿心儿急跳，两腮绯红。这是让她熬心苦等的回音，这是让她终生有靠的信息。这两行字，不但回答了对方的心意，还显示出对方的才智，难道他也喜欢唐人白居易的诗歌吗？与一个相恋终生的人能够诗歌唱和，该是何等销魂？要不是王妃的呼唤打断了她的思绪，还不知道她要遐想到什么时候。

又半个月后，契丹国新王耶律德光登基，燔柴祭天，朝贺已毕，耶律倍终于可以离开京城，便派人来接端顺王妃，一起来到营州。

人皇王耶律倍本来准备回东丹国理政，但却被告知，他的王府已经不在东丹国了，在哪儿？东迁两千里外的医巫闾山。

医巫闾山方圆数百里，具体在哪儿？

营州。

营州是哪儿？

营州在春秋时期曾是山戎族聚集地，山戎侵犯燕国，齐桓公和管子应燕国之邀攻打山戎，灭其族，占其地，改称柳州，属燕国管辖。秦始皇修造长城，在老龙头建山海关，始有关内关外之分。隋唐时期改称营州，距山海关仅几百里，成为中原与关外各族联系的枢纽。

营州今称朝阳，位于辽西地区。用今天的话说，东丹国的天福城在黑龙江省宁安县，与营州直线距离也在一千公里以外，也就是说人皇王对东单国已经是鞭长莫及了。

总算是能在营州劫后重逢，让两个人激动不已，禁不住相拥而泣。

当晚，两个人躺在被窝里，人皇王轻声向端顺王妃讲述了被褫夺王位的事情，讲述了京城发生的血腥屠杀。

王妃悄悄地向他述说了在扶馀行宫梦中事情。

耶律倍听后半晌不语，这样的怀疑在每个人的心中几乎都有，只是无人敢迸出半个字儿来。想到早在父皇东征渤海国出发的时候，母后就把常在父皇身边、懂得医道的韩知古留在了后宫，说是京城空虚让他负责带领禁卫军守护城池和后宫。支开了韩知古，阿保机得病便由皇后一人把持治疗——天知道她给他吃了什么。

他再也躺不住了，披上衣服下了床，在屋中来回踱步。是她让父亲过早地离开了人世，不然登上王位的一定就是自己。他的眼前又浮现出一场场血腥的杀戮场面，他脑子里突然蹦出一个吓人的词汇——“魔鬼”！

这两个字的出现，把他惊呆了。

她是魔鬼？自己确是从她肚子里爬出来的，那自己又是什么？

按照生育的理论，老魔鬼生出来的就是小魔鬼。可是，他读过古代孟子的书。孟子说过：人有恻隐之心、羞恶之心、辞让之心、是非之心。从这一点看，人生之初时没有魔与道之别。母亲出生时也会有这“四心”，只是她不读书，也不识字，又经历了太多的血腥杀戮和你死我活，才变成了魔鬼。

他请辞皇位，说明他有“辞让之心”，他没有变成魔鬼，也不是魔鬼。这一夜他好像有了一种感悟，只有多读圣贤之书，他才不会变成魔鬼。

这里所说的“王府”，当然不能与东丹国的皇宫相比。这个大院就是当初营州的官衙，除理事大堂，还有三进庭院，倒也十分宽敞，契丹人占领营州后，这里成了兵营。因为要倒给耶律倍居住，军队搬出，经过一番打扫和粉刷，等候新的主人。耶律倍住进府中已是傍晚，所以只安顿了卧房。第二天一早，耶律倍便与王妃带着亲兵逐屋查看，安顿众人的住处。

隔了几日，有人报告说，东丹国国舅爷萧木达押解着十几辆大车来到营州，对于他的到来，耶律倍和端顺王妃毫不知情，不能不让人感到惊异。

车队到达时已是傍晚，卸车一看，拉的全是耶律倍的书籍画稿，亲兵们卸车，耶律倍安排为舅哥接风。

因为是哥哥亲自押车赶来，一路辛苦，端顺王妃还亲自去厨房安排了几个哥哥喜欢吃的菜。

晚宴间，萧木达迫不及待地问到京城的情况，这两个多月来凶信不断，不是这个被杀，就是那个病故，弄得萧木达一天到晚提心吊胆，这回见到了当事人，他一定要打听清楚。

耶律倍早已经没有兴趣重复叙述，便简单地说了说自己让位的原因，无非是自己德薄才疏，难当大任，等等。

萧木达原本还翘着架子要当契丹国的国舅爷呢，却不料因为妹夫让了皇位，让自己希望落空，心中一直愤愤不平，这次他亲自押车前来，就是想要问个为什么。

几句问话又勾起了耶律倍的心火，他愤愤地望着萧木达道："父皇死了，那么多大臣都死了，血流成河。我问谁去？"

萧木达还想说什么，王妃急忙拦阻他道："哥哥，事已至此，问有何用，说有何用。"

萧木达一想，倒也是，那么多有功有劳的大臣说杀就杀，说斩就斩，像他这样能靠着"天高皇帝远"保住性命也属万幸了。萧木达喝了口酒道："先王殡天不久，丞相耶律努万接到京城快马传报，说是皇太后懿旨，要把东丹国王府移往营州。后来也陆续听到京城的消息，知道你已经让位。我想看看你们，问问到底是怎么回事儿，所以就亲自押送这十几大车书籍来了。"

耶律倍道："书也运到了，人，你也见到了，还都活着。你也赶紧回到东丹国去，夹着尾巴少说话，多干活，我可提醒你，也许是皇太后还没顾得上东丹国，要是哪天她想起你们了，那就是大祸临头了。"

萧木达一听，喝进肚里的酒都变成汗冒了出来，喃喃说道："好在她也是萧家人，还能拿自己家里人开刀？"

这回该王妃说话了，"要是杀红了眼，还管你是萧家不萧家"。

萧木达擦了把额头上的汗："整天提心吊胆，当什么皇亲国戚？还不如当个平头百姓活得自在。"

耶律倍把眼一横："叫你少说话，这种话都是犯忌讳的，懂不懂？"

萧木达连连点头："好好，我不说，我不说。"

一顿饭吃得愁云密布，各个闷闷不乐。

吃完饭，耶律倍去布置书房，这是他特别关心的地方，哪里放书案，哪里放画案，都得要他亲自安排。

萧木达原本想在营州盘桓几日，跟着耶律倍去游医巫闾山，听说这个地方风景奇特。现在一想，回到东丹国理事才是要紧大事，不然，皇太后想起东丹国之时要是自己不在其位，可不是什么好事。

耶律倍在忙他的书房，端顺王妃跟哥哥在屋中说话。

王妃道："东丹那边还有自己的一些私人物件，要是哥哥不能再来，得派亲兵去取，再押送回来。就是我的东西不想让外人知道，想让哥哥帮助收拾交给亲兵。"

萧木达知道妹妹是个有心人，这些年嫁到耶律家收罗了些"剔惜"玩意，除了珍珠、玛瑙，还有像东珠、宝石、宝玉之类的奇珍异宝，有些是价值连城。想到这里，他连连摇手："让我交给亲兵？万一他们见财起意呢？弄丢个一两件，你就是把他们都剐了也无济于事，珍宝损失了怎么办？"

王妃点头，她认为哥哥说得有道理，况且有些东西她也不想让哥哥知道，想了想说道："看来只有让沁儿跟你回去，收拾了东西她随身带着，我相信亲兵没人敢碰沁儿。"

萧木达点头："沁儿机灵聪明，不会有闪失，就这么办吧。"

正在一旁侍候的沁儿听到心中一动，看来真是事态纷杂，王妃竟然忘了在那边有一个与她相视一笑的陈小呢。尽管是一心渴望，尽管是心情迫切，却不能露出半点欣喜，只能压抑着兴奋，作出为难的样子说道："我不能去。这千里之遥，一去一回少说也得十天半月，娘娘你可怎么办？"

王妃瞥了她一眼："看来这孩子真是娇惯了，连受点鞍马劳顿都怕了。"

沁儿忙辩道："谁怕了？要是给我一匹好马，我还能日行千里呢。人家是怕娘娘没人侍候。"

王妃道："我不用你管。那好，明天你就骑我的桃花马上路，那可是一匹好马，跑起来怕哥哥的马也撵不上呢。”

萧木达道：“先别说大话，大车都留在这里了，我们是轻装上路，咱们跑起来看！”

第二天一早，王爷把一封给努万丞相的信交给沁儿，拨了五名忠诚老实的亲兵跟随沁儿出发，与萧木达的亲兵一起上路，没等走出营州城，因为心里急切，沁儿挥鞭催马就带着一行人跑了起来。

萧木达也不肯示弱，两腿一夹，胯下枣红马便亮开四蹄向前奔跑。

众亲兵紧紧跟随，营州城郊腾起一片烟尘。

第四章

沁儿

心急总嫌马儿慢。

沁儿上路就催马扬鞭，日行三百里，把亲兵们都累得叫苦不迭，更甭提那位一身肥膘的国舅爷了。

须知，那时的驿传一天才跑四百里。

怕“跑不过个女孩子”这句话传出去有伤面子，国舅爷前两天还能撑着，到了第三天一早，他告诉亲兵说，他在这里有点事儿，让沁儿带着她的亲兵先走吧。沁儿听了心中暗喜，没有你拖累，我今天夜里就能跑到天福城。

果然，当天子夜时分沁儿带着亲兵进了天福城，回到王宫中她和王妃的住处。

回到屋中沁儿就开始翻箱倒箧收拾王妃私藏的金银细软，珍珠、珊瑚、螺钿、美玉、银头簪、金耳坠，还有一些叫不上名字的宝贝。为了携带方便，她把这些统统倒进两个皮囊中，直到天色将亮才上床歇息。

第二天，吃完早饭，她就带着两个亲兵起身去往丞相府，她要见耶律努万，王爷给他捎来一封信。还有，老髡匠知道沁儿要去天福城，偷偷跟她说了几句话。

耶律努万见到沁儿就像见了亲人似的，急忙询问王爷和王妃的情况。得知两人都到了营州算是躲过此劫，一颗心总算是放了下来。努万让她住到府中，沁儿说王妃的东西还没收拾好，还得回到王府去，接着，她便问道：“你的那个小髡匠呢，他爹让我给他带几句话。”

耶律努万告诉她，小髡匠就在跨院，可以派人把他找来，沁儿连说不用就辞了丞相直奔跨院而来。

跨院在王府的西边，一墙之隔，有一个院门相通，是佣人和亲兵住的地方。

陈小正在给一个士兵髡发，髡完了，他搬着凳子想要离开，突然看见了沁儿，心中一慌，竟把凳子掉到地上，凳腿恰巧砸了他的脚面，疼得他嗷嗷叫着，单腿在地上直蹦。

沁儿看着咯咯笑着，走到他身边道："你爹让我给你带话。"

陈小心怦怦跳着走到沁儿跟前，悄声说道："我真是想你……"

沁儿连连点头。一对年轻人天南地北，谁不在吞咽相思之苦。

陈小还想说什么，沁儿制止了他，悄声说道："今晚傍黑，你去王府找我，就说让我给丞相往营州带封信。"

陈小连连点头。

沁儿说完转身走了。

陈小一直望着她的背影出神。

太阳偏西的时候，陈小就急不可耐地换上了一身干净衣服，溜出了丞相府，在离王府不远的路边挨到傍黑。他走到门口卫兵跟前道："丞相让我送封信，说是要带到营州去。"

陈小多次在王府进出，与卫兵也都面熟，卫兵点头，他进了院子径直向王爷的住处走去。

王爷和王妃的住处都是亲兵把守，可是陈小走进却不见人影。他站到门前忐忑地举起了手，未等他敲门，门却忽地开了，沁儿一把把他拽了进去。

陈小跨进门未等把门插上，两个人就紧紧地抱在了一起。

沁儿搂着陈小的脖子嘤嘤地哭了起来。

陈小忙着哄她："别哭，这不是见着了嘛。"

哭声就是情绪的发泄，待到平静下来，沁儿把门栓插好，拉着陈小到隔壁小屋坐到床边。这里是沁儿的住处，屋中陈设简单，却干净整洁。

刚刚坐下，陈小忽然想起："我待不了多大一会儿，门房卫兵知道我进来送一封信，出去太晚不行。"

沁儿用手指戳了他脑门一下："傻蛋，我早想好了，你进来他就该倒班了，下一个哪知道你进来？"

陈小放心地点头："怪不得你让我傍黑过来，你门外的亲兵呢？"

沁儿道："我让他们玩去了，不到半夜没谁回来。"

沁儿扬着脸说话，床头纱灯里的烛光照着她，青春靓丽，明眸皓齿，陈小心中一阵激荡，又把她抱在怀里，沁儿也是春心激荡，两个人不停地亲吻着，忽然陈小的手触碰到沁儿的前胸，让沁儿又是一阵心潮涌动，她摸到了陈小的腰带，随手解开，陈小已是浑身燥热，索性脱掉夹袍，只剩一个肚兜，露出胸前的健肉，此刻沁儿也不管不顾，胡乱脱下自己的衣服，两个人一起倒在床上翻滚起来。

陈小只觉得下边那东西已经硬硬地挺了起来，他却不知道往哪儿安放，沁儿也不懂得，但她觉得下身有个地方变得瘙痒难耐，便抓着那东西胡乱塞到自己的身体里。陈小猛地一挺，沁儿觉得下体发出一阵刺痛，她轻叫一声，咬住了他的肩膀。

陈小搂着她，浑身热得不行，却不知道该如何宣泄浑身的力气，沁儿咬了他一口，他把身子一扭，这一动，让沁儿浑身感到一阵快意，她松开口，抓着陈小的肩膀，连连喊着："动！动！快动！"

随着她的喊声陈小便在她身上乱动起来……

不知道过了多长时间，两个人才发现已经精疲力竭，身下已是黏湿一片，但他们仍然紧搂在一起喘息着，歇息着。

原来，男孩和女孩在一起，会有这样美妙的瞬间，会变得这般发飙发狂……

一直闹腾到半夜，两个人才逐渐平静下来，沁儿偎在陈小的胸前，又嘤嘤地哭了起来，热泪滴到陈小的胸前，他忙捧起沁儿的脸问道："怎么又哭了？"

沁儿擦了把眼泪望着陈小坚定地说道："我想离开王府，跟你到远处去过日子。"

陈小惊讶地道："你要离开王府？天哪！那怎么行？"

沁儿道："娘娘让我当大管家，将来嫁给耶律家。我听了就害怕。老皇上一死，多少人跟着丧命？连王爷都好悬差点把命搭上，嫁给耶律家，嫁给皇家有什么好？生在皇家有什么好？天皇帝一升天，留下多少孤儿寡母？"

沁儿说的句句是实情，那些日子连努万丞相也长吁短叹，好几夜不睡觉。生怕哪天懿旨一到，让他也去陪伴先王。

沁儿说着披上衣服下了床，她从行囊里拿出块熟牛肉，放到桌上：“我饿了，你也饿了吧，来吃。”

陈小也披上衣服下了床，抓过一块牛肉大口吃着。

沁儿道：“那年，王爷的妹妹嫁给了萧家，那时我还小，我当时好羡慕，公主和驸马爷，天生的一对。谁知道，时隔不久，驸马勾结耶律家的人起兵图谋造反，结果被大军镇压，驸马和几个王爷被处死，连公主也被赐毒自尽。你知道，公主是天皇帝的亲女儿。”

陈小听说过这件事情，“人家说，公主还是一个有神通的‘奥姑’”。

沁儿边吃着肉边说道：“她不想造反，可是嫁鸡随鸡嫁狗随狗，嫁给扁担抱着走，她不反人家也得说她反。”

陈小担心地问：“你——走得了吗？”

其实，早在陪着娘娘奔丧的时候沁儿就打定了主意，她不想嫁入豪门去经受那些腥风血雨，她想跟陈小过百姓的平安日子，男耕女织，生儿育女，在儿女的怀抱中终老一生。在来天福城的路上，她就谋划这一切，甚至连今天晚上要和他上床都有缜密的安排。

她要等陈小一句话。

孰料，陈小比她还急切，连忙问：“什么时候走？我带你走！”语气坚定又豪迈。因为他是男人，在他的心里，不论是契丹人，还是回纥人、汉人，天下所有的男人是一定要带着心爱的女人走的。

沁儿也可以称得上是有男人勇气的女孩，她看透了王公贵族的残酷和无情，下决心要寻找自己的幸福。

在吃光最后一块牛肉的时候，沁儿悄声地把酝酿多日的计划和盘向陈小托出，然后两眼直盯盯地望着他。

陈小激动地抓住沁儿的手放到自己胸前心脏跳动的地方，：“沁儿，我陈小带着你走，你说去哪儿，我就去哪儿。一辈子带着你，谁要变心，天打五雷轰！”

沁儿忙用手捂住他的嘴：“小，有你这句话，我死都值了。”说着，两眼又簌簌落下泪来。

陈小抱着她，一口气吹灭了床头的蜡烛，上了床，两个人紧紧地拥抱在一起，又一番亲热之后，一起进入了梦乡……

在沁儿带着亲兵返回营州的第二天，陈小向耶律努万告假。

他说："沁儿跟我说，老爹身体不好，老病又犯了。他跟着王爷出外，没想到会赶上奔丧大事，吃的药也没带着，我想去趟营州，看了老爸，把药送给他，就回来。"

努万打心里喜欢陈小，问他为什么不跟沁儿一块走。

陈小说："她回来是为公事，我为私事，不想给她添麻烦。"

努万道："那你骑我的青鬃马，快去快回。"

陈小摇头，他知道青鬃马是丞相的坐骑，他此去再不回来，便道："不用，我找一匹普通的马，能赶路就行。"

努万点头，摸了摸脑袋："那就去找马倌挑一匹吧，早去早回。"

陈小抬头看着丞相："您的头发长了，让我再给你髡一回吧。"

努万点头。

陈小取来工具，端来温水，为丞相最后一次髡头，想到这两年多丞相对他父子颇为优待，今天要离他而去，真有些舍不得，想到这里鼻子一酸，眼泪倒流了出来，不巧落到了丞相的头顶，他顺手一抹便擦了去。

耶律努万舒服地闭着两眼什么也没看见，也没察觉……

沁儿把两个沉甸甸的皮囊驮回了营州，亲手交给王妃。

王妃当晚在灯下仔细清点财宝，连她自己也想不到这几年她弄到了这么多值钱的东西。她记得的一些宝贝都在，还有些她不记得的也都装了来，沁儿这孩子还是挺诚实的。

隔了一天，沁儿向王妃道："在路上见到一位老家的邻居，说我娘病了，我放心不下，想向娘娘请个假回去看看。"

王妃问道："你昨天怎么不说？"

沁儿道："回娘娘话，娘娘的珠宝价值连城，您不清点完，我不能说。"

王妃点头："沁儿果然聪明，我清点完了，一件不少，准你回家看看，早去早回。"

沁儿深施一礼："谢谢娘娘。"

王妃与沁儿家有亲戚关系，便让她带些礼品回去，也算一点心意。

王妃要派几个亲兵跟随，被沁儿拒绝了，她还想借王妃那匹桃花马，这些天，她骑惯了。

第二天一早，沁儿告别王妃和王爷骑马上路，想起跟王妃早晚都在一起这些年，一旦分手，心中难免酸楚。想到为自己的前途命运，实是不得已而为之，便把牙一咬，打马跑出了营州城。

刚出城门就听到后面马蹄声响，原来是陈小跟了上来，两个人并肩直奔京城而去。

第五章

走幽州

陈小带着沁儿来到京城就是来找韩知古。

结拜兄弟，关键时刻需要他伸出援手。

陈小和沁儿骑着马走进京城，京城到处都在盖房子，就像一个大工地，从南朝掠来的能工巧匠在契丹士兵的监督下，有的掘土烧砖烧瓦，有的挖地基上房梁，有的地方盖出了几条街。很多地方已经变成了市井闹市。当然，最先走出地窨子的是那些王公贵族，接着就是有钱的大户人家。陈氏父子跟着耶律努万的时候，皇宫还在砌砖盖瓦，而今，皇太后述律平已经搬了进去，远远望去气势也是一片森严。

皇宫西侧是一片闹市，那里有各种商店，有的出售服装，有的出售珍珠、玛瑙、玉器，商贩中有不少是高鼻蓝眼的西域人，他们贩卖乳香、羚羊角和各种香料。人来人往，讨价还价声此起彼伏，好不热闹。

陈小和沁儿在皇宫广场下了马，牵着马走到宫门前。

陈小双手抱拳向门卫说道："我来找韩知古。"

门卫问："你是谁，找他干什么？"

陈小道："他是我哥，我来看看他。"

门卫打量着陈小："你俩长得不像。"

陈小笑了："磕头大哥。"

门卫向另一个卫兵喊道："去禀告韩大总管，说他有个磕头兄弟找他。"

第二道岗哨的士兵听到喊声，把手中的长矛倚到墙角，向宫内走去。

等了有一炷香的工夫，士兵回来了，他告诉陈小：“韩大总管说，让你到他家去等候。”

陈小问：“他家在哪儿？”

士兵用手一指：“广场东边第一家。”

陈小这才看到，宫墙外有一条街，全是新建的青砖黑瓦的平房，显然是朝中权贵的居所，韩知古住在第一家，也是意料之中，作为大总管，距离皇宫越近，招呼起来才方便。

这条街的房屋大致是一个格局，覆着滴水瓦的青砖院墙，朱漆门楼，院门是赭红色，上面有两个铜铸的铺首。门前有两个雕刻着几只猴子的拴马桩。仔细一看，桩上的猴子都是大的背着小的。这是韩知古特意授意石匠刻的，契丹国君臣上下，除了韩延徽，没人知道其中的寓意。

这个寓意就是“辈辈封侯”。

时间可以证明，还真就照着这个话来了，下一代和再下一代的韩家人，官是越做越大，甚至在一百多年以后成了皇太后的公开情人。

这是后话。

陈小拴好马，上前拍打门环。里面有人应声把门打开，一个十六七岁的小男孩走了出来：“二位找谁？”

陈小道：“我是韩知古的磕头兄弟，他让我先到家里来等他。”

男孩忙赔个笑脸，双手抱拳道：“原来是叔叔到了——请。”

陈小听他说着流利的南朝话，猜想他也是被“打草谷”抓来的奴隶。

陈小和沁儿走进门来。

院子很宽敞，被栅栏隔成几个小块，有的种蔬菜，有的养着鸡鹅，叽哇乱叫，倒也热闹。

这里是一个典型的四合院，坐北朝南，东西有厢房，两进正房。

男孩朝正房喊：“阿婶，有客人来了。”

话音未落，一个穿着契丹窄袖长袍、身材健壮的青年妇女走了出来，她望着这两个人大声问道：“是哪儿来的稀客呀？”

陈小上前施礼:“是嫂子吧?我叫陈小。”他指着沁儿道:“这是我妹妹。”走近了才看见,原来嫂子已是髡发的头型。

嫂子连忙说道:“我常听知古提起您,快到屋里坐吧。”她上前热情地拉着沁儿的手,夸赞道:“多俊的美人啊,许配人家没有?”

沁儿含羞地点头:“已经许配了,过了彩礼了。”

走进屋中,两个人四下打量,正房的中间是客厅,东西两间是寝室和书房。客厅中央摆着八仙桌,墙上是大幅的天皇帝的坐画像,几把椅子也都是南朝制式,陈小知道,现今,在契丹国最时兴的事情,就是像耶律倍王爷一样向南朝学习,用南朝的厨子,用南朝的家具,看南朝的书……

游牧民族是一个希望改变,又善于改变的民族。

宽敞明亮的房屋,精致惬意的生活,是人人向往的,像韩知古这样的南朝人的家庭起居生活方式,就起了很大的带头作用。

但是,万变不离其宗,既要学别人,又要保住自己最根本的特色是契丹人的一大特点。他们设立南院、北院,分别管理南朝人和契丹人的事务,也保留着自己的发式、语言、文字和服饰。连南朝人也认为,契丹的窄袖长袍穿着比南朝的宽袍大袖方便,至于左衽、右衽,那就要看习惯了。

民族的融合总是在潜移默化地进行着。

仨人说话间,那个开门的男孩烧好了一壶茶。

茶,在漠北可是稀罕物,当然,在皇宫、在耶律倍王府和努万丞相府都见过他们喝茶。那是只闻其香,不知其味。

茶一倒进碗里,香气就散发出来,陈小深深地吸了一下——真香!

沁儿不仅每天给王妃烧茶,也经常陪着王妃喝茶,算是精通茶艺。但是,皇家沏的茶和他们不同,除了把茶揉碎,还要加上盐和奶。

这里的茶也是碾碎的,加的是糖和奶,也许是个人口味不同吧。

刚喝完一盏茶,门开了,韩知古领着两个契丹装束的男孩走了进来。

陈小和沁儿一见忙站起,同声道:“兄长好。”

韩知古摆手让二人落座:“我知道兄弟找我,必有要事,我想还是在家里交谈为好。”

陈小和沁儿交换了一下眼神，这位兄长有点料事如神。

陈小点头道：“不瞒兄长，我与沁儿是私奔出来的。”

夫人一听忙叫那个开门的男孩把两个孩子领了出去。

韩知古望着沁儿问道：“妹子可是人皇王府的？”一见面，他就觉得沁儿有些眼熟。

沁儿起身点头：“一直跟在端顺王妃身边。”

夫人在一边吃惊忙问：“王爷和王妃可是知晓？”

陈小摆手道：“我俩都是以探家名义离开的，为的是留有余地。就是想见兄长有个商量，再做定夺。”

韩知古明白了。他向夫人道：“这样大事得慢慢计议，告诉下人做饭，我们兄弟好好喝几杯。”

夫人说了声：“失陪。”便起身离开。

韩知古端起茶杯道：“祝贺兄弟，福分不浅。”

陈小也端起茶杯：“都是沁儿情深意切，我至死也要与她相依相随。”

韩知古赞佩地说道：“契丹女子性情刚烈，着实让南朝人敬佩。”

沁儿道：“沁儿在皇宫多年，看到太多儿女的下场各个凄惨。我不愿此生任人摆布，情愿跟着小哥吃糠咽菜，也图个身心自由。”

韩知古道：“既然你们去意已决，愚兄自当全力相助。只是这去向何处，如何安身立命，倒应当仔细权衡。”

陈小道：“我俩一直拿不出主意，全听兄长安排。”

韩知古沉吟片刻道：“人皇王尽管失势，但他毕竟是今上的哥哥，要是今上知道此事，为了表示对哥哥的友好，拿住你们献礼，该是常情。”

陈小吃了一惊：“那看来契丹国是不能待了。”

韩知古点头，他望着沁儿道：“陈小在南朝待过，又有手艺，在哪儿都一样。对你来说可是一大变迁，能不能适应，可得想仔细了。”

沁儿道：“天涯海角又能怎样？沁儿早已经把荣华富贵抛在脑后。只要跟小哥在一起，哪里都行。”

沁儿说得口气坚定，让韩知古也深受感动，便说道：“既然如此，你们就到幽州去，那里有几家熟人，你们可以落脚。”

陈小和沁儿相互看了一眼，两人不约而同地离座，一齐双膝跪到地上说道：“多谢兄长成全。”

韩知古一见急忙把他们拉了起来：“快起来，兄弟相帮，说什么‘谢’字。”

两人站起，眼里都含着眼泪。

韩知古道：“此去幽州有千里之遥，不知陈老爹如何安排，他是不是还在人皇王府？”

陈小点头：“他对我们的事情一清二楚，我们约定，要是五日不回，他也偷偷溜走，来京城找你。”

韩知古点头：“尚可。但你们不能在这儿停留，吃完饭就动身。老爹来了，我会告诉他到哪里找你们。”

这时，有人来说饭已做好，要大家入座。从中堂两侧的门可以进入二进的房中，这里是厨房和饭堂。

在饭堂一角不甚显眼的地方，供着一个佛龛，里面端坐一尊南朝烧制的瓷佛，看佛前香炉里的香灰就知道是天天烧香的。

夫人和两个孩子都站在一边等候，等韩知古等人走进落座，他们才依次坐下。看来，韩家还保持着南朝的礼节。契丹人吃饭比较随意，谁饿谁先吃。

吃饭间谈的多是家庭情况。韩知古是神册年间随阿保机南征的时候接来家眷，迄今已有十七八个年头，大儿子七岁了，小儿子也五岁了。两个孩子都是五岁习武，两年后再找老师教识字。

陈小问：“是不是学《仓颉篇》？”

大儿子抢先答道：“仓颉作书，以教后嗣，幼子承昭，谨慎敬戒……”

陈小也背诵道：“勉励讽诵，昼夜勿置……”

大儿子惊讶地看着陈小：“叔叔你什么时候学的？”

陈小道：“刚学。是东丹国丞相府的吴秀才教的。”

韩知古道："我要把懂南朝字的老师都找出来，给他们脱去奴籍，办一所学堂。"

大儿子说："皇帝正在造契丹字，我也想学。"

韩知古道："好，等造字通行以后，我就让那几位造字的老师来教你。"

韩夫人与沁儿邻座，不住地往她的碗里夹菜，她对这个有性格的姑娘充满敬意："走的时候，我给你带点小孩衣裳，都是他俩穿过的，你别嫌弃。"

沁儿羞涩地道："不用，早呢。"

夫人笑了起来："我可知道，到了冬天就显怀，明年不用天太热，你就用得着了。"

沁儿想"恭敬不如从命"，便说道："那就谢谢嫂嫂了。"

有一件事让沁儿暗暗称奇，桌上的餐具非金即银，有的甚至比王爷家的还大还重。韩知古看到沁儿打量餐具，便说道："去年我当上宫内总管，检查库存，发现几个仓库堆满了金的、银的战利品，便让他们把能用的器皿、首饰、餐具分类挑选。由皇太后赏赐给大家。没想到，皇太后把最好的一套餐具给了我，让我受宠若惊。"

夫人道："有的大臣认为皇太后偏心，可皇太后说，韩知古不当总管，这些宝贵东西还要睡大觉，十多年了，你们谁问过一句吗？都没有的时候，谁也不说，不问，有了，还嫌你多我少，这是什么毛病？"

韩知古接着说道："契丹刚刚建国，许多事情看在眼里说不明白。其实，南朝延续几千年，这些事情早已司空见惯。我跟皇太后说，南朝的孔子早就说了，人，有个毛病，就叫'不患寡，而患不均'。皇太后一听，就让我把孔子的书找来念给她听，一部《论语》念了大半年。"

沁儿点头："跟王爷在一起，就经常听到他讲这句话，看来还是南朝把事情看得透，我和小哥都想到了，到那边要把这些都学到手。"

韩知古道："那当然好，学好了就来给我们当老师。"

说话间，饭已吃完，韩知古送两人到大门外。陈小见两匹马上都装上了几个袋子，问道："哥，这是……"

韩知古道："路上打尖的干粮，牛羊肉干。"说着，他看看四下无人，从怀中掏出一个拴着羊皮绳的牌子，金光闪烁。他把牌子挂到陈小的脖子上，低声道："这是天皇帝的金牌，见官大一级，他们得管吃管住，轻易别用。”

沁儿毕竟多年跟在大人物身边，知道这天皇帝金牌的作用，她有所担心：“大哥，我们这么年轻，使用这样的金牌，怕有人怀疑。”

韩知古道：“说的是，为了防止丢失和被冒用，使用这块金牌必须知道暗语。”他招呼两人把头凑到他跟前，低声道：“这暗语是五个字，单月是‘萧耶律知古’，双月是‘耶律萧知古’，记住了吗？”

两人道：“记住了。”

韩知古道：“这金牌都是由我保管，只有皇太后和今上才有权发出，日子久了，他们都懒得管这些事儿，都是由我代发，你们平安到了南边，我会派人再取回来。”

陈小心中感激：“哥，我怎么报答你？”

韩知古摆手：“别说傻话，兄弟情分比什么都重。到了幽州，小口袋里有些银两，就在我亲戚家附近买房子，做生意都够了。别说我们认识。”

沁儿不解地问道：“为什么？”

韩知古叹了口气：“天皇帝当年攻打幽州不胜，今上一定要攻占幽州，以雪前耻。现在是伪唐占据幽州，不会长久。”

“伪唐？”陈小和沁儿都是第一次听到这个名词。

韩知古道：“当年李渊创建的大唐早就被朱温给灭了。朱温改元建了梁朝，为了剪除异己，要杀掉大唐封的晋王、河东节度使李克用，李克用逃出后，还使用大唐的天祐年号，表示不忘旧主，誓与梁朝不共戴天。李克用死后，他的儿子李存勖与朱温在河北大战数年，把朱温赶了出去，李存勖就在魏州称帝。后来攻占朱温梁朝的首都汴京，灭了梁朝，定都洛阳，就是这个伪唐。”

沁儿道：“契丹兵马一出，这个伪唐的气数也就尽了。”

韩知古点头：“如今天下纷争，无人能与契丹争锋，你们到了伪唐也不要做对不住契丹的事情。”

陈小道：“这个自然，我家两代人都受契丹恩典，况且哥哥你又在这里做事，对不住契丹国的事情我们是万万不会做的。”

韩知古道：“这就好。”说着与陈小紧紧抱在一起，两个人都想到此地一别不知何时见面，禁不住都流下泪来。

夫人也出门送行，她拉着沁儿的手道：“好妹妹，常叫人捎个信儿来，省得我俩惦记。”

沁儿心中感激，也流出了眼泪。

韩知古道：“快走吧，到前边驿站别太晚了。”

陈小擦了把眼泪与沁儿一起上马，两个人回身抱拳，说了声“谢了”，便催马而去。

韩知古夫妇站在门前一直目送他们的身影消失。

也许，他们试图透过他们的身影，望一望故国山河……

第六章

行脚僧

陈小和沁儿离开京城走到松漠府（赤峰）已是天晚时分，远远看见驿站的灯笼幌子。

驿站，也被称为驿馆、驿传。自远古的商、周时期就已经出现，是服务于城市之间转运物资、迎送官员和来去使者的地方，根据道路和交通需要，契丹国大约二百里路程便有一个驿站，路过的信使也可以在这里换人、换马……

因为三五天还在两人请假的期间内，王爷和王妃不会追查，两个人便想试一试那块金牌在驿站会有多大的效应。

他们走进的第一个驿站就是距松漠府三十里的赤山驿。

两个穿着朴素的年轻人骑马进了驿站，立即有士兵前来盘问。

二人下马，陈小对士兵道："我有天皇帝金牌在身，召集人等跪接。"

士兵忙去通知，即刻，官员和士兵都从各处跑来，散乱地站在两人面前，直盯盯地看着他们。陈小从怀中亮出那块铸有"天皇帝敕宜速"字样的金牌，所有驿站的官员士兵都立即跪拜在地。

真让沁儿想到了，这两个年轻人亮出天皇帝金牌，无人不跪，但从他们上下惊奇打量的目光，就可以看出，也无人不怀疑。两个小青年，哪里会有天皇帝金牌？只见陈小弯腰在那个最大的官员耳边低声说出暗语，一切都烟消云散，他心悦诚服地连连叩头。

使用金牌必须核对暗语，是韩知古极为聪明的安排。金牌可能遗失或是被盗，但是，藏在官员脑袋里的暗语不会丢失，所以，亮出金牌要是再对上暗语，那就是“如朕亲临”。

暗语有单双月之分，是给暗语又加了一层保险。单月“萧”字打头，双月“耶律”打头，既有变化又好记忆。

马背上的口袋被卸下搬进客房，酒菜立即端上，晚上有人侍候热水洗澡，马有人喂饱，睡觉时门前有人站岗。

第二天早上两人起身有人送来早饭，两人要离开驿站，口袋已经放上马背，四个士兵骑马跟随，要护送到下一驿站。

松漠府曾是漠北最高长官所在地，统辖方圆千里，如今是契丹国南方重镇，人烟稠密，市井繁华。

众人骑马走进一条街道，只见路边围着一群人，人群中有一个中年光头和尚正向众人讲着什么。

走近了，听见他在大声说：“……人死了，魂归何处？为善者，阿弥陀佛可以接引你进到西方极乐世界，为恶者，下六道轮回地狱……”

正说间，从街拐角跑过一个蓬头垢面的老女人，她的身后跟着几个挎着佩刀的士兵，跑到人群边上，那老女人喊：“厉鬼邪说毁我法术！松漠府要遭大难，一定要把他碎尸万段！”

陈小看得出那个老女人是一位巫师，她带了士兵，要抓这个和尚。

士兵们不由分说拨开人群上前摁住那和尚，就要捆绑。

却见沁儿翻身下马，走到和尚跟前问道：“你可是素憨法师？”

那和尚突然被绑，无法挣扎，忽听有人问他，抬头一看，便大声喊道：“我是素憨，我是素憨，沁儿救我！”

沁儿对士兵喝道：“放开他！不得无礼！”

一个士兵大声问：“你是什么人，敢对我们下命令？”

陈小在马上大声喊道：“天皇帝金牌在此，速速放人！”说着他掏出金牌举在手中。

那几个士兵面面相觑，他们不知道天皇帝还有什么金牌，只能愣愣地看着。

一位跟随的士兵骑在马上大声喊："跪下！"

几个士兵一起跪下。沁儿解开了素憨身上的绳子说道："大师，受惊了。"

素憨站起四下张望："那个老妖婆呢？就是她处处跟我作对！"

众人四下张望，那老巫婆早已没了踪影。

人群都躲到远处围观，一个士兵下马让素憨上马。他连连摆手："我受菩萨戒，发愿做行脚僧。不能骑马坐轿，也不能睡床。"

陈小问："那你怎么睡觉？"

速憨道："我只坐着睡觉。"他问沁儿："人皇帝、端顺王妃可好？"

沁儿道："还好。你还要到哪里去？"

素憨道："阿弥陀佛。我在契丹国宣扬佛法，希望大家弃恶向善，可惜！这里的人愚钝不化，十分艰难。"

沁儿道："我们要到前方驿站，希望大师同行，我还有诸多事情要请教。"

素憨发愿做一个行脚僧，这一生都不能乘坐任何代步的工具。陈小也要下马与他同行，素憨坚决不依，让沁儿也上马，说他要走起来，不比骑马慢。

沁儿知道，不能让素憨破戒，只好上了马，大家提着马缰匀速前行。

孰料，这素憨走起来，可以说是健步如飞，嗖嗖嗖几步就蹿到了大家前头，众人只好提速跟随。

素憨穿着灰色僧袍，脚下是一双布底鞋，圆圆的头，圆圆的脸，永远都带着笑容，除却他被绑着的时候。他迈开大步几乎是双脚离地，而且越走越快，大家骑在马上，马速已经赶不上他，无不感到惊奇，这是什么功夫？

陈小问沁儿："你怎么认识这个和尚？"

沁儿说，在攻打渤海国前几天，这个和尚出现在耶律倍的书房，她不知道他是怎样找到王爷的。但是，听他讲佛教宗旨的时候，王爷把端顺王妃也找了过去，沁儿跟王妃在身旁："我听他讲得很有道理，他说，他要在契丹国开荒布道，让大家都做善事。王爷也听得入迷，他说等到有一天，他要把佛教立为国教。这个有一天，恐怕再也等不到了。"

陈小也叹了一口气："若是人皇王当了皇帝，也许这个和尚就不会流落街头了。"

因为和尚走得飞快，吃过午饭之后，下一个驿站很快就到了。大家进了驿站，跟随的士兵与陈小告别，他们和这个驿站的官员做了交接，已经完成任务，要返回去。

吃过晚饭，几个人坐在一起喝水闲谈，沁儿偷偷地对素憨说："我们要去幽州，你回不回去？"

素憨摇头："我来到契丹国一无所成，没脸回去。"

陈小问："你在哪里出家？"

素憨道："在洛阳白马寺出家，然后到少室山的少林寺学武，这两家寺院是一花五叶，我三年习文，三年习武。然后奉师命四下传教，有人去南方楚地和闽地，我不怕冷，就来到契丹国。"

陈小问："你认为你只身一人，能让契丹国信你说的那个教吗？"

沁儿也说："这里自古以来就是巫师当道，连皇上出不出兵，都得找他们打卜问鬼神。在路上带着人抓你的就是个巫师。"

素憨长叹一声说道："我何尝不知道？可是既在佛前许愿，就要一如既往，是退不得的。"他喝了一口水道："听说王爷西征灭了渤海国，他做了皇帝，我想去那里找他。"

陈小与沁儿相互看了一眼，想不到这个和尚如此无知和闭塞，沁儿便问道："天皇帝殡天了，你知道吗？

和尚点头："这个倒是听说了。"

陈小问："那你知不知道，是王爷的弟弟当了皇帝，王爷已经不在东丹国天福城了，而被发配到医巫闾山。"

素憨摇头道："他不在东丹国了？我还想去找他呢。"

沁儿叹了口气："你这也不知，那也不知，只知道说你那个西天极乐世界，谁听你的？"

素憨的心是真诚的，也是透明的。他感到是因为自己光顾传教，不问世事，才寸步难行，想到这里他心中懊悔，禁不住眼泪流了下来。素憨是个信仰虔诚的和尚，他不违戒律，不失前言，尽管一事无成却依然还要坚持，对信仰这样执著与真诚，着实让人感动。

陈小道:“我们明天就要过边境到幽州去，你要不想回去，我也帮不了你什么忙，只想托你一件事情。”说着，他把挂在脖子上的金牌摘了下来:“这块牌子，在契丹国如同圣旨，过了边境就是通敌罪证，按理说，我应当交给这里的官员，待有人来取。现在，我改了主意，想让你送到京城去。”

素憨问:“善哉。送到哪里？交给谁？”

陈小道:“送给皇宫大总管韩知古，他是我的结拜哥哥，他住在皇宫东侧那条街的第一家。”说着，把金牌递给他。

素憨双手接过，举过头顶，拜了三拜说道:“你们救过我，大恩不言谢，我万死不辞。”

陈小道:“我让你送去，不是想劳累你，是想让他帮你。我知道他父母都信佛，他小时候也拜过菩萨。”

沁儿道:“他家现在还供着菩萨，让他帮你，要是皇宫里的人信了佛，黎民百姓自然就会信的。”

素憨把金牌装进包裹里，问道:“你们有金牌在身，想必在契丹国一定是大权在握，恕我冒昧，两位到南朝去，想必有大事，可为什么又把金牌给了我？二位回来……”

陈小道:“既然大师相问，我也不隐瞒。我俩在契丹都是下人，她是侍女，我是为人髡发的。此次南去，实为私奔。”

素憨脸上收敛了笑意，点头道:“原来如此。贫僧出家为僧，便成方外之人，已经脱离情欲苦海，但对世间情真意切的男男女女还是十分钦佩。二位既去南朝，想必已有妥善安排。”

陈小摇头:“我本回纥人，她是契丹人。我和父亲曾被南朝掠去过，但在南朝无亲无靠，只是想找一个安身立命的地方，凭力气吃饭，别无他求。”

素憨点头:“如此说，也是前途未卜。”

沁儿点头:“离开本土，我心惶惶然，不管前途是吉是凶，都已无法回头。听说南朝也不太平。”

素憨道："我对北国一无所知，但对南朝却了解许多。大唐经安史、黄巢之乱，气数已尽，被朱温篡位改元，不复存在。接着是李克用建国称唐。只是此'唐'已非彼'唐'，此'李'亦非彼'李'。当今黄河以北是伪唐执政，南方更是走马灯似的改朝换代，大好南朝已是一片乱世了。"

陈小和沁儿面面相觑，原来南朝是如此乱象，到了幽州也未必像韩知古说的那样，有了站脚之地就好生存。

看见两人面呈难色，素憨和尚也动了恻隐之心，两个年轻人不管前途未卜，只顾两人感情就能千里私奔，虽说莽撞，却也真诚。便道："贫僧在幽州也有几个亲属和熟人，兴许能够帮上一些。"

陈小拱手："谢了。"

素憨道："我有一堂弟，在河东节度使手下做副将，就驻守在边界一带，找到他，你们就能平安到达幽州。要是到了幽州有什么困难，你们就去西南宝珠峰下的谭枳寺，找一位叫幻城的师太……"

沁儿插嘴问："师太？女的？"

素憨点头："她本是当今伪唐皇帝之女，因看不惯父亲肆意杀戮而遁入空门，与贫僧有师门之缘。不瞒二位，贫僧与她也曾动过凡念，后被师父惩戒，将我放逐北国，让我发誓，再不踏回南朝一步。"

原来，素憨也是有情之人。他不回南朝是因为发过誓愿，至今也不违背，也倒令人敬佩。

素憨道："因为她是皇帝之女，受罚闭关三年，从此我们天壤两隔。今年她闭关期满，听说来到幽州住进谭枳寺。我想，她是想离我近些，也许能见上一面吧。"说着，面呈凄苦，眼圈红了。

陈小和沁儿也沉默了。

少顷，素憨长叹一声："人生孽缘难了，都是前生今世因果所致。如果你们能到谭枳寺，就向她说说我的情况，贫僧也就别无所求了。"

沁儿道："大师放心，我们要是到了幽州，一定先到谭枳寺去找幻城师太，告诉她你的近况。"

陈小补充道：“需要我们做什么，万死不辞。”

月在中天，天色已晚，几个人离座回房休息。

素憨回到自己的屋中，找出笔墨写了两封信，分别装好，便上了床盘腿而坐，两手搭放膝上，手心朝天，两眼微闭睡了过去。

第二天早上，素憨把两封信交给了陈小，拍了拍包裹表示金牌就在里面，便双手合十念了声“阿弥陀佛”，与二人告辞。

驿站派出四个士兵保护这二位金牌特使，出了驿站一直向南，到了傍晚，来到两国交接之地的驿站，因为天色已晚，士兵们也住在这里。

今日正逢集市，两国的边民都来做买卖生意，集市上人声嘈杂，商贩们各占摊位，吆喊着价钱，除了油米柴盐，还有牛市马市，倒也十分热闹。

为了减少麻烦，沁儿穿上了男装，打扮起来倒有几分英俊，不仔细端详，真还难以分辨。他们牵着马走进集市，伪唐一侧有几个士兵持枪而立，陈小走上前去掏出信来，请士兵帮助去找那位副将。

那位副将见信倒也热情，便告诉他们，给幽州买的几十匹马今天要赶回去，刚好让他们同行，也好帮助照看马匹。就这样，他们顺利到达幽州。

到了幽州他们就赶往西南方的谭枳寺，在宝珠峰的下院尼姑庵里，果然见到了那位幻城师太。

幻城师太虽然年逾四十，依然风韵美艳。要不是她总是板着面孔，不苟半丝言笑，说不定要迷倒多少凡俗众生。她看完了信，依然一脸冰霜。她把信揣进怀里道：“庙外有五亩薄田，原来的租户刚辞工回了齐鲁老家，你们要不嫌弃，就去找庙里的监院，让她安排你们住进去，明年春天再与她商量种些什么，交多少租粮。”

陈小估计，想必信中把他俩的事情都写了个一清二楚，有了落脚之地，两个人连连抱拳施礼表示感谢，有人喊来了监院。

监院年过花甲走路有些蹒跚，两人一左一右小心搀扶着她来到庙外。

这里有一所农家小院，粮仓柴垛一应俱全，甚至还有十几只鸡在院中啄食。院门屋门都上着锁，监院掏出钥匙交给陈小，陈小打开院门、屋门，走进去一看，连火炕上的被褥和厨房的锅碗瓢盆，都摆放得整整齐齐。

就这样，陈小和沁儿就作了院外的农户，一住就是几年，他们春种秋收，生儿育女，真的就过上了与世无争的桃源生活。

有人说，普天之下，真正能过上安稳日子的人为数太少。听说，幻城师太当晚就不知去向，原来，她那一张冷艳的面孔下面，藏着多么热烈的心！

第七章

伪唐

耶律倍想起该髡头了，派人去找髡匠老陈。侍者在新王府找了个遍，也不见老陈踪影。王妃心中纳闷，老陈前天说要到外埠去买磨石，按理说早该回来了，怎么到现在还不见踪影？

王爷一听，气得连拍桌子，该髡头的时候人却不在，简直是无法无天，谁给他这么大的胆子？

端顺王妃也觉得事有蹊跷，平时，这个老陈唯唯诺诺，怎么敢请假到时不归？因为沁儿不在身边，她便要另一个侍女陪她到别院去问一问下人，老陈走的经过。这一问不要紧，更让王妃生疑。原来，有人在前几天看见他的儿子到了营州。老陈在临走前，还把几件用不着的小物件送给了周围的人……

王妃匆匆走回王府大院，想要跟王爷说个清楚，看看到底是怎么回事儿。对这样的人绝不能轻饶，特别是王爷当前处境不利的时候，更要严加管束，不然，他们真就拿王爷不当回事儿了。

想到这里，心中有气，脚步也急，刚走到大门口，却见门口的卫兵换了，因为互不认识，两个人把长枪一叉，拦住了去路。

侍女大声斥责道：“你们是哪里来的？连王妃都敢挡！”

两卫兵一见，急忙收回枪道：“小的刚来接防，请王妃恕罪。”

王妃满腹疑问，匆匆进了院中，她熟悉的那些卫兵统统不见了。

她进了大厅还没等说话，只见一队明盔亮甲的契丹士兵手执枪矛，气势汹汹地走到大厅门外。一个当官的让士兵站好，便离队走进大厅。

耶律倍正在书案上写字，突然看见士兵站到门口，心中一惊，手中的笔掉到书案上，墨汁迸溅，污了一张纸。

端顺王妃惊得说不出话来，要不是侍女扶着，她可能就跌倒在地了。因为她想到了断头和末日。

只见那军官见到王爷摘下头盔，低头施礼："末将奥达芳奉皇帝之命，前来接管王爷卫队，限定王爷活动范围不得超过医巫闾山。"

听到最后一句话，王爷和王妃都松了一口气，原来是限定活动范围，不是要取这二人性命。

耶律倍擦了把额头上的冷汗，坐到椅上定了定神说道："我原来的卫兵如何安置？"由于心神未定，说出话来有些颤抖。

奥达芳道："回王爷话，调往天福城负责往营州迁移东丹国百姓。"

王妃把老陈头失踪和卫队调走想到了一起，便问："王爷的一个髡匠也算换防里面的人吗？"

奥达芳摇头："回王妃话，末将不知什么髡匠。王爷要髡发，末将队中有一人可为王爷效劳。"

原来，耶律德光虽然是名正言顺地当上了契丹国第二代君王，但他却一直纳闷，我有能力当皇帝，长生天为什么却把我排行老二？

是不是排行老大的存在一天，我的皇位就不稳当？母亲贵为皇太后，为了让我能稳坐皇位，杀了那么多的大臣和亲属，为什么偏偏留下了对我皇位威胁最大的耶律倍？也许是下不了手，也许是怕担恶名，毕竟是亲生骨肉。再也许就是留下一个虎视王位的人，让我不敢有半点差池和懈怠。

怎么控制耶律倍，是娘俩费尽心机盘算的事情。首先是不能让他回到东丹国，他要在那儿招兵买马怎么办？正因为有这两点忌惮，耶律倍就被安排在医巫闾山。可是，他要在各地乱跑乱窜煽动谋反，怎么办？那只好限制他的活动范围，不能出医巫闾山这个圈。

每隔十五天，奥达芳要派亲兵送一次耶律倍的动静报告，也就是说不管他是动还是静都要向皇帝报告。

第一份报告说他心绪不佳，动辄就发脾气，甚至动手打了王妃。

第二份说他找了营州的知府，要他在山顶为他修建藏书楼。

耶律德光批了一个字：准。

有了这一个字，藏书楼在山顶动工，据说能藏书一万卷。

转过年来的报告说，耶律倍在山上游玩偶遇一美女，高姓，经过月余周旋，女乃嫁，遂在藏书楼旁修建高美人宫。耶律倍与高美人嬉戏，月余不出其宫……

离医巫闾山南几百里，就是伪唐的势力范围。灭了朱温建立的梁朝，算是给大唐出了一口怨气。接着建立的伪唐，虽然比不上大唐那时的版图和气派，反正皇帝也姓李，至少要作出个儒雅风流的样子来。

伪唐明宗李嗣源久闻耶律倍书画俱佳，又得知其丢了皇位闷闷不乐，有意约他到南朝来与他同乐。

得知有士兵监视，李嗣源便派一大臣化装成砍柴老者来到医巫闾山。

这位大臣是何许人也？此人姓冯名道。

说起此人可是大有名气，他从一个穷书生入仕，官至宰相、太师。人人皆知五代十国是中国历史最混乱的时期，那才是你唱罢来我登场，城头常换大王旗。可是这位冯大人，竟能在四个国家十个朝代为官为相。哪个国家胜了都要找他，不管他在敌方当过什么大官，到了新朝廷一律加官晋爵。可想而知，这位冯大人一定是十个心眼，八面玲珑，聪明绝顶，智慧过人，不然，怎么能够成为中国历史上侍奉君主最多的不倒翁？

那是一个西半天有火烧云的傍晚，耶律倍与高美人相偎在一起，一边喝茶，一边眺望山下。西半天火红一片，山下炊烟袅袅，远山近树一片火红……

两个人都被这奇观美景所陶醉，忽听得远处有人唱歌：“客从江南来，来时月上弦，悠悠行旅中，三见清光圆……”

耶律倍大感诧异。

这荒山野岭，识字的人也没有几个，哪里有人会唱唐人白居易的诗歌《客中月》？

他与高美人携手站起向宫墙外眺望，只见在山坡上，晚霞中，一位银须老人背着一捆柴火，拄着一根树枝边走边唱。

高美人要让门外的士兵把老者叫进来，耶律倍摆手："这是世外高人，哪能让士兵去请，得你我亲自前去。"说着，两人拉着手走到宫门外，奔跑几步，离砍柴老人近了，耶律倍高声喊道："老人家，耶律倍这厢有礼了。"说着深施一礼。

高美人没有弯腰，她看见老头转身回望，才躬身一礼。

老人回首，见衣着华贵的一男一女正向他施礼，慌忙问道："老儿耳背，没听准你是何人。"

耶律倍又施一礼大声道："在下耶律倍……"

老人一听慌忙跪倒："原来是人皇王大驾，折煞小老儿了。"边说边连连作揖叩头。

耶律倍走上前去双手扶起问道："老丈方才唱的可是白居易的诗《客中月》？"

老人站起道："什么诗不诗，月不月的，瞎唱一气，让人皇王见笑了。"

耶律倍道："我看老丈器宇轩昂，气度不凡，非山野村夫之辈，如不嫌弃，请老丈到寒舍一叙。"

老人歪头看着宫墙感叹道："哪里是什么寒舍？分明是皇家宫阙，我哪里敢去啊？"

耶律倍道："小可久居山野，虽在宫阙实为囚笼，如不嫌弃，请——"

老者背着柴火来到宫门前，见有士兵站岗，忙后退几步："不进了不进了，你看这大兵，好不吓人。"

耶律倍把手一挥道："站到一边去，请老人家进来。"

老人把柴火放到宫门前，招呼那士兵："来替我看着，要是丢了，我家三日断炊。"

三个人走进宫门，到桌前落座。高美人去沏茶。老人见四下无人迅速从怀中掏出一封信，递给耶律倍。

耶律倍一见，忙接过揣在怀中。

高美人端过茶来，斟入杯中，几个人端杯，老人呷了一口道："好茶！若不是明前采之，焉有如此美妙味道。"

高美人惊讶说道：“老人家，好口味，此乃江南名茶‘明前龙井’。”

老人道：“我说嘛，住在这样宫阙之中，岂无好茶？老汉今日有口福了。”

耶律倍道：“老丈喜欢白乐天吗？”

老人道：“岂止喜欢？简直就是一日不读白诗，一日无味也。”

耶律倍问道：“白居易诗云：花非花，雾非雾，夜半来，天明去，来如春梦几多时，去似朝云无觅处。有人说，言鬼也。先生以为如何？”

老人翻了翻眼睛问：“是北国人谓之言鬼耶？”

耶律倍道：“是也。北国喜白诗者颇多，无奈解释起来千差万别，像这样言鬼者，也大有人在。”

老人点头：“是啊，夜半来，天明去。不是鬼是谁？可笑！似这般望文生义，还学白诗何用？”

高美人插嘴问道：“愿听老丈高见。”

老人道：“诗贵在意境，恍惚迷离，最难琢磨。”

高美人继续追问：“到底是什么？”

老人白了她一眼道：“思绪也，灵感也。夜半恍惚而来，天明寻之不见，其妙无可言状，如春梦，如潮云。不做诗者，难以领悟，情有可原，情有可原呐。哈哈！”老人猜到可能就是高美人认为此诗言鬼。

老人又喝了几杯茶，看看天色已晚，便说道：“打搅了，天色不早，我得回去了。”

老人站起，与耶律倍拱手告别，走到门口背起柴火，一边唱着走下山去。

看着老人走下山去，耶律倍把高美人拉进屋中，掌灯，两个人躲到屏风后面，他从怀中掏出那封信来。

原来，这老人递来的信是伪唐皇帝李嗣源写的，信中用恳切的语气邀请他跨海来唐，共同探讨琴棋书画，享人生大乐趣，一起演绎悲欢离合，解宇宙之大悬疑云云。

高美人看完信半晌不语，她直望着耶律倍，看着他的神态和表情。

耶律倍把信递给高美人：“烧掉，当心杀身之祸。”

高美人也感到了危机，她把信放到灯火前，眼见它燃烧出一团火光，又变成一片片的灰烬飘落地上。

耶律倍走到屏风外，看着黑黢黢的夜空出神。

高美人也走出屏风，走到他身边抱着他的双肩说道："要能真的找到一个可以唱和的知音，乃是人生一幸也。"

耶律倍抓着她的手道："我有美人与我唱和，虽是笼中之鸟，此生足矣。"

高美人道："我只是山中村妇，略知一二而已。南朝多有饱学之士，名士大儒，人人学富五车，当与王爷相互补正，定能名传千古，望王爷三思。"看来，她已经心动了。

耶律倍点了点头："美人说得极是，容我再想想。"

隔了三天，又见那老者上得山来，王爷一见，直接把他喊了进来，高美人便命门前士兵，拿着斧子替老人上山砍柴去，王爷要与他喝茶论诗。

士兵无奈只好提着斧子上山砍柴去了。

高美人又沏来茶水。老人刚要端杯，耶律倍一把按住他的手问："先生告我真名实姓。"

那老者抽出手来，连连拱手："不敢欺瞒王爷，在下冯道是也。"

耶律倍老早听说此人，曾在伪唐做高官，为人和善，为政勤俭，体恤民情，足智多谋。据说耶律德光听说他到伪唐边境视察，曾下令想要把他抢过来，好为契丹所用。可惜他提前回去，错过了时机。

今日见冯道就在面前，而且不惜化装成樵夫，冒险上山，就是为了请其归唐，心中不由一阵感动，也拱手道："久闻大名。有您和皇帝一片真诚，倍去意已决，只是容我做好准备，必定要一次成功。"

冯道说："不急。不管是春暖花开，还是秋高气爽，都是归唐的好日子，我可以回去复命了。"

耶律倍掏出一封信交给冯道，冯道揣到怀中，拱手告辞："老夫家中琐事繁多，实在不敢久留，能与王爷面谈，实为荣幸。老朽告辞了。"

从这天起耶律倍就开始做去伪唐的准备……

终于，耶律倍瞒着端顺王妃和契丹皇帝，假借到南边半岛钓鱼的机会，带着高美人登上了伪唐派来的船，跨越渤海到山东登陆。

毕竟是有些文采，他登船之前还在海边留下一块木牌，上面写了四句话：

“小山压大山，大山全无力，羞见故乡人，从此投外国。”

有人说这是五言诗，也许这是一首契丹语的诗，或使用契丹文写的。要按汉文诗歌的要求则差异太大，无辙无韵，只能说是四句话。

接着，他们又去了伪唐首都洛阳，开始了在异国他乡的流亡生活……

第八章

陈老爹

按着沁儿骑马的速度，回家探视来回只需七日。到了第六天，不管沁儿有没有消息，陈老爹都准备离开营州的王爷府。

他给王爷髡头之后，向端顺王妃告了个假，理由是他的剃刀有点发钝，他在营州买不到好磨石，要到外府看看。顶多两三天就回来。

其实，对王妃来说，营州城到底有没有好磨石，以至于老髡匠的磨石用不用再买，她都一无所知，因为买磨石纯属工作需要，她只能点头应允。

陈老爹偷偷地把平时的生活用品装进一个羊皮口袋里，把髡发的工具装进一个挎包里，这可是他赖以生存的家什，无论如何也要保管好。

第二天一早，他把羊皮口袋搭到马背上，带上干粮、肉干，把羊皮扁壶里装满了水，上路了。

陈老爹其实还不到五十岁，可见的世面不少。依照他对人情世故的理解，他认为这一辈子谁和谁好，特别是两个人在一起生儿育女，那都是前生注定的。

他跟原配妻子生了陈小，没等陈小长大，她就死在乱军之中。接下来他跟姨妹生活在一起，姨妹年轻漂亮，又很有性欲，这对老陈来说不亚于枯树开花，越开越盛。两个人好得如胶似漆。可是几年下来，并没有给他生个一男半女。

那年月认为：女人不能生孩子，就是半个残废。但这并不影响他们之间的感情。谁料到，她也是“横死”的。当时就有人说，“横死”的鬼魂是进不了家庙的，让他做个超度。他不做，她死后的灵魂要是进不了家庙，就一定会跟着他。他愿意让她跟着，哪怕是梦里说说话。

可是，这么多年，一直没梦见过她……

出了营州城一直向西，只有一条官道通向京城，他随着王爷从京城到营州，走的就是这条道。假如沁儿和陈小出行不顺利，他们也会顺着这条道路回来，那他们一定会相遇，到那时再研究去向也不迟。

走了两天，也没见到他们，快到京城了，说明两个孩子不会回来了。他马不停蹄直奔京城，按着事先约定，去找韩知古。

进了京城来到皇宫附近，他问清了韩知古家就在附近那条街的第一家，他不愿意到皇宫找他，也不想到家里去，他不愿给他带来麻烦，就决心在附近等他。

天擦黑的时候，韩知古从皇宫里走出来，老陈迎了上去。

韩知古一见，连忙躬身施礼："陈伯，你终于来了。"

陈老爹忙问道："陈小和沁儿来过了吗？"

韩知古道："来过了，我让他们到幽州去，可能现在已经过边境了。"

陈老爹长长地嘘了一口气："这我就放心了，那我这就去追他们。"

韩知古道："陈伯老远赶来，得住一宿，歇息歇息，明早再走也不迟。"

老陈道："知道他们的消息，我心里的一块石头落了地，放心吧，再跑两天也有力气。"

韩知古说了幽州的具体地址，问道："陈伯，盘缠够吗？"

陈老爹拍了拍肩上鼓鼓的褡裢道："够，这些年省吃俭用，都在这里。"

韩知古从怀中掏出一枚金币，递到陈老爹的手中："把这个带上。"

陈老爹摆手："平头百姓用不着这个。"

韩知古道："陈伯，这是契丹皇族的象征，只有耶律和萧族才有的金币。将来你遇到契丹人，它会有用的。"

陈老爹立即明白："孩子，你是送给我一个护身符。"

韩知古道："也许会有用处。"

老陈道："你对我们的大恩是不能用言语来报答的。"

韩知古语气沉重地说道："同是天涯沦落人。陈伯，远在异国他乡，抱团取暖吧。”

陈老爹心中感动，他拍了拍韩知古的肩膀：“我走了，你有能力在狼窝虎穴里活下来，让我佩服。要是有什么危险，就找我们。”

韩知古笑了笑：“契丹人粗野，但是直率，有话藏不住，不像南朝人那样，当面笑脸迎，背后捅刀子。我和他们相处得很好。”

老陈道：“我也是这么看。我走了。”他向韩知古躬身施礼，转身牵马。

韩知古向他点头招手。

老陈上马，回身招了招手，纵马飞奔而去。

从京城南下，老陈整整跑了一夜，第二天早晨，他已经来到松漠地界。毕竟是上了些年纪，现在已经感到人困马乏，甚至险些从马上栽了下来。

前面有一个挑着一个罗圈的小旅店，他来到门前下了马。

听见外面动静，店伙计跑了出来，大声喊着：“客官住店？”

老陈一听是个南朝口音，便下了马道：“住店，喂马，睡觉。”

店伙计答应着，卸下了马上的口袋和扁壶，老陈抱着进了店中。

店伙计牵着马去了马棚。

屋中坐着一位青年妇女，她见老陈走进，站起来问道：“客官吃些酒不？”

老陈摇头：“不吃，睡觉，困死了。要上房。”

女人答应着领着他走进一个房间，开了门，老陈抱着口袋走了进去。

他锁上房门，倒在床上便睡了过去。

这一觉直睡到太阳偏西才醒，其实，也不是他睡醒了，是被敲门声弄醒的。

听到一阵急促的敲门声，老陈心里发惊，毕竟是单身在外，又没有防身的家伙，敲门声越来越响，不但有契丹语，还有南朝语，看来不止一人，老陈下了炕，披上衣服，大声问：“店家在吗？”

有了店家在场总可以问一问是什么人吧。

门外有人答道：“客官，我是店家，开门吧，有几位军爷要问话。”

老陈打开了房门。

只见店家与几位持械的契丹军人走了进来。为首当官的看了看老陈，吼了声："捆起来！"

几个士兵拿出绳索三下两下就把老陈捆了个结结实实。老陈大为吃惊，大声质问："凭什么捆我？你们知道我是谁吗？"

当官的道："就看你这个穷酸样，也不配有皇家的好马。带走！"

几个当兵的三两下就把他拽到屋外。

原来，松漠府距离南朝较近，为防细作潜人，每天都有十几队士兵在各地巡逻。这个旅店虽是南朝人开的，却一直给军方做眼线。老陈住店、喂马，让店家发现了疑点，他骑的这匹马上面有人皇王府的标记。

一个衣着普通的人，骑着人皇王府的马，此人该是个盗马贼！

待到下午有巡逻队路过，店家马上就做了密报。

几个军人一看，果然有明显标记，便前去敲门。

门开一看，老陈的确衣着普通，随即绑了。

士兵们牵着马和老陈，来到松漠都督府。

几个管理治安的官员开始对老陈审讯，首要问题是马是从哪偷来的？

我们说过老陈见过世面，就是在突然见到官员也不惊慌，不糊涂。不错，马是人皇王府的，假若他说自己是王府的髡匠，万一带回去对质，人皇王大概得把他的两腿打折。不能说人皇王那说谁？只有说韩知古，对，就说是韩知古给的。

此话一出几个官员吓了一跳。

谁都知道，契丹王朝最有权势的人是一个老女人，先王的皇后，当今圣上的母亲，而今是皇太后。她杀了无数的人，只扶起了一个耶律德光。而这两个人都信任一个人，那就是韩知古。

关于这个汉人怎么让契丹国两个最有权势的人无比信任，有许许多多的传说。有人说他会催眠术，能让皇太后夜夜安睡，有人说他会推拿术，能让皇帝身强体壮，夜夜都能驾驭女人。

本书最初说到韩知古的时候，有一句话是，对他得"大书特书"，为什么？此人的确不平凡。

首先，他是一位奇人。他奇就奇在无所不能。

他能治人病、治马病、能髡头、能领兵打仗，能管理皇宫大事……

契丹贵族精骑射，舞刀枪，不善管理，尤其是来往账目、复杂的数字，有的人一看头就大，有的人越看越糊涂。而韩知古确是精计算，早在东汉出现的算盘，是他得心应手的计算工具。皇宫每天吃多少粮食、发多少饷银，只要他把算盘上的圆珠拨得噼啪作响，即刻就能报出准确数字，常让所有人目瞪口呆。

为了保证皇室人口健康，皇宫也设医坊，虽然也有御医，治病效率却不高。韩知古便自己钻研医书，除了自己配制刀伤药，及时给剁腕的皇太后止血、止痛，做得干净、利落，至今没有后遗症。太后什么时候想起，就感激得不行。

在南朝的时候，他听人说过，吃得太好，喝得太好，容易得一种消渴症（现在叫糖尿病），“肥者令人内热，甘者令人中满，故其气上溢，转为消渴……”皇太后每天吃饭无肉不欢，许多王公大臣是逢酒必喝，一喝就醉，不少人年纪不到半百就大量喝水，越喝越渴，越渴越喝，“以饮一斗，小便亦一斗……”

皇太后和几位大臣得的就是消渴症，御医们却束手无策。

韩知古从古方中发现人参、黄精、枸杞都是治疗消渴症的良药，他带人亲赴上党寻找千年人参，到贺兰山找寻枸杞……

凑齐了十几味药，配制后，请皇太后服用，请几位大臣服用，疗效颇佳。

说到最让人敬重的还是韩知古心中的“忠义”二字。

小时候在老家听瞎子说书，说“封神”说“三分”。尤其是那瞎子说“三分”说到关老爷过五关斩六将，孩子们一起蹦跳鼓掌，说到关老爷走麦城，都一起痛哭流涕。他记得那瞎子说，关老爷一生“忠心不二，义薄云天”。

他记住了这八个字，他把契丹人当作恩主，忠贞不渝。

尽管他已经是皇宫大总管，对当年磕头的小髡匠，依然关怀备至……

几位军官听到老陈说出了“韩知古”三个字，不由得面面相觑。

几个人用眼神一商量，有人去向都督报告。

见了都督没说几句，忽然有人匆匆跑来报告，说是当今圣上来松漠府视察军务，已经到了府门之外了。

都督一听，慌忙带着文武官员迎了出来。

来到府门，耶律德光已经下马，正在门前指指点点说着什么。

都督率领众人急忙跪倒。

耶律德光身材魁梧，相貌英俊，加上皇帝的威风，往那一站，宛如天神。他还是一个很勤政的皇帝，只要不带兵打仗，他一年有大半年在各地视察，松漠府是南疆重镇，他来的次数很多。有时，下人来不及通报，他就“进堂入室”了。

都督叩拜已毕，陪着圣上走进府中。通往大堂有一段长廊，两侧是办事衙役的小房间，君臣刚走进长廊，忽然，一侧的房门被撞开，一个被五花大绑的人，一边高喊“圣上救我！”，一边就冲了出来。

几个卫士真不含糊，身手也够麻利，上前就把他按倒在地，接着就扯到了一边，几把钢刀横在他的脖子上。只听他大叫：“圣上，我是髡匠老陈头……”

耶律德光被他吓了一跳，等到把他抓到一边，听他喊叫，定睛一看，果然是髡匠老陈。

耶律德光见他五花大绑便问：“你不是去了东丹国吗？怎么会在这里？”

老陈头说道：“圣上，说来话长，我不愿意侍奉人皇王才跑出来的。”

耶律德光一听，觉得其中肯定会有故事，便道：“混账！他是我的哥哥，你不好好侍奉他，胆敢跑了出来！”

老陈是跟着人皇王经历过先王死后那场浩劫的人，对他们兄弟之间的关系知之甚详，他知道皇上方才的话言不由衷，是说给大家听的。

老陈道：“圣上息怒，容我慢慢说给您听。”

耶律德光点了点头道：“先给他松绑，到屋里好好说说。”

虽然松了绑，几个卫士还是围在他的身旁，老陈一边活动筋骨，一边跟着来到大堂。

进了大堂，耶律德光坐到上座。

都督见皇上认识他，便叫人给他搬来一个凳子。老陈头不敢坐，扑通一声跪到地上，眼泪汪汪地说道：“皇上，念奴才侍候皇上多年，容我把话讲完”

耶律德光把手一摆：“讲吧。”

老陈头早在肚子里打好了腹稿，开口便道：“奴才罪该万死，请皇上恕罪才敢讲。”

耶律德光不耐烦：“啰嗦，快讲！”

老陈道：“我等随人皇王离开京城，没有回东丹天福城，而是到了营州，王爷性情大变，每日咆哮不止，见到下人非打即骂，甚至当着众人的面重拳殴打端顺王妃……”

这都是耶律德光想听的，他靠在太师椅上静静地听着。

老陈道：“奴才按时给王爷髡发，把王爷打扮得光鲜得很，却也无端遭到打骂。奴才实在无法忍受，便以请假出外买磨刀石的机会逃了出来……”

耶律德光用漫不经心的语气问道：“你这是想去哪儿啊？”

老陈道：“回皇上，奴才怕被他发现追赶，想要逃得远一点，还没有想好到底上哪儿。”

耶律德光道：“那就跟着我吧，谁还敢追你？你的手艺我是知道的，你儿子呢？他是叫陈小吧？”

老陈心头一紧，忙又镇定下来道：“谢皇上还记着他。他在东丹国努万丞相那里，我也多日不知道他的消息了。”说完连连叩头：“谢皇上收留。”

就这样，阴差阳错，老陈又跟着耶律德光回到了皇宫。

回到皇宫，见到了韩知古，老陈把遭遇跟他仔细说了一遍。

韩知古道：“好险！也算你有福气，那可得把皇帝侍候好。”

老陈表态坚决：“那是一定的。”

耶律德光有个最大的愿望，就是能再当上南朝的皇帝，契丹和南朝加在一块，他可就是天下地盘和权力最大的皇帝。

前几年，南朝是朱温灭了唐朝建立的梁朝，这几年李克用灭了梁朝建立伪唐朝，他带兵去打过几次，都没得大便宜。没关系，权当练兵了。这说明，耶律德光是一个有耐心的人，他不着急，却在时刻等待机会。他也知道，机会是给有准备的人留的，所以他一直用心操练人马，不停地在各地视察军务，

又过了几年，派往伪唐的细作带回消息，说伪唐皇帝李存勖被乱军杀死，李克用的养子李嗣源在洛阳称帝，改元天成。耶律德光与群臣商议可否乘伪唐政局不稳

发兵南进。

众大臣议论纷纷，有大臣说：伪唐虽是李克用所建，但是，他打着大唐的旗号，善聚人心。李存勖重用宦官，怠慢朝政，我们打了几次，都没能取胜，显然，伪唐军力强过我们。

也有的说，现在李存勖已死，继任者是其父养子李嗣源，此人勇猛善战，为政清廉，举国上下都很拥护，是一个更强大的对手……

听来听去，不同意现在出兵的人居多。晚上，他按例去给皇太后请安，太后就问起讨论出兵的事情。

瞧，前边朝堂议论什么，后宫早早就会知道。

耶律德光说："不是要出兵，就是唠闲嗑儿，说伪唐皇帝死了，趁机打他，准能得便宜。"

述律平皇太后道："南朝人极难驯服，他们最善于表面一套，背后一套。除非把他们全都杀光，能杀光吗？" 太后边说边摇头："你能把契丹国治理好了，就不错了。"

耶律德光只得点头，想趁伪唐换帝时候出兵的计划，就这样吹了。他刚要走，不经通报就走进一个身材魁伟的小伙子。耶律德光刚要发问，什么人敢不经通报就走进皇太后的寝宫？却发现来的是侄子耶律阮。前几年，听说他被太后派到北边沙漠边缘去练兵，一练就是三年。

耶律阮见过奶奶又给叔叔行礼，显得十分礼貌。

耶律德光问："你练的兵怎么样了？能上阵了吗？"

耶律阮答道："老底子是奶奶的属珊军，精壮得很，要打仗明天就能上阵。我还训练了一支踏白军，这是支专做侦察活动的部队，一部分派到了党项人那边，一部分派到了伪唐那里，只要这边大军一动，立即就可以侦察到那里的敌情，配合行动。"

耶律德光拍了下耶律阮的后背："行啊，有你的。"

耶律阮道："我是奶奶的亲兵，都是奶奶指教得好。"

皇太后道："党项人在西边，早晚是我们的祸害，得早防备他们。"

耶律德光道：“是的，孩儿记下了。”他向太后告别，走到门口他回过头来对耶律阮说：“明天找我，好好说说你的兵马。”

耶律阮爽快答应。

第二天，耶律阮没有去找耶律德光，而是找到了韩知古。他要髡头。

小的时候，都是母亲抱着他，由韩知古来给他髡头。长大后，尤其是在沙漠练兵的这些年，所有给他髡头的人他都不满意。这次要回京都来，尽管头顶的发楂已经很长，他还是不髡，就是回来找韩知古给他打理。在他看来，只有韩知古髡头才是一种享受。

儿时的记忆是最为深刻的。

韩知古一见耶律阮立即请安，听说要给他髡头，便有些踌躇：第一，他太忙；第二，他已经多年不再给别人髡头，连给皇太后髡头打理都是他的徒儿们去干，他的手艺生疏了。但是，他也知道这位小王爷是惹不起的，他要做的事情就得一定做到。

十多年前，他的父亲人皇王给了他一颗硕大的东珠，母亲想要，奶奶也想要，他谁也不想给。实在逼急了，他说，你们再逼我我就含着东珠跳井，说着就往井台跑，要不是卫兵手快，一把抓住他，他真就跳下去了。从此，再没有人跟他提东珠的事情。

表面虽然没人提，暗地里对婆媳俩人的伤害却是严重的，两个人都认为对方贪婪，弄得孩子不知如何是好才出此下策。耶律倍逃亡伪唐的消息传到京城，太后便派耶律阮带兵去了沙漠，而把柔贞王妃调去管理厨房和浣洗房，说是管理，实为贬斥。好在这些地方都属韩知古管辖，他把柔贞王妃当副总管看待，一切从优。柔贞王妃当然领情，对韩知古在暗中相助十分感激。

面对耶律阮的纠缠，韩知古突然想起了老陈头，便叫人把老陈找来，对耶律阮说：“认识他吗？我的师傅，现在给圣上髡头呢。”

耶律阮对老陈头印象不深，想起他还有个儿子，便问道：“你儿子呢？”

老陈头道：“在东丹国呢。”说着便取出了髡头工具，向耶律阮施了一礼道：“请小王爷上座。”

早有下人打来温水，老陈把一块湿布浸水后敷到耶律阮头顶，少顷，取下湿布便在头顶剃了起来。

韩知古有意与耶律阮搭话交谈，问他练兵的感受，有没有心仪的女人？耶律阮说没有。他希望能碰上像南朝话本里说的道姑仙女，与他一同行走江湖。

道姑和仙女都是南朝的人物，说明这孩子的梦中之人已经不是北国彪悍的萧家之女，说不定过几年他真会领个仙风道骨的神仙妹妹来。

话未谈完，发已髡完，左右四根辫子都已辫好，小王爷又变得神采飞扬。

老陈头正在收拾髡发工具，皇太后跟前宫女的领班走了进来，传达皇太后的懿旨：着老陈去给皇太后打理头发。

皇太后不止一次找老陈髡发，每次都是小宫女跑来传达，这次领班亲自前来，倒让韩知古有了一点额外的想法。这位领班就是当年韩知古要脱奴籍所医治的那个怕冷的宫女，名叫宜林可。她本是皇太后家的亲眷，完全可以改姓萧就嫁给耶律家的什么人。年轻的时候有病，怕冷怕得邪乎。等过了几年，韩知古给他治好了病，对她却有了传说，说她是蛇精缠身，韩知古用法术杀死蛇精救了她，那蛇精的尸体化作汗水渗了出来，奇臭无比。

宜林可自医好病，精神焕发，人也显得俊美，可就是无人敢娶，耶律家不娶，其他家族的人也不敢娶。谁敢把一个被蛇精缠过的人带到家里？一晃，人已经四十出头，依然嫁不出去。

老陈带着髡发工具跟随宜林可走了，耶律阮也向韩知古告辞，说是叔叔等他去谈用兵之事。

天近中午，耶律德光才退朝回到后宫，御厨端上饭菜，耶律阮到了，便坐下一起吃饭。耶律德光昨天听说他训练了一支管侦察敌情的踏白军，便问他，党项和南朝有什么消息？

耶律阮道：“我的踏白军共有六千人，都会说几种语言，不光是说南朝话，南朝江浙、山东一带语言都不一样，都得会说。党项话、回纥话、吐蕃话、突厥话的土语对答流利。”

耶律德光感到惊讶，他自己也有属于秘密侦察的部门，却从没有这么多人，这

么大的实力。

“这些都是按照奶奶的部署干的。”耶律阮道。

耶律德光只能点头，只有到这个时候他才相信，母亲确实是个军事奇才。她把属珊军和踏白军都交给了孙子，他想起自己的亲弟弟李胡也好久不见，他是不是也领着一支人马在哪里操练？如果耶律阮在西边沙漠，李胡可能就在东边，那里有东丹国。

耶律德光忽然感到惭愧，自己一心想着南朝，完全忘了东西两翼，只有母亲的部署才能永保契丹万世太平。

耶律阮说：“父亲虽在南朝，却不曾做对契丹不利的事情。”

耶律德光问：“你有细作在他跟前？”

耶律阮点头：“有的在暗中监视，有的为他与奶奶联系，经常传递消息。”

耶律德光问：“伪唐李嗣源执政，能力如何？”

耶律阮道：“据侄儿所知，李嗣源虽然精明，但无法解决内忧外患，不足为虑，我看有一人雄心勃勃可要提防。”

“谁？”

“伪唐的河东节度使石敬瑭。”

“为何对他提防？”

“此人是一个为达目的不择手段的人。目前，李嗣源重用于他，关系尚能维持，一旦形势有变，反后唐者必是石敬瑭！”

耶律德光用筷子蘸着米汤，在桌上写下“石敬瑭”三个字。

自己身边的宫女班头嫁不出去，述律平皇太后脸上挺没面子。可是这些传说又都不是空穴来风。她记得，那巫师是说过，有一条蛇精缠在宜林可身上。等到她病愈时出了一身臭汗，那真是奇臭无比……

当初，病是韩知古看的，还得找韩知古，皇太后把心事一说，韩知古道：“微臣已经有了具体安排。”

皇太后有了兴趣：“说来听听。”

韩知古道：“影响班头出嫁，是我当年犯下的过错，一定要想办法弥补。朝中老人口口相传，已经无人不知。唯有一人不知此事。”

“谁？”

“髡匠老陈。太后记得当年梁朝大将被他父子杀死的事情吗？”

太后点头：“先王说过。”

“老陈从那时一直孤身。”

太后把手一挥：“我的随从嫁给髡匠，成何体统？”

韩知古拱手道：“太后放心，臣下已经安排老陈为北院从六品管务。”

“嗯，这还差不多。”皇太后对这个安排还算是满意的。

第九章

兵变

得到皇太后的批准，韩知古来找老陈，他满以为老陈听到这个消息会乐得合不上嘴，没想到，老陈却道:“韩大人对我恩比天高，可我在没有得到陈小和沁儿的确切消息之前，真是高兴不起来。”

韩知古才想起老陈是为了找寻儿子和儿媳才离开营州的，到现在快一年了，还不知道两个人的消息，让他难以释怀是可以理解的，可是，按理说陈小早该有消息了，为什么到现在还是杳无音信?

当了从六品管务，老陈也知道是个光领饷不干活的空衔，他的任务还是给别人髡头，现在由于出了名，不光是在宫里干，隔三差五的还得到宫外去干。

第一家就是住在离皇宫三条街的宁王府。宁王是世袭的。第一代宁王是追封的。第二代宁王是耶律阿保机的堂弟，当初，阿保机在担任部落“夷离堇”的时候，宁王就是他的左膀右臂，建国初期屡立战功，被封为宁王。在开国几次战役中都有不俗表现，阿保机特地为他建造了宁王府。

宁王府宅子够大，不仅有假山、花园，还有演武场。

宁王府的府兵按规定只能有一百人，由一个百夫长领导，却没有人知道，宁王在郊外还养了两百府兵。这两百府兵可是秘密的，有领兵的番号，兵部在册，粮饷都是公家出，但管辖权是宁王的。

在阿保机东征渤海国的时候，宁王是留京的重臣，他的任务是管理京城治安。他这三百府兵都派上了用场，每天在京城大街小巷巡逻、盘查。

阿保机驾崩，宁王领导士兵把灵柩接到京城，进行祭奠。在郊外安葬那天，宁王是现场指挥之一，唯一不同的是，现场警卫的士兵可都是皇后的属珊军。

属珊军有男有女，别看那些提枪挎刀的都是女流，上战场杀敌可都不含糊。因为是皇后的亲兵，各个气势凌人。

现场来了有一百来名契丹国王公大臣，他们怀着悲痛的心情，想要送天皇帝最后一程。

宁王是带着儿子一起来的，他也是那三百府兵的直接统领者。儿子站在大臣堆里看着父王手忙脚乱地忙活，丝毫没有想到会有意外发生。

偏在这时候，宁王府的管家匆匆骑马赶来，他在人堆里发现了小王爷，便把他叫了出来说："家里的府兵打起来了，都动了刀枪了，谁也镇不住。看着老王爷忙着呢，小王爷快回去管一管吧。"

这种场合临时溜号是不合适的。小王爷一听忙溜到边上，偷偷地牵出自己的马，跟着管家一起往回赶。

甲字形的大墓，是在前几年动工修的，并没有完全竣工。宁王指挥着把棺木运了进去，接着摆放殉葬品。小王爷就是这个时候溜走的。

殉葬品刚摆完，属珊军提着刀枪把人群围了个水泄不通。

这个时候，坐在一边的皇后述律平发话了："天皇帝乘龙升天了，你们都是他的宠臣爱将，有没有谁愿意跟着先王一块乘龙升天？"

这是什么意思？

大臣们交头接耳，这是问我们谁愿意陪葬吗？

无人应答。

只见皇后把两眼一瞪，大声斥责道："混账！平时你们说这么忠那么忠，现在，让你们随龙上天，一个个都哑巴了。来人！送他们随龙升天！"

这一声吼，吓得文武百官各个心惊胆战，只见一声令下后，属珊军的人往前一拥，抡刀就砍，提枪就刺，可怜这百十名官员，有的被砍死，有的被刺死，一具具尸体都被填到了长长的墓道里。

宁王本来在墓道里指挥忙活，突然被抛下来的尸体砸了一个马趴，还未等他站起来，更多的尸体抛下来，把他活活地压在下面动弹不得。

砍完了百官，抛完了尸体，属珊军士兵开始往墓道里填土，宁王就永远地留在了墓道里。

到了下午，宁王还没回来，小王爷后来听说文武百官都被砍杀殉葬的消息后，吓得是魂飞天外。天哪！要不是府兵打仗动了家伙，要不是管家去找他，他不是也得当殉葬品吗？

接下来是德光皇帝照准小王爷世袭宁王称号和俸禄，但是，小王爷觉得心里总是憋着一股闷气，原来是仇恨的种子已经生了根。

据小王爷平日观察，心怀不满的还有几家。他们也都是皇家贵胄，也都有府兵，他算了一下，把这几家的府兵集中到一起，有一千五百多人。

有一天晚上，小王爷做了一个梦。

他梦见他的父亲牵着他的手，把他领到一个宫殿里，正中摆放着一把龙椅，他坐了上去，他父亲朝他微笑。他对这个梦感到奇怪，他忽然醒悟到，原来是他的父亲想让他当皇帝。

当皇帝谈何容易？

后来想想其实也不难，只要想办法把皇太后和耶律德光杀了，他就可以号令天下。

他开始注意皇宫的兵力布防。

皇宫的守卫任务也是由属珊军承担。他们有一千人，人数虽然不少，但是得三班倒，白天二百人，晚上前半夜三百人，后半夜三百人。

如果他有一千府兵，战胜三百人还是有把握的。

他开始串联那几家人，因为家家都有亲人被逼殉葬，所以也都心怀不满。听说要杀皇太后，顺便杀了皇帝，宁王要坐了龙椅，这几家都是开国元勋。

家家都同意把府兵让他调遣使用。

接着，他便要制订详细的攻打皇宫的计划，

研究具体攻击计划的会议开了两天。决定第三天半夜从东西南北四个宫门杀进皇宫。因为宁王府距离皇宫最近，各家府兵当晚都要集中到宁王府，统一从这里出发，杀奔皇宫。

当天傍晚，各个王府的府兵都已经秘密潜入宁王府的演武场，指挥官在分配攻打的宫门。

因为行动在即，想到今晚上就能坐上龙椅，宁王心里有说不出的得意，他摸了摸头顶，这几天忙着部署和开会，天灵盖的头发已经长得很长了。为了显示新皇的威仪，他要找老陈头给他髡头。

派去的人找到了老陈头，很快就把他带了来。

给宁王髡完头，宁王叫人把他送回去，没等走出长廊，管家又把他叫住，他也要髡头。

给管家髡完头，天色已黑，带他来的人有事刚刚离开，他只得自己收拾家什往外走。管家住的屋子离演武场不远，他出了门应当往左拐，结果却拐到右边，走了几步，却发现前边是关闭的大门，他走到跟前看看门能不能推开，却发现上着锁。

他趴门缝一看，却见演武场里黑压压地站满了士兵。他急忙退了回来，又拐向走廊。

带他来的人正迎面走来，马上带着他离开了宁王府。

吃完晚饭，他去找韩知古。他对宁王府里的府兵数量有了怀疑。因为他不仅仅是髡头匠，还是北院从六品管务。

契丹国的国务分成南北两院。南院主管汉人事务，北院主管契丹人事务，老陈头在那里有办公室，除了给别人髡头，他其他时间都是在这里。所以，他关心宁王府的府兵数量，也是情理之中。

韩知古问他下午去了哪里。

老陈头说去给宁王髡头。接着他问韩知古，宁王有多少府兵。

韩知古道：“一百。”

老陈头道：“不止呐，也许有一千。”

说者无心，听者有意，韩知古听后心中一惊忙问道：“你亲眼看见了吗？”

老陈头点头道：“那肯定不是他自家的府兵，一定还有其他王府的。”

韩知古点了点头便走了。

韩知古马上派了几个人到宁王府的演武场附近去看个究竟。

这几个人来到宁王府外，爬上了附近的大树，看到演武场果然站满了士兵，估计有千人之多。

得到回禀，韩知古马上来到皇太后宫中。

刚走进宫中，就看见几名属珊军的头领恭敬地站在一边，皇太后正在和他们说着什么。

看见韩知古走进，他们马上就停止了交谈。

韩知古上前禀报："微臣发现宁王府集聚上千名府兵，不知何为，特来禀报皇太后。"

皇太后看了他一眼问道："准吗？"

韩知古答道："我先是听到髡匠老陈说的，然后便派人前去查看，情况一概属实。"

皇太后点了点头，慢悠悠地说道："我知道了，你先下去歇息吧。"

韩知古估计，皇太后已经掌握了宁王府集结府兵的事情。大概不想让他一个汉人参与契丹人的内斗吧。

他刚一转身，却看见德光皇帝身披铠甲已经站在他的身后，忙施一礼，便退了出来。

他走在院子里，看见属珊军已经在加强岗哨。

他来到老陈头住处，告诉他，估计是皇太后和皇帝已经知道此事，他去放了一个"马后炮"。

老陈头问："那看来宁王是真的要图谋不轨了。"

韩知古肯定地说："那是自然。老宁王殉葬了，小宁王心怀不满是肯定的。还有几家殉葬的人家也有不满。"

老陈头叹了一口气："今夜又不知有多少人头落地。"

韩知古道："契丹没有什么法律，一切都是靠皇帝决断。对待反叛者，契丹人狠着呢。"

老陈头又连连叹气："你就不能帮助他们立些法律，分别轻重，有的杀头，有的流放，有的判刑？”

韩知古摇头：“契丹国刚刚建立，你就算是制定了法律，又有谁会遵守，什么还不都是皇帝一句话的事儿？”

老陈头道：“听说给天皇帝殉葬杀了好几百人？”

韩知古道：“这是哪门子说道？活人殉葬在南朝已经绝了一两千年，谁知道在这里才刚刚时兴。”

老陈头道：“平白无故拿王公大臣殉葬，这也……”

韩知古打断他的话：“算啦，少议论这些，小心隔墙有耳。”

老陈头真的走到窗前向外看了看，只见不少属珊军正在跑步经过，他意识到，大战可能是一触即发了。

他把韩知古招呼到窗前，两个人一起向外看着。

除了士兵，还有几名将军骑着马走过窗外，接着是身穿盔甲的德光皇帝骑马走过。

属珊军列队出了皇宫。

难道皇帝要亲自参加平叛？

果然，巳时刚到，宁王府里的府兵刚要行动，先是五百属珊军的强弓手骑上了墙头，他们弓弩齐发，可怜这困在演武场里的府兵，纷纷中箭倒地。

府门前，属珊军砸开大门蜂拥而入，见人就抓。从宁王到母亲、夫人、儿女、管家，仆人全部拿到，一起押到演武场。

演武场里一千官兵已经统统倒地，属珊军士兵提着刀挨个检查，没有射中要害的，再补上几刀。

接着演武场里点起了松明火把，德光皇帝来到场边。他让士兵把宁王的母亲、夫人、孩子先行拉过来，让他看着这些人一个个被砍头，最后轮到了他。

他让宁王跪在面前，一一供述参加叛乱的王公贵族。

他供出一家，就去抓一家，然后拉到演武场，逐一砍头。

随着他供述得越来越多，演武场的尸体已经堆积如山。

供出的反叛家族只有一家未抓，显然，他就是告密者。

直到天亮，这些人才一一杀完，德光皇帝起驾回宫，剩下士兵开始往外拉运尸体。

一夜的屠杀到了第二天变得风平浪静，大街上，皇宫里一切照旧。就像什么也没发生过。

韩知古照例在宫里忙前忙后，老陈头继续给人家髡头……

这一天，韩知古派人找来了老陈头，让他来一起听一听，一男一女两个出家人的述说。

原来，这两个出家人男的叫素憨，女的叫幻城。

这两个人都知道陈小和沁儿的消息。

陈小在离开边境的时候把一块金牌交给了素憨。陈小则带着素憨的一封亲笔信到了幽州的谭枳寺，见到了一脸冷峻的幻城大师。幻城大师安排了他们的住处和种地开荒的场地。

假如，素憨要是接到金牌就立即来找韩知古的话，时间只需三五日。可是，当幻城大师来到契丹国，又极为顺利地见到了素憨之后，一切都改变了。

首先，两个人重温旧好，如胶似漆。接着，两个人双双跪在一尊释迦牟尼石像前，要在有生之年，用两个人的力量，在契丹国境内修建一座颇具规模的寺院，以供养佛祖。

修庙首先是选址。

两个人从此便晓行夜宿，忍饥挨饿，跋涉在契丹大地，要为这座庙宇选一个理想的地址，可不是一件容易的事情。他们辛苦跋涉一年之久，终于在一片沙漠的中央发现了一座山峰，这座山峰树木郁郁葱葱，可是周边却是一望无边的沙漠，没有一条路可走。

两个人相中了这座高山，决心要给这座高山修一座庙宇，还要在沙漠里开出一条路，方便到山上去寻找可以砍伐的木材。

不料，他们刚刚砍了一棵树，就被巡山的士兵抓获。士兵告诉他们说，这是契丹人的神山，窥探神山，砍伐树木，欺侮神明，就有灭我契丹族魂之嫌，应当抓去问罪。

押解的士兵在搜查素憨的行囊时，一件意想不到的东西，突然“当”的一声掉了出来。

天皇帝金牌!

素憨发现金牌第一时间的反应就是上前抢到手中!

他趁士兵惊魂未定的时候，抢过了金牌，只有看到金牌才让他无比后悔，这一年多，他怎么昏了头，把人家托付送还金牌的事情忘得一干二净?

他心里埋怨，原来素憨心就这样大，只能做一件事情，不能做第二件事情。他拿着金牌，想要像陈小那样抖一抖威风，刚一举手，却被几个士兵兜头按倒在地上。

素憨和幻城大师本有一身武艺，但是，他们不能对士兵施展，因为一旦打伤契丹士兵，他们在这里生存的机会就会变小。两个人相互告诫着，呼应着，被押下山来。

因为事关天皇帝金牌，此事速报于皇宫。当然，还是大总管韩知古第一个接到这个报告。他的第一道命令就是速把两人护送到京城。

护送着两个人到京城，就说明不能对此二人无理，还得好吃好喝招待着。

素憨和幻城到了京城，韩知古听素憨把前后一说，不由得一阵懊恼，他大声喝问:“大胆的和尚，你怀揣天皇帝金牌，该当何罪?”

素憨道:“是别人让我送给你的，只是忘了，忘得死死的……我真是个榆木疙瘩脑袋!”

韩知古接着询问幻城，幻城便把安顿陈小两口的情况说了一遍，韩知古把老陈头找来，让他详细问了一些情况，老陈头心里的石头落了地，便高兴地筹备跟宜林可的婚礼去了。

韩知古收了天皇帝的金牌，便问这两个出家人下一步的打算，两个人异口同声说要在那座山上修一座庙宇。

韩知古说:“那里是契丹人的圣山，叫木叶山。很多人都想在那里修庙却因为交通不便无法运送砖石而罢休了。”

不料，那幻城大师却突发奇想:“我俩要用羊来运送砖石，保证在五年之内修起一座庙宇。”

原来，幻城大师早在南朝，就听说有人用羊来运送砖石，修建庙宇的事情，她希望在契丹的木叶山也可以一试。

韩知古问她具体做法。

幻城答道:“第一年只用一百只公羊，一百只母羊，第二年会有三百只公羊三百只母羊，它们每月运送三千块砖石，三年之内便可运完。五年建成，应在意料之中。”

韩知古通知当地官员为他们准备一百只公羊、一百只母羊，并拨款给当地政府，作为维修庙宇之一切费用。

韩知古积极推进在木叶山建庙，想不到数年后为皇太后找了个栖身之所，也为契丹人认祖归宗找到了山门。

第十章

素憨

木叶山山势险峻，树木葱茏。素憨和幻城这一对出家人夫妇来到山巅，此次来这里已经不同往日，当地府衙派来了不少士兵和民工，通由他们二人调配。

素憨没做过建筑，只知道个大其概，他先让民工在沙漠外修一座制砖、制瓦的工场。民工们领命而去，他又让士兵在一块平坦地方清除灌木丛和碎石。

他让官衙派人饲养那些山羊。

分配完了，他却带着幻城下了山。

幻城不知道为什么素憨要带她下山。

素憨问她："你会打地基吗？"

幻城摇头："不会。"

"你会砌砖头吗？"

"不会。"

"那我们怎么盖寺庙？当着众人的面，我没敢说我不会，这才下山想办法。"

"那你说怎么办？"

"找能人呐。"

"到哪里去找？"

"回少林寺去，现在我们有大辽国皇宫的命令，请少林寺的能人来帮助咱们建庙。"

"看来，只能如此了。"

于是两人离开木叶山，踏上了回中原之路。

路过幽州，一定要去看谭枳寺边的陈小夫妇。

他们已经有了第一个孩子，取名陈小小。比他父亲多了一个小字。

素憨首先表示道歉，拿到金牌一年多忘了送过去。还有几句话让陈小记得，这个孩子长到六七岁就让他到少林寺习武。

陈小表示感谢。

听说他们要找建筑师，陈小道："幽州能人很多，只要价钱给得好，在这里也不愁找到。"

于是几个人便到幽州城里，看到有盖房子的就问愿不愿意去辽国盖寺庙？

许多人最先问的就是价钱，给多少钱？

给比中原高出两倍的价钱。

重赏之下必有勇夫，果然有几位建筑师愿意前往辽国。因为这些人都是在造房现场找的，技术肯定不含糊。

于是，先付了一部分订金，两个人又去定制一种带两个口袋的绳套，共定制三百套。几天以后，这些人在陈小家集合，素憨和幻城用马匹驮着定制的绳套，带着这些人向辽国进发。

从幽州到木叶山六七百里的路程。几天后一行人来到了沙漠边缘。

素憨留下两个人管理砖厂建设，并把定制的绳套放到砖厂，领着其他人穿过沙漠上了木叶山。

几个中原人见到木叶山不由得大感惊奇，怎么会在沙漠中间突出一座山峰，而且山上树木茂盛，溪水潺潺。

真是一块塞外宝地。

从印度传来的佛教在中原已经生根开花，信众广泛，这几个人也都是佛教徒，为能在这样灵山秀水的地方盖一座庙宇，感到非常高兴。

有人在一棵粗大的树干上刻下几行字：

谁在人间为神佛建造庙宇，神佛将在天上为他建造宫殿。

隔了些日子，山下传来消息，说是砖厂已经把砖烧了出来，让派人来取砖。

哪有人来取砖，素憨和幻城赶着饿了一天的两百只羊到了砖厂。

砖厂的人大吃一惊，你这是干什么？

素憨道："让它们来运砖。"

"羊能运砖？"

"你瞧好吧。"

素憨和幻城取出了绳套，每个套里放上一块砖，再把两块砖绑到羊身上，二百只羊，一共绑了四百块砖，幻城在前面领着头羊，素憨在后面断后，一只长长的队伍走进了沙漠。

这些羊走在沙漠里行进困难，但是，在头羊的带领下终于来到了山脚。在这里，素憨设了一个补给站，给羊喂水、喂草、稍作休息。

山羊上山如履平地，到了山顶平坦处，从羊身上卸下砖来，码放到一起，中原人见了无不称奇。

第二天赶羊下山的时候，他们既不喂水，也不喂草，为的是让羊儿知道，只有驮着砖到了山脚才有水和草。就这样日复一日，修庙的砖已经备齐了。

到了秋天，地基已经挖好，用不了多少日子寒冬就要到来，工程只能停下来，等到来年开春。

这个冬天，素憨留下了一名瓦匠、一名木匠。他和幻城学了瓦工学木工，到了春天就可以一展身手了。

羊下羔了，两百只变成三百多只，素憨的运输大军又增添了力量。

第二年春夏之交，工程继续进行，打好了地基，开始砌围墙，当地人当帮工，工程进展得很快，到了夏末秋初，围墙已经建好。

羊儿搬运队已经不用人领，头羊自己带队就能准确地找到砖场，人们给它们装好砖，头羊就会带领羊群再沿着老路走回来，到了山脚喝水、吃草，然后上山。

沙漠里已经有了一条羊用蹄子踩出来的道路。

好像一切都按部就班，工程速度不断加快，就在这时，一场意想不到的灾祸降临到木叶山。

羊遭了瘟疫全部死亡。

素憨含着眼泪把死羊深埋，只好下山再去找韩知古。

韩知古跟着来到了木叶山。

他看到了已经砌好的围墙，看到几座大殿墙体已经开始砌砖，他意识到，素憨和尚是一个肯于实干的人。他道：“既然沙漠里已经有了路，就调一百个囚犯，用士兵看押，让他们背砖背瓦。”

在辽国建寺庙是一件大事，早期辽国佛教并不流行，萨满在国内明显占有统治地位。韩知古是汉人，他知道汉人对佛教的尊崇已是无以复加。萨满除了驱鬼弄神，别无他能。前几天，他与述律平老太后说到佛教。他举例说，至少佛教说做坏事有报应，就会对百姓起到教化作用。

老太后连连说好：“知道善有善报，恶有恶报，就不敢做坏事。”

接着他又说起一男一女两个出家人，在木叶山建庙的事儿。

老太后说：“等他们建起来，我去看看。”接着她又问：“和尚不是不近女色吗？怎么一男一女在一起建庙？”

韩知古道：“这两个出家人就是这一条没遵守好。两个人如胶似漆亲热得很，来建庙也是为了赎罪吧。”

这句话还真让韩知古说着了。的确，这两个人心中都知道男女相亲是犯了戒律的事情。可是两个人心心相依，谁也离不开谁。当初分离的时候不知道两个人是怎么熬过来的？反正现在两个人是分开一天都觉得没法活。也许担心哪一天遭到天谴，唯恐来日无多，两个人几乎是夜夜亲密。

而今为佛祖修庙，两个人倾尽心血，不辞劳苦，心情倒也稍放宽了些。

这中间有一段插曲，就是幻城有一天发现吃了东西总想呕吐，这让她突然意识到，她怀孕了。

这可吓坏了素憨，他简直手足无措了，跪在地上祈求佛祖恕罪。

幻城告诉他：“别怕，我早就料到有这一天，过些日子要显怀的时候，把我送到沁儿那里，我就在那里把孩子生下来。”

素憨一听，这是个好主意，又过了两个月，幻城的肚子鼓了起来，素憨把她带到了陈小家里。

为了躲避谭枳寺的眼睛，幻城愣是半年不出门，直到顺利生下一个女孩。

沁儿对外就说是自己生的，把她养到了十八岁，嫁给了耶律阮手下的一位将军，这是后话。

有了这层关系，两家人更加亲密。

隔了些日子，一批囚犯和几十名大兵来到木叶山。素憨安排他们背砖，第一天每人背四块，第二天五块，累日俱增，直到每人每趟背十块砖。

四进大殿的墙都砌得差不多了，瓦也烧了出来，有的背砖有的背瓦，到了秋末冬初，砖瓦在山上已经备齐。

第三年的春夏之交，囚犯不再来了，大殿开始上梁铺瓦。

秋天来临的时候，门窗都已经安好，冬天，生起炭火可以室内干活了。素憨和幻城又去了趟幽州，请来了做佛像的师父、画壁画的师父，整整干了一个冬天，到了春季佛像描金结束，壁画也已画完，可以向韩知古交差了。

素憨和幻城来到皇宫告诉韩知古，庙宇已经建成，想请他给起个名字。

韩知古连连摆手道：“我不能起，这是辽国第一座佛教寺庙，除了皇太后和皇帝别人都不能起。”

素憨道：“我只认你，你对修庙帮助最大。”

韩知古还是连连摆手：“我问一问皇太后或皇帝，看他俩谁愿意给起个名字。”

素憨道：“我俩要去少林寺请方丈来给庙宇开光，要是起了名字，你就做一块匾挂上，这是匾的大小尺寸。”他掏出一张纸递给韩知古。

两人离开辽国京城来到谭枳寺陈小家中，其实幻城是想看女儿。她抱着女儿亲了又亲，最终还是放到沁儿怀中。孩子满周岁了，长得伶俐可爱。

沁儿道：“你放心，我一定把她养大，再找个好人家嫁了，也算了了你我的心事。”

素憨和幻城都换上便装，依依不舍地离开陈家，一路晓行夜宿，直奔少林寺而去。

走了半个多月，终于来到少林寺。素憨一个人换了僧服进了寺中。

方丈一见素憨便大声斥责道：“大胆逆徒！你还敢回来？”

素憨连忙跪下叩头：“弟子有罪，望大师慈悲饶恕。”

方丈问道：“你说出去开荒布道传播佛法，一去三五年不归，在外面都干了些什么？”

素憨道：“弟子在辽国建了一座佛寺，请方丈去给开光降福。”

“哦，你建了一座佛寺？”方丈态度明显缓和下来。

素憨连连作揖：“是，建了一座佛寺，颇具规模。”

“起来吧，详细说说。”

素憨站起道：“那个地方叫木叶山，离幽州七百里。”

方丈屏退左右问道：“你是不是还跟幻城在一起？”

素憨小声答道：“不瞒师父，是。”

方丈叹了口气：“看来你俩这段孽缘是剪不断了，不如你俩去一趟白马寺，吐蕃密宗大师正在那里，你们学习密宗男女双修，也好正人视听。”

素憨一听连忙又跪倒在地：“感谢师父提醒。”

方丈道：“你也请他去北国开光，为师随同前往。”

素憨连连叩头拜谢。

出了寺院大门，素憨找到了幻城，两人赶奔白马寺，见到了吐蕃密宗大师松占且仁。

松占大师身材高大威猛，秃顶，虬髯，胸前挂着一串硕大的佛珠，说话声如洪钟。他好像已经知道他们的来历，便与他们二人摩顶、说法、受戒，并答应与少林方丈一起去辽国。

隔了几日，众人一起启程，走了半个多月来到幽州地界。众人去拜谭枳寺，素憨和幻城来看陈小夫妇。

陈小夫妇见到这许多高僧，也要皈依佛门，而且要密、显两宗双修。

少林方丈与松占大师一起为二人受戒。

陈小用自家种的蔬菜粮食招待大家，大家畅谈到深夜，尽兴而散。

第二天，陈小要与众人前往木叶山，众人启程向辽京进发。

到了辽京，见到韩知古。

韩知古设素宴招待。席间，得知皇太后已赐寺名：德光寺。

大家一致称赞太后聪明，用儿子的名字为寺庙命名。

韩知古拜师受戒，他受陈小启发，也是密显双修。

韩知古报与皇帝和皇太后，帝后两人分别宴请众高僧，也都受了戒。

因为寺院命名为德光寺，为了给寺庙开光，耶律德光说，就冲着“善有善报，恶有恶报”这句话，他也要去参加。

别看述律平皇太后年事已高，还是愿意凑热闹，连她老人家也要去木叶山。

这样一来，给木叶山德光寺开光变成了国家大事。韩知古通知文武百官要随队前往，命令沿途要“清水泼街，黄沙垫道”，加强警戒，确保安全。

这一日，皇太后的凤辇，皇帝的龙辇，加上文武百官的坐骑，一里多长的队伍络绎逶迤向木叶山进发。

沿途还有官员加入，到了木叶山下，已是人声鼎沸。

府衙官员报告，山上警戒已布置完毕。

韩知古下令，除了皇太后与皇帝的凤辇、龙辇抬到山上，其余百官一律在山前下马，步行上山。

凤辇、龙辇在寺前停下，皇太后和耶律德光来到寺门前，众文武百官也到齐，一时间，鼓乐齐鸣，皇太后和皇帝上前扯下蒙在寺门额上的匾额红布，众人一阵欢呼，少林方丈、松占大师和随来的和尚开始诵经。

皇太后和皇帝在各大殿烧香。

众文武百官跪在广场由两位大师讲法受戒。

从此，佛教在契丹国兴盛起来……

第十一章

石敬瑭

要说到伪唐，石敬瑭一定是一个绕不开的人物。

伪唐长兴四年李嗣源病死，几个儿子争夺皇位，李从厚得以即位。第二年四月，河东节度使、李嗣源的养子李从珂起兵杀了李从厚。从此，李从珂当了伪唐的皇帝。

年号轮流换，皇帝轮班坐。

伪唐的末年帝位争夺暴露出的衰败，显示着五代十国时期执掌军权的节度使、军阀们的道德败坏，甚至是天良丧尽。他们自以为手中有兵权，几乎每个人都做着皇帝梦。如果就石敬瑭当皇帝的经过来说，也足够说上一整天。譬如说他当儿皇帝，譬如说他双手呈上燕云十六州……重复这些人所皆知的事情已无大意义。但，人们想知道，石敬瑭到底是个什么样的心理状态？至少，应当从性格上分析一下这个人中败类。

如果说伪唐的节度使都能忠君守业，石敬瑭也许会成为一个合格的军人。但是，从安禄山到田承嗣，从朱温到李克用，一个个道德败坏而成其大业的例子，彻底颠覆了人们的价值标准，一个没有道德底线和情操标准的石敬瑭脱颖而出。为了跟李从珂斗法，他会使出常人无法使出的卑劣手段，会做得比别人更加邪恶。至少他是在与李从珂的角斗中，发现了也可以做皇帝的 N 个理由。

有当皇帝的心，还得有当皇帝的胆。

实际上，石敬瑭是一个胆量及魄力都很小的人。但是，为了达到目的，他肯出高价，甚至不惜出卖资源。

向契丹人下跪，石敬瑭毫不吝惜。向契丹人称臣？不，为了让契丹人更为重视他，他愿意称儿。尽管这样，他依然担心当不上儿皇帝。接下来便是向契丹人敬献燕云十六州。

在石敬瑭的心里，卖国是没有底线的。只要是对我有利，能卖什么就卖什么。

在石敬瑭的心里，自我作践是没有底线的，你认为称儿不行，那就称孙子。

在讨论石敬瑭的人格问题时，不应涉及民族问题，至于他是什么族的人，只有在研究他的身家历史的时候才能涉猎。

不论什么族的人，都应当遵从普遍的纲常伦理。

从五代十国的所谓帝王将相看，抛弃最根本的纲常伦理，做到最无耻、最卑劣者非石敬瑭莫属！

如果石敬瑭不是率土归降，“燕云十六州”的割让，就有些荒唐。

石敬瑭是不肯做辽臣的，他要做的是晋帝。那燕云十六州完全可以作为晋国属地而保留，至于他无条件地割让给契丹人实在让人匪夷所思。不仅使中原王朝丧失了十六州的土地和人民，更重要的是使中原失去了险要的长城关隘。

不能不再思考：石敬瑭的精神是否正常？乃至他当上十几年儿皇帝的期间精神是否正常？

我所问及的精神是否正常，是用现代人标准来考量的。据说现代医学认为精神病人有一百多种表现形式，而古代人只认识一种，那就是疯了没有。

所以研究石敬瑭当年精神是否正常，完全不能按古书留下的说法来判断。

也许，石敬瑭原本是一个彻头彻尾的精神病患者。

其实，石敬瑭割土求荣，影响最大的还是陈小和沁儿一家。

时光荏苒，从他们逃离营州来到幽州城外谭枳寺已有八年之久。他们已有三个儿女。幽州原本是伪唐的地界，石敬瑭拱手揖让，幽州忽而变成了契丹国的疆土。也就是刚刚割让不久，韩知古把陈小和沁儿在幽州的地址告诉了耶律阮。

有一天，耶律阮带领几位踏白军首领来到陈小家中。

沁儿在宫中侍奉过这位小王爷，见面自然亲切。如今看见小王爷器宇轩昂，言谈自然大度，更是感到欣慰。

耶律阮道："沁姐姐是宫里人，自不必多说，今后，当今皇帝一定要夺取中原，这里就该是踏白军路过和歇脚之处。"

陈小和沁儿连连点头。

临分手前，耶律阮看了看陈小和沁儿的住处，牲口房、菜园地还有山坡上的农田，感慨万千。

他道："一个可以嫁给耶律家的女人，却跟着一个髡匠来到这穷乡僻壤，过上了这么舒心惬意的日子，真是让人羡慕啊。"

沁儿道："小王爷过奖了，沁儿自知福薄命薄，遇到陈小，不知为什么就动了心。那时候就下了决心，行啦！这一辈子就跟着他吧。"

耶律阮道："姐姐好福气，等到当今皇上平定中原，我也要找个倾城倾国的知己，找个水远山高的地方，像姐姐一样过上几年神仙日子。"

正说话间，听到院门外面有人喊话，陈小跑过去一看，原来是少林寺的笑憨和尚站在门外。

"来了，来了。"陈小一边说着一边来开门。

耶律阮问道："这和尚是哪里的？"

沁儿道："我们当年离开时候，在松漠府救过一个叫素憨的和尚。后来，他在木叶山建了一座寺庙，连皇上和皇太后都去参加开光大典。来的就是他的师弟叫笑憨。"

耶律阮点头，他听说过这件事情。

陈小道："他还说，等我们俩有了男孩子，长到六七岁，就送到少林寺去学武功。"

耶律阮大感惊奇："这位大和尚就是少林寺的？"

沁儿道："是的。"

耶律阮道："少林寺在南朝颇具影响，数百年来，有不少武术界的高手都出自少林，有机会我一定要亲眼见识见识。"

沁儿道："小王爷别急，这就是最好的机会。他要带我的儿子去少林，我和陈小都想跟着去看看，他们也答应了。这回你跟陈小去少林，我在家看家。"

和尚进了院，与陈小见礼。

沁儿带着耶律阮走了过来，耶律阮上前拱手施礼。

那和尚也双手合十，说道："和尚笑憨拜见施主。"

沁儿道："笑憨大师，今个来了娘家亲戚正要去南朝做生意，便想与陈小一起去少林看看。"

笑憨和尚笑呵呵地说道："少林寺欢迎天下客商光临。那里初一、十五有集市，煞是热闹。"

耶律阮问："除了集市，还有什么热闹？"

笑憨道："从大魏太和年间在少室山建寺，迄今四百多年。当年达摩老祖留下了一些武功秘笈，所以练武就在少林兴盛起来。"

耶律阮道："我不管五术、六术的，只管做生意，你们那里需要什么？"

笑憨道："北方的羊皮袄，羊羔皮袄在我们那里都是抢手货。"

耶律阮道："我往少林运送毛皮，你们给我搜集瓷器茶叶，到时候，咱们一块挣钱。"

当晚，一切计议停当，第二天一早，陈小带着孩子和耶律阮、笑憨和尚一起上路。其实，在暗处还跟随着十几名踏白军的将士。他们的责任是保护小王爷的起居安全。

出了幽州地界，一路向南。众人晓行夜宿，几日后抵达开封附近。

耶律阮久居漠北，从没见过南朝这样的繁华，只有看到开封市井的热闹，他才理解了为什么父亲一定要抛弃故土远走南朝了。

上面这几句话，算是泄露了天机。耶律阮带着亲兵来到幽州寻机南下，还有一个不可告人的目的——他想找他的父亲。

陈小和沁儿对人皇王后来逃到伪唐的事情一无所知。

众人在开封小憩一日，从开封再向东走上百余里便是少室山。

据说，少室山居天下之中。

笑憨带领大家来见方丈小远和尚。

耶律阮以商人身份说明来意：要少林寺为他搜集瓷器、茶叶，存放在这里。到时候他拉来毛皮，双方按价交换。

小远方丈说：少林寺收入菲薄，没有钱囤积大宗茶叶和瓷器。

耶律阮当即掏出十块金币。

小远方丈乐得合不拢嘴："足矣。"

接着大家又去看孩子们的练武之处，倒也干净整洁。陈小与儿子就此话别，六岁的陈小小就此与少林寺结了缘。

当晚众人夜宿在少林寺，耶律阮问起小远方丈，听说，北国的人皇王来到唐国，不知听说没有？小远方丈说，听说过，也去见过。

小远方丈便把上个月在开封与人皇王见面的情形说了一遍。

人皇王身材魁梧，声音洪亮，诗词歌赋，琴棋书画，无不精通，当时南朝名士齐聚，无不敬仰其才学。人皇王为表敬华礼华之心，当场改名为李赞华！

孰料，一席话却说得耶律阮心头滴血。

第二天，耶律阮带领众人返回开封。按照小远方丈指点的方向，很快就在开封市中心找到了慕华府。

烦人通报，说是有几位慕先生大名的人要求赏光见面一叙。

待把几个人带进厅堂，人皇王一见耶律阮，顿时愣住了！

这个人怎么这样面熟？他是谁？最终，他认出了——

原来，他就是自己的儿子耶律阮！

他急忙屏退左右，上前紧紧抓住了儿子的手，一时竟说不出话来。

耶律阮把嘴巴贴到父亲耳边说："我要带你回去。"

人皇王连连摇头："不可。只要你奶奶和二叔在世我就不能回去。"

耶律阮道："我现在手握兵权，回去也没人敢把你怎么样。"

人皇王道："朝廷不能再经受变数，我绝对不能回去。"他拉着儿子的手坐在椅子上说道："伪唐情势大变，李嗣源一死，李从珂继位。李从珂勾结奸党，残害忠良，已经与石敬瑭反目成仇，你回到北国要你二叔急速起兵，中原可图也。"

耶律阮听到父亲这一番话，觉得不无道理，如果父亲现在回到北国，将如何安置？倒不如图了伪唐之后再做计较。想到这里，他便向父亲告别道："二叔接到伪唐节度使石敬瑭密告，拟把燕云十六州奉与契丹。他只要我朝帮他坐上大晋皇帝的宝座。二叔已经在调集兵马，特派我踏白军先行探路。待灭了伪唐之后，再与父亲团圆。”

人皇王当即修书一封，让儿子带给母亲，一是问安，二是汇报自己在南朝的感受，平安幸福，万勿惦念云云。

临分手前，耶律阮命令：踏白军留下五人与陈小负责少林寺生意。他将专程派人向中原地区运送毛皮。

对于这个差事陈小乐得接受，他可以经常往来少林，既可以做生意有钱可赚，又可以关照自己的孩子，何乐而不为?

到了年底，北国有三批毛皮通过骆驼、马匹运进了中原，同时，他们从少林寺拉走了几批瓷器和茶叶。

本来，所有生意的本钱都是耶律阮所付，计算账目也不含糊，一清二楚的写得明白，少林寺通过收购保管瓷器和茶叶也有余利，一句话，皆大欢喜。大家都希望这样的生意能够年年做下去。

到了年底契丹国发兵，一直打到洛阳开封，立石敬瑭为晋国皇帝。但是石敬瑭得管耶律德光叫爸，他自称是儿皇帝。

晋国建立，伪唐灭亡，李从珂自杀身亡。可恨的是，他在自杀前派人杀死了人皇王耶律倍。

耶律阮带兵杀到开封，见到的只是人皇王的遗体，他一怒之下，杀死了慕华府的所有人，算是出了一口恶气。

他运送父亲的遗体返回北国，把他葬在医巫闾山间。

天气转暖的时候，听说耶律德光改元为会同。耶律阮被急召到前方听用。

他不得不立即赶往开封。

路过幽州的时候，他召见陈小等人听了少林寺货物运转的情况报告，他要大家把本利都投进去，要把契丹建得像南朝一样繁华。

陈小等人忙于采购和运输，不知不觉间已经过了数年，听说石敬瑭死了，他的侄子石重贵当了皇帝，不知怎的契丹与晋国反目成仇，双方刀兵相见，打得不可开交。

耶律德光亲率大军杀奔中原，在山东、河北、山西一带与晋国交兵，后来晋国大将杜重威率领十万大军投降契丹，耶律德光一鼓作气攻下开封，灭亡了晋国，活捉了石重贵。

耶律德光完成了他的父亲耶律阿保机没能实现的愿望，在开封登基坐殿，当上了中原皇帝。并将契丹国改为大辽国，同时将耶律阮封为永康王。

有契丹踏白军作为后盾，陈小率领的商队生意越做越大，交易的地区不仅限于少林，还涉及开封、洛阳、涿州、幽州……买的货物，抢来的货物，源源不断地运往北国，谭枳寺外这片空地搭建起了一片新房。一些在北国无家无业的踏白军士兵，年老以后就住到了这里。过往商队要住在这里，要在这里更换装备以便长途运输。

人们管这里叫踏白营。你说叫营长也好还是叫镇长村长也好，反正都是沁儿的头衔。她除了要招待过往商队的吃住，还要照顾那些年老的踏白军士兵的生活起居，十多年下来，沁儿的头上有了白发，陈小也年过半百了。

有一天，陈小带着一些人，赶着从北国来的骆驼和马队正往少林寺送毛皮，一进登封县城，在路口有两个穿着破烂的人拦住了他，他们把一块用破布包着的石头让陈小看。

陈小一看，吓了一跳，这竟然是那块被传得神乎其神的传国玉玺。

据说，当年秦始皇雕刻的传国玉玺流传到汉代，从汉代又被曹魏所得，到了伪唐时代，一直保存在皇宫。伪唐灭亡时，有人抱着玉玺从城墙上跳了下去，从此传国玉玺下落不明。

现在，传国玉玺怎么会在这两个乞丐手中？他俩的要价并不高：一匹骆驼，一匹马。

会是真的吗？陈小把玉玺上下左右都看了个遍，发现雕刻得非常细腻，大致不会有假。再说，两头牲口不算什么，一路上随时可以死亡几匹。

陈小把牙一咬，给他。

这样，传国玉玺就到了陈小手中。

也许有人认为不可思议，这么重要的传国玉玺，就这么简简单单地到了陈小的手中？其实，事情原本也非常简单，一个宫人抱着玉玺跳了城墙，人死了，玉玺还在，若干年后，被两个叫花子发现了，他们不认识什么传国玉玺，只把它当成一块雕刻精美的石头，然后，待价而沽，看到陈小赶着的庞大商队，便提出要换一匹马、一匹骆驼，仅此而已。

到了少林寺，他不声不响地把传国玉玺藏到了他儿子的床下。

他的两个儿子在少林寺习武早已届满，现在是作为商队管事驻在少林寺。他要等将来让两个儿子保着他，拿着传国玉玺，献给有道的明君……

这年夏初，天已转热，加上久旱不雨，气温节节升高，偶在路上见有热死者。当了中原皇帝的耶律德光无法忍受高温高热，要回到北国草原纳凉。他立李从益为中原之主。不料，耶律德光走到途中一病不起，最终命丧在一个叫杀胡林的地方。

皇帝晏驾，天地震荡。有人说首先要报与皇太后得知。也有人设计先选出继承大位的皇帝，先报皇帝晏驾，接着就报新皇登基。

选谁当皇帝呀?

这不现成的吗？永康王啊!

对，耶律德光的子嗣年幼，他大哥的儿子不是正选吗?

就选永康王耶律阮当新皇帝。

这个消息一报到京城，在皇太后那里就炸了锅。因为皇太后早有打算，一旦德光有难，他就让三儿子李胡当皇帝。可是李胡口碑太差，不仅性格残暴，杀人成性，而且淫荡成性，搅乱后宫……

双方僵持不下，耶律阮大军直逼京城，皇太后下令关闭城门，再拖下去双方必然有一场大战。

韩知古看在眼里急在心里，他找到了耶律家老臣耶律乌质，让他去说服皇太后必须接受耶律阮当皇帝的现实。

耶律乌质不负众望，最终，说服皇太后接受新皇耶律阮登基的现实。

进了京城，耶律阮住进二叔住过的永兴宫里。他觉得心里不踏实，便派人去找韩知古。

韩知古一见新皇帝，跪地祝福。

耶律阮把他拉了起来：“我是想问你，怎么对付那个老太太？”

韩知古道：“你既然有了这个心思，就得下决心！”

“怎么办？你说吧。”耶律阮道。

“今晚就把老太太转移出去，不然，夜长梦多，她什么事干不出来？”

“怎么才能让她不喊不叫？”

“用蒙汗药。”

就这样，当晚韩知古带着蒙汗药进了老太太的寝宫，把她蒙翻后，立即叫人把老太太运出宫来，套上一辆大车运往木叶山。

当夜宣李胡觐见，命他率亲兵去西北沙漠戍边。

处理了这两个人，耶律阮才在皇帝的睡榻上睡了一个安稳觉。

据说，第二天皇太后醒了，她大喊大叫，可惜，大车已经出了京城，喊也没人听见，再说，押车的人中就有当年被她杀死去陪葬官员的后代，恨不得把她就地撕碎了。

有人告诉她，再喊叫，就地弄死回去复命！

吓得她只能乖乖听话，到了木叶山，皇太后就住在德光寺里，素憨和幻城早已老迈，由新任方丈照顾她的起居生活……

目前，陈小已是幽州地区富商巨贾。尽管年事已高，自恃身体犹健，每日仍操劳不已。

隔了一年多，他把传国玉玺秘密带回幽州，沁儿看到也是惊讶不已。

他知道，传国玉玺绝不是个人私藏之物，现在是耶律阮当位，他是有道明君吗？陈小暗暗摇头，他还要看，他对有道明君有自己的看法。

第十二章

耶律阮

永康王被急召见驾。

耶律德光吩咐他率一支精兵，出开封向南追击一支从晋国皇宫里逃出去的队伍。他们携带大量的珠宝玉器，金银细软，绫罗绸缎……

踏白军精锐三百骑跟随永康王耶律阮出城追击。

在城南五十里外的路上，追上了这支逃离皇宫的队伍。

这支队伍共有一百多人，被三百骑兵围在中间。

十几辆大车，装满货品。

耶律阮命令他们把大车赶回城去。

有人企图反抗，耶律阮喊了声“杀”！骑兵们蜂拥而上，把敢反抗者全部杀光。这时从一辆车上下来一个女人，她朝耶律阮深施一礼道：“这车里有我的父母，请饶恕他们的性命。”

这声音委婉动听，耶律阮不由得定睛望去。

这女人一身缟素，亭亭玉立，俊美的脸上带着一丝哀愁，更显得楚楚动人。耶律阮心中一阵激荡，他从没见过如此美丽的女人。

他骑马走到她的跟前，围着她转了几圈，又仔细打量着她。

她明眸皓齿，抬眼望了耶律阮一眼，又羞涩地低下了头，那仪态足以闭月羞花。

耶律阮忽然觉得浑身燥热，一种占有她的欲望陡然而生。他跳下马来，横抱着她，上了大车。

车中有两个老人，哆哆嗦嗦挤坐在一起。他上得车来，把两个老人赶下车去。

三下两下把浑身甲胄脱得精光，接着又把那女人扒光，心焦火燎地在车里做起爱来。那女人先是像羊羔一样温顺，接着便情不自禁死死地抱住耶律阮，一边娇喘吁吁，一边轻呼乱叫，直把耶律阮弄得骨软身酥，神魂颠倒……

尽管耶律阮曾和几个女人邂逅做爱，却从未感到像今天这样心满意足。两个人在车中缠绵直到回到开封。耶律阮带着这女人来见皇帝，宣布，她，就是我的红颜知己。

此女姓甄，名淇儿，原是晋国宫人。尽管年纪比耶律阮大将近十岁，但毫不影响两人爱得深沉，是一场名副其实的姐弟恋。

那一年，耶律阮登基，宣布改元天禄。同时宣布将立甄淇儿为皇后。

尽管百官百般反对，认为不可将汉人立后，如立便是违背祖宗规矩。耶律阮毫不在意，在春捺钵后，带着她到幽州视察。

听说皇帝要来视察，踏白营里外一片忙碌。

沁儿和陈小倒出了他们居住的那栋院落，想让皇帝真正体验一把草民生活。

皇帝仪仗首先进村，接着是跟随视察的文武百官，陈小和沁儿一一迎接，最后过来的是皇帝的龙辇、皇后的凤辇。

陈小来接皇帝，沁儿来接皇后。

皇后一下车，让沁儿大吃一惊，哪里有这么漂亮的女人？早就听说皇后比皇帝大十来岁，可是，把两人放在一起比一比，根本看不出年龄差别。这可是“一顾倾人城，再顾倾人国，宁不知倾城与倾国，佳人难再得。”

尽管有“倾城倾国”的惊人美丽，可皇后的举止谈吐却是风韵娴雅，仪态大方，让沁儿羡慕不已。

小院中摆着竹椅木桌，沁儿用大壶烧水，为皇帝和皇后沏茶。

皇帝和皇后也都端着粗瓷大碗津津有味地喝着。

接着沁儿在大锅里炒菜煮饭，陈小和几位大臣陪着吃饭，虽说都是青蔬粗米，大家吃得倒也香甜。

傍晚，在踏白营的宽敞处，跟随皇帝视察的教坊艺人演奏歌曲舞蹈。老营的士兵觐见皇上，年轻的士兵表演军中舞蹈，歌声荡漾，琴声幽幽，踏白营前所未有的热闹。

兴至，甄皇后命人取出一把焦尾琴，兴致勃勃地弹奏一曲《凤求凰》。

一时间，万籁俱静，只有悠扬的琴声在夜空中荡漾，人们如醉如痴地倾听着。

在焦尾琴的伴奏下，耶律阮拔剑起舞，用粗大的嗓门唱了一首《大风歌》。广场上人声鼎沸，齐声喊好。

在草民的房间里过上一夜，甄淇儿皇后就有了身孕，到了秋天生下皇太子只没，被封为宁王。

第二天一早，皇帝皇后洗漱完毕，陈小和沁儿捧着传国玉玺走进屋中。当把锦盒放到桌上打开时，皇帝和皇后一起惊呆了。耶律阮从小就听说过传国玉玺的故事，想不到今天能够亲眼见到。

“受命于天，既寿永昌”八个鸟虫篆的大字虽然难以辨认，但从其包浆和雕工看已有上千年岁月。

耶律阮把玉玺郑重地捧在胸前道：“朕得此玉玺乃皇天眷顾，待回京后将昭告天下，朕坐龙廷乃是受命于天！”

说完，他把玉玺放到桌上，拉着皇后一起跪倒拜了三拜。

陈小与沁儿把玉玺装入锦盒中。

陈小道：“此回京城路途遥远，为防中途闪失，我想让二儿子陈小乙专程护送。他在少林习武多年，本事不在其兄之下。”

皇帝点头答应。

早餐用毕，陈小乙带着两名踏白军的士兵，把玉玺背到了身上。

临行前，皇帝听取了陈小关于几年商队运行报告，从前几年以少林寺为据点开展的南北交易，到如今已是遍地开花。以幽州踏白营为集散地的交易中心，联通四面八方，甚至到达了南汉、南唐、四川等地。现在可以说，南朝有的契丹国一概俱有。

因为他的经营方式特别，就是不要盈利的现钱，所有银钱都在货品中滚动，现在是越滚越大。

皇帝对商队发展甚为满意，鉴于陈小年事已高，便让他的儿子陈小小总揽全局，陈小就在踏白营坐镇指挥。

接着，皇帝又把跟在身边的护军司徒韩德让叫了过来，告诉陈小小，他是韩知古的孙子，你们要好生相处。

皇帝指派韩德让辅佐陈家，管好这一大摊子商队。

皇帝起驾，众人跪送。

待皇帝走远后，韩德让才告诉陈小和沁儿，韩知古已经于上月去世。

二人一听禁不住泪流满面。陈小吩咐，摆香案，设祭坛，全家遥祭。

皇帝回到京都，宣告得到传国玉玺，全国庆祝三天。

封献宝者陈小为素王，沁儿为诰命夫人。

还有一个消息就是陈老爹因为年事已高，走路腿脚有些不便，他让韩德让转达他要来幽州的心情。

素王陈小吩咐人专程去京都把陈老爹一家接到幽州。

陈小小推荐由郭荣带人前往。

郭荣，是去年加入商队的年轻人。那时，他单独在洛阳开封间倒卖绸缎和茶叶，小本经营，人手又少，做得十分辛苦。他见到陈小小率领这样大的商队，纵横驰骋南北各省，货物直达辽、汉两国，十分羡慕，便提出以全部货物入伙。

陈小小见他聪明能干，便答应他的要求，并让他做了江南一带的管事。

这次他押运一批货物来到踏白营，正赶上皇帝巡查。那气势，那排场，都让郭荣眼界大开。

他随着陈小小来见素王陈小。

陈小见他还是个十八九岁的孩子，感到不甚放心。

小小道：“爹爹一百个放心，郭荣人小志大，满腹韬略，让他带人前去万无一失。”

郭荣道：“素王放心，我此次是孙子接爷爷，一定尽心尽力。”

陈小点头，嘱咐他到了京都要去祭奠韩知古，便允他带人出发。

郭荣带着马队和货物从踏白营出发，直向北国京城进发。

他们刚走，幽州兵马节度使求见。

原来，奉旨要在踏白营附近选址盖造素王府。

不一日郭荣等人抵达京城，果见京城好个繁华，不亚于南朝的任何一座城市。因为三天庆典刚过，人们还在议论传国玉玺的事情，郭荣才知道，原来玉玺就在踏白营放着，很可惜，那时候不知道。

要是知道了，恐怕就没有大辽国庆祝三天了。

在皇城外的那条街道，找到了陈老爹的住处，郭荣说明来意，陈老爹和宜林可忙着收拾东西。

郭荣还与陈老爹一起去到韩知古坟前烧香烧纸祭奠亡灵。

到了傍晚，郭荣围着皇城转了一圈，听人说，传国玉玺还在永兴宫供着呢。

到了夜半时分，正在永兴宫值夜的陈小乙忽然听见屋顶有轻微的脚步声，他急忙提刀跃出窗外，发现一个黑影正骑在屋脊上四下张望。

陈小乙刚刚跃上屋顶，就被那人发现。

那黑影立即越到另一屋顶，陈小乙提刀追了过去。

那黑影接着逃走直至跃出皇城城墙。

其实，供奉在永兴宫的只是一个锦盒而已。

隔了两天，陈小乙来送爷爷，见到了郭荣，他忽然觉得这个人的身形与那天晚上在永兴宫房顶上见到的人极为相似。

两个人抱拳施礼，互致问候。

陈小乙只是偷偷向爷爷说，注意这个人，此人可能不是善类。

郭荣顺利地接着陈老爹和宜林可回到幽州，与陈小、沁儿三人见面，陈老爹想起在契丹国的蹉跎岁月，忍不住抱头痛哭。

郭荣见到陈小小复命。陈小小称赞他工作勤勉，派他继续去南方管理市场。

过了很久，陈小小才弄清楚这个郭荣，本来姓柴，是投奔他的姑夫郭威，才改姓郭的。

郭威又是谁呢？

第十三章

郭威

天上乌云密布，随着远处传来沉闷的雷声，风卷起地面的尘土与树叶，谁都知道，暴雨就要来了。

在黄河边上的一座小镇里，一位老者吆喝着一辆骡子拉着的布篷车正在匆匆赶路。

布篷车里坐着母女二人。

听到车外的风声和雷声，母亲探出头来喊道：“快找个店家歇脚，等雨过了再走。”

听到催促，老汉扬了扬鞭子，那骡子加快了脚步。巧了，在前面十字路口就有一家挂着两个罗圈幌子的旅店。

到了门口，母女两人下了车。店家把牲口卸下牵到马棚里，一家人算是在这里住下了。

伴着雷声和风声，雨哗哗地下了起来。

因为地处偏僻，旅店只有少许客人，这一家三口便选了两间正房。天晚时分，店家来问是否要吃晚餐。

老汉吩咐菜肴要有肉，上半斤好酒，只为吃好喝好。

到了傍晚，酒菜送到房间，三个人便坐成个品字，吃了起来。

老汉只管喝酒，母女二人商议明天雨停了如何赶路。孰料，第二天早上，雨非但未停，还听说前边的路已经被雨水冲垮。

下雨天留客。

三口人只能在旅店住下去。

枯坐房中百无聊赖，几个人便在大堂中闲坐，听店主人说些个当地的奇闻逸事，以消磨时光。

这时，一个壮汉撑着雨伞走了进来，只见他进得门来先把雨伞抖了抖水，立在门边，便坐到一个方桌旁，要了两个菜、一壶酒慢慢地吃着。

从他一进门，那年轻女子的眼睛忽然一亮，她招手把店家叫到跟前问道：“此是何人？”

店家小声道：“此人是马铺卒吏郭雀儿是也。”

女子暗暗点头，问道：“此人有无家室？”

店家道：“衣不蔽体，食不果腹，哪里还养得起家室。”

那女子见他已经吃完，便对店家道：“烦您劳请那位壮士过来叙话。”

店家过来招呼郭雀儿，他倒是愣了一下，扭身看了看那位女子。

只见那女子身材姣好，容貌俊秀，欠身站起，朝着他道了个万福。

郭雀儿便移步来到跟前。

女子伸手让座。

郭雀儿坐下。

女子道：“敢问壮士可是当地人士？”

郭雀儿点头。

女子道：“我本宫中之人，受遣散归家，囊中有少许资财，愿与壮士联袂做些生意，不知意下如何？”

郭雀儿有些发愣，他还没从方才的境遇中反应过来——是要和我一起做生意，她出本钱？

这是可遇不可求的事情啊！得赶紧答应，但又转念一想，偶然相遇，相互陌生，还是劝人家谨慎为好，想到这里便说道：“鄙人无家无业，穷困潦倒，恐辜负恩主盛意。”

不料，那年轻女子执意坚决，她言道：“壮士面有贵相，不可妄自菲薄。”

郭雀儿习惯性地摸了摸脖子，在那里文着一只小鸟。他双手抱拳向女子做了一揖道："既然恩主厚爱，我郭威决心效犬马之劳。"

女子点头便叫老者取来一串铜钱交给郭威："你拿这些钱添置衣服，再去询问有何生意可做？"

郭威接钱在手，执意要写一欠据。

那女子道："也许妾身将属壮士，你可欠得过来？"

郭威听到这几句话，反正是不写欠据，并没有过多去想，便带着铜钱告辞了。

第二天，他又撑着雨伞来到旅店。他换了一身新衣服，看上去果然仪表堂堂。但是，他没有找到好生意可做。也许，要等到天晴了才好想些办法。

女子并没有丝毫埋怨，她约他明天再来相见，并笑着对他暗示，她要宣布一个决定。

郭威懵里懵懂地走了。

女子来到父母的房间，告诉他们："我要嫁给郭雀儿。"

父母吃了一惊，问道："你是宫中之人，奇贵无比，至少要嫁给节度使一样的人，怎能嫁给一个衣不蔽体的穷汉？"

女子道："我见此人面有贵相，前程不可限量。"

父亲道："常言道，人不可貌相，海水不可斗量，你怎能就凭几次见面就决定终身大事？"

女子道："我在宫中多见贵人，却从没见过这等样人。父母不必担心，数年之后，此人必显才华。"

父母见女儿心意已决，也只好作罢。

女子又找店家商量，要买下这座旅店，一为结婚后的居所，二为招兵买马之兵站，三要店家从中做媒，并为之证婚。

店家乐得合不拢嘴，马上就撑着雨伞去找郭雀儿商量。

第二天旅店中摆了十多桌宴席，宴请街坊四邻。

郭威也来到旅店，在店主人的撮合下，与那女子行拜天、拜地、拜父母的大礼，进入洞房。直到这时，他才知道此女姓柴。

洞房花烛的第二天，郭威即出门四处活动招兵买马，十五天后他带着三百人的队伍，投到了石敬瑭的晋国。

郭威开始便在晋国侍卫亲军都虞侯刘知远麾下担任侍从军官，在此期间，他熟读兵书战策，锻炼成一个有勇有谋的军事将领。在契丹人发兵剿灭石重贵的时候，郭威等人劝说让刘知远称帝。

刘知远称帝，建国号为汉。

郭威成为汉国的开国元勋，执掌军政大权。也只有到了这个时候，郭威才意识到当年在旅店结婚的妻子远见有多么的英明。

连年混战，民不聊生。柴家的侄子柴荣不得不背井离乡来找姑父郭威以求谋个生路。

郭威拿出一笔钱，让他去做生意，他便以郭荣的名字在江南一带做茶叶绸缎买卖，直到遇见踏白营的大型商队，他加盟入伙。

想到自己从一个吏卒到开国元勋，无不是妻子的指引与帮助，郭威对妻子的话是言听计从。

刘知远病重期间，下达旨意让郭威等人做顾命大臣。刘知远死后，他十八岁的儿子刘承祐继位。因为掌握不到实际权力，刘承祐开始斩杀顾命大臣，甚至派兵追杀郭威。在这个生死关头，还是他的贤妻为他出谋划策，以“清君侧”的名义，发兵攻打开封。兵抵开封后，刘承祐被乱军所杀，郭威成了开封的实际统治者。时值辽军来犯，郭威率军打败辽军，在回师路上，士兵们用黄旗披在郭威身上，齐呼万岁，拥戴郭威当上了大周的开国皇帝。

改元广顺，仍都开封。

郭威在位期间，免苛捐杂税，减严刑酷法，使百姓得以休养生息。

柴氏当年在那家小旅店中看到的贵人贵相，终于得到了全面验证。

郭威在开封宣布成立大周，在山西太原原汉国的亲属刘崇也宣布继皇帝位，国号仍然为汉（北汉）。

北汉立国便投向契丹，也称为儿皇帝，并向契丹求援请求派大军进攻大周。

也就在此刻，契丹皇帝耶律阮带兵南下，在路过其父耶律倍的行宫时，大宴群臣，都喝得大醉。晚上，大臣割察发动兵变，进入帐篷杀死皇帝耶律阮和皇后甄淇儿。后寿安王耶律璟平乱，杀了割察，自立为帝，改元应历，继续率军南征。

同年契丹兵马联合北汉兵马一同攻打大周的晋州。这一仗辽军遭到大周坚决反击，汉军遭到几乎是毁灭性的打击，使其三年不敢再窥中原。

其实，在郭威担任汉国顾命大臣后，郭荣就向小小请假要离开商队。小小觉得郭荣人品出众，为人忠厚，是一个可以培养成商队领袖的年轻人，坚决要留下他。可是，郭荣说他父母病重，需要回家照顾，待父母病好再回来。孩子要尽孝，岂能阻拦？

郭荣离开商队，径直回到郭威身边，恢复了柴荣的名字，跟随他南征北战，历尽艰辛。

在大周建国后，郭荣多次参加对契丹军队的作战，对契丹士兵的作战规律了如指掌。契丹兵马两次南侵，都没得到任何便宜，便是这些作战经验起到了重要作用。

大周建国三年后，郭威抱病身亡，柴荣继位，大周举国发丧，不久郭威夫人柴氏也郁郁而终。

北汉趁大周国丧期间发动袭击，柴荣力排众议御驾亲征，在高平与汉军殊死搏杀，终于将北汉军杀得大败。

此战一举奠定了大周在中原的地位。

数年间，柴荣改革弊政，清理军队，减民徭役，减收赋税，与民休养生息，国家日渐富强。

这一日，踏白营中陈小小正在举行殡葬仪式，送别父亲素王陈小。前些年，陈老爹、沁儿都已过世，那一个动荡年代已经过去，而今小小已经年届四十，有一儿一女，是他在撑着踏白营的事业。

忽然有人来报，说大周的兵马逼近谭枳寺。

小小一听，大吃一惊，前几天听说大周的兵马到了易水一带，怎么这么快就到了谭枳寺？

他下令各路士兵准备迎敌，一旦敌军接近踏白营，必将与其死战！

忽然，在不远处山坡涌现一支人马，未等判明是何方军队，只听得他们大喊：“大周天子驾到，速速迎接！”

大周天子？小小正在发愣，却见那些人已经来到近前，为首的一人翻身下马，来到小小面前，叉手施礼大声道：“小小总管，别来无恙乎？”

小小定睛一瞧，这不是郭荣吗？怎么成了大周天子？他也叉手施礼道：“你父母可好？你说他们好了你就回来。”

柴荣道：“好了也无法归队了，我下令不取幽州，但我要到谭枳寺来，看看小小总管，还有陈小老伯。”

小小道：“家父已经西行，我等正在祭奠。”

柴荣走到祭祀台前拱手道：“老人生逢乱世，诚实经商，不欺不瞒，虽有踏白军之名，却不做刺探，巧取情报之活动，实属难能可贵。”他回身对小小说道：“南方均已由大周一统，欢迎踏白营到南方经商。我大开方便之门。”

小小这才认定果真是大周皇帝到了，忙喊道：“大家跪拜！”

众人一齐拜倒。

柴荣哈哈大笑：“我当初可是要拜素王和小小总管的，今天反倒拜起我来，这就叫，风水轮流转，今天到我家。众卿平身。”说着他转身上马，大声道：“等着大家到南方去，我等着你们！”

转眼间，柴荣带着众人匆匆而去，很快消失得无影无踪。

小小望着远方，连连发着感慨：“郭荣果真当了皇帝？踏白营不算大，可来了两位皇帝，看来这生意大有可为！”

第十四章

赵匡义

这是一单最大的生意，是经过大周皇帝批准的交易。绢四百匹、绸缎五百匹、茶五千担，瓷器染料五百斤，要交换北方良马五百匹。交换地点就在踏白营。

大周押运官叫赵匡义。

五百匹良马集中在踏白营外草地，陈小小与赵匡义会面，双方验货。

估计验货得用三天时间，陈小小每天陪着赵匡义喝酒聊天，消磨这三天时光。这一天酒后品茶，不知是谁顺口说到传国玉玺。

赵匡义问:“听说你弟弟保护传国玉玺，一直跟在皇帝身边。”

陈小小那天喝得多了些，便道:“当今皇上每天酒醉不醒，早把玉玺忘到脑后去了。”

赵匡义道:“听说大辽国皇帝号称睡王，可见已经昏聩透顶。”

陈小小发现话题已经扯到忌讳之处，便道:“睡不睡都是皇上的事情，我们只管喝酒、喝茶。”

不料，赵匡义却把嘴巴附到陈小小耳边说道:“大哥能不能给我个机会，到京城一窥玉玺风采?”

陈小小沉吟片刻，未敢答应。

三天后货物验讫。由于瓷器染料价格昂贵，双方货物有差价；踏白营差大周铜钱一千三百缗。

差额款可以现金交付，也可以在下次交易中结算。

赵匡义提出了一个要求：能让他到京都看一眼传国玉玺，这一千三百缗铜钱免了。

这些年，传国玉玺在京城几次拿出来当众观看，多是外国使节提出要求。当初，耶律阮在位时，每次都得皇帝允许，还得当着他的面才能观看，显得比较隆重。而今是睡王执政，他对这玉玺不甚重视，在他睡觉的时候，几位大臣商量一下，便可请出来观赏一番。

一千三百缗，就是一百来匹良马的价钱，也不是少数，也许这就叫诱惑，这个要求倒让小小有些动了心。

他思忖片刻道："好吧，那我就写一封信，让小乙酌情吧。"

第二天，赵匡义带着两个仆从怀揣着小小写给小乙的信，离开踏白营前往大辽国京城。

也许，不少人还不知道这个赵匡义是何许人也。

他是大周的禁卫军首领赵匡胤的弟弟，也在大周的军队里担任要职。为了能看到传国玉玺，能把一千多缗铜钱说免了就免了，权力也算不小。

其实，柴荣还没忘记传国玉玺。

第二天赵匡义带着小小写的一封信，告别了踏白营，取道直趋京城。

到了京城，不去看那些繁华景致，直接来找陈小乙。

到了皇宫门前一问，才知道小乙已经跟随皇帝到查干湖举行秋季捺钵去了。赵匡义觉得奇怪，他们已经推算，每年皇帝秋季捺钵要到八月初才能动身，可现在才是七月下旬，怎么就走了呢?

得到的回答是，今年皇帝临时动议，说是要把夏捺钵和秋捺钵连起来做，让大臣们吃喝更加痛快。

其实，这都是皇帝一厢情愿，哪个大臣也不敢像皇帝那样整天喝得醺醺大醉，他们每天都忙于处理各种公事，毫不懈怠。这才能够保证大辽国的权力机器正常运转。

这些年来，陈小乙一直负责传国玉玺的保护工作，职务是三品光禄大夫。每次捺钵，他们三人都要带着玉玺，跟随在皇帝身边。因为皇帝经常在捺钵地会见外国使节。把传国玉玺展示给他们看，说明大辽国才是中华帝国的正统传承者。

赵匡义等人重新上马直奔捺钵地。

直到傍晚才赶到捺钵的湖边。

之前湖边已经摆满了大大小小的帐篷，方圆足有数里。人喧马啸，颇为壮观与热闹。

仔细一看，这些帐篷排列极有规律。湖边高地有一个最大的帐篷，那一定是皇帝所居。围绕着大帐篷有十几个中型的帐篷，显然是高官们的居所。那么，三品光禄大夫应当在哪个帐篷呢？

好在除了皇帝的大帐篷外站着四个卫兵，其余的帐篷都没有人警卫，他们就挨个打听，终于在离皇帝帐篷几十步外的一座帐篷里，见到了陈小乙。赵匡义拿出小小的信件递给小乙。

小乙看完信道："今日天晚，不便展示。明天上午，有西域诸国使节约定同观此宝，望几位光临如何？"

赵匡义点头答应。

小乙吩咐人带他们去领取一顶帐篷，好作为今晚下榻之用。

领来帐篷就在附近搭起来，几个人住了进去。

天色将暗，各处空地点起了篝火，火光熊熊，照亮夜空。

晚宴时候，小乙着人送来大盆牛肉、羊肉和烈酒，几个人尽情吃着喝着。

赵匡义滴酒未沾。

正吃间，忽闻鼓乐大作，原来有几十名士兵在皇帝帐篷前跳起了"出阵舞"。

接着又有几十名服装妖艳的女子跳起了十分狂野的舞蹈，看得周围的大臣们如醉如痴。

女子们跳舞完毕，分别被各大臣领回帐篷尽情受用。

赵匡义一直盯着小乙的帐篷。

只见小乙和两个卫兵三人分别站在帐篷门外，冷静地看着门外的热闹，一副重任在肩的样子。

夜深了，湖区渐渐趋于平静，只有皇帝的帐篷里还是欢歌笑语。想必是这位睡王又来了精神非得闹到下半夜不可。

尽管夜已很深，赵匡义仍然毫无睡意，他在为一件事情做着精心准备。早有先前混入捺钵队伍的细作送来马匹、军装、暗语、口令……

子时已过，皇帝帐篷里已经悄无声息，整个捺钵湖区一片安静，只有巡逻士兵的脚步声，偶尔打破难耐的寂静。

赵匡义和两个仆从身着契丹军装，走出帐篷。

他们来到小乙等人居住的帐篷前，先是听了听动静，接着便把迷魂香吹进了帐篷。

几个人在帐篷外紧张地等待，等了足足有五分钟，赵匡义把手一挥，几个人进了帐篷。

迷魂香起了作用，小乙和另两个人都昏睡不醒。赵匡义忙在帐篷中搜寻传国玉玺。

遍寻不见，正在着急间，忽听一人低声喊道："在这里！"

赵匡义急忙过去，抓过一个包裹急忙打开，里面是锦盒。再打开锦盒，传国玉玺赫然在目。为防有假，赵匡义伸手摸了摸玉玺，那种润度和包浆的感觉完全相同，他确认，玉玺是真。便急忙把玉玺系在身上，匆匆走出了帐篷。

此时已有人把马牵来，赵匡义与另两个人翻身上马，在几个细作的带领下直向捺钵区外走去。

天将亮时，众人已经奔上了南去的官道，一路上策马飞奔，恨不得插翅飞回大周。

这是一个策划了许多年的夺宝计划。

当年，柴荣在踏白营得知传国玉玺交给了耶律阮，心中懊悔没有提前得知消息。待他有机会进入辽京，便潜入皇宫一探究竟。

不料被小乙发现，两个人在屋顶追逐，最终柴荣还是逃了出来。

从秦汉以来，谁有传国玉玺，谁就是中华帝国正统传人的信念深入人心。谁都想以正统传人自居，柴荣当然想要将王玺据为己有。

郭威建立大周，他想玉玺应当归大周所有。柴荣当了大周皇帝后，更是日思夜想那个传国玉玺。从他的建树看，他平定南部诸国，扫平北方障碍，屡败辽国，其所属领土版图前所未有，只有他才是中华帝国正统传人。

唯一的难题是，这个可以证明正统的证物，正在辽国招摇示众。

每有外国使节到辽国，皇帝总要把传国玉玺拿出来让大家开眼，接着便可以大讲一番大辽国受命于天的道理，说得各国使节不得不心服口服。

是可忍，孰不可忍！从他登上皇位那天，不，应当说是从他被逐出皇宫屋顶那个时候起，他就下了决心，一定要把传国玉玺弄到手。

柴荣把这个想法讲给赵匡胤听，赵匡胤找来了比他小十二岁的弟弟赵匡义，共同商量。

赵匡义当场受命，一定要夺回传国玉玺，双手奉与皇帝。

因为看管玉玺的是陈小乙，一切还要从踏白营做起。

先派细作潜入辽国，或在兵营或在皇宫充当士兵站稳脚跟，然后提供可靠情报，再伺机而动。

为了确保得到真品，必须对玉有充分了解，赵匡义从古玉入手，了解玉石的包浆和润度。经过大半年的摸索，他可以用手感来判断玉的新老。

赵匡义开始与踏白营做生意，几次见到小小，两个人交谈甚欢，大有相见恨晚之意。

接下来，双方就做成这样一大单生意，双方货物评价，踏白营欠大周商队铜钱一千三百缗。

用一千三百缗铜钱去换看一眼传国玉玺，当然是合算的买卖。小小给弟弟写了一封信。

现在，一切都已真相大白，赵匡义正身背传国玉玺。带人骑马飞奔在大道上，用不了几日，他就可以向大周皇帝柴荣献宝了。

第二天一早，小乙醒来，发现帐篷里有翻动迹象，感觉吃惊，连忙去找玉玺，发现已经不翼而飞。遂向大臣报告。

大臣急忙走进皇帝帐篷要向皇帝报告，皇帝酣睡未醒。

大臣退出便告知小乙抓紧查找，通知外国使节观看玉玺之事无限期推延。

在赵匡义的帐篷里，一个貌似赵匡义的人还在等待，在接到无限期顺延的通知后无奈地带着人离开了捺钵地。

小乙一边发出堵截可疑人的命令，一边带着人在南去的官道上追赶，他们边走边问，有无可疑人员通过？

追了一天，也没发现可疑线索。

赵匡义两天两夜马不停蹄奔跑，已经越过了松漠府，再跑一天，就可以离开辽境了。可是，现在他已经精疲力竭了。

他必须休息，不然连人带马都会累垮。

细作说，前面山沟中有一大户人家可以落脚歇息，也是我们的联络据点。

赵匡义催马前行，掌灯时分，来到这户人家门前。

有人开门，有人把马牵走，赵匡义吩咐轮流站岗，走进房中搂着玉玺倒头便睡。

这一觉睡得实在是香。

不知从什么时候起，人们用“香”来形容睡觉，本来香与不香都是味觉的事情，怎么能跟睡觉联系到一起？大概，觉睡得实在，跟吃东西的感觉是一样的——就是一个香。

天快亮的时候，他似乎醒了，觉得有人伏在他的身边，他想动身，甚至想坐起来，但却动弹不得，他心中有些吃惊，也许是梦魇，还是被人点了穴？

这种感觉只是瞬间的事情，接着，他又迷迷糊糊地睡了过去，直到天色大亮。

当他睁开眼睛的第一件事，就是伸手摸那玉玺是否还在身边。

摸了两把都是空的，让他惊出一身冷汗，他起身一看，床上已经没了玉玺的影子。

他急忙下床，抖开被子，翻起褥子，也不见玉玺，又环顾屋中，一切如昨，毫无变化。他只能坐在床前发呆。

半晌，他喊来亲兵，问他们有谁进到这屋里？

亲兵回答，昨夜他们轮流在门外站岗，不见有谁进入屋中。

实实在在地抱着玉玺跑了两天两夜，实实在在地搂着它睡了一觉。怎么今天就这样干脆利落地没有了？

赵匡义脑袋涨得老大，他就是不明白，玉玺怎么就会不见了？

亲兵要去问问本院的主人，赵匡义拦住了他，不能让他知道，就当什么也没发生过。

吃罢早饭，众人继续上路，再也没有那种急切心情，大家都是信马由缰前行。

这一日，过了辽国边界，再走些路就到了大周境界。赵匡义在肚子里反复编着谎话，如何应对皇帝的诘问，如何向哥哥述说实情？

来到大周县城，却见形势大变，大街上到处贴着白布、白纸写的挽联。大周天子驾崩了。

柴荣死了？

赵匡义被连续发生的事情击昏了头脑，这到底是怎么啦？他想一千想一万也不能想到，年仅三十七岁的柴荣会突然死去。

他的儿子才七岁，谁继承大统？

他突然想到作为大周兵马大元帅的哥哥，此时会有何想法？也想他会死心塌地地抚保七岁的娃娃。可是，取而代之又能怎样？

想到这里他不再有任何耽搁，他要赶紧赶到哥哥身边，好研究是否可以取而代之。

赵匡义赶回京城参与组织国葬的活动，暗中与诸多将领研究如何取而代之，终于，他们决定在发丧之后，以辽国和北汉发兵来侵为由，由赵匡胤带兵出城，在陈桥给赵匡胤黄袍加身，发动兵变……

第十五章

文武之道

陈桥兵变果然如期发生，宋朝取代了大周，五代已经结束，十国有待降服。

辽国几乎目睹了五代所有国家的演变，成为唯一见证五代兴衰的国家。

从公元 907 年朱温灭唐建立梁朝起，到公元 960 年宋朝建立止，在五十余年里建立了五个国家。可以说各个短命。原本，每个国家都希望天祚长久，可偏偏事与愿违，没有哪个国家掌权到第三代。

究其原因，并不复杂，概因豪强并立，各个称雄，从梁太祖朱温开启了一个恶劣的先例，掌权的节度使各个都有做皇帝的梦想，故而形成你唱罢我登场的局面。

是历史大环境所致，从隋唐的合，到五代的分，就是一段历史的必然，即所谓“分久必合，合久必分”“时势造英雄”也。

陈桥兵变，标志五代列强风流云散，再也没有出现豪强争霸的局面，原因应当在于“杯酒释兵权”，取消节度使制度，一切权力归中央。

回顾五代时期，各国之间相互倾轧，你攻我夺，毫不相让，但有一个现象十分奇特，也十分引人注意，那就是一个叫冯道的人，能在五个国家相互交替中相继为官。俨然一个不倒翁。

冯道，字可道，河北交河人氏。可以肯定，冯道是中国历史上最为成功的官僚，一生效忠四朝六姓十帝。

大燕皇帝刘守光；

后唐庄宗李存勖；

后唐明宗李嗣源；

后唐闵帝李从原；

后唐末帝李从珂；

后晋高祖石敬瑭；

后晋出帝石重贵；

辽太宗耶律德光；

后汉高祖刘知远；

后周太祖郭威；

后周柴荣，即柴世宗。

在这些朝廷里，在这些皇帝当权的时候，冯道大都位列宰辅，堪称人类文明史上的世界之最。

冯道官位之多，可得中国历史之冠。据统计，冯道历任中央和地方官职为：

幽州节度巡官、河东节度巡官、掌书记、摄幽府参军、试大理评事、翰林学士、端明殿学士、集贤殿大学士、检校尚书祠部郎中兼侍御史、检校吏部郎中兼御史中丞、检校太尉、同中书门下平章事、检校太师兼侍中、检校太师兼中书令、行台中书舍人、户部侍郎，转兵部侍郎、中书侍郎、门下侍郎、刑部尚书、吏部尚书、右仆射、司空、中书、司徒兼侍中、太尉兼侍中、太傅、太师等达四十余种之多。冯道的散阶为仕郎、议郎、朝散大夫、银青光禄大夫、金紫光禄大夫、开府仪同三司。他的武职勋位自柱国至上柱国。爵位为开国男爵、开国公、鲁国公、秦国公、梁国公、燕国公、齐国公。食邑自三百户至一万一千户，食实封自一百户至一千八百户。

冯道死在柴荣时代，如果他不死，宋朝会不会用他做官？可能性较大。因为只有他才熟悉各国情况，还有他突出的治理国家的才能。

有人骂他无节操，有人说他左右逢源。冯道的经历足以说明一个道理，治国需要文官，就像如今董事长一定需要一个总经理一样。

许多人当了皇帝，依然声色犬马，有的游乐于后宫，有的只顾搜刮民财。但是，国计民生、经贸往来、外交事务等繁琐诸事都需要有人处理，文官的作用便会凸显出来。

冯道显然是处理牵扯国家上下关系和各类民生事务的高手，才会被各个朝廷争相利用。

因为他侍奉五代多国皇帝，冯道的节操常被人诟病。作为儒门学子，冯道的个人品德却值得赞颂。梁晋争霸时，冯道也随军出征，他住在茅草屋中，连床席都没有，就睡在一捆喂马用的干草上。他用自己的俸禄备办饮食，与仆役们同锅吃饭。有的将领将掠得的美女送给他，他推却不掉，便将美女安排在别室之中，然后再寻访她们的主人，将其送还。

冯道在景城守父孝时，正逢灾荒。他将家财赈救乡里，亲自耕田砍柴。同乡中如有土地荒芜或无力耕作者，冯道都会在夜里偷偷去为其耕种。主人得知后登门致谢，他却说自己没有什么值得别人感谢的地方。

无非一念救苍生。这也许是冯道的基本信念。每个朝廷都希望国计民生井井有条，行政事务上通下达，发生灾荒及时救济，冯道在不同的朝廷都起到了这种作用，这才是他成为五代不倒翁的根本原因。

虽身处乱世，不管时局怎么动乱，他都能使自己永远立于高位不败。生前享尽荣华富贵，死后葬礼达到万人空巷，纸钱飞扬使道路两旁树枝染成灰色。后周世宗柴荣罢朝三日以示悼念。最后被柴荣追封为瀛文懿王。

先看他的自我的评价。三不欺："下不欺于地，中不欺于人，上不欺于天"，而且是"贱如是，贵如是，长如是，老如是"，称自己"上显祖宗，下光亲戚"。冯道称赞自己"盖自国恩，尽从家法，承训诲之旨，关教化之源，在孝于家，在忠于国，口无不道之言，门无不义之货"。

有人称冯道是治世之能臣，有人称他是乱世之奸雄。冯道生逢乱世，没有称王称霸之非分之想，一心做好行政事务，一心为黎民百姓解忧，堪称为官为政之典范。

冯道历仕四朝，对丧君亡国毫不在意，晚年自号"长乐老"，著《长乐老自叙》，历叙平生所得官爵，引以为荣。

元代诗人刘因作有《冯道》一诗，嘲讽道："亡国降臣固位难，痴顽老子几朝官。朝梁暮晋浑闲事，更舍残骸与契丹。"固然"朝梁暮晋"有反复无常，没有节操之嫌。但就冯道而言，清白做人，清白做事，可以无愧于后世。

宋朝建立，便把文官宰相当作首辅，参与策划朝政大事。这也是宋朝一百多年间政通人和的主要原因。

宋朝开基倚仗大周的国力强盛，国土广阔，基础雄厚。但治国之策皇帝常听宰辅之建议，更使朝廷获益匪浅。赵匡胤一朝用过六位宰相。赵光义一朝用过九位宰相。有些宰相是科举选拔产生，本身就是优秀人才。

像宋太宗时期宰相吕蒙正，原本是破落人家子弟，年轻时因为贫寒受尽凌辱和折磨。一旦金榜题名，立刻身价百倍。在他所担任的所有职务中，都是勤恳敬业，宵衣旰食，成为官僚体系中的标杆和榜样。

正如他在《寒窑赋》中所说："吾昔寓居洛阳，朝求僧餐，暮宿破窖，思衣不可遮其体，思食不可济其饥，上人憎，下人厌，人道我贱，非我不弃也。今居朝堂，官至极品，位置三公，身虽鞠躬于一人之下，而列职于千万人之上，有挞百僚之杖，有斩鄙吝之剑，思衣而有罗锦千箱，思食而有珍馐百味，出则壮士执鞭，入则佳人捧觞，上人宠，下人拥。人道我贵，非我之能也，此乃时也、运也、命也。"

他把一切变化归结到"非我之能也，此乃时也、运也、命也"。

吕蒙正在太宗和真宗两朝为相，显露了他超人的执政能力。

北宋至钦宗为止共九朝，共任命宰相九十四人。其中像赵普、吕端、晏殊、文彦博、富弼、王安石、司马光等都是当朝名士，不仅才华出众，而且有极为突出的政治能力。这些人极大地推动了宋朝的经济文化发展，使其在短短几十年的时间里，把一个凋敝混乱的乱世变成为中国历史上少有的繁荣昌盛的国家。

反观比宋朝早建国五十多年的契丹国，一直没有文官宰辅，皇帝一人乾纲独断，尽管历经数朝，发展一直缓慢。直到辽景宗时代，承天皇太后萧燕燕独揽朝纲，重用韩德让，才使国家形势有所改观。这是否说明萧太后重视文官之道，难以定论，也许是恰巧一个情人的组合，成就了契丹国的鼎盛。韩德让成为承天皇太后的当朝宰辅，是契丹成功的重要因素之一。

契丹国鼎盛时期，其繁华可与宋朝媲美，加之它国土辽阔，占据着联通西域之便利，南有宋朝，西有夏国，把宋朝压缩在一个狭小的空间里，使其无法向北延伸。故而西方所知只有契丹，而不知有宋。至今，国外有许多国家称呼中国便是契丹，就是最好的证明。

宋朝自“杯酒释兵权”之后。再无领导军队的杰出人物出现，除了杨家将之外再无能够抵御外侮之将领。尤其在“澶渊之盟”后，国家无战事，文恬武嬉，高枕无忧。国家更是重文轻武，最终让宋朝吃尽了苦头。

看来，发展经济，改善民生，只要政策对头，放手让百姓自谋生路，民间会有万万千千的良谋善策。凡三五十年必见成效。

像秦亡汉兴，按“黄老之道”几十年与民休养生息，便可出现“文景之治”，就是证明。

有辽以来，从耶律阿保机建国到耶律隆绪的统和年间，也不过百余年。由于萧绰和韩德让的远见卓识，把辽国也建设得繁华似锦。

有宋以来，发展经济，改善民生，颇具成效。政通人和，人心思定，一心谋生计，一心谋发展，繁华盛世不久也可以出现，而且已经出现。

但是，宋朝的发展是一条腿的金鸡独立。它从宋太祖时就缺了一条腿，那就是常备武功。

这也难怪，纵观五代各国，唯一的规律就是节度使当皇帝。换句话说就是谁掌握军权，谁就能当皇帝。

朱温如此，李克用如此，石敬瑭如此，郭威如此，就连赵匡胤本人也是如此。这几乎成了一条不变的规律。

事情的可怕不是你想不想造反，而是你有没有造反的能力。只要你具有了这个能力，那就成了当权者的心腹大患，必须予以打压。

这就是“杯酒释兵权”的起因。

按照五代十国的经验教训，军人，特别是拥有兵权的军人，必然变成罩在皇帝头上的阴云。

有了这样的担心，有宋一朝必然是重文轻武，甚至可以说是“崇文恐武”。

中原虚弱，朔北必强。

正因为中原可欺，才让辽、金两朝不断坐大，不断侵袭。这些袭扰都是武力犯境。可偏偏文弱的宋朝皇帝却轻视了它们，开始以为它们就是侵扰边境，花些钱帛便可万事大吉，反正国库里有的是钱帛。

宋朝，没有哪个皇帝能正确判断形势。一再错误地估计对手的胃口，原来，敌人不仅仅是要钱帛，还要锦绣江山。

幸亏有“澶渊之盟”，有辽一代，宋朝还能维持江山一统。到了金代，宋朝从没有谁能够抵御金人的进攻。

北宋灭亡，已在情理之中。

看来，文官之道是治国方法，忽略武备，断送防御能力，将会带来灭顶之灾。原来，文治与武功缺一而不可。

不仅要国富，还要兵强，才是万全的治国之道！

第十六章

杨延辉

赵匡义费尽心机盗得传国玉玺，却在半路遗失，这不仅让当事人赵匡义百思不得其解，就连跟随的亲兵、细作也都是一头雾水。

幸好，回国的时候赶上柴荣去世，这一桩无头案再也无人追问，赵匡义才算脱得干系。

可是，他禁不住向他哥哥说起此事，赵匡胤也觉得纳闷，世上真有这样的高人？神不知鬼不觉地就把玉玺取走？

当他做了皇帝之后，他也想到证明自己是中华正统的事情。他关照赵光义（为了避讳赵匡义改“匡”字为“光”字）还要留意传国玉玺的下落，一旦有消息就要千方百计地夺回来。

那么，在那天晚上传国玉玺到底让谁取走了呢？

陈小小。

是陈小小取走了传国玉玺。

陈小小十来年学到的少林功夫不是浪得虚名。

当赵匡义提出要看玉玺的时候，陈小小就断定他们要图谋不轨。在给弟弟写了封信之后，他便尾随赵匡义到了京城，接着又到了捺钵之地。

对于传国玉玺，陈家从陈小那一代就有自己的观点，就是要送给有道明君。至于耶律阮在陈小的心目中算不算有道明君，虽然还有疑问，但是他毕竟到了踏白营，至少把玉玺交给他，可以激励他成为有道明君。

可惜，他英年早逝。

玉玺落到睡王手里，让陈小心有不甘。尽管那时他年事已高，还是不停地叨念：“不能让这样的昏君把持玉玺。”

那个时候，陈小小就和父亲商量拿回玉玺的办法。

虽然是二弟亲自保管，也不能就大摇大摆地拿回来。

要等时机。

终于等到赵匡义盗走玉玺，陈小小决定抓住这个机会，把玉玺收回来。这是父亲的遗愿，哪怕就是送给大周，也要送到明君手中。

想不到传国玉玺的出现，竟然让陈家两代人打消了国家和民族的界限。

带着玉玺回到踏白营，他把韩德让、陈小乙和两个孩子都找到近前。对他们宣布，传国玉玺又回到陈家，就像老人所讲，这乃国之重器，不是私人所藏，一定要把它送给有道明君，这明君不管是南朝还是北国。

韩德让道：“传国玉玺关系国家气运，国体兴衰，当今皇上昏聩不醒，国玺失落，对他也是一个警戒。”

陈小乙道：“他每天只顾吃喝玩乐，才不管什么国体不国体。我与他报告传国玉玺丢失，他竟然说道，大契丹国才不稀罕中华正统，大契丹要建立自己的正统。”

陈小小道：“既然如此，小乙不妨借机辞去光禄大夫之职，回到踏白营，教后生们习武，一来强身健体，二来有事也好保护家园。”

陈小乙点头。

韩德让道：“听说大周被赵氏所篡，改国号为宋，近日，我将带一批货物南下，看看与宋国交易如何。”

陈小小道：“南朝朝廷走马灯似的你上我下，全无规律。此刻最好观望一阵，再做定夺。”

韩德让道：“这几年我一直在观察南朝的形势，眼见大周在郭威和柴荣两人手中繁荣昌隆，远比别的朝廷志向远大。可惜，两个人都命短，这个赵匡胤登基为帝，要能继承大周之事业，将会事半功倍，我倒想看一看。”

陈小小见他执意要去，便答应任他挑选货物，带到南朝或是贩卖或是交换，由他全权处理。

韩德让要带马匹到南朝贩卖。

陈小小给他挑了五十匹马，其中有五匹西域马。这五匹马身高腿长，比草原马高出半个身位。

第二天，陈小小早早就来到马场送行。

韩德让与陈小小拱手而别，带领马队出发。

事实上，这些年韩德让在踏白营没显出作用。他只是作为总管副手，管一些别人不愿管的事情。想想爷爷和父亲在世时的教导，是让他饱受磨砺，将来还要回到京城做事。这次，他想要借大周改宋的机会，到南朝闯荡一番。

出了幽州大道向南，一路上晓行夜宿。这一天走到一个三岔路口，韩德让只顾在马上打盹，赶马的伙计便将马队赶入了另一条路，走到傍晚才知道走错了路，进入了汉国境内。

在踏白营就听说，汉国和大周是死对头，汉国多次从辽国借兵攻打大周。想到两国关系融洽，做生意也必不会为难，便驱赶马群直向云州（大同）而来。

来到城郊，却见几队士兵正在野地里操练，几员小将在周边空地上比试刀枪。看见马队经过，几个人纷纷驻足观看。

只见有一员身穿白袍的小将看见了西域马，便纵马跑了过来，来到马队旁，他抓住一匹高头大马一纵身离开了自己的马，跳到了西域马背上，猛地一挥手中鞭，打痛了西域马，那马亮开四蹄奔跑起来。

这一跑，整个演兵场都不再演练，大家都在看那匹飞奔的马。

“好骑术！”韩德让不由得赞叹。那西域马没有马鞍，没有缰绳，骑在光溜溜的马背上，肆意奔跑，该是何等了得。

韩德让只得带住马群，站在路边等候。

跑了一阵，那匹马渐渐放慢了速度，最后缓步回到马队前。

白袍小将跳下马来大声问：“这马要多少钱？”

韩德让道：“将军要买，一切好商议。”

说话间，那几员将军也围拢过来，大家对那几匹西域马赞不绝口。

只见那员小将来到一位将军面前道："大哥，咱们买不起，可以问问他交换什么行不？"

那位大哥道："四弟，这得要跟爹爹商量才行。"

小将来到韩德让跟前道："你随我回家问问我爹。"

韩德让答应，便赶着马群向云州城走去。

那些操练的士兵也收了队，跟在马群后面步调整齐地走着。

云州城里也煞是热闹，其中也有不少契丹人在做各种生意，但是，像这样成群马队的交易还是很少。

进了城，走过几条马路来到一座兵营门前。几个人先跑进营中，接着又跑出来，打开营门，让把马群放进去。

马群进了营区，集中站在一块空地上，几个年轻将军簇拥着一位老将军走了过来。

老将军朝韩德让一拱手："在下杨业，幸会。"

杨业？不就是金刀杨令公吗？这么有名的将军会先跟他拱手。韩德让急忙还礼："杨老将军久仰，久仰。"

杨业问道："你这些马想交换什么？"

韩德让道："既然是杨老将军看上这些马，那就看你们的方便吧。"

杨业道："这些马匹都很健壮，这得要汉国从全国集结物资，我知道你们北国想要绫罗绸缎、瓷器、茶叶。这些虽然云州不产，但是，我云州仓库存货甚多，可具体商议。"

当晚，韩德让夜宿军营。由杨业大儿子招待吃住。

饭后，那员白袍小将抱着一个马鞍来找韩德让，他想给那匹西域马配上鞍子，到营外跑一圈。

韩德让答应，并要与他同去营外。

两人备好马，一起走出营门。

路上，他告诉韩德让，他是杨老将军的四儿子，叫杨延辉。今年十五岁了。

韩德让告诉他："西域马虽然高大威猛，但耐力差，有时反而跑不过草原马。"

杨延辉说："就是平时训练队伍时骑着有威风。"

两人来到一片空地，杨延辉纵身上马，撒开缰绳，让那马围着空地尽情奔跑，连续跑了几圈，才依依不舍地停了下来。

韩德让见他如此喜欢这匹马，便道："小兄弟，你是将门之后，需要有一匹好马，既然你如此喜欢它，我就送给你如何？"

杨延辉愣住了，半晌才说道："这匹马得好几十缗钱，太贵重了，我不能要。"

韩德让道："宝剑赠壮士，宝马送英雄。"

杨延辉立即翻身下马，他拉着韩德让的手道："我不知该怎么谢你。"

韩德让也下了马："不必谢。我大你十多岁，就算我有个小兄弟吧。"

夜空如洗，繁星满天。

两个人坐在一根倒木上唠起了家常。杨延辉告诉他，他有七个兄弟、两个妹妹，都在练习武艺。他和哥哥曾经到少林寺习武……

韩德让告诉他，他是蓟县人，在契丹国已经是第三代了……

隔了几天，军营里集中了许多绫罗绸缎还有茶叶、瓷器、药材，作为马匹的等价交换，双方结账。

分手时，老令公把一个拳头大的玉雕观音送给韩德让，告诉他，这是唐人碾玉，做工精巧，望你好好保管。

韩德让知道像这样唐代的精致碾玉观音，其价值不亚于那一匹马。

杨延辉把一枚金币塞到韩德让手中，悄声告诉他："别花，留着做个念想。"

韩德让禁不住抱住了这位小兄弟……

在后来的几年里，韩德让的生意多在汉国进行，他与杨家人也越来越亲密，甚至杨家帮他把生意做到南方。

又过了几年，韩德让被调往京城，还是负责经济贸易，但是，却不能再去汉国。

后来听说汉国被宋朝所灭，老令公投降了宋朝。

灭了汉国之后，宋人急于想夺回燕云十六州，屡次对辽国发动攻击。几年间，宋军进攻屡有小胜，而无大胜。最终难免惨败。

究其原因，虽然复杂，但总是有迹可循。

首先是立功心切，每个将领都知道皇帝的愿望，就是收复燕云十六州。谁都想讨皇帝欢心，因此，见到机会就打。辽军早已看透这步棋，这种机会常常是辽国巧设的埋伏和陷阱。

此时，辽国的皇帝睡王被下人杀死。耶律阮的儿子耶律贤已经长大成人，在两个铁杆谋士萧思温和汉人高勋的辅佐下，在睡王被杀的地方宣誓继承大统。改元保宁。

耶律贤娶了萧思温的女儿萧燕燕为皇后。

萧燕燕，名叫萧绰，在耶律贤执政的时候经常为其出谋划策，使朝廷逐渐清除弊政，薄徭轻税，与民休息，使辽国日益强盛。在耶律贤生病期间，萧燕燕经常代他处理国事，井井有条。在此期间，萧后见到韩德让的呈文，历数朝中弊政，一针见血，劝皇帝罢猎，语气中肯，遂升其为内廷大臣。

据说，韩德让和萧燕燕从小青梅竹马，两个人好像是初恋情人。但是，由于父母之命，萧燕燕嫁给了当朝天子，成了一国皇后，但是，两个人的感情还是藕断丝连。

耶律贤病故，谥号景宗。景宗的儿子耶律隆绪十二岁，继承大统，改元统和。

当时，萧燕燕可以说是孤儿寡母，许多耶律家的王公贵胄无不窥视王位。韩德让日夜带兵维护京畿，保护十二岁的耶律隆绪顺利登基。

萧太后为了笼络韩德让，便说，我的儿子就是你的儿子，遂让韩德让出入后宫而不避讳。

这样的消息传到宋国却荒腔走板，说是辽国皇帝新丧，太后与大臣私通，朝纲紊乱，正是攻打辽国的好时机。

宋朝皇帝无不为收复燕云十六州痛伤脑筋，以为这样大好时机不能错过，遂派三路大军伐辽。

辽国派大将耶律休哥迎敌。

最惨烈的一路是杨令公带领他的几个儿子，在幽州城边打的一仗。

那一仗被后人称为“七狼八虎闯幽州”。

那一仗，辽军大将耶律休哥在高粱河附近设下埋伏，截断杨家将退路。杨家将身陷重围。

那一场厮杀，直杀得天昏地暗，星月无光，杨家几个儿子相继战死，只剩下老令公被团团围在两狼山。

最终，老令公碰碑身亡。

那一仗，耶律休哥坐镇踏白营，作为后勤总管，韩德让一直在耶律休哥身旁，参与军事部署。

从战役一开始，韩德让就觉得心神不宁。

他知道此役对阵的是杨家将，他一直担心那个小兄弟的生死存亡。

战役结束，辽军打扫战场，一群俘虏被押解到空场。韩德让赶过去看。至少，他希望能从俘虏口中得知些杨家消息。

出乎意料的是他在俘虏群中发现了杨延辉。

他被五花大绑，在俘虏中显得格外突出。十多年时光，他的脸上已经没有那种稚气，只有杀气。韩德让一见到他，禁不住心怦怦急跳，他命令押解俘虏的军官："把那个人带出来。"

军官诧异地望着他："韩大人，他是一员悍将，杀了我们十多个将士，得把他凌迟处死。"

韩德让道："一定是误会。他是我的表弟，我要劝他归降。"

那军官把杨延辉带到近前，杨延辉也认出了韩德让便说道："大哥，救我。"

韩德让吩咐："松绑。"

军官为杨延辉松绑。

韩德让把他带到素王府，在路上，他告诉杨延辉，不能承认是杨家将，那样将无法保命，就说是流落南朝的回纥人，名叫木易。

到了素王府，见到了陈小小。

因为年事已高，陈小小已经不再理事，一切事务都由他的儿子陈耕南和陈耕北打理。

陈氏兄弟见到哥哥韩德让送来一员降将，想必是有特殊关系。便命人侍奉更衣、洗浴、髡头……

等到再见面，此人已是契丹人打扮。

在素王府住了几日，韩德让把杨延辉带回了京城。

木易变成了韩德让的贴身“秘书”。

因为经常陪着韩德让进宫，萧太后见木易相貌魁伟，彬彬有礼，遂起怜爱之心，着意将自己的侄女铁扇公主嫁给了他。

随着韩德让越发得宠，许多风言风语也不时传来，一个汉人何以得此宠幸？

太后听了，随即赐韩德让名为耶律隆运主管南北两院及朝中诸事，可谓位极人臣，这样大胆的封赏，反而堵住了那些人的嘴。

随着宋军两次大败，辽军实力占了上风，统和十五年宋太宗晏驾，赵恒继位，改元咸平。辽军继续南下攻城略地，宋军奋起抵抗，双方在中原地区相互拉锯。

宋景德元年，萧太后和韩德让亲自领兵南下，他们绕开城池，直线进击很快就到达黄河边上的濮阳。赵恒决定御驾亲征，双方在濮阳对峙。

也许，连年征战，让韩德让想到了双方交战的利弊。

也许，征战的结果不是你死就是我伤，这一切都让韩德让感到厌倦，他听说杨延辉的六弟杨延昭也在军中，便找来杨延辉，让他偷偷化妆到宋朝军营去见其六弟，与宋军首领探讨宋辽双方可否议和。

议和，韩德让虽未与萧太后商量，但是，如果真能议和，他相信他能够说服太后。

杨延辉化装成一个商人偷偷越过了宋辽警戒线，来到了宋军营中，见到了六弟杨延昭。

兄弟见面抱头痛哭。当晚，两人去见随军而来的宰相寇准，言及韩德让试探双方可否议和之事。寇准道：“议和乃是万全之策，要能促成，我朝当然愿意。”

杨延辉带着寇准的说法回到辽营，向韩德让做了禀告。

此时，双方阵前开战，辽军大将萧挞凛中箭身亡。

辽军士气大挫，承天皇太后萧绰也一时没了主意。韩德让出面稳住辽军阵脚，一面说服皇太后与宋军议和。

本来，萧太后想要直捣宋京开封，但，大将身亡，没有了冲锋陷阵的勇将，让萧太后无计可施。

如果退兵，怕宋军乘胜追击，继续对峙下去，又怕粮草不继。听到韩德让说和宋军议和，萧太后陷入思索。她权衡利弊，最终拍板，议和！

双方经过几个回合的谈判，终于签订“澶渊之盟”。

作为韩知古的后人，韩德让在宋辽两国连年征战的时候选择了议和，为两国争取到一百多年和平相处的环境。

罢征战，息干戈，利国、利民、安天下。

澶渊之盟的消息传到踏白营，陈耕南和陈耕北找出了传国玉玺。

在他们两人心目中，承天皇太后便是有道明君。尽管他们年事已高，但两人决定要携传国玉玺去京都，献给皇太后。

传国玉玺重现世间，这一消息引得全国沸腾，许多人要赶往京都，一睹玉玺风采。

陈氏兄弟携玉玺来京都的消息，早已有人报到皇宫。承天皇太后感到极大的褒奖，这褒奖既是来自民间也有天意，竟让她一夜难以入睡。

第二天，韩德让在城外十里长亭迎接。

三人见面，无限唏嘘。

承天皇太后搭甘霖台迎接传国玉玺。

玉玺摆在甘霖台，供士农工商瞻仰三天……

第十七章

兴平公主

当陈耕南和陈耕北两个人都步履蹒跚的时候，他们的孩子陈树和陈木掌管着踏白营。此时，踏白营已经经营了差不多一百年。

从陈老爹算起，陈树和陈木已是第五代了。

陈家还是老规矩，生了男孩在七八岁的时候就要送到少林寺习武。多者七八年，少者五六年，再回到踏白营读书。

陈树和陈木的孩子已经从少林寺归来，正在学堂里读书。

正是陈树和陈木这两个年近四十的人，主持着踏白营的经营业务，这里商者云集。每天都有十几个商队进驻，也会有十几个商队出发，客商流转是踏白营兴旺发达的标志。

今天有一个商队从西北地区回来，他们带来了几个党项人。

党项人一直居住在大西北的祁连山中，很少进入中原，特别是踏白营还是第一次见到党项人。

陈树招待他们吃饭。

席间，他问到党项人的来历。

这几个人的头领叫乌吉，大口吃肉，大碗喝酒，显得十分豪爽。

酒过三巡，他讲起了党项人的历史：

一百多年前，他们住在青海湖附近，但是吐蕃人从青藏高原杀将下来，把他们赶到祁连山一带，幸亏当时的唐朝收留了他们，给他们土地，让他们耕种、放牧。

在唐朝的长安被造反的黄巢攻占后，是党项人把黄巢赶出了长安。党项人成为戍边的都督，节度使。可惜，唐朝灭了，不存在了。党项人要找自己的出路。党项人中出了一个大英雄名叫李元昊，他想领着党项人建立自己的国家。

党项人到幽州来是想看看有没有可交易的货物，还要到辽国的京城去，向大辽皇帝递交李元昊的一封信。

在党项地区有高大强悍的西域马，还有纯种的草原马，可以用中原的粮食交换，也可以用布匹交换。

陈树当即拍板，用五百车粮食，交换三百匹草原马，一百匹西域马。这五百车粮食一个月后由朔州起运。

双方当即签署了备忘文书。

党项人在踏白城住了两天，便起程去京都。陈树则动身去朔州筹办粮食。

一个月后，陈树押解着五百辆大车粮食，从朔州浩浩荡荡出发，直奔西边的夏州。踏白营在辽国境内运送货物就是官运，所经各地均要施以保护。

到了夏州交接粮食，清点马匹，陈树初略地了解了这里的情况。李元昊是这里唯一的首领，他的话，就是圣旨，无人不从。

夏州城市井繁华，颇具规模。李元昊准备建国，为了表示对大辽友好，他愿娶大辽皇帝的姐姐兴平公主为妻。

陈树赶着几百匹马回来的时候，接亲的队伍也随后出发。

皇帝姐姐出嫁也是国家大事，宫廷里外一阵忙碌，两个月后送亲的队伍择吉出发。

统和与太平年间已是辽国最为繁盛的年代，中京与五京互为依托，经贸西可联通西域，东到朝鲜日本。尤其是各方结算均以金币为主，更是吸引无数远方客商。由于与东、西方贸易已被辽国完全垄断，宋朝许多客商便涌到辽国来，采购西域的货物。

为了显示大辽实力，送亲的队伍极为豪华。旗帜、车辇、仪仗文武官员，送亲的队伍蜿蜒一里多长，到了大辽边界，李元昊亲自带着迎亲的队伍来接。

半个月后，李元昊宣布称帝，立国号为大夏，建都城为兴庆府，并举行隆重、豪华的婚礼。

送亲的队伍回到辽国，从夏国传来消息，李元昊册封的皇后并非兴平公主，这让大辽皇帝十分不快。但是，木已成舟，米已成饭，也只好忍气吞声。

元昊称帝后，上表宋朝，要宋朝承认其称帝合法，认同夏国并建立邦交。这一切都遭到宋朝严词拒绝。宋朝下诏削夺赐姓官爵，双方停止互市贸易。并在边关张贴告示，悬赏捉拿李元昊，有斩其首级者赏千金。

元昊大怒，决心与宋朝势不两立。

宋夏贸易断绝，严重影响了夏国的经济生活。李元昊又把主意打到辽国。

鉴于对兴平公主遭受的不公待遇，辽国大大缩减对夏国贸易。南院大王韩德让的儿子韩诗忠特地派人到踏白营转送他的一封书信。

信中说为了惩戒夏国，皇帝拟与其断绝贸易。考虑到民间互市，不宜停止，可以金币交易为前提，对其限制。因为夏国初建，金币匮乏……

陈树和陈木看了信札表示一切照办。

看来，自澶渊之盟后，宋辽两国已有默契配合。

夏国穷凶极恶，连续对宋朝发动战争。三川口战役、好水川战役、定川寨战役，夏国均大获全胜。然而，三年激战耗费了夏国大量物力财力，破坏了农业的正常生产，使畜牧业繁殖经营受到打击；朝贡的停止、榷场的关闭、贸易的断绝，使得西夏急需的日用品如茶叶、布匹、粮食等物价飞涨，民怨沸腾。不得已，李元昊提出与宋朝议和。

宋朝虽然三战皆败，但并没有伤筋动骨，议和条件依然苛刻。经过一年多的谈判，双方订立合约，夏国再次向宋朝称臣。双方恢复互市贸易。

孰料，一年后，夏国竟然派兵占领辽国边境城镇。辽国皇帝先是派使节质问，回答竟然说这些城镇本为夏国领土，当初被辽国无理强占，而今夏国成立，理当收回。

似这等强词夺理，让辽国皇帝大为恼火，遂派兵征讨，双方在边界大战。李元昊采取诱敌深入的办法，诱使辽军深入祁连山腹地，然后四面出击，杀得辽军大败而归。

边境城镇没有夺回，反而损兵折将，辽国皇帝气恼至极，时刻准备再发动一场战争，以雪前耻。

对外与宋、辽交恶，对内疑心重重，李元昊开了杀戒。

广运元年，元昊生母卫慕氏一族的首领山喜密谋杀害元昊篡权，机密泄漏后，元昊一怒之下把他沉到河底淹死。元昊还把他的生母卫慕氏、妃子卫慕氏以及和妃子生的儿子一起残忍杀害。

大庆二年，大臣山遇惟亮因与元昊在处理和宋朝的关系方面持不同意见，也被元昊设计杀害。从此，朝野上下，噤若寒蝉。晚年的元昊逐渐从一个令人敬仰的英雄，堕落成沉湎酒色、不问政治的荒淫暴君。

李元昊娶兴平公主纯属政治联姻，他对兴平毫无爱意，兴平几年来在宫廷备受冷落。她几次想要回辽国探亲，元昊执意不允。最近传来消息，说是兴平公主因为与元昊顶嘴，被囚禁在一所寺院之中，恐有杀身之祸。

这一天，韩诗忠亲自来到踏白营。他向陈树、陈木传达皇帝密旨。要踏白营以民间贸易为名赶赴夏国，打探公主下落，必要时可以动用武力将其救回。

二陈领旨。

接下来是商议对策。鉴于陈树与夏国有过交往，与一个管贸易叫乌吉的人关系友善，可以私下交易绸缎的名义进入夏国。

陈木等人扮作仆从和伙计跟随。

装了三百匹绸缎，车队出发，取道云州（大同）前往夏国。

到了夏辽边境，陈树与辽国边境军官研究拯救公主事宜，并约定，以山坡狼烟为号，辽军突入夏国境内救出公主。

进入夏国境内，陈树发现夏国军人对商队不甚友好，要去夏国京都，一路必须由夏国士兵押送。

陈树吩咐仆从不得离队，小心看护商品，才在一队士兵押送下徐徐前行。

一路上陈树要安排这队士兵吃饭住宿，这些士兵还在宿营时偷走了一车绸缎。好容易到了夏国都城找到乌吉。

乌吉已是夏国的监军使，因为夏国皇帝控制严格，他已不敢私做这桩买卖，便向元昊报告。

夏国因为与辽宋两国交恶，贸易往来几乎断绝。李元昊见到这批绸缎十分高兴，便在皇宫接见陈树，以示优待。

李元昊长得威猛高大，高鼻黄眼，颧骨很高，一副异族形象。他穿着黄缎子锦袍，说话时两手总是在不停地做着手势。

他问辽国的贸易制度，是不是不准许跟夏国贸易？

陈树答道："辽国没有禁止与夏国贸易，是出于对夏国的反感而减少了贸易。"

李元昊竖起眉毛，用手指着陈树道："你说！为什么对夏国反感？"那气势有些咄咄逼人了。

陈树从容答道："在辽国人眼中，夏国人不甚友善。"

李元昊又问："何以见得？"

陈树把手一摊："只是感觉而已，不过在下对夏国一直信任有加。"

李元昊问："为什么？"

陈树道："不然我不会因为与乌吉相识而运绸缎前来。"

李元昊道："你回答问题很会躲闪，你想换回什么？"

陈树答道："祁连山的木材，还有女人用的胭脂。"

李元昊答应在一个月内把木材和胭脂装车，由乌吉押运送到踏白营。他希望这样的贸易能够继续。

陈木等人则分头到几家寺庙寻找兴平公主的下落。

傍晚时分陈木等人回到驿馆，述说寻找情形。

京都共有六座寺庙，只有岩积寺有禁军把守，想必公主一定关在那里。

陈树决定夜探岩积寺。

岩积寺在城北方郊外一座小山的山坡上。庙前有广场，散放着十几匹马。显然是禁军们的坐骑。

因为是依山而建，在山下即可看到整个寺院的格局。由山门拾阶而上，分别是前殿，大雄宝殿和藏经楼，东西两侧贴墙而建的是十几间厢房。不知公主会囚禁在哪里？

夜深时，几个人身穿夜行衣，神不知鬼不觉地离开驿馆，来到岩积寺庙墙外。

几个人翻越墙头进入寺中，只见东北厢房门前站着一个士兵，显然，公主一定就囚在那间厢房之中。陈木悄然来到那个士兵身后，点了他的死穴，几个人推门而入。

屋中昏黑一片，陈树打着火镰，床上一个女人惊讶坐起。

陈树已认出此女即是兴平公主，遂单腿跪地："请公主起驾，随我们回大辽。"

不料公主却执拗地说道："我命该如此，不能回去。"

情势紧急，陈树上前点了公主的哑穴，急命陈木："背上，快走！"

陈木上前背起公主，出了房门。

众人从后墙跃出庙外，早有几个人牵着马在那里等候。

陈木等人上马飞奔而去。

陈树等人回驿馆歇息。

第二天，夏国官兵实行全城搜捕。

陈树与乌吉签署备忘文书，一个月后，木材及胭脂如数运到踏白营。

夏都距夏辽边境两百里，陈木等人后半夜离开岩积寺，直跑到中午才到边界。见边境盘查甚严，便隐于山中放起狼烟。

辽国士兵见了狼烟，便有数十骑突破夏国防线，直奔山中而来。接到公主后，众人重新杀回边境，遂将公主带入辽国境内。

陈木等人护送公主抵达京都，辽国皇帝见到姐姐身形憔悴，禁不住失声痛哭。众大臣也无不唏嘘。

公主说她已看破红尘，想要找一个清净之地参修佛法。

韩诗忠建议她去木叶山。并说起当年爷爷韩知古如何让一男一女两个出家人去木叶山修建庙宇。他们用二百头羊，每头羊驮两块砖上山，历时数年，终于在沙漠里蹚出一条路，在山上修起一座庙宇。当年皇太后述律平就在那里安度晚年。

后来，这一对双修的高僧，百岁以后一起坐化，成为一代传奇。

皇帝择吉日送姐姐去木叶山。

陈木等人告别韩诗忠赶回踏白营……

第十八章

宋使

辽太平十一年，耶律隆绪晏驾，耶律宗真继位，改元景福。

鉴于萧太后和隆绪母子对辽国发展作出的巨大贡献，踏白营破例在营中举行祭奠活动。

陈树已经过世，陈木腿脚已不灵便，祭奠活动便由陈树的儿子陈其昌、陈木的儿子陈其福二人主持。

踏白营一百多人参加祭奠活动。

从陈小算起，踏白营已经经营了一百二十多年，到了陈其昌、陈其福这一代，已是第六代人了。

这一天，韩德让的孙子韩启明押解五千金币来到踏白营。这一行人，一共赶着十匹马，每匹马驮五百金币。

陈其昌、陈其福陪同韩启明来见陈木。

陈木刚刚过了六十五岁寿诞，正在素王府练习书法。

韩启明向陈木说明来意："我朝与宋朝实施货物交换多年，双方各取所需，十分便利。最近宋朝派人来说，他们要与外国做一次交易活动，外国人提出要以金币交换，宋国无许多金币，要与我朝交换。"

陈木问："他们用何物交换？"

韩启明答道："花样瓷器和花样玉器，皆为雕造精品。"他又说道："宋朝为贺新皇登基，特派大学士欧阳修与押解队伍一同前来。"

陈木惊讶地问道："欧阳修？是那个宋朝著名学士吗？"

韩启明点头："正是。"

陈木道："我正在默写欧阳修的《采桑子》……"他把韩启明带到书案前。

案上宣纸上写着几行字：

春深雨过西湖好，百卉争妍，蝶乱蜂喧，晴日催花暖欲然。

兰桡画舸悠悠去，疑是神仙，返照波间，水阔风高扬管弦。

韩启明见字体遒劲，张弛有度，可见陈木之书法已达一定境界。便夸赞道："叔叔写得一手好字。"

陈木道："山野村夫，粗通文墨，如果能够见到欧阳大学士，当要好好求教。"

韩启明道："新皇登基有人扬言要与宋朝重新开战，皇帝担心有人要对宋使无理，甚至担心有人要谋害宋使，以挑起两国争端。"

陈木道："宋使一旦住宿在踏白营，倒是应当多加防范。"

韩启明道："皇帝派一百禁卫部队，明日到达踏白营，由您根据地理形势派岗布哨。"

第二天，一百禁卫军来到踏白营，陈木按地域布防。

第三天中午，宋朝商队来到踏白营。宋朝朝贺辽天子登基的贺使欧阳修，也随同到达。陈木请欧阳修住到素王府。

午宴过后，欧阳修稍事休憩。下午与陈木谈论书法。欧阳修学识渊博，谈吐儒雅，让陈木钦羡不已。

韩启明与宋朝商队进行交接，查币数，验成色。

宋朝商队带来的物品皆为瓷中精品。多种花式，有和合二仙、八仙祝寿、福禄寿喜……

玉器皆为扬州雕工，玉质极佳，晶莹剔透，让人爱不释手。

晚餐后，陈木与欧阳修对坐品茶。谈古论今。欧阳修历数唐宋名家，让陈木大开眼界。二人谈论，兴之所至，欧阳修执笔书写《浪淘沙》一首：

浪淘沙

把酒祝东风，且共从容，垂杨紫陌洛城东，总是当时携手处，游遍芳丛。聚散苦匆匆，此恨无穷，今年花胜去年红，可惜明年花更好，知与谁同。

词中倾诉与陈木携手之谊，情真意切，感人至深。

当夜，朝中佞臣派来的刺客已到踏白营外，只见警卫森严，无从下手，只好悻悻而退。

第二天，欧阳修上路，与陈木执手而别。

一百禁军随队而去。

韩启明押解瓷器和玉器同路返京。

陈木将《浪淘沙》装裱后，挂在中堂，每日揣摩研习，自此，书法大有长进。

欧阳修出使，看到了辽国的风情人物，遂写下了《奉使道中五言长韵》：

地里山川隔，天文日月同。儿童能走马，妇女亦腰弓。度险行愁失，盘高路欲穷。山深闻唤鹿，林黑自生风……

辽国朝中反宋的佞臣伏诛，两国来往又得太平。

宋元祐四年，苏辙作为贺辽主生辰国信使出使契丹。苏辙此次出使的任务是祝贺辽道宗的生辰。消息传到踏白营，陈木让陈其昌备车，带着翻印的《眉山集》前往苏辙路过的地方拜见他。但因去晚一日，苏辙已走，只得遗憾作罢。

辽国也经常派遣使臣前往宋朝，每有使臣回国路过踏白营，陈木都请留住宿，打听使臣在宋朝的所见所闻。

熙宁年间，辽国派遣使者来到中原，朝廷命苏东坡接待。辽使见到苏东坡便说，在辽国有一绝对，多年无人对得上。

苏东坡道："愿闻其详。"

辽国使者言道："三光日月星。"辽使者认为，这是副绝对。因为联语中的数量词，一定要用数量词来对。上联用了个"三"字，下联就不应重复。而"三光"之下只有三个字，无论你用哪个数来对，下面跟着的字数不是多于"三"就是少于"三"。

谁知，苏轼略一思索，就对出下联："四诗风雅颂。"

辽使不得不拍案叫绝。

谈话间，室外雷雨大作。

苏东坡道："'三光日月星'，还可以对'一阵雷雨风'。"

想不到，在辽国称为绝对的对子，到了苏东坡这里连续对上两个，让辽使敬佩不已。

陈木将搜集到的两国使臣交往趣事，录在《辽宋使臣交往轶事》中，以彰显两国自"澶渊之盟"后的友好交往。

宋辽交好，民心所向。

数年后，陈木过世，韩启明赶来吊唁，将《辽宋使臣交往轶事》带往京都，续写诸如宋朝派来的使臣沈括、富弼来往于辽国的逸闻趣事，并刊印百册，分发大家阅读，可惜，此书已经失传。

咸雍元年，耶律洪基在位。重用佞臣耶律乙辛，害死皇后和皇太子，也把魔爪伸到了踏白营。

耶律乙辛来到踏白营查点账目，那时，陈其昌、陈其福已经过世，由第七代传人陈浩和陈琦主持营中事务。

账目查点没有发现漏洞，耶律乙辛命令要把账目全部带往京城再组织人来审查。其实，就是要断绝踏白营做生意之路。因为他下令在账目审查期间，不准与任何人有生意往来。一百多年的踏白营遭此打击，让陈浩、陈琦痛心不已。

两个人连夜进京，找到时任南院枢密使的韩启明之子韩炅，诉说此事。

韩炅感叹道："当今昏聩，每日只知游乐饮酒，在捺钵之地流连忘返。朝中大事决于耶律乙辛，倒行逆施，朝纲混乱。如果踏白营维系困难，也不要灰心。耶律乙辛有篡位之心，我等正搜集证据，到时候，将其彻底揭露，方能还天下以公道。"

就凭着这几句话，陈浩、陈琦重拾信心，他们相信韩炅不会轻言扳倒耶律乙辛，一定有重要的事实依据。

接到韩炅等人的密报，耶律洪基终于在晚年对杀死皇后和皇太子事件有所醒悟，察觉到是耶律乙辛的大阴谋，逐渐对其冷淡。

耶律乙辛恐事态暴露，准备逃往宋朝，终被以叛国罪问斩。

踏白营恢复营业，继续同宋朝和夏国进行大额贸易。马匹已列为军用物资，严禁输出，以辽国的金币购置瓷器和茶叶，仍然是大宗贸易的首选。

瓷器和茶叶由宋朝运至踏白营，结算后，再卖给辽国的客商，由于属于垄断经营，利润有三倍之多。

一天中午，一位年轻人骑着马来到踏白营，带着一位骑马的书童。年轻人皮肤白皙，举止文雅，一看就是一个读书人。他来拜见陈浩、陈琦兄弟。他自报姓名，叫耶律大石，是新科进士。

二陈兄弟热情地接待了他。

辽国自从开考科举以来，耶律家族的人很少有考中者。因为耶律家族的人天生就有封号，有的封王，有的封臣，根本就不用寒窗苦读。耶律大石是个例外，他自幼喜欢读书，长大后完全是凭着自身能力考中进士，他是太祖八世孙，也算耶律家族的佼佼者。

耶律大石说明来意：他在京城就听说在踏白营有一幅宋朝大文学家欧阳修写的字，他从京都赶来，就是来看这幅字。

二陈把他领到素王府的中堂。

欧阳修写的《浪淘沙》就挂在中堂。

耶律大石一见，惊讶地张大嘴巴："世界上真有这么好的字！"

二陈不懂书法，只是因为父亲喜爱，就一直挂在那里，想不到耶律大石竟然那么崇拜。

耶律大石让书童磨墨，铺开宣纸，他就开始临摹。他写了一张又一张，宣纸不够了，陈浩找出父亲当年用的宣纸供他临摹。

他一直临摹了三天。

第四天，他本来想走，又听说陈浩、陈琦兄弟少年时候曾在少林寺习武，便又留下来，与二人切磋武功。几天的接触来往，三个人觉得情投意合，便结拜为异姓兄弟。二陈年长，耶律大石被称为三弟。又盘桓数日，耶律大石要赶回京城，要去做翰林应奉。

二陈送出十里之外，三人挥泪而别。

那一年，耶律洪基撒手人寰。尽管他在生前曾千方百计想要延续自己的生命，比如，将年号改为大康、大安、寿昌，但最终还是难以寿昌。

因为太子已经遇害，便由他的孙子耶律延禧即位，是为天祚帝。耶律洪基一朝，已经将圣宗和承天萧太后所积累的鼎盛家业败得所剩无几，假如，耶律延禧能发愤图强，或许辽国中兴也有可能。可惜，耶律延禧是个只顾贪图游乐，热衷打猎，整年泡在捺钵地的昏庸之主，一旦有风吹草动，辽国必然难以招架。

暴风雨还真的来了！

公元 1115 年，远在东北的完颜阿骨打建立大金国，起兵反辽。先是在宁江州一役，大败辽军，接着又打败辽国的增援部队。貌似强大的辽国这般不堪一击，金国上下士气大振……

第十九章

西行

起初，金国反辽，契丹人并没放在心上，以为只是一股叛军，难成气候。孰料，宁江州大败之后，辽国皇帝亲率十万大军到宁江州灭敌，竟然也被金国打败，皇帝临阵逃脱，不知去向，举国大惊。

原来，那天祚帝是打猎能手，骑马的功夫早已练就，他一天能跑五百里，难怪辽军不知他的去向。

天祚帝认为面对金国咄咄逼人的强大攻势，逃跑是唯一可取的选择。他甚至命令大臣也备快马，与他一同逃跑。

此刻，宋朝犯了战略性的错误。金国兴起，辽国危殆，如果宋朝念宋辽两国百年好合，理当助辽抗金。可是，宋朝大臣童贯听了谗言，认为联金灭辽就可收回燕云十六州。遂与金国签订海上之盟联合灭辽。

反过来想，如果宋朝与辽国联合抗金，让辽国以返还燕云十六州为代价，也不是没有可能。可惜，这样的建议在宋朝不占上风，朝廷便发兵攻打幽州。

眼见宋军气势汹汹杀将过来，辽军却无将可派。

耶律大石临阵请缨。他率两千兵马出守幽州以南数十里的涿州。

途径幽州的时候，他让书童去告诉陈浩、陈琦兄弟，战争临近，加强防守。

陈浩、陈琦得知耶律大石在涿州屯兵，便带领三百人赶来增援。

陈浩到阵前掠阵，见宋军漫山遍野，立足未稳，正在扎营。建议耶律大石立即冲击，杀他个措手不及。

耶律大石调集人马，两千三百人向宋军发起突然袭击。

宋军远道而来，以为扎稳营盘，再去讨战，双方再行交手。不料，辽军突然杀将过来，宋军猝不及防，阵脚被冲垮，士兵听不到将令，将军找不到士兵，面对冲击只能溃退逃跑。

辽军一气杀出几十里外。

第二战，宋军再败，耶律大石得胜来到踏白营整顿兵马。

当天晚上，陈浩、陈琦和耶律大石三人对坐品茶。

陈浩、陈琦招呼三个儿子、两个女儿拜见三叔。

陈浩有两子，长子名陈英伟、次子陈英匡。陈琦的儿子名叫陈英达。

陈琦的女儿名叫陈英娇、陈英玲。

三个男孩都在少林学过武功。

耶律大石认为，战端已开，幽州肯定是搏杀战场，看未来形势，幽州未必守得住。踏白营大有名气，不论是金国还是宋朝都不会放过它。他建议二陈放弃踏白营，与他一起抗金抗宋。待平定江山之际，再恢复也可。

二陈点头同意。只不过偌大家业，总要有个清算，总要有个了结。他们愿把踏白营所有家产送给耶律大石，以做军队后勤之需。

耶律大石道："当今大辽分崩离析，还得由天祚帝号令天下，我要想办法找到他。"

第二天，他率领亲兵要回京都，二陈让三个儿子跟随耶律大石，作为左右护卫，一同前往。一路上溃散的辽兵听说是耶律大石路过此地，纷纷来投，行至夹山见到天祚帝时，大石已有七千多人马。

天祚帝命令耶律大石抗击金军。

耶律大石率万余辽兵抗击金军主力部队。

怎奈辽兵已是惊弓之鸟，见到金兵立即溃败，任凭耶律大石怎样激励也无济于事。激战中，陈英伟和陈英达与大石被冲散，陈英匡因保护大石被乱箭射中，伤重身亡，耶律大石被俘。

金兵抓获耶律大石如获至宝，先是侮辱他，折磨他，甚至把他拴在马后拖行。

金兵见耶律大石死不投降，遂将其拘押在营中。

陈英伟、陈英达杀出重围后，得知耶律大石被俘，一直在周围徘徊，他们要寻机救出他。

当夜，二人施展轻功，潜入金军大营，寻到了看押耶律大石之处。二人杀死看守金兵，将耶律大石救出，上了预备好的战马，一路向西奔逃。

途中，遇到安顿了踏白营事务和妻女的陈浩，众人结伴而行。

陈浩告诉耶律大石，他留陈琦在踏白营留守，毕竟是一大摊家业，让他见机行事，以应万变。

耶律大石点头称是。

此时，辽国已是一片混乱，天祚帝在夹山被俘，大辽国宣布灭亡。

但耶律大石并不灰心，他知道在西边，隔着几百里沙漠，有一座可敦城，那里还有一支辽国两万人的戍边队伍，只要到达那里，就有复兴大辽的希望。

经过一个多月的长途跋涉，耶律大石带着队伍来到沙漠边上。

耶律大石在这里再次整顿兵马。要穿越沙漠必须有骆驼，有马匹，还得带上充足的水……

至于可敦城到底在哪里？谁也说不清楚。但大体方向还是知道的，整顿了三天之后，大队人马向沙漠深处进发。

沙漠里举步维艰，走两步退一步，白天炙热难耐，夜晚冷若冰霜，他们互相激励着，督促着，用了十天的时间终于走出了沙漠。

方向准确，可敦城就在不远处。

城里的士兵对国内发生的事情已有知晓，他们不知道该何去何从。耶律大石的到来，为他们指明了方向，跟着耶律大石，重新恢复大辽！

可敦城里几乎没有商铺，日用品极为缺乏，加上大石带来的万余人马，连吃饭的饭碗都难以凑齐。

耶律大石找来陈氏兄弟，让他们带上好马、土特产品到夏国去做生意，多带日用品回来。

积踏白营百余年经商经验，陈浩先是在可敦城里搜寻可以带到夏国的商品。除了西域马，这里只有兽皮和骆驼。无奈，陈浩决定拿出踏白营积攒之金币，作为买卖资本。

陈浩带领陈英伟、陈英达赶着马匹、骆驼带着兽皮和通关文牒，离开可敦城，前往夏国。

一路上晓行夜宿，东行半个月之后，进入夏国。

夏国为防西州回纥与黄头回纥关卡严密。幸好可敦城与夏国常有贸易往来，验过通关文牒，予以放行，一行人来到夏国西部最大的榷场。

西域马在夏国十分名贵，在榷场中显得十分突出，常常招人围观。

几匹马吸引了众人的目光。

有人开口问价，陈浩袖着手，捏着对方的手指在袖子里还价。

对方反捏着陈浩的手，进行讨价还价。两个人你捏我我捏你，还是没有成交。

这时，一个身穿官服的中年人走到近前，他不在袖里交易，开口就问："换几匹党项马？"

陈浩答道："一换四。"

官员道："一换三成交。"

在夏国，党项马是有标准价格的，一匹西域马，换三匹党项马，也就等于西域马有了价格。再由此换算其他商品，就能得出互换的价格。

官员道："把马牵走，你要的货物在榷场挑。"

榷场里有当地烧造的粗瓷器大碗，青盐、大黄、甘草等药材，几乎买断了半个榷场。当晚，他们住宿在榷场附近的旅店中。

第二天，陈浩掏出十几枚金币交给那位官员，他要买十匹党项马，好把这些货物运走。

第三天把货物装好，陈浩把陈英伟叫到近前，把余下的铜钱和金币交给他，告诉他要留在夏国，到各地搜罗瓷器、茶叶和布匹，等到他和陈英达把货物送回可敦城就立即返回来。

陈英伟点头答应，叮嘱他们快去快回。

陈浩赶着马匹骆驼启程。

陈英伟目送他们离开榷场。用不了几天，他与榷场的卖家都混得很熟。听他们说，夏国的首都兴庆府才是夏国货物集散地，应有尽有。

陈英伟骑着一匹党项马，登上了前往兴庆府的官道。一路上饱览夏国风光，倒也惬意。这一天到了兴庆府，他到几个榷场转了转，果然货物充足，粗细瓷器，各种药材应有尽有。他算着父亲返回的日子，大约得在二十天后，他想要好好逛逛兴庆府，再买货物也不迟。

来到兴庆府听到有些从宋朝逃过来的人说，金国灭辽之后，正在攻打宋朝。宋朝军队见到金国军队是望风而逃，现在，北方大部都让金国占领，宋朝亡国的日子也不远了。

兴庆府有几座庙宇，建造得庄严华丽。有几座建在远离城市的深山之中。陈英伟安顿好住处，第二天一早便骑马出了城。

走出老远，见有一条岔道直奔山顶，他想，这大概就是通往山上庙宇的路，便打马沿着小路上山。

因为年幼便被父亲送到少林寺，陈英伟对寺庙有天然的亲近感，他在少林寺习武的七八年间也曾被派去打扫佛堂。

夏国的寺庙多为印度形态，不论是寺庙建筑风格和建筑材料，与辽国都有差别，跟中原差别更大，山门为方形，庙堂也是多为方形。供奉的佛像大致相同，很容易就认出是释迦牟尼。他跪地拜了几拜，又参观了后殿和藏经楼，此时已到午间，禅堂有斋饭供应，吃过午饭，陈英伟牵马下山。

下山途中，看到山坡有一处风景极好，陈英伟便牵马过去观看，看了这一处，前面还有更好的风景，看来看去，离开上山的路径越来越远了。

看看太阳偏西，他急忙寻找下山途径。却不料走进了另一条山谷，山谷中也有一条路，他估计也能回到京城，便打马前行。

前面有一片密林，道路从林中穿过，他刚走进密林，忽听得前面传来一阵打斗的声音，间或夹杂着女子喊救命的声音。

强人劫道！

陈英伟立即打马向前。

在林中空地上，一辆带篷的马车歪在路边，有几个骑马的人在相互打斗。

原来是四五个骑马的强人在与几个士兵打斗，另外几个士兵倒在地上，显然已被杀死。

一个强人来到马车旁，他从车中抓出一位女子，那女子两手抓住车椽大呼救命。

一股豪侠之气陡然而生，陈英伟无法见状不顾，他拍马上前，直冲那个抢女子的强人而去。

冲到近前，他伸手抓住那强人的后脖领，一用力，把他从马上摔了出去。

那强人从地上翻身站起，见是一个二十出头的年轻人把他摔倒，恼怒之极，挥刀便砍了过来。陈英伟从马上跃起，躲过他的刀锋，挥拳朝他脑袋猛然一击，打得强人张着两手仰天倒了下去。

陈英伟捡起那强人的朴刀，朝着那几个强人奔去。

那几个强人眼看要把士兵打败，却不料陈英伟杀入，一刀削了一个强人的头皮，另一刀砍伤了另一人的胳膊，吓得第三个强人打了个呼哨，拨马便跑。

那倒地的强人，爬起来上了马，与几个强人一同逃之夭夭。

几个士兵向陈英伟拱手道谢。

陈英伟也拱手道："你们快赶路吧。"说着拨马便走。

忽听那女子在车中喊："请那位壮士留步。"

一个士兵拦着他的马头："请壮士留步，夫人有话要说。"

几个士兵把歪倒的马车扶正，陈英伟来到车前。

车帘挑开，原来车中是一位年近四十的女子，她惊魂稍定说道："壮士，请留下姓名，好容日后图报。"

陈英伟觉得出手相助理所应当，没什么可图报的，便道："我是可敦城的客商，来到兴庆府采购货物，不图什么回报。你们快走吧。"说完拨转马头，两腿一夹，那马飞奔而去。

赶回兴庆府已是傍晚，他找到那家旅店，吃了晚饭，与同宿的客商了解一下行情，便休息了。

第二天，吃完早饭，陈英伟来到集市，挑选货品，只见几个士兵迎面走来，一士兵见到他，大声喊：“就是他！”

几个士兵围拢过来，其中一人拱手道：“我家大人请壮士过府一叙。”

陈英伟纳闷地问道：“你家大人？找我何事？”

一士兵道：“昨天，你搭救了夫人，大人要谢谢你。”

陈英伟还想推辞，几个士兵连拉带扯便把他推出了集市。无奈，陈英伟只能随他们前往。

来到一座府邸门前，士兵在前面引路，把他带到了客厅。

客厅中坐着一个五十来岁的人，他看见陈英伟走进站起身来。

士兵介绍：“这位就是昨天搭救夫人的义士。”

那人拱手施礼表示感谢，接着又把他请到了书房。

书房一般是不会客的，陈英伟破例坐到书房，那位夫人就出现了，她仔细打量陈英伟，认定就是这位小义士救了自己的性命。

那位老者自我介绍，名叫李楚贤，原来他是夏国的中书令。

要想说清楚这位李楚贤的身世，得从夏国开国皇帝李元昊晚年说起。

李元昊建立夏国，晚年荒淫无道，霸占了自己的儿媳妇作为妃子，让他的儿子大为恼怒。李元昊的儿子私闯李元昊的寝宫，动刀削掉了李元昊的鼻子，数天后李元昊身亡。李元昊死前要立自己的弟弟为继承皇位之人，可他一死，外戚国丈没藏讹庞变了卦，要立李元昊两岁的儿子为君。实际就是要让没藏太后掌权。

李楚贤的父亲是当朝的中书令，也掌握实权，见反对无效，便依从了国丈的意见。

没藏太后年轻守寡，便养了面首，过了几年，又养了一个。第一个面首妒火中烧，执利刃把皇太后和第二个面首全给杀了。

十几年过去，两岁的孩子李谅祚长大了，要从国丈手中夺回大权。国丈不肯坐以待毙，便想要杀掉皇帝自己来登基坐殿。不料，机密泄露，国丈被诛。

李谅祚是个短命的皇帝，二十一岁病故身亡。那一年，李楚贤出生。

李谅祚的儿子李秉常继位，年仅八岁。还是太后专权。太后姓梁，本是南朝人，但是她比党项人还党项，多次发兵攻打宋朝，又挑起与辽国的争执。为了能永远执政，她把自己的侄女嫁给了李秉常，这样，当朝就有两个梁姓皇后。

李楚贤的父亲反对与宋朝开战，被梁太后贬职，到边远地区做一个守城的小官。他到了这座小城，鼓励农民开荒种地，发展对外贸易，几年后，这座小城变成了一个繁华的大城市。李楚贤接受良好教育，一天天长大。

老梁太后死后，小梁皇后专权，又对宋朝发起战争，后被打得节节败退，终于，在一次宴请辽国使臣的宴会上，小梁皇后饮酒中毒身亡。

是辽国使臣勾结夏国官员毒死了她。

两个梁姓女人双双身亡，梁姓的势力一落千丈，李秉常真正掌握了权力。李秉常去世后由李乾顺继位，李楚贤的父亲被调回朝中任国相。父亲去世后，李楚贤任御史大夫，接着李楚贤升为中书令，辅助李乾顺与邻国修好，对内减轻徭役，发展生产，几年下来已经颇有建树。

书房中只有三个人，李楚贤问陈英伟是哪里人？他如实回答："辽国人，现在随耶律大石到达了可敦城。因为那里缺少生活用品，特让我们来选购。"

夫人问："孩子，你哪里学的一身好武艺？"

陈英伟道："我七岁被父亲送到少林寺学武，十五岁才回来。"

李楚贤道："你要的货物我可以替你配齐，希望你能够住在我家里，我也好帮你买卖货物。"

陈英伟欢喜道："那敢情好。"

在书房谈话的时候，陈英伟没有注意，在书房另一门外有人正在窥看。

这是一个女孩，年龄只有十七岁，是李家的千金小姐。

当晚吃饭的时候，李楚贤就问陈英伟："英伟是否婚配？"

陈英伟摇头："年纪尚轻，无国无家，何谈婚配。"

这时夫人带着小姐走了进来，落座吃饭。

陈英伟偷瞄了李小姐一眼，只见她长着如花容貌，举止端庄，心里便怦怦跳了起来。

党项人处事简单明确，李楚贤便说道："我将小女许配与你，你要好生待她。"

陈英伟一时慌了手脚，不知该如何是好，便语无伦次地说道："对她好……

一定。”

那女孩大方地倒了一杯酒，端到陈英伟面前：“请郎君喝了这杯酒。”

瞧，这就称呼郎君了。

陈英伟喝了酒，心里平静下来，便提出，父亲不出半月便能回来，到时候再与父亲商定。

李楚贤道：“好，等你父亲来时就把婚事办了。”

隔了十多天，陈浩果然带着货物又来到夏国，李楚贤派人把他们接到兴庆府，一边商议办货，一边商量英伟的婚事。

陈浩大喜过望，当即决定，就在李府举办婚礼……

第二十章

完颜晟

金国人发现踏白营是在灭辽两年之后，当时，完颜阿骨打已经晏驾，由他的弟弟完颜吴乞买继位，完颜吴乞买又名完颜晟。

当时，金国正在全力攻打宋朝，完颜晟驾临幽州，他想参观谭枳寺，便带着一大帮随从来到幽州西郊，遂在谭枳寺附近发现了踏白营。

完颜晟看到了昔日的马场、存货的仓库，发现这里原来是一个辽国的贸易据点，便找主持人问话。

陈琦被找来见完颜晟。

完颜晟问这个地方的历史沿革。

陈琦也不隐瞒，便告诉他，这里是辽国运行一百多年的贸易货栈。现在人已走空。

当时，确实如此，踏白营的精壮青年都已经跟着耶律大石西征，剩下的都是老弱妇孺。

一个随从大臣问道："你与夏国还有什么贸易往来吗？"

陈琦答道："原来在夏国有贸易据点，现在已有两年没有交易了。"

另一随从大臣问："能否恢复交易？"

陈琦道："贸易是双方情愿，只要钱到货到，贸易立即就可恢复。"

完颜晟听完，沉吟片刻道："我需要一万条毛毡，限你一个月办齐。"

陈琦道："毛毡只有在夏国才能购到，一万条毛毡，费用不菲，不知要用什么

做交易？”

完颜晟道：“缴获大量金银器皿，这些东西不顶吃，也不顶喝，留它何用？明天全部送过来，让他们去换一万条毛毡毯。”金国初建，他们与他国尚未开展贸易，也不懂得艺术品的价值。

这一万条毛毡毯是前线战士急需的，进入冬季，天气严寒，金国士兵急需毛毯保暖。

陈琦道：“金银器皿在交易中不甚值钱，筹集一万条毛毡毯一个月的时间恐来不及。”

完颜晟问：“你说得多长时间？”

“请宽限一个月。”

“好，那就给你两个月的时间，毛毡买到直接送到前线。”完颜晟说完，起驾回了幽州。

第二天，五十名士兵押运着数十箱金银器皿来到踏白营。

这些金银器皿都是用骡马驮运而来，都是从契丹皇宫和王公贵族们的家中搜罗来的。其中不乏精品，经过点验，陈琦就与这五十名士兵押运着这些器皿上路了。

金国在灭辽之后，发现宋朝貌似强大，实际上不堪一击。君臣上下就有了新的打算，即南下灭了宋朝，实现幅员辽阔的大一统。

此时，宋朝收留叛金大将张觉，变成了导火索，完颜晟发动灭宋之战。他派勃极烈完颜斜也为都元帅，兵分山西、河北两路，最后会师北宋首都开封。在宋将李纲死守开封的情况下，双方签下宣和和议。

天会四年，金太宗以宋廷毁约为由，再派完颜宗望、完颜宗翰兵分两路进攻开封。

陈琦晓行夜宿到了夏国和金国的边境，那五十名士兵不能过界，只能在这边等候。陈琦便带着几个踏白营的人找到夏国官员，告诉官员，踏白营有一大批金银器皿要来出售，望能得到保护，平安到达兴庆府。

夏国官员倒是识货，收了两件作为礼品，便押着这批货物向兴庆府进发。径直运到了李楚贤家。

李楚贤因为与可敦城的物物交换，成了夏国在兴庆府的贸易据点，夏国官员把这批金银器皿送到这里也是理所当然。

听说是从踏白营运来了货物，在这里生活了将近一年的陈英伟急忙出来观看，他见到叔父陈琦，喜出望外，连忙带他来见李楚贤。

李楚贤得知是英伟的叔父到了，连忙设宴欢迎。席间，陈琦将这些金银器皿的来龙去脉说了一遍。

陈英伟一听是金国抢掠来的东西，便说道："金狗灭我大辽，这些东西不能再给他，我们把东西扣住，毛毡毯一件也不发。"

李楚贤不发言，他望着陈琦，听他怎么说。

陈琦道："踏白营经营贸易一百多年，讲的是信用往来。金国灭我大辽，实际是天道逆转。数十万大军一触即溃，实乃天意。这些金银器皿价值连城，就算是换三万条毛毡毯也不为过。"

李楚贤听出了陈琦的意愿，便说道："贤婿说的是国家兴亡，其实兴亡自有天数，岂是人力所为？陈老弟所言极是，我们给他一万条毛毡毯，已是大有便宜可赚，不妨就给他算了，也免得坏了踏白营的名声。"

陈琦点头。

陈英伟道："既然二位老人家都说生意照做，那我自然遵从。"

第二天，李楚贤上奏夏国皇帝。李乾顺一听，急忙来到李府查看，一见到这些金银艺术品，不由得喜出望外，他亲自下手挑选一件件精品送到皇宫，把剩下的一些分给大臣，李楚贤受到优待，分得六件精品。

皇帝把金银精品带回皇宫，连夜观看，把玩，一直玩到天亮。

李楚贤下令筹集一万条毛毡毯，几天后，陆续从夏国各地纷纷送到兴庆府。

这时，陈浩和陈英达赶着马队和驼队来到兴庆府，不料在这里见到了弟弟陈琦，兄弟二人各叙别后情景，少不了感慨唏嘘。

陈英达见哥哥留在兴庆府不但讨得了媳妇，还成了当地的名人，心中难免有些嫉妒，便私下里央求父亲带他到宋朝去长见识。

陈琦便向陈浩提出要带英达去宋朝送货。

陈浩觉得弟弟只身在外，没有亲人服侍，便答应了。

陈英伟不愿父亲一人回到可敦城，便提出要带着妻子随父亲回可敦城，待下次回来时，再带妻子回来。

商议妥当，第二天双方各道珍重，挥泪分手，兄弟两人押着货物各奔东西。

陈琦和陈英达押运马队在夏国官员的护卫下来到边境，那五十名官兵还在等待，交接之后，便押着驮运一万条毛毡毯的马队东行。

他们走出黄土高原，过太行、吕梁，听说金国与宋朝交战的战场在黄河岸边，他们又赶着马队南下。

一路上陈英达与那些士兵混得熟稔，甚至当官的还给他弄了一身金国的军服穿着。陈英达穿着军装在马队里跑前跑后，与官兵们嬉笑打闹，倒也显得十分融洽。

一路上晓行夜宿，这一天终于来到黄河边上。远远看见金兵大营无边无涯地驻扎在黄河边上。

因为天色已晚，找不到金兵主帅的大营，当夜他们就在一片营房边休息。

入夜，陈氏爷俩正在熟睡中，忽然被一阵击鼓声惊醒。起身一看，只见金兵中所有的士兵都站在一面面大鼓旁，轮番敲击大鼓。

二人诧异，不知敲击大鼓有何用处？

当夜，二人勉强睡下，等到第二天清晨，才知道，黄河对岸有十四万宋军，昨天夜里听到鼓声，早已吓得四散逃离。

第二天，金兵用小船载士兵渡黄河，一共渡了七天，大军才完全渡过河去。

陈琦虽然不是军人，但也看出了端倪，要是宋军对小船发起攻击。金兵绝对渡不过黄河去。

可惜，宋军听了那一夜鼓声，早已吓得四散逃离，贻误大好战机，却让金兵从容过河。

军队都已过黄河，黄河北岸留下一个以金顶大帐为核心的军事区域，想必被那些小帐篷环绕在中间的大帐篷，就是金军最高统帅的帐篷。

几个军官领着陈琦和陈英达朝着那个金顶帐篷走了过去。

一个军官进去报告，出来后招呼陈琦进去。

陈琦走进去发现是完颜晟坐在大帐中。

他单膝跪地向完颜晟报告：“一万条毛毡毯已经运到。”

完颜晟惊奇地看着他：“唔——是你回来了。这趟交易顺利吗？”他似乎不记得这个人，但是，说到一万条毛毡毯，让他想了起来。

“托皇上的福，交易顺利。”

完颜晟道：“你很讲信用，踏白营能为大金国干事儿吗？”

陈琦回答：“能。”

完颜晟吩咐：“给他一面银牌，让他回踏白营，等候命令。”

陈琦道：“暂不能收。”

完颜晟纳闷问道：“你为什么不收？”

陈琦答道：“货物未经点验，故不能收。”

完颜晟点头：“好！那就等点验完毕。”接着他吩咐一大臣：“你跟着前去点验，结果报我。”

货物点验完毕再谈其他，这本是交易的规矩。

陈琦按规矩办事，倒让完颜晟感到稀奇，他要等点验结果。

点验整整进行了两天，到了中午，陈琦和那位大臣一起来到金顶帐篷中。

大臣报告，点验完毕，一条不差。

完颜晟连连点头道：“你别回什么营了，在我这做官吧。”

陈琦道：“踏白营经营百余年，不能扔下不管。”

完颜晟道：“那你就等着，等到攻下汴梁，再拿些货物去换马匹回来。”

陈琦道：“夏国马匹禁止出境。”

完颜晟道：“这我知道，别人办不成，由你来办。”

陈琦道：“我也无法换回马匹。”

完颜晟面呈不悦：“你总会有办法。”他挥了下手：“下去等待，好生侍候。”

陈琦被领出了帐篷。

一句好生侍候，改变了陈琦一行人的待遇，每日有酒有菜，只是出不了帐篷区，这一等就是个把月，这个把月让他们看到了一场难以想象的人间惨剧。

大宋两个皇帝和一万四千名宫廷俘虏，被分成七批押至北方，其中第一批宗室贵戚男丁二千二百余人，妇女三千四百余人。

后来听说靖康二年三月抵达燕山，还有妇女一千九百余人。一个月内，有一千五百名妇女死去。未死者中，一部分送往上京，听从金太宗发配，其中上千妇女被赐给金国留守方的人员，另有三百人留住浣衣院。这些人都被迫随女真乡俗，“露上体，披羊裘”。徽宗的郑皇后、钦宗的朱皇后也被同样处理，朱皇后不堪受辱，回屋后自缢，被救后又投水自尽而死。另一部分留在燕京被赏赐给伐宋的金兵，许多妇女被卖进娼寮，有的还被完颜宗翰以十人换马一匹，有的被卖到高丽、蒙古做奴仆。

宋朝国库被打开，自宋朝开国剿灭南方各国掠来的财物和百余年来所积攒的金银钱帛，全部被装车拉走，几百辆大车，陆续拉了半年。

这天夜里，几十名年轻的妇女被送到大营，陈琦被哭泣声惊醒，他见到几个金国军官把这些妇女分送到各个帐篷。

陈琦的帐篷也被送来两名。

一个三十来岁，一个只有十五六岁，说不清是什么身份，两个人几乎抖成一团，几个踏白营的人想要上前拉扯，陈琦制止了他们。

他把两个女子叫到跟前，问道：“你们是什么人？为什么被拉到这里？”

那三十来岁的女子惶恐地道：“军爷，我是卫王的妃子，这是……”他把那个小女孩拉到身边：“这是太上皇的小女儿。”

这时，能够听到周围帐篷中传出士兵们的淫荡笑声和女人的哭号声。原来，这些金枝玉叶的女人是被送来让士兵们糟蹋的。

陈琦不由得想起自己的妻子和女儿，他劝慰道：“你们别害怕，我们不会做无理之事。”他拽过一床被褥扔到帐篷一角：“你们在那儿睡吧，明天把你们带出去。”

陈英达一直躲在父亲身后看着那个女孩，尽管哭得两眼红肿，但看着也挺好看。他拿出两块干粮，递到她俩面前：“你们饿吗？”

两个人一起伸手夺过干粮，大口地吃了起来。

原来两个人还饿着，陈英达拿过两个饭碗，倒上水，递到他们面前。

两个人连说谢谢，端过碗大口喝着。

两个人吃完喝完，还要小解。陈琦扔过一个盆子。两个人无论如何也不肯在帐篷中小解。这就是贵族的性格，没有办法。英达让女孩穿上那套士兵的服装，给那位妃子披上一件男装，两个人走出帐篷。

不一会儿，那女孩惊慌地跑了回来，卫王妃被其他帐篷的士兵给拉走了，幸亏她穿了件士兵的服装，才没被发现。

那一夜，女孩就龟缩在帐篷一角，惊恐让她彻底失眠，一直坐到天亮。

第二天中午，十辆大车把大批古玩和字画拉到陈琦的帐篷前，完颜晟下令，用这些东西换一百匹纯种党项马。

完颜晟对养马颇有经验，他要用党项马与本地马杂交。

陈琦向主管大臣说："这些东西我不能收，我换不来党项马。"

大臣遂向完颜晟报告，回来说，皇帝说了，换不来党项马提头来见。

陈琦无奈，只好向大臣说，宋军刚败，到处是散兵游勇，路上只靠这五十名士兵不能保证安全。

大臣又向皇帝禀报，皇帝下令，增派十倍兵力，由禁军派出五百人马押着货物上路。

大臣还嘱咐道："货物和马匹只得在边境交换。"就是说，不见马匹不能放货物过境。

临行前，陈琦让那女孩换上了男人装束，混出了兵营。

五百名金国军人护送着这十辆大车向夏国进发。

晚上宿营的时候，陈琦把那女孩找到跟前问道："你有处投奔吗？现在你可以走了。"

那女孩扑通跪倒在地，含泪道："我无处可去，请大伯行好收留我。我愿侍候你一辈子。"

陈琦拉起女孩问道："你叫什么名字？"

女孩道："我是瑞祥公主，小名阿瑞。"

陈琦心里一惊，果真是皇家人，但是，已经到了这步田地，皇家人还不如平头百姓了，便说道："不能称你为公主了，我就叫你阿瑞吧，那你就跟着英达，离那些士兵远一点。"他把英达叫了过来："她叫阿瑞，就当是你的妹妹，要好好待她。"

英达痛快地答应着，扯着阿瑞的手："走，吃饭去。"

吃完晚饭，两个年轻人躲在一个僻静处，说着悄悄话。

陈英达问："公主一天都过啥日子？"

阿瑞道："吃穿都有人侍候，一天到晚吃山珍海味。"

陈英达叹了口气："眼下这日子能过得了吗？"

阿瑞也叹了口气道："我现在连平民百姓都不如，要不是遇见你们，我就自杀了。那时候，我也想，我要能逃出去，就找一个心眼儿好的人，跟着他过一辈子。"

陈英达突然鼓起勇气，拉住了阿瑞的手："跟着我吧，咱俩过一辈子。"

阿瑞急忙缩回了手："我落魄到这种地步，无国无家，怕配不上你。"

陈英达又拉过她的手道："咱不求大富大贵，只要你心好，就配得上。"

阿瑞也拉着英达的手："说话可得算数。"

英达翘起了小手指头："拉钩。一百年不反悔。"

阿瑞的手指和他勾在了一起："一百年不反悔。"

两个人紧紧地偎坐在一起，两颗心怦怦急跳，忽然阿瑞轻声啜泣起来。

英达忙问你怎么啦？

阿瑞啜泣着说："比起那些姐妹，我的命真好。"

来到边界，陈琦让士兵们看押货物，他带着陈英达和阿瑞三个人骑马越过边界到了夏国。

夏国官员见到陈琦，知道他与中书令有亲戚关系，自然热情接待。

陈琦来到兴庆府，拜见李楚贤。言及此次带了大量的古董字画，要换一百匹党项马。

李楚贤知道这批古董字画出自宋朝皇宫，自然是十分向往，但是说到党项马，李楚贤却为了难。因为从李元昊时期就下过死命令，党项马一律不得向中原出口。他答应明天早朝向皇帝请示。

接着，陈琦让阿瑞见过李楚贤，并告诉他："她是宋朝的瑞祥公主。"

李楚贤纳头要拜，陈琦制止了他："国破家亡，沦落民间，不拜也罢。眼下，想让她留住在你府上，将来，让她和英达一起过日子吧。"

李楚贤一口答应，陈英伟出外采购未归，就让阿瑞和女儿住在一起。

晚饭后陈琦还是忧心忡忡，他担心明天皇帝不准，该如何是好？想了半天，他想出一个主意，他跟李楚贤商量，十四西域宝马交换一百匹党项马，看看明天皇帝能否答应。

西域宝马，也有人称之为汗血宝马，在夏国也是珍稀马种。

第二天，李楚贤果然就把这个方案跟皇帝谈了，李乾顺知道，西域宝马不是普通的西域马，十分珍贵，十匹换一匹也不吃亏，便爽快地答应了。

接下来，就是要写一封信，给陈浩，让他转告耶律大石，想办法弄十匹西域宝马送到夏国来。

陈琦让陈英达带着阿瑞送信到可敦城。

临行前，他对英达和阿瑞说："你们俩的心思我明白，到了可敦城，就把婚事办了。"

两个人欣然领命而去。

接下来就是等待。

与李楚贤对坐饮茶时，陈琦说起在金国大营的见闻，宋朝两个皇帝被掠、一万多宫人被押解北上，真是惨不忍睹。

李楚贤感叹地说道："宋朝灭亡，早有夏国的细作详细报告。宋朝近百年来重文轻武，除了杨家将之外再无良将。朝中没有武将的位置，况且士兵年龄较大，大多有妻儿老小，打起仗来牵挂太多，必然贪生怕死。"

陈琦点头。

李楚贤接着说："宋朝汴京繁华，举世无双。为了赚钱的生意人，对国破家亡毫不关心，听说守卫黄河的宋军听到金军敲鼓就吓得四下逃散。"

陈琦道："这倒是我亲眼所见。可我不明白，宋朝的皇帝为什么不跑？他们还主动到金军大营去和谈？"

李楚贤道："是宋朝的官员害了两个皇帝。"

陈琦不解:“何以见得?”

李楚贤道:“当官的各怀心事,却没有一个人替朝廷着想。反正国要亡了,先保住自己的小家为上策。既然金人要皇帝去和谈,皇帝当然一百个不想去。可是大臣们都逼着他俩去。你们去了就和平了,大家都相安无事了。这样一来,二帝不去行吗?”

陈琦问:“要是二帝下令守城呢?”

李楚贤连连摇头:“谁还会听他们的?要下这样的命令,说不定前脚下令,后脚就发生兵变,被人砍头了呢。”

陈琦叹息道:“这不是文官误国吗?”

李楚贤点头:“在宋朝,掌握军权的不是皇帝,而是宦官,他们做监军,控制军队。宋朝的太上皇只知道嫖娼、画画,什么时候过问过军队?是他们架空了皇帝,实际上,两个皇帝是被当作替罪羊扔出去的。”

陈琦道:“想不到,大宋空有百万大军,却不能保卫汴京,实在是可惜可叹。”

李楚贤道:“大辽国何尝不是如此?末代皇帝要是稍有点文韬武略,也不至于二十万大军败于两万金军。”

陈琦道:“看来,这两个国家都亡于皇帝昏聩。”

李楚贤道:“以我所知,辽国自耶律隆绪一死,便走了下坡路,到了耶律洪基时已是千疮百孔,早已埋下灭国的前因。宋朝亦是如此,蔡京、童贯都是奸佞之辈,由他们掌控朝政,焉有不亡之理?”

陈琦道:“这一切当为夏国前车之鉴。”

李楚贤道:“近几日皇帝召集大臣研讨辽宋两国之败,想要吸取教训,以保夏国不蹈其覆辙。”

陈琦问:“金国会不会来打夏国?”

李楚贤道:“夏国也难挡住金国攻击,只有上表称臣,示好,进贡,以求自保。”

陈琦道:“这也不失为万全之策。”

等了十多天,终于把陈浩等到,他带着一批货物和十匹西域汗血宝马来到兴庆府。

夏国收了西域宝马，放出来一百匹党项马，由陈琦和陈浩等人赶往边境。

十车古董字画拉过了边境。

陈琦告诉陈浩："这些古董字画，应当归可敦城的耶律大石。"

陈浩道："大石那里住处简陋，无处摆放这些东西，不如与夏国换些货物，运回可敦城。"

陈琦点头答应，兄弟各道珍重，依依惜别。

陈琦赶着马匹由士兵押解原路返回，走到中途听说完颜晟已回北方。接着又听说，皇帝在幽州等他，陈琦把马匹赶往幽州。

到了幽州，完颜晟看到党项马，异常高兴，他要留陈琦随他做官。

陈琦拒绝，他要回踏白营。

完颜晟一阵冷笑，吩咐道，赠给他一块金牌，随时都可以回来找他。

陈琦接受了金牌，带着几个弟兄赶回踏白营。

到了山前就看见踏白营里冒着浓烟，几个人赶紧催马到了近前一看，陈琦大叫一声，从马上栽下，原来，踏白营和素王府已经变成一片废墟。

众人赶快下马把陈琦扶起，发现他口吐鲜血。

留在营中的老弱们看见陈琦回来了，纷纷围拢过来，他们言道，昨天一批金兵来到营中，二话不说，就到处点火，把踏白营和素王府一起烧光。

众人把陈琦抬到一间残存的房中，马上找来中草药为他熬药治疗。他的妻子和两个女儿在身边侍候。

接着，门外一阵喧哗，原来是那位金国大臣来了。他看见陈琦在昏睡中，便道："皇帝就是要让他到宫中当差，烧了踏白营，绝了他的念想。告诉他，病好以后，到皇帝那儿报到。"

说完，打马扬长而去。

其实陈琦是在装睡，他见大臣已走，便向周围的人道："你们赶紧收拾东西，今夜出发去夏国，然后去找大石。"

安排了老弱病残，当天夜里，陈琦带着妻子女儿和十多人偷偷离开踏白营向西而行。

到了边界，陈琦掏出皇帝所赐金牌，顺利地过了边境哨卡，来到兴庆府，见到了李楚贤。

李楚贤安排他们径直向西，拿着夏国的通关牒，通过回纥国来到了可敦城，与哥哥陈浩见面。

陈琦病得不轻，就一直在可敦城休养。与夏国的贸易依然由陈浩和两个孩子承担。

寒来暑往，十多年过去，陈琦已经病逝，陈浩也到了垂暮之年，诸多事情都落到英伟和英达身上。此时，夏国已经换了皇帝，李仁孝登基，改元大庆。

李仁孝当权依然奉行对金友好政策，对内加强汉化，封孔子为文宣王，鼓励办学，减轻赋税，发展兽皮生产和对外经商，这是夏国最好的时代。

第二十一章

耶律大石

自耶律大石占据可敦城后，优待百姓，安定周边后宣布称帝，改元延庆。号称菊儿汗，意思是众汗之汗。众臣又上表称其为“天佑皇帝”。

因为此地靠近西域，穆斯林和西方国家都称之为“喀喇契丹”。

新皇登基，百官庆贺。陈浩、陈琦都被封为二品都运使。

陈英伟、陈英达随父辈做转运贸易。

耶律大石自幼知书达理，胸有大志，目标绝不仅仅是在可敦城当一个城中皇帝。

他一直在厉兵秣马，养精蓄锐，他的眼睛一直在向西看。那边有回纥国、高昌国、喀喇汗国、花剌子模等国家。他将要征服那里，要扩大新辽国的疆域，再打出一片新天地。

耶律大石按契丹族的传统，杀青牛白马祭告天地、祖宗后，率部西行。

兵马未动，粮草先行，尽管年已老迈，都运使陈浩还是押运粮草随军出征。首先，大军在谦河地区击溃吉利吉思国，然后向西越过金山，进入了翼只水和也建里河地区，在叶密立修筑城池，建立根据地。

叶密立地区阳光明媚，水源充足，草丰林密，当地原住民对大石的军队十分友好。

耶律大石决定在叶密立休养生息，结好周边，善待百姓，得到了当地突厥各部的拥护，户数增至四万户。

耶律大石在叶密立巩固地位之后，率军征服了高昌回鹘，把它变成了一个附庸国。随后陈兵东喀喇汗朝边境。

此时，东喀喇汗朝的大汗是伊卜拉欣，此人无能而软弱，竟然主动让王位给耶律大石。耶律大石将伊卜拉欣降封为“土库曼王”，将东喀喇汗国作为第二个附庸国。巴拉沙衮宜于农耕，土地肥沃，广袤千里。于是耶律大石决定定都于巴拉沙衮。

可敦城变为陪都，那里是集市和与夏国、金、宋贸易的集散地。

大石的军队在占领了费尔干谷地之后，出征西喀喇汗王朝，与大汗马合木交战，结果马合木的军队被击溃，向西逃窜，随即又向苏丹桑贾尔求援。苏丹桑贾尔发现耶律大石正在逐步蚕食阿拉伯国家，这是他绝对不能容忍的，便下达命令，征集各周边伊斯兰国家的军队共十万骑兵渡过了阿姆河，开进了河谷地带，摆开了与耶律大石的军队决战的架势。

十万大军布满了河谷，举起的弯刀像一片茂密的森林，耶律大石意识到，契丹的命运在此一战。

耶律大石派陈英伟率领小股部队侦察敌情。

陈英伟挑选了几个阿拉伯人，化装成商人模样，他则化装成一名伙计，赶着骆驼穿过了河谷，等到他们重新潜回大石营地的时候，已经基本上摸清了敌情。

面对十万大军，耶律大石召开紧急军事会议商讨对策。

陈英伟报告：

通过侦察，发现这十万联军指挥并不统一，由于是凑起来的部队，彼此之间都不熟悉，甚至因为争夺水源险些刀兵相见。

陈浩认为，这支军队虽然人数众多，却占据着河谷地带，地势偏低。他建议，部队尽快占据两侧的山顶，借着战马下山的冲力，打垮敌人。

耶律大石采纳了他的意见，下令，采用分而击之的办法，将军队分为左、中、右三部，分别攻击苏丹桑贾尔联军的头、中、尾部分。

于是，那一年，在卡特石展开了中亚史上的一次大规模的著名战役。

会战打响后，西辽军占领高地，三路大军从山坡冲下去，战马凭借冲力杀进敌营，将士们越战越猛，战斗持续了一天一夜，耶律大石大获全胜。

苏丹桑贾尔携带马合木狂奔过阿姆河，进入呼罗珊，但他的妻子及左右两翼的指挥官均被俘，桑贾尔军队伤亡惨重。耶律大石进入了萨末鞬，册封马合木的弟弟伊拉欣为桃花石汗，西喀喇汗国也归附了西辽。

耶律大石善待俘虏，对被俘的家眷，他派兵护送找其家属。对于老弱病残则放其归家，因此，在阿拉伯历史上把他称为“宽容的君王”。

占领河中地区之后，耶律大石派大将耶律丹宁和陈浩攻打花剌子模国。

花剌子模位于阿姆河下游和咸海南岸，塞尔柱王朝兴起后曾一度臣服于它，后又摆脱了塞尔柱的控制，自此独立。耶律大石的军队进入花剌子模境内后，斩杀了前来阻击的大将，接着兵临首都城下，迫使花剌子模沙（国王）投降，每年向耶律大石进贡金银物品。

至此，东起土拉河，西包括咸海，北越巴尔喀什湖，南到阿姆河、兴都库什山和昆仑山，都成了西辽帝国的疆域。

第二年秋天，耶律大石偶感风寒，接着病情加重，他好像预感到什么，便在叶密立召集肱骨大臣饮茶。

茶叶在西域还属于奢侈品，喝法与宋朝也不相同，既不斗茶，也不品茶，就是放在铜壶中煮沸，为的是消渴解腻。

喝茶期间，耶律大石感慨万千，他回顾了平生遭遇。他特别谈到与陈氏父子的相识相遇，感激他们从金营中救他出险，感谢他们这些年不辞辛劳奔波于夏国与金宋两地，为可敦城带来了生活日用品，满足了军民需求。

说到激动处，禁不住热泪盈眶。

陈氏父子也预感到将有不利的事情发生，难过地落下眼泪。

最后，耶律大石拉着妻子萧塔不湮的手道：“孩子尚小，我有不测，由她执政，望众位爱卿鼎力相助。”

众人一起向萧塔不湮施礼。

耶律大石是耶律阿保机的八世孙，本是辽国一个文人，进士出身。他与陈家相识，就是因为要去看欧阳修留下的一幅墨宝。在国难当头之际，他挺身而出，率领大家西行来到可敦城。他依托可敦城这个弹丸之地养精蓄锐，仅仅用了几年的时间就扩张成为西亚大国，其功至伟。

不久后，耶律大石病逝，享年五十七岁，庙号“德宗”。

皇帝病逝，全国哀悼。

其妻萧塔不湮继位摄政，改元咸清，自称感天皇太后。

萧塔不湮为人贤惠，聪明，有胆识。她认为，国家尚不富足，必须与邻国尽力开展贸易，遂命都运使陈浩尽快组织在新收复的各国中，采购商品以便与金国、夏国、宋国互通有无，发展国内经济。

陈琦自在踏白营吐血坠马，身体一直未能恢复。耶律大石病故，让他忧伤过度，也随他而去。

陈浩身体尚可，但因年事已高，起居都需要有人照顾。看来，完成皇太后交付的恢复经济的重任就落到陈英达、陈英伟两兄弟身上。

陈英伟继任都运使，陈英达负责押运货物出境交易。

这一次，陈英达集中了远在西边的花剌子模境内的珠宝，稀缺药材和西域马，集中到可敦城，带着陈琦留下的那块金牌，动身前往夏国。

陈英伟嘱咐他，到了金国要去趟少林寺。

陈英达点头，因为他们的两个孩子，陈俊杰、陈俊豪都在那里习武。

陈家的男孩到了七八岁都要送到少林寺习武，这个规矩已经延续一百多年。所以能够一代接一代传承，主要是少林寺遵守诺言。一代代方丈，都把教授陈家孩子习武的事情当作寺规来执行。

在踏白营的时候都是少林寺派人来接，到了可敦城则由陈家送过来。也许陈家已经有了习武的基因，不论是陈英伟还是陈英达，还是父辈，爷爷辈，代代相传，从不间断。

到了夏国，陈英达把药材拿到榷场交易，他要把马匹和珠宝通过夏国和宋朝边境运到宋国去。

把货物安排好，陈英达便来见李楚贤。

李楚贤在朝堂议事，等了好些时候才赶回来。

李楚贤告诉他："金国得知耶律大石在西边坐大，已经去世。现在是女人当政，便想派使臣前去恫吓，以让其归顺。"

金朝使节已经到了夏国，隔几日就要去可敦城。

陈英达道："自五年前，金国发兵攻打辽国，双方在沙漠决战各有胜负，怎么现在又想起派出使节来了？"

李楚贤道："金国想要以不战屈人之兵，不得不防。"

当晚，陈英达修书一封，差一个跟随的官员带着信件，返回西辽国，向感天皇太后报告此事。

官员领命连夜出发。

因为金国是夏国的宗主国，所以夏国每年都要交纳一定数量的岁贡，金使路过必然要好生招待。李楚贤便承担了奉陪的任务。每日陪着金使吃喝玩乐，睡女人，玩得不亦乐乎。

在夏国吃够了，喝足了，玩得开心了，金朝使节一行人向西辽国进发。

到了可敦城一问，说是京城在巴拉沙衮，这里是陪都。感天皇太后还在西边呢。

金使又向西进发。

这一路上可没有在夏国那样的待遇，吃的是粗茶淡饭，没有酒，只有牛羊肉，这让金国使臣憋了一肚子火气。

好不容易到了巴拉沙衮，一打听，说皇太后在野外打猎呢，得几天才能回来，要想见太后，就到野外去。

金国使臣希望尽快见到皇太后，好尽快回国交差，便来到巴拉沙衮郊外寻找皇太后。

皇太后早已接到陈英达的禀报，故意在郊外等候他们。

使臣见了皇太后立而不跪，皇太后大发雷霆之怒。

那金使也不相让，站在那里，左一个天朝大国，右一个天朝大国，吹嘘得不得了。

皇太后喝住了他道："金国灭辽侵宋，我们与你们有不共戴天之仇，你朝我三拜九叩还则罢了，不然，我取你的项上人头！”

金国使节哪听这些，继续站在那里大讲特讲，要西辽国尽快归顺，不然，天朝大兵一到……”

皇太后怒不可遏，喝了声：“把他给我砍了！”

早有将士冲上前来，挥刀把他一刀两断。

其余使臣吓得连忙趴到地上叩头求饶。

皇太后吩咐：“把他们送到花剌子模，让他们在那里去做苦工。”

几个使臣被拉了过去，连捆带绑，押上了囚车。

想必，皇太后早就有所准备，不然在野外狩猎，无须带着囚车。

接下来皇太后向各地派出细作，严密监视金国动静，如有发兵迹象，立即回来报告。

陈英达也接到监视金国动向的命令，他带着两个随从和珠宝骑着马进入金国境内。

金国在中原地区安排了一个叫刘豫的人当皇帝。

原来，金国将士是马上英豪，他们对处理百姓和行政事务一窍不通，只能依靠伪政权加以维持。

刘豫政权就是这样的一个伪政权。

金国使臣在西辽国被杀的消息终于传到了金国，并没有看到金国要去攻打辽国的迹象，想必是对上次深入大漠大败而归还心有余悸吧。

陈英达在金国并没有做什么生意，他带的是珠宝，金国境内民不聊生，哪里还有人玩珠宝？

他来到嵩山少林寺。

新任方丈热情接待了他，安排他来看孩子们练武。

尽管陈俊杰、陈俊豪已经看见家人，但没有师父的允许，他们不敢离队。

演练完毕两个孩子来到陈英达身旁，三个人跟方丈一起畅叙别情。

陈英达又去拜见教习自己武艺的师傅。

第二天，师父特地允许两兄弟暂停练武与父亲（叔叔）相聚一日。

第三天，陈英达告别少林寺，带着随从骑着马，南行数日来到长江边上。

江岸有金兵把守，陈英达找到一条船，掏出怀中的金牌。

江岸士兵一见金牌，以为陈英达要到对岸办什么大事，立即放行。

原以为过了长江就到了宋国境内。岂知，金兵已经打过长江，占领了建康（今江苏南京）、宜兴、常州等地。幸好有宋将韩世忠在镇江一带堵住了金兀术的进军势头，据说，那些日子吓得宋朝皇帝带着大臣跑到海上，漂泊了四十多天，现在刚刚回到杭州。

杭州珠宝行还在做交易，陈英达拿出珠宝，立刻受到客商们的赏识。陈英达提出要交换绫罗绸缎。

因为连年战乱，宋朝的丝织品外卖甚少，价格便宜。

陈英达买了几匹马，驮着绫罗绸缎回到长江北岸，再寻路走向金夏边境，穿过夏国，才能回到西辽国……

第二十二章

岳飞

陈英达回到西辽国可敦城，他想把带回的绫罗绸缎送到巴拉沙衮，送给感天皇太后，她穿的服装大都是从辽国带来的，有的已经破旧，可是，皇太后并不嫌弃依然穿着。而今，有了绫罗绸缎，也该为女皇添置几件新衣服了。

他刚要准备动身，却听说女皇已经来到可敦城。

原来，感天皇太后十分敬业，继任以来，唯恐辜负大石之托，她几乎走遍了所有属地，视察军务，体恤民情。

她这次来到可敦城，就是例行巡视。

陈氏兄弟及家人一齐前去拜见。

陈英达献上绫罗绸缎，皇太后好生喜欢，勉励他们继续做好与夏国金国宋国的贸易，以给西辽国带来更多的财富。

当晚，皇太后招待大家吃饭，陈英达多喝了几杯，是由阿瑞和孩子们搀扶着回到家中的。

第二天早晨，阿瑞对陈英达说："我连续两个晚上做梦都梦到我爹，他说他已经埋骨在北国，只可惜连个烧纸的人也没有。"说着便哭了起来。

陈英达就哄她说，做梦的事情，别太当真。

谁知，第三天清晨，阿瑞说又梦见了她爹，说的话跟前两天一样。阿瑞说，她想去北国找她爹的坟。

陈英达连说不可，一个弱女子，如何去得了北国？

阿瑞只是哭。

陈英达想想她爹也是真够可怜的。好在那叫大宋皇帝，好在那叫太上皇。最终弄了个囚徒下场，现在埋骨北国，连个烧纸的人都没有。他拿定主意道："这么办吧，等下次我去夏国做生意，拿着金牌，我到北国找你爹的墓地，给他烧纸，多多地烧。"

看来也只能如此。

隔了些日子，陈英达再一次要去夏国做生意，这一次，他要带着夫人去夏国。

两个人带着伙计，赶着驼队上路了。

到了夏国，与买方做了交接，陈英达离开哥哥走向金夏两国边境。

在边境，他向金国士兵展示了手中的金牌，骑着马顺利过境，他只知道太上皇埋骨北国，很可能是长城以北，他向幽州进发，目的是要看一眼踏白营。

到了谭枳寺旁，看到了支离破碎、一片狼藉的踏白营，让他对金兵心生愤恨，这里是他的家园，这里是一百多年的老宅，却被一把火烧了个精光。陈英达暗暗发誓，此仇不报，此生枉为人也！

他跪在地上，向那片废墟恭恭敬敬地磕了三个头，然后上马扬鞭，便向关外走去。

来到关外，他到了金国首都会宁府，借着住宿的机会，通过闲聊，了解到宋朝两个皇帝被押往的地点。

有人告诉他，再向北，在一个叫五国城的地方。

他走了两天到了五国城，见天色已晚，便住进了一家小旅店。吃饭间，他向店家打听扣留两个皇帝的地方。

店家告诉他，不远，就在向北五里路的山坡上，树林后边。

说话间，进来两个游方和尚，陈英达一打量，认出了对方，原来是在少林寺一同习武的师兄弟。

三人异地相逢，都大感意外。陈英达吩咐店家加菜加酒，三个人要痛快地喝一场。

吃喝间，陈英达问师兄师弟，来到五国城做什么？

师兄低声道：“受一个大宋皇室的人委托，到北国来找二位皇帝的墓地烧香烧纸。”

陈英达大感惊讶，世上竟有这样巧合的事情，他道：“我也是来烧香烧纸的。”

师兄师弟也感到惊讶问道：“你受谁委托？”

陈英达道：“我娶了瑞祥公主为妻。”

师兄打趣道：“想不到英达成了驸马爷。”

陈英达道：“什么驸马爷，亡国亡家，平头百姓一个。”

接着三人又谈起别后情景，直唠到半夜才各自休息。

第二天吃过早饭，三人到街上买了些黄纸，驮在马上向那个山坡走去。

山坡上树木茂盛，在一片树林后边有一片平地，平地上有几座房屋，均已破败不堪，在平地中间，有一个大型的地窨子，挖地七八尺深，上面盖了一个草棚，这就是两个皇帝“坐井观天”的地方。

周围只有山风呼啸，没有人迹。可能两个皇帝去世后这里已被废弃。

三人就在地窨子的入口处，点燃了纸和香。

火光熊熊，烤得脸烫。纸灰像黑蝴蝶一样被风卷得漫天飞舞。

烧了半个时辰，纸和香才烧完，三个人刚要起身，坏了！

五个金国士兵骑马奔到近前。

为首一个当官的大喊道：“宋国的奸细！与我拿下！”

几个士兵下马，来抓这三个人。

师兄一看大事不好，喊了声超度他们吧！上前抓住一个士兵，夺下他手中兵器，结果了他的性命。

师弟和陈英达一看，一不做，二不休，也夺下两个士兵的兵器，结果了他们。

那个当官的刚要逃跑，师兄一个箭步蹿上去，把他揪下马来，一刀结果了性命，只剩一个士兵跪地求饶，师兄道：“不能留他。”也结果了他的性命。

顷刻之间，五个金国士兵全部丧命。

陈英达道：“惹了大祸了。”

师兄道：“把他们的衣服扒下来，咱们穿上，赶快逃离这里。”

三个人马上开始扒下士兵的衣服，陈英达扒了那个当官的。

三人穿戴好了，把尸体扔进地窖子。

陈英达道：“正好，让他们五个给皇帝殉葬。”

三人骑马下山，路上，陈英达想起，旅店里还有包裹，两个和尚也有东西存在旅店，无奈，三人回到旅店。

店主人见三个人穿着金兵的衣服回来，大感惊讶，师兄警告他：“不许声张，也不许报告！”

店主诺诺点头。

哪知道，这里的百姓都是女真人，看出这三个人一定是奸细，三人刚走，店主就跑去报告，只不过路途较远，耽搁了一些时间。

三人取了衣物，匆匆上马，一直向南逃去。

三人一天一宿跑了五百里地，估计逃出了危险地区，天亮时候，便找了一家客栈，打尖休息。

不料，到了中午时分，就见有金兵在街上布岗。显然，消息传到了这里。

三人牵着马离开旅店，趁岗哨还未布齐，溜到了郊外。

郊外小路上三人打马飞奔，前面，有一队荷枪的士兵拦住了去路。

跑到近前，陈英达从怀中掏出金牌，举在手中大喊：“尔等让开，我们有重要使命！”

士兵一见金牌，纷纷让路。就这样，靠着金牌的掩护，又跑了几天几夜，终于来到了幽州地界。几个人来到了踏白营，找到了一个还算完整的房间，略作休息。

有几个未离开的老弱邻居为他们弄来了饭食，三人吃饱喝足，安稳地睡了一觉。

三人醒来，陈英达说，使命已完成，想要回到可敦城去，跟老婆复命。

师兄师弟却要拉他到江南入伙。

师兄道：“现在，金兀术正在攻打逃到江南的宋朝人马。”

陈英达问：“宋朝不是亡国了吗？怎么又逃到江南了？”

师兄道：“康王赵构——恕我直呼其名，逃脱金人魔掌，躲在一个庙里，金人追来，他骑着一匹泥马渡过了长江，在众臣的拥护下做了皇帝，改元建炎。”

师弟道：“现在金军统帅金兀术‘搜山检海抓赵构’，但是，到了海上，北人不惯乘船，吐得一塌糊涂，我们来时，金军正要退回到建康，现在也不知战事如何？”

师兄道：“我们两个给卫王当了贴身侍卫，在韩世忠大人处督战，他布兵在长江沿岸，估计要有一场大战。”

师弟道：“你一身武艺，此时正该多杀金狗，替大辽报仇，岂有临阵脱逃之理？”

一席话，说得陈英达热血沸腾，便跟着二人向长江进发。

三个人仍然穿着金军的服装，一路上晓行夜宿，顺利到达江边。

因为金兀术大营扎在建康，江上有金军船只来往穿梭，陈英达出示金牌，三人牵马登船，到达南岸。

登岸后，他们离开金营，在僻静处脱下金兵服装换上便装，便向镇江进发。

来到韩世忠大营，师兄师弟领着陈英达来到中军大帐。

中军大帐中，韩世忠正在和卫王商议什么，三人走进。

卫王一见，忙问道：“事情办得如何？”

师兄答道：“一切办妥。”他指着陈英达道：“这是我俩的同门师弟，可巧，他也到五国城烧纸。”

卫王看着陈英达问道：“你为何也去烧纸？”

陈英达道：“我娶了瑞祥公主为妻。她做梦说，太上皇死后没人烧纸，甚是可怜，我便替她前去烧纸，刚好在那里见到了师兄们。”

卫王不再说话。

韩世忠道：“大战在即，你们做好准备，跟随中军。”

三人答应，转身退出。

金兀术准备从镇江过江北归，来到江边观察地形，却被韩世忠埋伏的士兵杀了个措手不及。

金兀术气急败坏，命令登船赶快过江，却不料遭到韩世忠迎头阻击。大军难以过江，被困在黄天荡。

晚上，大家在韩世忠大营中议论军情，有人来报，说是在南边三百里处有宋军部队活动，已经攻占了宜兴，为首的将领叫岳飞。

韩世忠听说过岳飞的名字，那是在上个月剿灭金军的战报里，说岳飞如何勇敢杀敌，以不足百人兵力，杀敌两千余人。

韩世忠镇守镇江抵挡金兀术，手中只有八千兵力，明显感到不足，他希望岳飞向他靠拢，也许他能组成万人部队。

韩世忠修书一封，想让陈英达和其师兄弟送给岳飞。

卫王连连摆手说不可，他需要陈英达的师兄弟做他的护卫，不想让他们离开。韩世忠只好让陈英达带领两名军官前往宜兴送信。

三人离开大营一路向南。

在宜兴一个广场见到岳飞，他正在广场检阅部队。陈英达第一次看到这样严肃整齐的队伍，不由得让他心生羡慕。

递上书信，岳飞看后，立即下令，全军北上，配合韩将军剿灭金狗。

陈英达与岳飞并辔而行，一路上，岳飞询问镇江战况，陈英达一一回答，说金兀术被韩将军困在黄天荡，已成为瓮中之鳖。

在急行军的第二天夜里，突然发现有一支金军拦住了去路。

原来，这是在宜兴被打散的金军重新集结，联合附近的金军组成一支数千人的队伍，来找岳飞复仇。

由于是迎面相撞，无法探知敌方虚实，岳飞下令警戒扎营。

未等扎营完毕，金军发起突袭。

岳飞下令全军迎敌。

一场夜战在山路边展开，因为山路狭窄，双方兵力施展不开，军队逐渐向山坡蔓延。

岳飞勒马观看战势，突然，他大喊一声：“楔形战法！”催马便冲到了前面，他的几员大将都跟随在岳飞身旁左右，形成了一个突出的箭头，一起向前冲去。

陈英达也被携裹着冲到了前面。

岳飞一杆枪上下翻飞，沾着死，碰着亡，金兵倒下一片。

几员大将各抡兵器杀进金兵队伍中，金兵成片地倒下。

陈英达原本只有一柄宝剑，砍杀中他夺得一口长刀，抡起来得心应手，马前的金兵被砍得人仰马翻。

后面的宋军踏着金兵的尸体呐喊着向前冲锋，那气势足以惊天动地。

楔形的先头部队继续向前推进，后面的士兵越杀越勇，两面的山坡已经被宋军控制，他们从两侧杀到金军队伍中，终于，金军开始溃败，逃跑的士兵把脊背留给了追兵。

岳飞还是冲在头里，他的枪下金兵一个接一个地倒下，他杀得性起，嘴里不停地吆喝着，那几员大将不但能看得到他，还能听得到他的喊声。

陈英达把快刀抡得呼呼风响，金兵倒在他的刀下，如同剁瓜切菜。

这一场遭遇战直杀到后半夜，金兵已经溃不成军，后勤辎重扔得到处都是，有的车中装满了抢掠来的金银财宝。

天蒙蒙亮时，岳飞下令收兵。

宋军开始打扫战场。其实，打扫战场就是搜罗金兵尸体的腰包，金兵每个人都揣着不少金银财宝，这些财宝也都进了宋军士兵的私囊。

在一块空地上支起了大帐，岳飞进帐，才发现他身上有十来处伤口，那匹马更是可怜，臀部和颈部的肉都翻了起来。

军医来给岳飞包扎。

几员大将也都是伤痕累累，有一员大将受伤坠马，抬回来时已经死亡。

陈英达虽然不知道死者的名字，但看到岳飞伤心落泪，估计死者是岳飞的至亲战友。

就地埋锅造饭，部队休整一日。

陈英达看到了什么叫率先垂范，什么叫身先士卒。

岳飞对陈英达的英勇表示赞赏，问他愿不愿意随军作战。

陈英达没有犹豫，表示愿意。他要为大辽复仇，要为踏白营复仇，就要跟随这样的将军。

严格地说，对金国产生仇恨心理，并非始于大辽灭亡。看到辽国末年荒淫无能，觉得这样的朝廷，灭了也没什么可惜。他的仇恨心理始于踏白营的被毁。

那是他们陈家祖祖辈辈创立的家业，他在那里出生，在那里长大，怎么能一把火就烧了个精光？你不就是想要陈家为金国服务吗？何必用这样卑鄙的手段？

他在踏白营的废墟上找到了自己小时候睡觉的地方，那些玩具还在，只是烧得难以辨认。从那一刻起，仇从身边起，恨由心中生。他发誓要与金人拼命，誓报毁家之仇！

岳将军杀敌心切，武艺高强，是一位可以信赖的人，他决心跟随他杀敌报仇！

岳飞也很喜欢这个在战场上拼命冲杀、武艺高强的壮士，把他同部将张宪编在一起为中军护卫，一起向镇江进发。

到了镇江才发现，被困在黄天荡里的金军已经挖了一条通往长江的暗道，早已逃之夭夭了。

这时，岳飞接到命令，要他到洞庭湖消灭起义反叛的钟相与杨么。

其实，这是朝廷一个精心设计的阴谋，其目的是让岳飞与起义军两败俱伤。

原来，岳飞的耿直与斗志不为朝廷所待见。譬如说，他多次上表中说“要迎二圣还朝”。他不知道，这本是皇帝赵构心中最大的忌惮，二圣还朝，他将何去何从？

岳飞全然没有这些政治嗅觉，他只相信救国家于危亡，救民众于水火，何错之有？

岳飞不愧是一员骁勇战将，他用很短的时间就消灭了起兵反叛的钟相与杨么，班师回朝。

此时，金军为了彻底消灭宋朝，除了进攻陕西企图打通去蜀地通道外，还命令伪齐刘豫在淮河以南、长江以北的荆襄地区用兵，企图抢占长江中游，顺流而下，夺取建康与杭州。

荆襄六郡吃紧。

朝廷急命岳飞奔赴荆襄挽救危局。

岳飞率三万人马与伪齐军队在荆襄地区决战。

敌方是宋朝叛将李成，号称十万大军。

第一战，岳飞用长枪破了李成的骑兵，用骑兵破了他的步兵，大获全胜。接着便是乘胜追击，终于将李成的十万大军消灭，收复了荆襄六郡。

皇帝封岳飞为节度使，时年，岳飞三十二岁，是有宋一代最年轻的统辖一方的节度使。

陈英达与张宪默契配合，历经多次战役，屡立战功。

第二十三章

十二道金牌

伪齐刘豫在与岳飞作战时，他手下将军曹成率队与岳飞对阵。

曹成手下悍将杨再兴出战。

岳飞派弟弟岳番带领一员战将出战，不料，交手不几回合，岳番和那员战将都被挑于马下。

岳飞大吃一惊，这个杨再兴如此厉害，接着派出张宪和陈英达合力去战杨再兴。双方交手后，杨再兴力战二人，渐渐不支，拨马便逃。

张宪与陈英达紧追不舍，杨再兴逃进一侧山中。

杨再兴慌不择路，掉进了山崖缝中，马被摔死，人也卡在缝中动弹不得，张宪和陈英达将其活捉。

张宪要杀了他替岳番报仇，杨再兴说，他要见见岳飞，再死不迟。

两人押着杨再兴来见岳飞。

岳飞见到杨再兴，见他英俊魁梧，相貌堂堂，十分喜爱，一边为其松绑，一边劝说他投降。

杨再兴犹豫片刻，答应投降。

杨再兴被编入前锋部队，岳家军又添一员虎将。

在岳家军的队伍里，士兵纪律严明，作战勇敢，让杨再兴感到与刘豫的部队明显不同。从少年时代起，就一心想要从军报国的杨再兴找到了正确路径。他奋勇杀敌，身先士卒，多次受到岳飞的表彰。

那日，他率领二百士兵为全军探路，途经小商河，与金国十万大军相遇。为了给大部队充足的备战时间，杨再兴决定要拦住敌人。

他一面派人回头去给大部队送信，一面指挥士兵渡过小商河，挺枪杀进敌人的营垒中。

那是一场惊天动地的厮杀，杨再兴一杆枪左挡右突，杀得金军节节后退。怎奈敌人众多，在杨再兴和士兵身边躺下两千多具尸体后，敌人开始放箭，杨再兴身中数十箭，简直成了一只刺猬，仍然拼命冲杀，终因流血过多，倒在了沙场上。待岳飞率领大军赶到，杀退敌人，抢回了杨再兴的尸体。

岳家军为杨再兴举行了隆重的火化仪式，在他的骨灰中搜集到的铁箭镞足有两升之多。

岳飞亲自捧着骨灰坛把它埋在小商河边。那两升箭镞在全军传看，目的是激励全军斗志。

为杨将军复仇的口号声响遍全军。

岳家军继续向北推进，前锋已经抵达河南境内，大片领土得到收复。百姓们箪食壶浆，焚香顶礼，以迎王师。

山东、河北的起义军也纷纷打起岳家军的旗号，据说人马达七十万之多。史料说，这一带金国的号令已经无人听从，好像这里已经恢复为宋朝管辖。

金兀术得知中原变化心中恼怒，他提出废除对宋和议，亲统大军，以山东聂儿孛堇和河南李成为左右翼，取道汴京向两淮进军；右副元帅完颜撒离喝统帅西路军，从同州（今陕西大荔县）攻陕西。

五月下旬，金军兵临顺昌（今安徽阜阳）城下，顺昌告急。宋高宗恐顺昌有失，便命岳飞发兵救援。

岳飞接诏后，立即派张宪、陈英达率军东进，援救顺昌。到达顺昌时，便与刘锜合兵，与金军展开顺昌之战。两军鏖战多日，终于大败金军。

六月下旬，当西线金军受阻，东线顺昌解围，局势稍有稳定时，高宗便又命司农少卿李若虚向岳飞传达诏命，命令岳飞“兵不可轻动，宜且班师”。此时岳飞已率军开至德安（今湖北安陆）。见到诏书，岳飞心中不满，他不理解，为什么大军节节胜利，皇上却要“宜且班师”？岳飞向李若虚陈述他心中的疑虑，耐心地向他说明自己恢复中原的战略战术。

两个人从晚饭后一直谈到深夜，李若虚一向主张抗金，他不顾矫诏之罪，主动支持岳飞北伐。

岳飞随即挥师北上，在六月间，张宪与陈英达从中军调往前军，攻下蔡州，牛皋的左军在京西路连克鲁山等县城，统领官孙显也在蔡州和淮宁府之间打败金兵。几路大捷，让岳飞心中豪情万丈，他继续指挥大军北上。

张宪、陈英达又继续北进，大败金将韩常，顺利收复颍昌（今河南许昌）。牛皋、徐庆随后和张宪会师，继而收复了陈州。中军统制王贵所部也在闰六月底和七月初接连攻下了郑州和西京河南府（今河南洛阳）。

绍兴十年七月，岳飞在取得一系列胜利后，率大军推进到距离开封四十里的朱仙镇。

金兀术率大军摆阵相迎。

眼见岳飞违背诏书命令，非但不“班师”，反而继续北进。显然，岳飞在与皇帝唱对台戏。

也许，打了这么多年的仗，岳飞还不理解皇帝的真实意图，甚至还误解了皇帝的意图。

皇帝是想假打真和，以打促和。如果，岳飞连连北进，真要是直捣黄龙，把远在北国的钦宗给迎回来，他这个皇位还如何坐得？

另外，岳家军名扬天下，也是皇帝最为忌讳的事情。武将拥兵自重，历来都是危险的兆头，五代十国的教训历历在目。哪一个节度使不是有了兵权就想当皇帝？从朱温到石敬瑭，从郭威到赵家开国皇帝，不都是有了兵权就当了皇帝吗？如今，岳家军号称几十万，皇帝焉能不防？

再说，有宋以来，一直是重文轻武。朝中的文臣掌握枢机，而武将只是听从命令而已。在北宋，为了监视武将的行动，甚至还派宦官作为监军，随军行动，掌握着调动和使用部队的权力。

岳飞对“宜且班师”置之不理，一味挥军北上，此举犯了朝廷大忌，一些朝中权臣纷纷上书弹劾岳飞。

其中，宰相秦桧最为歹毒，是他向皇帝挑唆说，岳飞一生不贪富贵、不贪美女，一心要扩大自己的队伍，肯定已有不臣之心！

这样的几句话，让皇帝毛骨悚然，他下令搜集岳飞要造反的证据。

对这一切岳飞浑然不觉，他不会想到，一心要收复失地，还能招人怀疑。朱仙镇已是两军对垒，这一仗一定要打下去。

朱仙镇是汴京城的近卫门户，战略位置十分重要。金兀术十万兵力，倾巢出动，并连夜在朱仙镇安营扎寨，布置了一个环形阵线，企图阻止宋军进攻。出乎意料的是，金兀术左等右等，却不见岳家军的踪影，金兵也都松了劲。金兀术看天色已晚，一面让探马再探，一面让士兵休息用饭，等待命令。

过了不到一个时辰，正当金兵解甲用饭时，一队岳家军闪电般出现在阵外，突然间，杀声四起。金兀术正在休息，闻听杀声，急忙到阵前观看，在夜色中，只见岳家军自天而降，刀剑闪光，枪戟乱刺。金兵猝不及防，一个个死的死，伤的伤，逃的逃。刹那间金兵大乱，金兀术吓得呆若木鸡。

他定了定神，东北阵角火光熊熊，号角齐鸣，杀来一支人马，四个少年英雄：一个使一对银锤，一个举一对金锤，一个挥一对铁锤，一个用一对铜锤。八锤飞舞，惊天动地，所到之处，无人能挡，直杀得金兵血肉横飞，一败涂地。顷刻间，金兵大营乱成一团。

这就是后来所传说的“八大锤大闹朱仙镇”。那四个少年武将，正是岳云、严成方、何元庆和狄雷。

有八大锤开路，接下来，岳家军发起集团冲锋，金军阵线很快就被杀开一道口子。

金兀术不得不拿出他的杀手锏——“铁浮图”。

浮图，是佛教名词，意为高塔。

“铁浮图”就是铁的高塔。

金军的“铁浮图”却是人马合一而成。

马披重甲，人披重甲，三马相连，齐进冲锋，箭不能伤，刀不能砍，任凭它向你冲来，你却无法伤他，焉有不退之理？

前方散开，必然退之两翼。两翼再用“拐子马”冲击，杀伤力极大。

金兀术在前些年横扫中原，特别得益于这五千“铁浮图”和一万“拐子马”。

当初，宋军见到“铁浮图”和“拐子马”，只有败逃的份。这是金兀术的看家法宝。

“铁浮图”并不追求快速，形如铁塔的骑兵手持大刀长枪，穿着刀枪不透的铁甲，像重型推土机一样，缓缓推进，对方阵脚一动，因为战阵太密，抵挡不住的士兵不能向自己的阵中撤退，只能向左右两侧避敌，而这时“拐子马”早已从左右包抄，所以，这时中间有“铁浮屠”的摧城拔寨，左右有“拐子马”的狂飙横扫，对手就只能全面崩盘了。

岳飞对“铁浮图”和“拐子马”早有耳闻。他知道与金兀术交战，早晚要遇上这两样东西，平时，他动员战士、将领大动脑筋研究破敌之术，对大家提出的战法多方演练，最终选出最为实用的战法，以备战“铁浮图”和“拐子马”。

今天，演练的战法用上了。他令其子岳云率背嵬军和游奕军的骑兵迎战，往来冲杀，以掩护步兵行动。接着派出大量步兵上阵，用麻扎刀、大斧等，上砍敌军，下砍马腿，首先使“铁浮图”陷于瘫痪。接着用同样方法再大量杀伤“拐子马”，使“拐子马”失去威力，金兵阵营陷入混乱。

岳飞在精忠报国的大旗下观察阵势，看到“铁浮图”和“拐子马”已瘫痪，忙把令旗一举，大军掩杀过去。

陈英达和张宪并马杀进敌营，一杆枪、一口刀上下翻飞，杀死金兵无数。金军开始还在顽抗，怎奈，挡不住岳家军蜂拥而入。金军阵脚大乱，不少士兵弃甲逃窜，金军大营很快被冲得七零八落，金兀术见大势已去，带领将军们率先逃跑，整个大军全线崩溃。

朱仙镇距汴梁四十五里，一夜行军便可抵达。光复国都，指日可待。

可是，就在这一天，岳飞一连接到朝廷发来的十二道金牌，严令他率军班师回朝。

用大惑不解还是大感意外，都不能说清岳飞当时的心情。他觉得头上挨了重重一击，这是他从军打仗以来，从没受过的打击。这打击不是来自敌人，而是来自他为之敬重、为之尽忠的大宋皇帝，他的脑子里一时间变成一片空白。

冷静下来，他还是无法接受，为什么打了胜仗还要撤军？

为什么国都汴京近在咫尺不能收复？

为什么用战士鲜血换来的领土还要拱手让人？

众将得知金牌来调岳飞，纷纷聚到中军大帐，有人情绪激动，流下眼泪，有人气愤不已大声喊道，朝中奸臣当道，皇上昏庸无能，忠臣有志不能施展，大哥！不如反了吧！

这些都是气话，也被岳飞当即喝止，可是，这些都被告密者和诬告者当成岳飞的罪状，报告给朝廷。

金牌实际是木制的，朱漆金字，一尺见方。上写八个大字：御前文字，不得人铺。铺，就是驿站，也就是说，接到金牌的人一天要八百里加急，到了驿站不得入内，只能换马，人得继续向前飞奔。

一连发出十二道这样的金牌，可见朝廷对调回岳飞多么急切。

岳飞启程，岳云、张宪跟随。

行前，张宪对陈英达道：“陈弟（这是他第一次这样称呼他）留下，中军你得左右照应，不能有所闪失。”

陈英达点头应允。

回想这几年与金军厮杀，陈英达觉得已经尽力，为辽国，为踏白营，他已经问心无愧。看来宋朝也不会与金国血战到底，报仇的愿望只能进行到这里，他也要为自己寻找退路了。

大军南撤，百姓牵衣顿足，痛哭失声。许多百姓随军南行。

金军在后面追杀，岳家军损失惨重。

过了长江，几万人已经散了大半。

后来听说岳飞、岳云、张宪遭到大理寺拘押，人无头不能走，岳家军纷纷自行解散。

陈英达兑现了张宪的要求，指挥中军过了长江，军队解散亦是大势所趋，陈英达也放下武器，换上便装，取道陕西奔往夏国。

据说，宋朝皇帝对杀不杀岳飞有所犹豫，而秦桧进言：“不是他造没造反，而是他有没有造反的能力。一个武人，要是有这个能力，就必须要杀掉！”

于是，当年冬天，岳飞父子被害于临安风波亭……

第二十四章

李楚贤

夏国在李乾顺当政时期，曾册封一位汉人女子任氏为皇妃，任氏是一个贤惠的女人，可是他的父亲任得敬却是个贪得无厌的人。他是汉人，又曾是宋朝的西安州的通判。金人进攻宋朝的时候，夏国出兵趁火打劫围攻西安州，任得敬打开城门投降了夏国，任得敬被留在夏国一直做一个小官吏。为了攫取更大的权力，他把女儿送进了皇宫，他就当了李乾顺的国丈。

女儿刚被封为王妃没多久，李乾顺驾崩，他的儿子李仁孝继位，改元大庆。任得敬成了皇帝的外祖父，被任命为都统军，执掌兵权。接着，任得敬向皇帝要朝中的大官当，至少要当中书令。

李楚贤对皇帝说，外戚干政，国家必乱。先朝两代外戚专权，架空皇权，祸乱人间，乃前车之鉴！

许多大臣也明确反对，任得敬阴谋一时受阻。

任得敬便开始贿赂那些贪财的王公大臣，那些受了贿赂的王公大臣一起向皇帝进言要任得敬入朝为官。其中以晋王察哥最为卖力。在众人的举荐下，任得敬得以入朝，做了尚书令。

一入朝堂，任得敬就把李楚贤视为眼中钉肉中刺，必除之而后快。屡屡编造各种罪状要置李楚贤于死地。为了缓和矛盾，也是为了保护李楚贤，皇帝将李楚贤调往夏国西部担任太守。

李楚贤深知皇上的用意，也是为了避其锋芒，收拾行囊准备去西部赴任。就在这时，陈英达到了他家。

陈英达得知事情原委，担心任得敬路上加害李楚贤，便愿担任保镖，护其到达目的地。

他在李家找到一柄长刀，提着刀跨上马便随李家上路。

走出兴庆府不到三十里，果然遇到一伙蒙面人拦住去路。

陈英达上前搭话。

原来，这伙强人不要钱财只要李楚贤性命，显然是任得敬派来的。双方话不投机，陈英达挥刀便砍。

那几个强人挥舞兵器围攻陈英达。

陈英达毕竟是阵前将军，三两个回合便把三个强人斩于马下，其余几个人拨马便逃。陈英达也不追赶，继续保护李家上路。

到了宿地，陈英达劝李楚贤，夏国之内恐无大人安身之处，不如西去投奔西辽，也好保全全家性命，等到夏国形势有变，再回来。

李楚贤亲眼目睹蒙面强人劫杀，幸亏被陈英达杀退，否则，全家早已命丧黄泉，就算到了目的地，还不知任得敬会用什么办法杀害自己。想到这里，便点头同意，暂到西辽处躲避一时，也是上策。

第二天，全家改道，偷越夏国边境，来到西辽国境内，直向可敦城进发。

到了城前，早有人赶去禀报：陈英达与夏国中书令李楚贤来到可敦城。

在宫殿广场前，正在可敦城的感天皇太后亲自降阶相迎。

几个人在皇宫叙话，接着是摆宴洗尘。到了傍晚，为李楚贤安排好住处，陈英达拱手告别，回到自己家里。

在庭院中，阿瑞正在观看儿子练武，见到陈英达突然出现，大喜过望，两人抱在一起，失声痛哭。这一别两年多，音信皆无，怎不让阿瑞想煞。

夜里，一家人聚在一起，陈英达谈起到踏白营见到一片废墟，燃起复仇之火，讲到奔赴五国城烧纸，怎样杀死金兵逃出虎口，又怎样被二位师兄劝说参加宋军杀敌。接着又讲到如何见到抗金名将岳飞，投其麾下，从江南杀到朱仙镇。又讲到十二道金牌调岳飞回京，岳家军解散……

新婚不如久别，那一夜，两个人无限亲热，以解多年相思之苦。

第二天一早，两个人去拜见哥哥陈英伟。向他讲述了这些年在外的经过，三个人又一起到李楚贤新住所看望李楚贤，陈英伟与李楚贤说起别后情景不禁感慨唏嘘。

说话间，李楚贤拿出一封书信，说道：“这是我在中书省接到的我们夏国在金国的细作和隐藏在宋国的细作发来的密报，综合归纳而成，正文已经呈给皇上，这是留的底稿，行前压到箱底，昨晚才找出来。你不是对岳家军解散不解吗？看了这份密报，你就会一清二楚了。”说着把信递给陈英达。

上写着：宋国一心议和。金兀术说，必杀岳飞而后可以言和。宋相秦桧之心与之契合，而张俊之心又与桧合，共同谋议，不置岳飞于死地不止。万俟卨以大刑逼供；王俊专司诬告；姚政、庞荣、傅选之徒亦以阿附，附会其事，无所不至，现在，岳飞岳云张宪俱看押在大理寺，恐断无生还之理……

陈英达看罢心生感慨：“为了议和不惜害死中兴大臣，实为国之败类，秦桧等不杀不足以平民愤！”

这时，西辽国的几位大臣也来到李楚贤家，一是看望安置情况，二是要与李楚贤交流对书法诗词的看法。李楚贤颇具文采，犹好诗词、书法。便与众大臣一起唱和，直到尽兴方散。

此后，这些人经常共同研习书法，过往甚密。

到了秋季，李楚贤接到夏国皇帝密信，言及国相任得敬贪得无厌。任得敬拟将夏国一分为二，由他自立一个楚国当皇帝。此事需宗主国金国批准，夏国皇帝希望能与金国联系，防止任得敬阴谋得逞。

李楚贤将信给了陈英伟和陈英达看后认为，必须亲到金国才能奏效。陈英达当即决定准备货物，要与金国做一次贸易，夹带着李楚贤过境抵达金国去见细作。

陈英达准备了一批药材，西域的地毯，皮毛产品，还有高大的西域马，半个月后，李楚贤扮作一个牵骆驼的帮工，商队向夏国进发。

途经夏国，李楚贤与皇帝派来的人几次秘密接头，了解到任得敬行贿金国大臣，要他们帮助说服金国皇帝批准他将夏国一分为二。

国岂可分？李楚贤怒不可遏，恨不得当面向金国皇帝陈述利害。

到了金国境内，陈英达凭借手中的金牌通行无阻。在中原地区，遇有集市和榷场，都以贱卖的价格出手货物，打听到金国皇帝正在齐鲁地区视察。

因为夏国的细作是枢密院大臣，每天都要跟在皇帝身边。李楚贤与陈英达带着交易的钱款，骑着马赶了过去。

皇帝的行宫设在海边一个大院落里，金国人出生在塞外，对海鲜情有独钟，皇帝此次驾临海边，就是来吃海鲜的。

枢密院设在一个村落，距离行宫较远，大臣们每天要骑马去见皇上。

陈英达还是凭借金牌进了岗哨林立的禁区，找到了枢密院的所在。

枢密院大臣完颜斯通是金国世袭贵族，在金国上下很有声望，唯一的缺点就是好色。在夏国向金国求和的时候，李楚贤想起春秋时期，越国大夫范蠡给夫差送美女的故事，找遍夏国，选了一名绝色美女送给完颜斯通。完颜斯通从此专宠一人。

因为金国皇帝大都好色，完颜斯通将这位美女深藏于密室，从不带她在大庭广众露面。

由于那位美女从中牵线，完颜斯通答应为夏国提供情报。

李楚贤找到了完颜斯通。

见到李楚贤，完颜斯通大吃一惊，他想不到夏国的中书令会亲自来找他。当然，他还不知道李楚贤已经被贬职，并逃到可敦城的消息。

李楚贤也不能说穿这一点，只是告诉完颜斯通事态紧急，任得敬要把夏国一分为二，新建一个大楚国。目前，任得敬已经贿赂了金国几位王爷，这几位王爷都在替他说话。

完颜斯通道：“已经听说这个事情，因为在前几天的朝会上有两个王爷提出这件事情，说是多一个儿皇帝，进贡会更多些，这两位王爷显然是同意分国。只是不知道中书令的想法。”

李楚贤道：“分国万不可行。任得敬本是汉人，他建立楚国，一定会联合宋朝共同合击大金国，到那时候悔之晚矣。”

完颜斯通道："好，那我就用这个理由说服皇上。"

李楚贤把此次贸易所得钱财大部分留给了完颜斯通，并告诉他，自己就在附近耽搁几日，等待消息。

完颜斯通同意，并提醒李楚贤，可能任得敬的人也在海边。

第二天在海边大院的朝会上，又有人提出夏国分国之事，皇帝犹豫不决。

完颜斯通道："任得敬本是汉人，一旦分国，他要回归宋朝，或是宋朝拉拢他，他会如何？"

皇帝点头，认为此话有理。

一位王爷道："那有什么，我们就把它灭掉好了。"

完颜斯通道："如果要出兵，不如不给他这个机会。"

就在这时，门外有人报称："有紧急军情报告。"

皇帝接到的报告是金兀术送来的，金兀术已屯兵长江北岸，天堑难以越过，他意与宋国媾和，请求批准。

在金国皇帝这里，前线的报告从来都是急报急批从不耽搁。

话题转到了媾和问题上，任得敬要求分国之事只能改日再议。

李楚贤和陈英达到达当天，就住在村里一户农民家中。第二天一早，李楚贤要看大海，便与陈英达走出小院，沿着村里的小路走向海边。

刚刚走到村头，陈英达低声道："有人跟踪我们。"

李楚贤不敢回头，便问："怎么办？"

陈英达道："把他们引到僻静之处。"

二人向海边一块巨石走去。

后面三个人已经跟着走出村外。

走到大石头的顶部，两人装作观看海景，一边留意那几个人的动静。

三个人手执兵刃，分成三路向大石头靠拢。

陈英达准备迎敌。

三个人攻上大石头，陈英达施展拳脚把三个人全都打了下去，并从一个人手中夺下一把钢刀。

三个人再次攻上来，陈英达连杀二人，抓到了第三个人。

李楚贤忙着把两具尸体推下海去。

陈英达向第三个人喝问："谁派你们来的？"

那个人闭口不说。

李楚贤道："不说也知道，不能留他！"

陈英达举起了刀，那人看真要杀他，连喊饶命，并说到是跟着夏国官员来的。

问他官员住在哪里？他道，村头第三家。

李楚贤还是示意，要杀掉他。

陈英达手起刀落，结果了他的性命。

李楚贤又把这具尸体推下大海。

陈英达道："此地不可久留，我们去找那个官员。"

两人下了大石头，返回村里，来到村头第三家，一问，这里的租客刚刚离开。

跑了！

意外中除去了心头隐患，两个人又回到租房中，等待朝中消息。

到了晚上，皇帝身边又有人提到夏国分国之事。

皇上道："夏国分国弊大于利，假如只为多得贡品，我们可以向夏国加码。如果任得敬分国与宋国联合，便成大患。"

皇上一锤定音，完颜斯通暗暗称幸。

晚上，完颜斯通把消息告诉了李楚贤，李楚贤当晚便带着陈英达离开了海边村庄。

在返回的路上，李楚贤向陈英达一再表示感谢，称他是两次救自己命的救命恩人。

陈英达挥挥手："一家人说什么谢字？"

在夏国，由于金国否定了任得敬的分国企图。任得敬恼羞成怒，决定孤注一掷，一年后，他要独立分国。

仁孝皇帝召李楚贤回朝，继续任中书令，领导与任得敬的抗争。

任得敬见独立分国也要受阻，索性发动政变。李楚贤召集兵马一举荡平叛乱，生擒任得敬。

皇帝念其皇亲国戚的分上，赐其自尽。

一个在夏国祸乱几十年的老奸臣，终于得到了应有的惩罚。

李楚贤被任命为宰相，一揽夏国军政大事，执政十余年，直到天盛十四年安详病逝。

陈英伟、陈英达两兄弟率全家赴夏国吊唁。

那一年，陈英伟七十岁，夫人六十八岁，两个女儿都已做了母亲。陈英达六十五岁，阿瑞六十岁。他们的儿子陈俊杰、陈俊豪年近四十，孙子陈玉坚、陈玉强也二十出头了。

特别是这两个孙子从少林寺学武回来，一直跃跃欲试，可惜直到现在还没有用武之地。

阿瑞来到夏国，突然心生感慨，我今年活了一个甲子，不知还能不能回到故国家乡看一看。

第二十五章

辛弃疾

听到母亲的感慨，两个儿子对父亲说：母亲有此想法，做儿子的应当成全。就由我俩带着两个孩子，陪着父亲、母亲到中原故地走一走。

陈英达与哥哥商量，陈英伟点头同意。

葬礼结束，两个儿子、两个孙子陪着父母（祖父母），带着仆人、丫鬟，乘坐车辆，骆驼、马匹从夏国向中原进发。

行前，陈英达把那块金国的御赐金牌交给了陈俊杰。这就意味着遇事由他来协调。

一路上晓行夜宿倒也顺利，过了山西地界，两个孙子突然提出要看一看祖宗的发祥地——踏白营。

陈英达想尽管那里已成废墟，毕竟还有人居住。那里是祖宗创业的地方，让孩子看一看也有好处，况且阿瑞还从未见到过踏白营呢。

一行人转向北行，十数日后，来到了谭枳寺边的踏白营。

这几年有些房子已经重新修建，这里毕竟有交易的历史，这些年又恢复成了一个涵盖周边的大型榷场。每日里人来人往，逐渐热闹起来，有人在这里开饭店、旅店，招待来往客商。

找到一家旅店，安排大家住宿，吃过饭，陈英达带领大家来到素王府废墟前。

他好像还有印象，当年素王府的热闹景象，如今已经荡然无存。他甚至想起耶律大石来看欧阳修写的书法，父亲与他结识的情景。

陈玉坚忽然看到一面墙壁上有人刚刚写的一首词。

他拉着弟弟玉强一起来看。

只见墙壁上写着：

岁月无情，月照空城头满霜，离歌一曲残阳泪，断人肠。东风宫柳舞雕墙。踏白营里花溅泪，秋声何处说兴亡……

墨迹未干，刚刚写的。

陈玉坚问摆摊老丈："这首词何人所写？"

老丈指着前边的饭店道："刚进那家饭店，一个穿绛色衣服的后生。"

两个人拉着手向那家饭店跑去。

进了饭店，一眼就看见一位身材高瘦、身着绛色衣服的青年坐在那里。

两人上前施礼问道："先生可是在那厢壁上写词之人？"

年轻人点头。

陈玉坚问："这首词写得慷慨悲壮，敢问先生大名。"

年轻人道："我叫辛弃疾，字幼安。方才看到踏白营到处是废墟而生感慨，胡乱涂鸦，恐二位见笑。"

陈玉坚道："我兄弟二人都喜欢宋朝诗词，尤其是欧阳修和苏东坡的诗词更是喜欢。方才见到您写的这首词，寓意深邃，用词精湛，堪与大师们相比，实在钦佩。"

三个人年龄相仿，两个人是辛弃疾的崇拜者，这让辛弃疾感到心中欣慰。陈玉坚点酒点菜，三个人谈笑风生，开怀畅饮，好不快活。

三个人喝得酒意微醺，直到夜半才散。

第二天一早，吃过早饭，两人领辛弃疾来见父亲叔叔爷爷奶奶。听说原来是踏白营的后人，辛弃疾更加敬重，当天上午，三个人又在一起谈诗论词。

原来，辛弃疾是历城（今山东济南）人，此次是因为远房亲戚过寿，他受父母之命前去贺寿，回来路过踏白营，想不到结识了陈家兄弟，三个人感到意气相投，遂要结拜为异姓兄弟。

三个人来到附近一座关帝庙中。

辛弃疾为兄，二人为弟，三个人掂香叩头，结成八拜之交。

弟兄二人又带着辛弃疾来见几位老人，辛弃疾纳头便拜。

陈英达将他扶起，一家人在一起宴请辛弃疾。

第二天，辛弃疾要告辞回乡，与众人告别。

陈玉坚、陈玉强二人送他到踏白营外。

分手之际，辛弃疾悄声告诉二人："我回历城即将参加耿京反金队伍，你们要是听说，耿京拉起队伍与金国作战，我必在其中。二位贤弟武功高强，何不就此与金狗大战一场？"

二兄弟道："我二人决心与大哥奋战到底。"

辛弃疾催马扬鞭，满怀豪情地喊了声："待从头收拾旧山河，朝天厥！到泰山找我！"说罢，绝尘而去。

踏白营的人听说陈家后人回来了，纷纷前来探望，有与陈英达同龄者，说起当年一同玩耍的故事，惹得大家感慨唏嘘。

告别了踏白营的父老乡亲，一行人继续南行。不一日到了汴梁城下。阿瑞想起了靖康之年被掠出宫来的可怕日子，禁不住流下了眼泪。

进得城中，来到旧日皇宫门前，这里已经破败不堪，门前有士兵把守，不知里面是什么衙门，皇宫里完全没有了昔日繁盛景象。阿瑞在这里出生、长大，想不到花甲之年还能看到这里，真让人感慨万千。

傍晚就宿在离皇宫不远的旅店里，阿瑞在房间里向儿孙们讲起昔日皇宫的生活。她说，一年之中，只有正月十五"金吾不禁"，可以离开皇宫到街面上看灯，那一夜恨不得玩到通宵，可是，刚过午夜，那些太监、宫女就催着回去，真是扫兴。

第二天，阿瑞想要陈玉坚拿着金牌进到皇宫里面，陈英达怕阿瑞见到旧屋会触景伤情，还是劝她作罢。

阿瑞等人来到汴河边上，这里的渡口都有金兵把守。

小时候，她曾随父亲一起在汴河上泛舟，那时候，龙舟首尾相接，好不气派。如今，河上仅有几条小舟在航行，河道两边堆满垃圾，河水又脏又臭，对比当年的繁华景象，阿瑞禁不住连连叹息。

一行人依依不舍地离开了汴梁城，来到赵氏祖坟所在地。这里早已被盗挖得面目全非，石马、石像、石翁仲东倒西歪，每个坟穴都被挖开，简直就是满目疮痍。

阿瑞要给祖先上坟。

大家买来香纸，在坟前焚烧。

这里荒无人烟，也无人看守，阿瑞还看见了几堆烧过的纸灰堆，想必还有赵氏子孙来过。

到了汴梁，看到了宫门，到了汴河边上，给祖宗烧了香纸，阿瑞算是心愿已了，大家缓缓北行。

离开汴梁不久，果然听到耿京造反的消息，正如辛弃疾所说，造反的队伍集聚在泰山一带。

陈玉坚、陈玉强心痒难耐。便向爷爷、奶奶和父亲提出要去泰山找结拜大哥辛弃疾。

在陈英达心中，杀金狗报仇一直应当是陈家义不容辞的责任。他随岳家军抗金，尽管没能取胜，却可以一酬壮志情怀。他理解孩子们的心愿，也为有这样的孩子感到自豪，但是，孩子的父亲却提出一个建议：

二者去一，抽签决定。

两个孩子面面相觑，怎么办？

父亲陈俊杰态度坚决，连爷爷、奶奶也点头了，看来只好如此了。

抽签结果，陈玉强留下，陈玉坚去泰山。

父亲把那块金牌交给了玉坚，也许在关键时候能有用处。

兄弟俩遗憾话别，陈玉坚打马东去，直奔泰山。

起义军人马大都驻扎在泰山上，那里易守难攻，便于屯兵。

在山脚下，遇有卫兵拦截，陈玉坚告诉他们来找义兄辛弃疾。

卫兵一听连忙放行，好像辛弃疾在这里很有名气。

走进山区，不时见到起义军的兵马在调动，在一座山顶，有一座古庙，起义军总部就设在这里。

门前有卫兵把守，陈玉坚说明来意，烦请通禀。

忽然，门开了，辛弃疾兴奋地跑了出来，一把抓住玉坚的手："好兄弟，你果然来了，三弟呢？"

陈玉坚道："家父提出二者去一，抽签结果他留在家中。"

辛弃疾拉着他走进屋中。

走进殿中，只见到处都是书籍，墙上挂着刚刚写完的诗词，这哪里是起义军的军部，就是一个书斋嘛。

辛弃疾让陈玉坚坐到对面，道："我在起义军里担任掌书记，也就是起草文书、发布安民布告。手下有七八个卫士，都是粗通棍棒，你要好好调教他们。来。"他说着把陈玉坚带出门外，向几个人道："他是陈卫士长，是我的结拜兄弟，今后领导你们，先让他教习你们武艺。"

听他一说，几个人站到陈玉坚身边，拱手道："请卫士长赐教。"

陈玉坚道："好吧，那我就不客气了。现在，我们经常打仗，不能从基础练起，那我们就先练习刀枪。"

说着，他从墙边拿过一杆长枪，在偏殿门前练了起来。

果然，那一杆枪使得呼呼风响，只见枪花不见枪身，辛弃疾带头鼓掌叫好。

接下来是卫士们依次演练，直练到太阳偏西。

吃过晚饭，辛弃疾带着陈玉坚来到主殿，为他引荐起义军首领耿京。

耿京四十多岁，身材魁梧，举止稳健，一看就是一个将帅之才。他听完辛弃疾的介绍，连连表示欢迎。

这时，走进一个矮胖的将军，他叫张安国，是起义军的主将之一。

辛弃疾向张安国介绍陈玉坚。

张安国应酬地笑了笑表示欢迎，陈玉坚从他的眼神中看到一丝茫然，也许，他是心不在焉吧。

这几日各地起义军纷纷来归，队伍不断壮大，陈玉坚每日教卫士们习武，有时听辛弃疾讲些战斗故事和文界逸事，日子过得倒也痛快。

这日，从山下传来消息，就是那个杀了金熙宗登上王位的完颜亮，看到国内诸事萎靡，国力不振，想到宋朝偏安江南，要发动对宋朝战争，以挽救国内的颓势。遂下令，在金国全国范围内开始征兵，两丁抽一，组成十万大军，要跨过长江，一举剿灭宋朝。孰料，战端一开，金军在长江上屡吃败仗，中原地区由于耿京率军抗击，许多部队在未到达前线便被击溃。

发动侵宋战争，破坏几十年两国之间的和平，且连连吃败仗，损兵折将，惹得金国内部极度不满。

辛弃疾告诉陈玉坚说，这个金国皇帝荒淫暴虐，简直非为人类。他本来就是发动政变，杀了皇帝才得以继位。即位后杀害同族二百余口，把金国的首都从关外的会宁府，迁到中都。把会宁府夷为平地，现在又要把首都迁到开封，弄得是天怒人怨。更有甚者，他霸占婶娘、妹妹，还有诸多大臣的妻妾，扬言要玩遍天下所有美女。

陈玉坚愤愤地说道："似这样的禽兽高居皇位，就是天下灾难，人人得以诛之。"

果然，那一日晚上，皇帝正在大帐中训斥官员，几名军官带着一队士兵冲进大帐，抓住皇帝完颜亮和几个主战派的官员就是一顿斩杀。完颜亮还想反抗，怎奈寡不敌众，略施拳脚就被削掉了脑袋。在关外辽阳那边，完颜雍宣布继承皇位，改元大定。

完颜亮死后连个谥号也没有，就叫他海陵王。

金国现在又要与宋朝修好，下令向北撤军，长江一带防线松弛。

耿京命令起义军尾随追击，要辛弃疾带领卫队过江，联络江南宋军抓紧过江，与起义军同击金军。

辛弃疾领命带着卫队向长江边进发。

一路上，陈玉坚小心保护辛弃疾等人，马不停蹄走了三日，顺利来到江边。

早有人联系好了过江的船只，众人登船，直向长江南岸驶去。

一行人弃船登陆，在辛弃疾率领下来到宋军大营。向江防大吏禀告，奉起义军统帅耿京之命，相约宋军过江共击金军，以求收复黄河两岸失地。

当夜，辛弃疾住在宋军大营。第二天，他带领卫队返回江北。

过了江，便听到令人震惊的消息，说是耿京率部投靠了金军。

辛弃疾认为绝不可能，耿京绝不会投降！

到了泰山附近，又听到消息，说是张安国杀死了耿京，率部投降了金军。

哪个消息是真，哪个是假？只有到了泰山才能弄清楚。

那一日，他们来到泰山脚下，山上的大部队已经不见踪影，只有老弱病残还留在山上，辛弃疾忙问部队去向。

几个伤兵道："张安国早与金军勾结，那日他带人冲进大雄宝殿，杀死了耿京，然后带领队伍投奔金军。

辛弃疾问："多少人愿意跟他们走？"

伤兵答道："没有多少人愿意跟着他们走，只是人无头领，不知何去何从，大家只好散了。"

几万人的起义队伍，就让一个张安国给毁了！

当晚，辛弃疾与卫士们商议，他提出了一个大胆的计划，要尾追张安国，伺机把他抓回江南去受审。

第二天，陈玉坚和卫士们带好刀枪，跟着辛弃疾下了泰山，沿着张安国部队走的路线一路尾随下来。

到了晚上，追上了投降的部队。

辛弃疾先派人去打探。

两个时辰以后，打探的人回来报告：张安国率领的部队就在前面五里左右的山村里。一万多人没头没脑，乱乱哄哄。有一部分金兵在外围看守这支部队，住得也很凌乱。

辛弃疾一拍大腿道："天助我也。"

他要大家混进村庄，到了半夜，伺机而动。

众人骑马进了村庄，投降金国的士兵士气低落，有的三五成群在喝酒，有的在打牌，有的在睡闷觉，一片杂乱无章，他们走到村中间，见到一个大院，门口站着卫兵，不用问，张安国就住在这里。

他们找了个地方隐蔽起来，直到后半夜，辛弃疾带着卫士们摸到大院门前。

陈玉坚上前杀死两个熟睡的门卫，众人走进院中。

这是他习武以后第一次杀人，但是由于义愤难平，胸有正气，甚至觉得杀得理所当然。

院中没有警卫，或许有，但已经睡觉。只见东屋露着灯光，趴窗户一看，张安国正在和一个人交谈，那人也是此次叛变的始作俑者。

他们推门走进屋中。

张安国一见辛弃疾，脸上露出诧异表情，他想问什么。

辛弃疾眼疾手快，挥起手中宝剑，将那个人脑袋削掉，然后用剑指着张安国道："你杀死耿京，罪大恶极！"

张安国反应过来刚要拔剑，陈玉坚上前一掌将其击昏，众人把他捆绑结实，嘴里塞上布团。

有人找来一块毛毡毯把他裹了起来，扛到了院中。

院门外有人牵过马来，把张安国放到了马背上，用绳子捆好。

这一切进行得意外顺利，辛弃疾、陈玉坚等人各自上马，向村外走去。

哨兵在村口睡觉，村庄的街道上寂静无人，众人神不知鬼不觉地离开了村庄。

此次袭击顺利得手，原因是起义军中跟着叛变的人，大都是乌合之众，他们没有纪律，没有领导，谁也管不了谁，张安国一时也改变不了这混乱局面。现在，没等他改变，他已经成了瓮中之鳖。

走到第二天中午，他们在一个山坡上休息，把张安国从马上解了下来，发现他还活着。

众人把他绑在树上，留出两手，让他吃饭喝水。

到了傍晚，大家把张安国又结实地捆好堵上嘴，用毛毡毯裹起来，捆在马上，继续赶路。

金兵北撤，他们南行。金兵白天行军，他们夜间赶路。一路上风雨无阻来到长江边上。

要登船的时候，陈玉坚忽然向辛弃疾告别。

辛弃疾奇怪地望着他。

陈玉坚说：自己是辽国人，本想要为辽国复仇，为踏白营复仇，没想到，起义军竟然是这样的结果，现在一切都会结束，他不想为宋朝服务。

辛弃疾为难地拉着他的手：“好兄弟，我不想让你走。”

陈玉坚道：“据我所知，没有一个辽国人在宋朝为官，你带我过江，在那里一定会给你带来不少麻烦，一路上我思索再三，觉得还是不去为好。”

船夫催促开船。

没有时间再解释，辛弃疾解下腰间佩剑，双手捧着交给陈玉坚：“这是一柄宝剑，削铁如泥，宝剑赠壮士，留给你做个纪念。”

陈玉坚单腿跪下接过宝剑：“谢大哥。”

辛弃疾道：“有难时到江南来找我。”

陈玉坚道：“可敦城有你的家。”

船开了，两人依依惜别。

辛弃疾押解张安国过了长江，把他交给了宋朝的守军看押，连夜向朝廷写了奏表，讲述抓获叛徒张安国的过程，宋皇赵构一见大喜，忙下令把张安国押到杭州来。

辛弃疾押解打入木笼囚车的张安国向杭州进发。

沿途百姓听说抓到了杀害耿京的叛徒，纷纷向木笼囚车投掷石块和烂泥巴。辛弃疾不得不派人每天清洗囚车。

张安国被押解到临安（今浙江杭州），先是游街示众，后被拉到市曹砍头。

二十余岁的辛弃疾名满江南，连皇帝也称赞他勇武绝伦。那年，他被任命为江阴签判。

接下来，辛弃疾不断上书皇帝，请求领兵北伐，以收复失地，驱逐金狗。但是始终得不到皇帝的响应。他一度心灰意冷归隐田园。为吐心中块垒，他写下无数辉煌壮丽的词篇，这些词篇流传千古，成为中华民族的无价瑰宝。

“醉里挑灯看剑，梦回吹角连营，八百里分麾下炙，五十弦翻塞外声，沙场秋点兵……”这就是他那一场起义军生涯的真实写照。

第二十六章

党怀英

金代贞元年间，在泰山脚下的一个县城里有一座书院，教书先生是一位知名学者，名叫蔡松年。在他教授的学生中，有两个人大有名气。

一位是辛弃疾，另一位叫党怀英。

其实，在他的学生中还有一个人一直隐藏着自己的真实身份，他叫韩彦博。

他自称是蓟县人氏。祖辈为农，到了父亲这一辈，为了能让孩子出人头地，省吃俭用，供孩子上学。

党怀英的祖父、父亲都是宋朝的高官，家境殷实，也经常接济于他。

党怀英年长辛弃疾六岁，韩彦博长辛弃疾三岁，三个人成为莫逆好友。

其实，这位韩彦博的家世，要比这些人都显赫得多。他的先祖叫韩知古。只要提到这个人的名字，对韩家身世就可以一目了然了。

韩知古的孙子韩德让在辽圣宗耶律隆绪的年代，可谓位极人臣。他是萧绰太后的情人，并被赐予契丹姓氏，可谓一人之下，万万人之上。

他的后人也都在辽国为官，有的官至宰辅。直到金国攻陷辽国都城，身为文官的韩家见复国无望，韩知古的第六代孙携全家又回到了蓟县。那里有韩德让修的韩家家庙——独乐寺。

为了保护这座家庙，韩家人伪装成农民，伙同全村的韩氏族人共同出资用以维修。金兵来犯，众人围在独乐寺四周，对来犯的金兵好吃好喝予以招待，终保全寺毫发无损。

金国灭辽已经三十多年，全村的人一直保护着韩知古的后人，因为打从韩知古那时候起，在辽国的韩家就没忘记家乡人。韩家人最初是给家乡的贫困户捐钱，后来，花钱为村里修路，建房。再后来，要他们的子弟出外做官当差。到了韩德让时代，他的贴身警卫几乎都是家乡人。

现在辽国亡了，韩家人回到老家，村里的人有恩必报。对外，一致宣称他们都是世代农民，从未出本村一步。

直到贞元年间，金国规定三年会考，与宋朝一样选拔读书人才。韩家才把韩彦博以寒门子弟的名义送到泰山脚下，去投名师蔡松年。

蔡松年的父亲是宋朝高官，其岳父是著名文学家，他后来被金朝召入朝中，任内阁大学士等职，著作很多，犹善诗歌与词赋。所以，他的几个好学生，像辛弃疾和党怀英，都成了诗词大家，与他的教授不无关系。

蔡松年还是金代著名茶人。蔡松年描写饮茶的《好事近》流传千古：

天上赐金奁，不减壑源三月。

午碗春风纤手，看一时如雪。

幽人只惯茂林前，松风听清绝。

无奈十年黄卷，向枯肠搜彻。

“向枯肠搜彻”，这是蔡松年在向茶人卢仝致敬。

蔡松年词中“壑源”在福建省建瓯市内，所产团茶极有名。

金正隆末年，也就是海陵王在位的最后一年，他穷极生疯，撕毁宋金合约，发动对宋朝的战争。这一几近疯狂之举，在泰山脚下的书院也激起波澜。

意气风发的辛弃疾对金国发动对宋国进攻怒不可遏，他动员韩彦博、党怀英与他一起开展反金斗争。

恰在这时，韩彦博得到家乡消息，说父亲病逝，他得回家奔丧。

就剩下党怀英是辛弃疾的动员对象，可是，党怀英对投宋反金没有激情，他道：“而今金国日趋汉化，他们兴科举，设太学都是为了招纳贤士，以提高他们的汉化水平，这正是我辈的出头之时，贤弟不要放弃这个机会。”

辛弃疾反驳道：“你没有看见那些金狗让我们髡发左衽，稍有差池就被杀头，这种任人宰割的日子还能忍受下去吗？”

党怀英道：“金人粗暴无理，滥杀无辜，实在野蛮。正是少知圣贤教诲所致，我辈正可借机施以教化，使其改恶向善。”

两个人你一言我一语说了半天，谁也说服不了谁，最后决定蓍卦决定去向。

结果，党怀英得“坎”卦，辛弃疾得“离”卦。

“坎”为水，主北方，“离”为火，主南方。

按卦象分析，党怀英应当留在北方。

辛弃疾应当去南方。

两个人执手相别。

那一年，党怀英二十八岁，辛弃疾二十二岁。

辛弃疾离开书院，便召集了两千余人的抗金队伍，参加到耿京和李铁枪的起义行列，占据泰山，与金兵展开战斗。后来张安国破坏抗金大业，被辛弃疾和陈玉坚抓到，将其送到江南宋国处死。

辛弃疾名满江南。

相反，留在北方的党怀英日子过得并不顺利。先是一把大火，烧得家徒四壁。更不幸的是，偌大的学问，三次会考，他都名落孙山。

落榜的日子真是难熬，由于灾后家境贫寒，甚至没有隔宿之粮。

韩彦博压根儿就没参加会考，得知这个消息，为党怀英送来米、面和银两。

党怀英心里纳闷，读书时韩彦博也是节衣缩食，自称家中贫寒，怎么现在有了米面和银两？

韩彦博笑而不答，便陪着党怀英到处游历，与诗友们唱和，为的是让他消解落第的苦闷。

两人游历了各处名胜，结交了一批朋友如石震、徐茂宗、贾因叔等人。

党怀英作诗云：

“诗人固多贫，深居隐茅篷。”“冲寒起沽酒，一洗芥蒂胸。”

“……倦游无味家何处？落日西山紫翠。”

直到大定十年，他才考中进士，被委任了一个不大的官职——莒州军事判官，后任汝阴县尹。在这两任期间，他都把韩彦博招至身边做一名帮闲。

帮闲，不算政府正式官员，没有薪俸，当地财政充裕，可以给些补助，财政不好，分文没有。

韩彦博不在乎薪俸有无，只是愿跟党怀英在一起练习书法，唱和诗词。久而久之，韩彦博不仅书法大有长进，连诗词也颇具风采。

数年后，他先是把党怀英的诗词收集归纳结集付梓，也把自己的诗词结集了一册，取名《韩门集》。

突然，那一年秋天，党怀英供职的县城因为赈粮不公发生民变，暴民近千人举着锄头镰刀冲击县城府衙，城中无兵难以阻止，县令被抓住乱棍打死，党怀英只能与韩彦博从后门逃离衙门。

夜黑风高，山路崎岖，两个人沿着山路向城外奔逃，行至大路，却又遇到城外暴民涌向城里，狭路相逢，必须尽快躲藏。

两个人跳进路边的水塘里一直躲到天亮。

天明时候，路上没有了人，两个人爬出水塘，身上透湿，不敢再走大路，便向附近山里奔去。

途中，党怀英崴了脚，难以走路。韩彦博就架着他艰难前行。

绕过山梁，见有一家农户，韩彦博放下党怀英要上前求助。

党怀英心思缜密，提醒他，小心这户人家也是暴民。

韩彦博走到院前，却听见屋中传出琅琅读书之声，仔细一听，原来是孩子在念宋朝流传的《千字文》，心中便觉放心，走进院中，几声犬吠，一位老者走出屋来。

韩彦博上前求助。

这时屋中又走出一人，一看原来是当初唱和诗友徐茂宗。二人一见大喜过望，忙把党怀英接了过来。

到屋中，老汉为二人换了衣服，准备饮食，党怀英问徐茂宗因何在此?

徐茂宗道:“我在城里教书，每个三五日便要到郊区几家农户家中巡回教学，昨天来到这家，尚不知城中发生民变之事。”

三人意外相聚，倍感亲切，免不了又要赋诗唱和。

隔了几日，上峰派军队将暴民镇压下去，城中恢复了平静，党怀英脚还没好，便骑着一匹骡子与韩彦博回到了县衙。

经过这次逃亡，党怀英对韩彦博更加信任，直到调任颍州，仍然带他前往赴任。

金国有规定，进士历经三任方可担任县令。党怀英任职期间不仅诗词歌赋名满全国，尤其他的书法更在金国称绝。像泰山、历城等地多有请党怀英题写碑文和墓志铭，他的篆书尤为有名，曾被誉为神追古人，自成一家。

京城专有书法爱好者到处搜集党体篆书，以供临摹。

因为名声大盛，在大定十八年，党怀英被召入京都，任儒林郎，武骑尉，并编修国史。

在查阅辽史的时候，他发现了蓟县韩知古一家，并延续追踪，发现在萧绰皇太后时期炙手可热的人物韩德让，在蓟县修过家庙独乐寺。

这不由得让他联想到同是蓟县的韩彦博，他找来韩彦博问他是否知道韩知古和韩德让？

韩彦博摇头表示不知道。

自从完颜亮把金国的都城从关外的会宁府迁到幽州以来，这里便成了金国经济文化的中心。这里距离蓟县并不遥远，党怀英有一天提出要到蓟县，也就是要到韩彦博的老家去拜望他的老母亲。

韩彦博借故推托。

怎奈党怀英主意已定，三天两头就催促韩彦博带他去老家一次。韩彦博拗不过他，选择了一个假日，与党怀英出了京都向东行进。

到了蓟县，党怀英下了马，先去参观独乐寺。

独乐寺建于唐代，辽中期重修。独乐寺气势恢宏，三进大殿各具特色，堪称为辽代杰作。

“观音之阁”几个大字俊逸遒劲，令党怀英赞叹不已，他不住地在手心描摹，原来，这几个大字是唐代大诗人李白所写。

他发现大雄宝殿的观音有十一个头，便问是何缘故？

庙里执事答道：“当初，韩德让修庙时有十一个弟兄。”

党怀英出了独乐寺，来到韩彦博的家中，拜见伯母。

韩家虽然住的也是农家小院，与其他农家毫无二致，待走进屋中却发现屋中虽然摆设普通却整洁干净。

韩母虽然六十开外，却是面色红润，精神矍铄，而且谈吐不凡。

党怀英躬身下拜。

韩母打量他道："党公面呈忠厚，心地善良。老身不妨以实相告。我韩家世代在辽国为官，而今只求'苟全性命于乱世，不求闻达于诸侯'。彦博未以实情相告，实为老身之错，期望党公海涵。"

这几句话竟然出自一位老妪之口，让党怀英禁不住目瞪口呆。

韩母接着说道："彦博从小就喜欢读书，我听说蔡松年授教十分博学，便让他去就学。想不到自认识党公之后，他竟要追随于你，以研习书法和诗词。我们本是汉人，既为辽朝官宦，不可能再在金朝做官，彦博跟着你做一个帮闲，这些年给您添累赘了。"

党怀英忙说道："伯母说的哪里话来，彦博这几年与我以命相托，没有他，我早已不知落到何种地步。"

韩母道："既然如此，你们就好生相处吧。"

当晚，韩家亲属来陪党怀英吃晚宴，党怀英与韩彦博和韩母畅谈到深夜。第二天，党怀英返回京都。

大定二十年，朝廷调党怀英为国史院编修官、应奉翰林文字兼同修国史。大定二十九年与郝俣参与《辽史》刊修。明昌元年升直学士，担任国子监祭酒。时增修曲阜宣圣庙，奉圣命撰碑文。后迁侍讲学士、翰林学士等职，深受历任君主赏识，为当时金朝文坛领袖。

在修《辽史》期间，每遇有涉及韩家史实，党怀英皆美言之。

韩家有女嫁与党怀英儿子为妻，两家遂结秦晋之好。

党怀英七十三岁致仕，隐居泰山，至七十八岁，有金一代文宗仙逝。

韩彦博给党怀英帮闲一生，最后将他的文章、诗词、书法分别搜集成卷，付印成书，大约有七十五卷之多。可惜后经战乱兵燹，大多散失……

第二十七章

王重阳

完颜亮不顾一切地策动金国南征攻宋，激起了金国上下一致反对。为了制止他的疯狂行动，在金国北方，一些王公贵族册立完颜雍为皇帝。完颜雍登基后，向全国昭告完颜亮登基后的种种罪过，并且下令废除他的皇帝职位，停止南征灭宋之举。此时，位于长江边上的完颜亮依然疯狂反扑，当晚，他被军士们射杀，结束了罪恶的一生。

为了树立自己的清明形象，完颜雍的一切，皆反完颜亮之道而行之。他自身生活朴素，采取中庸稳固的方式管理朝政，提倡儒学；查问细微以激励官吏，严禁贪污以恢复政治清明；对经济采取务实的态度，并且免除不合理的赋税，若有天灾发生，立即救济赈灾。当时，中原地区各族人民纷纷起义，他为了维持统治，利用科举、学校等制度，争取汉族贵族支持，又加强“猛安”“谋克”的权力，从军事上强化管理。这些都使金朝的经济、文化都得到了一定程度的恢复和发展，史称“大定之治”。

完颜雍除了抵御南宋北伐，还出兵威震西夏、高丽，使这两国臣服金朝。

完颜雍执政二十九年后去世，谥号金世宗，被金史称为“小尧舜”。

金世宗死后，立完颜璟即位，是为金章宗。

这两个朝代政治清明，汉化程度逐渐加深，史称“世章盛世”。

党怀英能在金代文坛取得如此成就，是因为他恰逢和平盛世。

在这个环境中，有一件在中国宗教史上也值得大书特书的事情发生了。

这桩事情要是从头说起，先得说宋朝政和二年，也就是辽国天庆二年，在陕西咸阳大魏村诞生了一个男孩，取名王中孚。在《易经》中有一卦为“风泽中孚”，家长为其取这个名字，是希望他诚实守信。

这个孩子自幼喜欢读书，又喜欢练武，长到十五六岁时候，已经是全村有名的文武全才。及长，全家迁移到了终南县，又到处找名师学文习武。只是这个孩子性格孤僻，喜欢独处。这是父母也奈何不了的。

到了金国天眷元年，那年他二十六岁，参加省级应试，他自恃雄才，考文又考武，竟然得了文武双举人，名噪一时。

官员见他是个人才，便让他在衙门担任了一个不大的官职。王中孚干了几年，觉得没有前途，按他的话说就是“业儒不成，业武不就”，干脆就辞职不干了。

没了职业干什么？他想到要加入道教，隐栖于山林之中。金国正隆四年，他舍弃妻子孩子出家外游，称其在干河镇遇到神仙，向其传授内炼真诀，可以悟道成仙。

大定元年，也就是完颜雍刚取代完颜亮当皇帝的那年，他在终南县楠时村掘地丈余深，作为隐身之处，取名为“活死人墓”。

到了大定三年，他成功丹圆之后，迁居刘将村，为了招收教徒，他花样出新，施展奇幻异术，甚至“辟谷”三十多天，不吃不喝，以求标新立异。但是应者无几，到处碰壁。

大定七年四月，据说他在梦中受到仙人指点，要他向东，直至大海，传经布道。他毅然焚毁自己的房屋，独自乞食，走出潼关，一路向东。

一路走来，他看到了连年战乱，给各地百姓带来的深重灾难。尤其是到了山东之后，见到金兵洗劫村庄，百姓涂炭尤甚。金国在多地实行高压统治，“民禁汉服，人皆髡发”，人民痛苦不堪。

王中孚便改名为王重阳，号重阳子，他一路乞讨到了牟平、登州一带海边，沿街传道，宣讲肉身灭迹，灵魂升天的法门，受到了不少群众的欢迎。开启了全真之风“起于西，兴于东”的时代。

当地人马珏接受了王重阳的学说，专在家院附近为他修建了全真庵。

王重阳传教时多用诗词歌曲宣讲道义，又以奇幻异术附会传说，王重阳在众目睽睽之下“辟谷”三十天，于是，神仙下凡的消息在山东不胫而走，人们潮水般涌到全真庵前，拜倒在其门下。

这其中以丘处机（号长春子）、王处一（号玉阳子）、刘处玄（号长生子）、谭处端（号长真子）、郝大通（号太古子）、马珏（号丹阳子）、孙不二（女，号清静散人）七人为传道骨干，号称全真七子。

王重阳主张儒、释、道三教归一，重视孝道，倡导“全真而仙”，反对肉体羽化成仙的说法，他认为肉体是无法成仙的，只有修其真性才能返璞归真，真正成仙。

韩彦博被他的理论所折服，来到全真庵想要拜见王重阳。

王重阳的屋中人满为患，无法挤进去，韩彦博只好在外面等待。

这时有一个人从外面走进，韩彦博注意到他把头发梳成三个抓髻，觉得此人甚为面善，便躬身下拜：“敢问先生可是从义学长？”

马珏止住脚步打了个稽首道：“在下正是马从义。”

韩彦博道：“在下韩彦博，也曾在蔡松年老师书院就读，敢情马学长早年也在学院就学，后来您到学院做捐赠时，曾见过学长的。”

马珏道：“我是后来去过学院，想必你是晚届的学生了。”

韩彦博道：“正是，大约要比你晚六七个年头。”

马珏问：“敢问学弟来此何事？”

韩彦博道：“仰慕重阳仙人的高论，特来听讲，怎奈屋中已是人满为患了。所以在院中等候，不意遇到学长。”

马珏道：“他们还得等些时间，不如到别屋一叙。”

韩彦博点头：“好。”便随着马珏走到另一间客室。

有人前来倒茶。

韩彦博一边喝茶一边说：“据我记得，先生到书院捐赠多次。”

马珏道：“我离开松年先生后，一直在做典当生意，后来又做起布匹生意，小有积累，想到老师办学艰难，便想给他一些资助。”他放下茶杯问道：“学弟现在哪里高就？”

韩彦博道：“我虽然也去读书，但疏于功名，一直在家赋闲。皆因同舍学兄党怀英屡试不第，家中窘迫，我来给他送些粮食银两，再就是陪他与诗友们唱和。”

马珏道：“党怀英？我听蔡先生多次提到过他，说他文章书法皆有造诣，我记得党怀英还给我看过他的文章，此人日后必成大器。”

韩彦博道：“我也劝他前来，他怕影响今年会考，婉拒了。”

马珏道：“专心功名的人我们最好不去打扰他，只有像你我这样，把功名利禄看透之人方可步入修行法门。”

韩彦博看了看马珏的头发问道：“学长留三个发髻是何缘故？”

马珏道：“重阳师父单字号一个喆字，是两个吉字，我做他的徒弟，愿做三吉，故而梳成这样。”

韩彦博道：“不瞒学长，我韩家祖上世代在辽国做官，契丹灭国时，家有遗训，子孙后代绝不侍奉金国。所以只能赋闲，我愿率全家人加入全真教，期望学长予以帮助。”

马珏道：“重阳师父收了七个弟子，已经封山，不再收徒。”

韩彦博道：“看来，我等要入教只能拜七弟子为师了。”

马珏点头。

韩彦博赶忙离座跪地便拜。

马珏把他搀起道：“每月初一、十五我开坛收徒，你可以前来。”

韩彦博算了下日子：“初一已过，我十五前来。”说罢躬身施礼。

到了十五早晨，韩彦博收拾停当，穿了件新衣服来到全真观。

这里早已等待了近百人，每个人填写姓名、住址，再交些银两，数量不论。

韩彦博交了三两银子和十几枚正隆和大定通宝铜钱。也许，他捐的算是较多，被第一批叫进一个禅堂中。

禅堂较为宽敞，第一批参加收徒仪式是十个人。他们进入禅堂面向马珏，排成一排。马珏身披道家长袍，手执拂尘。最引人注目的是他身后端坐高台的王重阳，只见他双目微合，正在打坐，似已入定。

王重阳身披道袍，身材魁伟，头顶梳发髻，浓眉，阔鼻，颌下胡须黑而且密，长约半尺，真有一副仙风道骨的风采。

马珏身旁站着两个人，一位是引荐师，一位是见证师。弟子们向马珏三叩九拜。师父发给每人一本经书，还有一幅王重阳的画像，接受了这些书画后，马珏训示，他要门下必须把《道德经》《孝经》《般若波罗蜜多心经》作为必读经典，最后，众人起身站起，算是仪式结束。

韩彦博正式成为全真教徒。

金国的情报部门对全真教传播的一举一动都在掌握之中。也传过王重阳问话，听他讲全真教的教义。

王重阳借此机会全面阐述全真教的核心思想：一、三教合一；二、真性成仙；三、忍耐为上。

这些观点都呈报到皇帝那里，皇帝与大臣多次议论，认为全真教有益无害，遂采取放任态度，任其发展。

党怀英对全真教也很感兴趣，他对韩彦博加入了全真教表示祝贺。他甚至与马珏也有一些交往，但终怕影响仕途，一直未敢正式加入。

金大定十年，也就是党怀英考中进士那年，全真七子中的五子随师父王重阳到昆仑山栖霞洞修行“辟谷”大法。

这一年，马珏的夫人孙不二加入全真教，是为全真七子中唯一女性。

在栖霞洞修行后，王重阳念念不忘家乡，要带着弟子丘处机、马珏、王处一三人欲回陕西关中传道。

不料，行至开封，王重阳圆寂，享年五十八岁。

尊师嘱，马珏西行传道，经洛阳、潼关、华岳直到西安。在将近十年时间中，马珏一直在西北陇东地区开荒布道。

全真教兴起的消息传到了夏国，夏国一些人也来陇东听讲，全真教传入了夏国。

当时，李楚贤刚刚处理完任得敬要分国的阴谋，回任夏国宰辅。他仔细研究了全真教的教义后，向皇帝建议：全真教提倡三教归一，真性成仙，教民向善，夏国应当提倡或是予以鼓励，以防佛教一教独大。

皇帝准奏。

李楚贤让女婿陈英伟到陇东去请马珏来夏国传道。

陈英伟在陇东听了马珏的传道演讲，为之折服，便率先加入了全真教，并请马珏到了夏国。

李楚贤会见了马珏。

身为官吏虽不便入教，但是，他们会见本身就是对全真教的一种支持。

傍晚，李楚贤提出宴请马珏，马珏道："我已经'辟谷'十多日，粒米不进。"

"辟谷"在当年还是奇闻，人怎能几十天不吃不喝，依然谈笑风生？

李楚贤心中疑惑，便吩咐大家严密观察马珏是否偷着吃喝。

监视了多日，众人都说，确实未见马珏动过粒米。

李楚贤大感惊奇，遂向皇帝做了报告。

皇帝认为不大可能，便要亲眼见见马珏。

皇帝在皇宫摆宴，娘娘和李楚贤等大臣参加陪同，马珏在宴席上始终没有动过筷子。

皇帝让他在宫中留宿三日，屋中摆着各种点心水果，满堂香气扑鼻。

马珏只是在屋中打坐，三日后，点心水果纹丝没动。

皇帝心悦诚服，向马珏讨教辟谷方法，问学会此法是否能够长生不老。

马珏笑而不答。

由于皇帝首肯，全真教在夏国也有发展，只是当地佛教实力太强，全真教始终处于受扼制状态，发展始终步履维艰。

半年后，马珏离开夏国回到陇东继续传教。

八年之后，丘处机从河南来到陇东与马珏相会，马珏回归山东，丘处机接替他继续在陇东关中夏国传道。

马珏回到中原，时逢金国皇帝六十大寿，马珏奉命在京都举办长春节斋醮祈福道场。

当时，党怀英和韩彦博都参加了活动。

陈英伟把全真教的教义带回了西辽国，他先是动员年过古稀的陈英达、侄子陈俊杰、陈俊强加入，接着又向女皇萧不塔湮讲述教义。

女皇也心悦诚服表示拥护，有了女皇的支持，陈俊杰等人开始在广场传道，也有许多人入道。但是始终没有形成太大的规模。

第二十八章

韩彦博

那一年深冬，韩彦博回到老家蓟县准备过年。听说县里新来了一位刺史名叫耶律履。

契丹人？

这是韩彦博的第一反应。

又听说他是京城的高官，中书省右丞。因为身体有病，来到蓟县担任刺史，算是半仕半养。

除夕夜，韩彦博到家庙独乐寺去摆供品，听庙里的执事说，有位叫耶律履的高官来到蓟县，到任伊始就来到独乐寺叩拜。看那神情似乎对这里很为眷恋。

过了年，过了元宵节，韩彦博起身去幽州，现在金国的国都已经从关外会宁府迁到这里，他见到党怀英就问起耶律履的情况。

党怀英说，他跟耶律履很熟，都在朝中一起编撰过《辽史》。

韩彦博说，耶律履最近调到蓟县当刺史，自己想认识认识他。

党怀英对耶律履调到蓟县的事情倒不知情，只知他身体很差。听说韩彦博要认识他，党怀英马上写了一封信，叫韩彦博拿着去见耶律履。

韩彦博拿着信回到家里，等着耶律履来上班。

隔了几天，听说耶律履上班了，韩彦博拿着信来到县衙。

经人通报，说有人拿着党怀英的信要见自己，并把信拿了进去。

很快，韩彦博被领到一间书房。

稍等片刻，耶律履走了进来。

耶律履的身材高瘦，一脸病容，他拿着那封信道："你与党公可是旧交？"

韩彦博道："少年同窗，这些年一直与他帮闲。"

耶律履道："党公的书法都是墨宝，这封信我要好好保存留作纪念。他能给你写信，想必交情不浅。"

韩彦博道："几十年了，倒没觉得他写封信有什么难的。他的作品我一直在搜集保存。我听说，大人去过独乐寺？"

耶律履点头："那是盛唐时期兴建，大辽国统和年间重修的，被韩德让当作了家庙。我到蓟县当官，就是为了能保护这个地方。"言语中流露出些许惆怅。

韩彦博问道："敢问大人的家世？我看您气宇不凡，面带贵相，故而斗胆相问。"

耶律履收起了信，看了看房门，已经紧闭，便道："不瞒你说，我是人皇王第八代孙。"

韩彦博惊讶地道："您是皇胄！"说着躬身施礼。

耶律履摆手："都是过眼烟云，而今致仕敌国，只求不做对不起祖宗的事情罢了。"

韩彦博道："实不相瞒，我是韩德让第六代孙。我回到这里隐居乡间，也是为了保护祖宗的遗产。"

耶律履惊讶地望着他："韩德让？统和、开泰年间的名相？"

韩彦博点头："正是。"

耶律履道："韩相辅佐萧绰太后开创大辽国之鼎盛时代，策划'澶渊之盟'，促使宋辽百年和好。历史都会有公正评价。"

韩彦博道："比起祖宗，后辈自愧不如。"

耶律履问："为何不在金国做官？"

韩彦博道："母亲教导说，韩家本是汉人，既然几代人侍辽，而金国实为辽国之仇国，就不可以再侍金国。"

耶律履点头："道理是对的。可是再深一步想，金国管辖大片辽地，万千辽民，如果朝中无人替他们说话，岂不任人宰割？"

韩彦博点头。

耶律履接着说道："金国既得天下，也得要安抚百姓，也得要抽丁从军，按亩纳税。我既为辽人，就当为辽人着想。比如我想保护独乐寺，没有权力是无法实现的。"

韩彦博道："想想也是。当初为保护独乐寺，全村人豁出性命，围站四周，与金兵对抗。"

耶律履道："我看到寺中许多地方均已败破，心中不忍。过年期间我已经向皇上上书，请求拨款修缮。"

韩彦博拱手道："感谢大人关心。"

耶律履道："金朝建国初始，滥杀无辜，到处抢掠，辽国百姓受害尤甚，我等无计可施，时值金国也兴科举，我父亲说，入仕为官，掌握话语权，以解辽民倒悬之苦。我才于正隆元年赶考，得头名进士，逐步升至宰辅。"

韩彦博道："当初是母命难违，我这辈子只能做个帮闲，我老来得子，想要他为官入仕，也好替辽民、汉民说话。"

耶律履道："关外医巫闾山有当初人皇王建的书院和藏书阁，孩子长大，就让他到那里读书。"

韩彦博道："一言为定。"

这次见面，奠定了两人的友谊基础，凡有闲暇，韩彦博总要约上党怀英与耶律履相聚品茶，赋诗唱和，其乐融融。几家人也经常往来，遂成至交。

第二年，也就是明昌元年，耶律履也得一男孩，取名耶律楚材。

古语云：唯楚有才，晋国用之。

韩彦博、党怀英相继送些礼品，祝贺耶律履老来得子。

孰料，又一年，耶律履忽然得了急症不治，一命呜呼。

悲痛之余，韩彦博和党怀英帮忙治丧，抚柩出殡。耶律母子当是感激不尽。

六年以后，根据耶律履之嘱，韩彦博把自己的儿子韩志鹏和耶律履的儿子耶律楚材送到了关外医巫闾山的闾山书院就读。

每逢年节和假期，都是韩彦博赶着车把两个孩子接回来，或中途住在韩家，或送到京都。

此间，卢龙县发生民变，暴民冲击县衙，赶跑县官，开仓放粮。同时，县衙财物也被洗劫一空。

卢龙距蓟县不远，逃难的难民和加入民变的暴民一起涌到蓟县。

不知谁说，蓟县独乐寺中的十一面观音腹中，藏有无数珍宝，暴民纷纷赶往独乐寺。

韩彦博闻讯，一边派人去催促县衙派兵防护，一边径直赶到独乐寺。

此刻，暴民已将独乐寺团团围住。

当地村民闻讯也都拿着锄头镢头赶来，与暴民对峙。

韩彦博来到村民中间，鼓励大家以死相搏，保护寺庙，决不能退让。

暴民毕竟不是土匪，他们拿的也是锄头镢头，见到村民拼死保护独乐寺，双方只能相持。

韩彦博找到暴民首领规劝他道："观音肚子里没有财宝，这个观音十分灵验，如有冒犯，必然大祸临头。"

首领见村民毫不退让，又怕招惹观音弄不好大祸临头，不得不招呼暴民撤出独乐寺。

县衙迟迟不肯派兵，是因为兵力太少，为了防范县衙像卢龙那样被冲击，那些士兵只能在县衙四周警戒，根本无暇他顾。

鉴于独乐寺安全受到威胁，韩彦博找到党怀英，让他向皇帝反映，为保独乐寺安全，在蓟县应当增派兵力。

皇帝批准，蓟县增加一"谋克"兵力。

"谋克"是金国的军事单位的名称，"谋克"可以称作百夫长，十个"谋克"可以成为一"猛安"，也就是千夫长。

其实，这一"谋克"的兵力根本不是国家派驻，只是派来一个军官，训练当地村民成为半军事化组织。发给一些武器，有事为兵，无事为农。

这一"谋克"进驻蓟县，足可以保独乐寺平安，此事对韩彦博有极大触动，要不是朝中有党怀英，皇帝怎能作出这样的决定？

现在，党怀英和自己都已经年过六旬，还能干多少年？

看来，要保住韩家这座家庙，朝中世代必须都得有人当官。

所以，韩彦博下了决心，要尽力供着韩志鹏和耶律楚材读书，希望他们长大在朝为官，先别管什么辽国、金国，保住独乐寺为主。

此刻，他们尚不知道，甚至连金国政府也没注意到，在金国北方，也就是当年辽国占据的地方，在一个新兴起的蒙古族部落之间，正打得天翻地覆。

据说，苍狼和白鹿是他们的祖先，他们奉长生天之命来到人间在赫尔古纳河一带繁衍生息，才有了蒙古族群。

据史书记载：蒙古部族最早有涅古斯和奇颜两大氏族部落。后来他们遭到匈奴的合围攻击，只有两男两女逃了出来。他们逃到了额尔古纳河边的山上居住下来。到了隋唐时期，经过世代繁衍，蒙古族已经拥有十几万人。

有辽一代的二百多年间，他们还过着随草而居的原始生活。

金国灭辽，让他们看到了强者为王的丛林法则，激起了他们贪婪的血性，每个部落的首领都想当王者，争夺与争斗便开始了。

金国政府看到了蒙古族的争斗，他们的政策是分而治之，甚至喜欢或是鼓励他们争斗。他们把一个想要统一各部的“汗”钉死在木驴上。

这种残酷的暴行激怒了所有的蒙古人，反抗的种子，在每个蒙古人心中孕育发芽。

这一时期，全真教也传到了蓟县一带，接着听说全真七子之一王处一来此地传道。想到自己当初热情加入了全真教，这些年由于党怀英调到京都，他也就在京都帮闲，对信教之事有些撂荒。

韩彦博赶忙去见王处一，并且说明在马珏介绍下已经入了全真教。并提出要让王真人到独乐寺去讲道。

王处一正为讲道地点发愁，听说可以到独乐寺去，自然非常高兴。在韩彦博的带领下，蓟县大部分人都加入了全真教。

过了一段时间，王处一要回山东参加纪念王重阳逝世周年的祭奠活动，王真人约请韩彦博前去参加。尽管已经年逾六旬，韩彦博还是欣然同意，便与王处一一同前往。

这时，丘处机也从西北地区传道归来，他随行带了十多名骨干道徒，其中就有陈俊杰和陈玉坚父子。

在登记簿上，陈俊杰看到了蓟县韩彦博的名字，便找到了他，问他知不知道，当年辽国建国之初，蓟县出了一个叫韩知古的人。

因为同是教徒，韩彦博不能说谎，便说道："那正是韩家的祖上，我是他的后人。"

陈俊杰连忙躬身施礼，并且把儿子叫过来相见，他说："我姓陈，我家祖辈相传，不论哪朝哪代，蓟县韩家都是陈家的大恩人。"

与陈家相反，韩家帮助了谁，从来不愿声张。韩彦博并不知道祖上如何对陈家有恩。

陈俊杰道："我家世代相传的记事簿上写得清楚。当初，我家祖上陈小是一个髡匠，与韩知古大人是八拜之交。他在与人皇王府的一个宫女私奔以后，亏得韩大人帮助才能到达幽州踏白营居住。后来，因为献出传国玉玺有功被封为素王，在踏白营建有素王府。"

几个人在海边边走边谈。

陈俊杰道："在有辽的二百年间，陈、韩两家交好不断，只是辽国亡国后再未见到韩家人。"

韩彦博道："我家祖上在辽国世代为文臣，古人云，一败之将军不可言勇，亡国之大福不克图存。韩家自辽亡以后回到蓟县，隐名埋姓做了一代又一代的农民。到了我这一代，母亲让我读书，却不让我为金国做官。所以，这些年，我只是党怀英的一个帮闲而已。他是金国的一代文宗，我要把他的东西都保留下来，也不枉同窗一场。"

陈俊杰告诉他，他的父亲带着他们从很小时候就跟着耶律大石去了西辽国。这些年，一直在为西辽国做贸易生意，跟夏国、宋国、金国都做过。家父也帮助岳飞作战杀过金兵，可惜，岳飞冤屈而死，家父只好又回到西辽国。而今耶律大石故去了，国力已不如前，如今年事已高，眼见复兴大辽无望，不能不心灰意冷，所以，才加入了全真教。

他乡遇故知，让两个人深感欣慰，他们心无芥蒂，坦诚无私，倾情相告，显示着两家的友情根深蒂固。

韩彦博邀请陈家父子在祭奠仪式结束后到蓟县家里去，住上几日，见一见九十多岁的老母亲。

祭奠仪式隆重热烈而又庄严肃穆，百余人参加祭奠。这些人都是各地的传道骨干，显然，全真教已经遍及全国。

仪式结束后，韩彦博和陈家父子三人骑马北上，不几日来到蓟县。

他们先到韩家拜见老太太。

七十多年前，老太太嫁到韩家时，听爷公说过，在辽国灭亡时候，曾有人来找过韩家，让他们随耶律大石西去，当时，家中有人病重未能成行。

陈俊杰道："那就是踏白营派来的，这一点，在记事簿上有所记载。"

当天晚上，陈俊杰把记事簿上的事情，尽量回忆出来，讲给韩家人听，直到后半夜才躺下休息。

第二天众人前往独乐寺祭拜。

独乐寺原本唐朝时所建，据说是尉迟恭监工建造，安禄山造反就在这里集众发兵。

辽统和年间韩德让派人重修，建为家庙。

适逢书院放假，韩志鹏和耶律楚材也来到韩家，陪同他们一起游览。

走进山门，就看到了观音阁，阁上的匾额"观音之阁"是唐朝著名的诗人李白在五十二岁北游幽州时所题写的，观音阁中间的观音像高及阁顶，头上还有十个小头像，被称为十一面观音。建寺后五百多年间经历十余次地震，独乐寺毫发未损。

拜谒了独乐寺，韩彦博又带着陈家父子参观了观音塔等名胜，盘桓数日后，陈家父子要返回西辽国，韩彦博把他们送到京都幽州，又去拜谒了踏白营，才互道珍重，依依惜别。

他们约定，尽量保持联系，以便在各自国家出现变动时也好有个照应。

八年后，韩彦博已是古稀老人，韩志鹏和耶律楚材从医巫闾山书院学成归来。

本来，耶律楚材是右丞之后，可以直接入朝为官。但耶律楚材不愿意借着父辈光环入仕，非要参加第二年的全国科举考试。

他要凭本事入朝为官。

当年，韩志鹏和耶律楚材一起住在韩家复习功课，第二年参加科举考试。结果二人双双得中进士。

耶律楚材被任命为开州同知，韩志鹏被任命为合州同知，两人如期到任。他们写了信，把这个情况告诉远在西方的陈家，通过朝中信使带往西辽国。

第二十九章

成吉思汗

在遥远的北方，蒙古族乞颜部的首领也速该心血来潮，他带着几个部族青年来到斡难河（今鄂嫩河）畔打猎，在获得大量猎物的同时，发现了途经这里的蔑儿乞人诃额伦夫人。

诃额伦夫人向他们问路。

也速该催马上前搭话，他惊讶地发现，这位夫人俊美异常，正是他向往中妻子的形象。

答话之后，车队远去。

也速该心里升起了一个念头，他要把这个漂亮女人抢回去做新娘。

当地老早就有抢亲的习俗，几个青年热情支持他，他们放马追逐车队，打跑了随从，把美丽的夫人放到了马背上。

带回到部落，进了毡房，她成为了部落首领也速该的妻子。

第二年，在部落之间的战争中，也速该杀死了塔塔尔部首领铁木真兀格，恰好这时第一个儿子降生了。为了庆祝战争的胜利，也速该给自己刚出生的长子取名“铁木真”。

铁木真九岁时，父亲也速该领着他出游，为的是要在各部落拣选一个好姑娘给他做妻子，行订婚礼。

途中，遇到了弘吉剌族人德薛禅，听到也速该说明来意，他说：“我昨晚做了一个梦，梦见一位官人两手托着日月立在我的手上。”

也速该道："那你今后可能大有洪福。"

德薛禅道："我看你的儿子跟梦中那官人相貌相同，我的洪福还要托在他身上。我有一个女儿，愿意嫁给你的儿子，说不定将来还能当上皇后呢。"

也速该听了哈哈大笑："那就请出来见见吧。"

德薛禅招呼女儿出来见面，也速该一见，孩子长得俊秀可爱，年龄也相当，便留下一匹马作为聘礼，高兴地答应了这门亲事。

第二天，也速该想要把女孩领走，德薛禅反倒想把铁木真留下，两个人商议半天，同意让铁木真留下。

也速该单独回去。

在返回的路上受到一个部落的邀请到那里做客，哪知，这是兀格的儿子札邻设下的陷阱，他们在酒中掺进了毒药，也速该三天以后中毒而死。也速该死后，部族里一些人乘机兴风作浪，煽动乞颜部众抛弃铁木真母子，铁木真一家从部落首领的地位一下子跌入苦难的深渊。

他们母子被孤独地抛弃在草原上。

第二年春祭，诃额伦去部落领春胙，部落的人不但不给还斥责她。

诃额伦忍无可忍，在部落众人叛离的时候，她叫几个人带着长枪追上了那些人，大声喝道："你们不念也速该的旧情，也该想想等我的儿子长大，会和他爸爸一样勇武，我知恩必报，有仇必报！"众人见一个女人如此英勇，莫不佩服，许多人跟着她回到了原来的部落。

铁木真十八岁时，昔日仇敌蔑儿乞部的脱脱部又抢走了他的妻子。铁木真向蔑儿乞部开战，并打败了他们，夺回妻子。

公元 1184 年左右，铁木真被推举为乞颜部可汗。

随着自己力量的不断强大，铁木真率领乞颜部开始向杀害父祖的敌人寻仇，击败蔑儿乞部，杀其首领。

草原各部贵族害怕铁木真的崛起，推举札木合为"古儿汗"，即众汗之汗，誓与铁木真为敌。他们组建十二部联军，向铁木真和克烈部发动了阔亦田之战。札木合率领的乌合之众经不住铁木真、王汗联军的猛烈打击，不到一天就土崩瓦解，札木合投降王汗。随后铁木真进攻塔塔儿部，其首领札邻不合服毒自杀，塔塔儿部另一首领也客扯连投降。铁木真追击泰赤兀部，第二天清晨，泰赤兀部众向铁木真投降。

泰赤兀部的覆灭，铲除了铁木真进一步统一蒙古各部的巨大障碍，金泰和二年秋，铁木真集中兵力，消灭了其宿敌塔塔儿部。第二年秋，铁木真袭击了一直与自己争战不休的王汗的金帐，王汗父子被打败。第二年，铁木真征服乃蛮部。

王汗只身一人想投奔乃蛮部，在乃蛮边界被边将当作奸细杀死，其子桑昆身死异乡。

强大的克烈部被灭，铁木真占据了水草丰美的东部草原——呼伦贝尔草原。蒙古草原上只剩下乃蛮部还有力量能够与铁木真对抗，败于铁木真之手的各部贵族先后汇集于乃蛮汗处，企图借助他的支持夺回自己失去的牛羊和牧场。但草原人民并不希望部落林立的局面重演，而未经战阵的“太阳汗”也不堪一击，经过纳忽崖之战，乃蛮部被彻底消灭。

金泰和六年春天，蒙古贵族们在斡难河源头召开大会，诸王和群臣为铁木真上尊号“成吉思汗”。

这时候金朝才发现成吉思汗已经成了北方的霸主，急忙想要招抚他，打算委任他为招讨使，成吉思汗佯装接受，其实他已经羽翼丰满，准备冲天一飞了。

统一各部落，就得为各部落的生活做打算。同时，还想要刺探周边几个国家的情报，他派人带着毛皮和马匹骆驼，分头进入金国和夏国以及西辽国。

进入金国的商队来到幽州附近的踏白营榷场，发现这里是个好住处，离着金国首都不远，一切动向都可掌握，便有了要在这里长期驻扎之意。

他们用毛皮换来的钱买下了素王府的废墟，重新翻盖，便把这里当成一个商品和情报交换的地点。

派到金国首都的细作不停地往来此间，把金国的军事经济文化信息不断地传到蒙古成吉思汗面前，让他对金国有了深入的了解。

派到夏国的商队带着毛皮来到夏国首都兴庆府，在集市上、在边境了解夏国的各种情报，纷纷传回蒙古成吉思汗处。

派到西辽国的商队被陈玉坚发现。

这几个人粗通汉语，通过交谈，陈玉坚得知这些人是从遥远的东北方来的蒙古人。这是陈玉坚第一次见到蒙古人。

陈玉坚得知，在遥远的东北方，有一个叫成吉思汗的人统一了蒙古各部落，他们需要丝绸、布匹、瓷器和药材。

他们的毛皮和羊毛价格便宜，数量很多。

西辽国自从占领了花剌子模后，有了大量的西域的铜器和布匹、药材、染料、和女人化妆用的胭脂。用这些货物换回羊毛可以加工成毛毡，再卖到夏国和金国，便可获取较大的利润。

此时，陈俊豪夫妇已经故去，陈俊杰卧病在床，西辽国的贸易责任都落到了陈玉坚陈玉强兄弟身上，两个人担任西辽国的正副经贸大臣。

陈玉坚向弟弟说，他要带领一个大型商队到蒙古地区去进行贸易。

国内的贸易事情交给陈玉强负责。

此时女皇已经故去，耶律大石的孙子耶律直鲁克当了皇帝，陈玉坚的请求得到了批准，只是让他添加一个人随队而行。

陈玉坚问："是谁？"

"萧穆德。"皇帝答道。

陈玉坚犯了犹豫，萧穆德是皇后的弟弟，是国舅一级的人物。平时，两人关系尚算融洽。但，陈玉坚知道，此人太好女色，带着他，不知能给自己惹出什么麻烦来。

皇帝见他犹豫，便把萧穆德叫到跟前对他说："此去蒙古人生地不熟，一切要按玉坚大臣的指示办事，不得有误。"

萧穆德也连连称诺。

皇帝道："我已经嘱咐与他，你也听到了，让他一切都听你的话，这总可以了吧？"

陈玉坚只能答应。

十天左右货物备齐。

刚好，蒙古商队的人也已经处理了货物，带上他们交换或是买到的货物准备返程，陈玉坚的商队便与他们一起同行。

这时，成吉思汗的势力已经扩张到长城以北，穿过戈壁沙漠，便有被他征服的部落，商队在这里受到热情接待。

上路头几天，萧穆德还算是中规中矩，一直跟在陈玉坚身边，一进入蒙古境内，陈玉坚就不经常看到他了。

原来，萧穆德跟蒙古商队的人学了几句蒙古语，便跟他们打得火热。在乃蛮部的欢迎宴会上，萧穆德多喝了几杯，便被一位副头领拉到了帐篷外，把一个年轻女子推到他的怀中，让两人快活去了。

从此，这位副头领和萧穆德成了好朋友。

在乃蛮部落的交易进行了五天，在整理货物准备继续东行的时候，却找不到萧穆德，陈玉坚不敢把国舅爷独自扔到戈壁滩外，便要全商队等他一天。

到了傍晚，接到一个蒙古人传来的口信，说是萧国舅不愿意继续东行，先行回去了。

陈玉坚不再等待，便带着商队向东走去。

到了草原中部，看见了成吉思汗金帐。在金帐旁边就开了一个大型的榷场，这里有各种商品的交易，陈玉坚就把从西辽国带来的货物样品一一摆放，立即吸引了榷场所有人的目光。

新奇的铜器，铜酒壶、酒杯、铜碗、铜筷子、铜勺子，还有女性化妆的胭脂、治病的药材……

交易到了下午，交换来的羊毛、兽皮已经堆成了小山，陈玉坚手中的货物也出手一半。

太阳偏西，陈玉坚便结束交易，大家要找饭吃。

就在大家收摊的时候，忽然来了一对持枪的士兵，他们走到陈玉坚的跟前道：“请跟我们走一趟。”

陈玉坚不解地问：“你们是什么人？要我到哪儿去？”

领头的说：“不用多问，到了你就知道了。”接着，喝了一声：“来人，把他绑起来！”

几个士兵上来就把陈玉坚绑了起来。

陈玉坚知道不能反抗，只得乖乖就缚。

陈玉坚让伙计看好货物，便被士兵们推搡着走出榷场。

有不少人跟着围观，陈玉坚被带到了金帐前。

有人入内禀报，出来后告诉把人带进去。

陈玉坚被推进了金帐。

金帐中光线很暗，隐约看见正中披着一张虎皮的大椅上坐着一位身材微胖、留着短须的中年人，尽管室中幽暗，但仍然可以看见他的两眼射出的寒光。

有人在陈玉坚的后腿踢了一脚，喝道：“跪下！”

陈玉坚跪倒在地。

“你来自哪里？”坐在椅子上的人发问了。

“西辽国。”

“到蒙古草原做什么？”

“买卖货物。”

“不是！”那个人发怒了，“你是西辽国派来的奸细”！

“我是西辽国的经贸大臣，但绝不是奸细。”

“你带来的人，在西边乃蛮部把太阳汗之子屈曲律带回西辽国，是何道理？”他大声叱问。

陈玉坚估计此人就是蒙古人说的大汗，他连连摇头：“此事我毫不知情，只知道国舅不愿东来回去了，其他一概不知。”

“你还敢狡辩！来人，推出去砍头！”

几个人拥上来把陈玉坚推到帐外，他大声喊道：“我不知情，大汗！杀我冤枉，杀我冤枉！”

这时从帐外匆匆走进一个人来，他制止众人行刑，然后匆匆走进帐中。

不一刻，他从帐中走出，命令给陈玉坚松绑，又把陈玉坚带回帐中。

大汗道：“这是我的爱将木华黎，他刚从乃蛮部回来，说你确实不知道屈曲律被带走的事情。我且饶你一死，但是，你不能再回西辽国，你要为我所用，让你来为蒙古做经贸大臣。”

陈玉坚道：“谢谢大汗对我的厚爱，我的家眷都在西辽国，况且这么多的货物也得运回西辽，我实难从命。”

大汗道：“我不会让你回去，你的家属我可以派人接来，你的货物可以由其他人带回，你就留在我这里，这是不能改变的。”他向木华黎道：“你带他去安排一下。”

木华黎带着陈玉坚走出帐外。

陈玉坚长叹一声：“老天！怎么会是这样？”

木华黎道：“你别难过，大汗需要经商人才，希望你安心为他服务，他不会亏待你的。”

木华黎领他进了一个帐篷，告诉那里的人：“陈大人今后就住在这里，你们要小心侍候。”

几个人连声答应。

木华黎又叮嘱他几句，转身走了出去。

陈玉坚看了看帐篷，全是用毛毡搭成，倒也坚固耐用，想不到今天会有这样大的命运转折，竟然住进帐篷之中。想起远在天边的家人和兄弟，禁不住潸然泪下。

一个下人见他不快，忙用流利的汉语问道：“大人有何心事？尽管告诉下人。”

陈玉坚想不到在这里会遇到这么多会讲汉语的人，他问道：“你们怎么都会讲南朝的话？”

下人回答道：“许多年前，中原一带朝代更迭频繁，梁、唐、晋、汉等国纷纷登场。战火连年。我们的祖先便投奔辽国，那时候辽国可是太平天下。几代人之后，辽国亡了，金国统治这些地方，横征暴敛，强取豪夺。我们不得不向北方逃难，适逢大汗兴起，我们许多人又都投奔了大汗。”

陈玉坚问：“看来大汗是个很慈祥的人。”

“是的。他对降者甚为宽大。像方才的木华黎还有许多人都是投降的人，他们都受到大汗的宠信。”

陈玉坚道：“也许，是他事业开始不久，很需要人手吧。”这是从他被强留所理解到的。

下人道："这个也有可能，但现在我们总可以安身立命了，我想大人也不必忧虑，他对您也会一视同仁的。"看来，他对这种生活还是比较满意的。

有人送来晚餐，都是牛羊肉还有马奶，看来，他们就是以这些充饥的。

在西辽国虽然也吃这些东西，但那是佐以五谷杂粮的。他叫人去榷场找那些西辽国人，让他们把带来路上吃的粮食都送过来。

下人到了榷场，找到那些因为主人不在而茫然无所措的人，传达了陈玉坚的话，那些人便背着粮食来见陈玉坚。

陈玉坚告诉他们，把兽皮和羊毛都运回去，告诉皇帝和他的家人，他被大汗留下，无生命之忧。

另外，他还告诉他们，大汗对收留屈曲律很是不满，务必把这一点转告皇帝知道。

众人领命而去。

陈玉坚从第一时间就想到逃跑，但是，他感到这里有一个新生的强大力量，这一点从进入蒙古境内他就感到了。

但他想了解这个力量下一步将会涌向何方？如果对西辽国产生威胁他将如何对待？

至于在帐篷时要推出去杀他，他相信那只是威吓，他大声呼喊，就是相信大汗会刀下留人。

刚巧，木华黎走了进来……

晚上，有人来传达大汗的话，让他到金帐叙话。

陈玉坚来到金帐。

许多将领都聚集在大帐里，成吉思汗还是坐在虎皮椅上，他向大家介绍："此人叫陈玉坚，祖上是回纥人。"

陈玉坚吃了一惊，他是如何知道的？

成吉思汗接着又说道："他家祖辈都是替辽国做生意，后来又给西辽国做生意。这次，他带了姓萧的国舅来我们蒙古地区做生意，那个国舅瞒着他，把屈曲律带回西辽国。用人不察，是他的失职，我便把他扣下，让他给我们做生意以做补偿。”

陈玉坚几乎惊出一身冷汗，他被人家了解得如此清楚。原来，大汗扣下他有他的理由。

说完，大汗看着他：“你有什么话要说？”

陈玉坚叉手施礼道：“我已经向回去的人说明，收留那个人是危险的。另外。我愿为大汗做生意，以弥补我‘不察’造成的损失。”

大汗道：“我们这里的货物由你挑选。我们需要铁锅、铜锅、药材、瓷器、绸缎。还有，我们的女人也要漂亮，要有南朝的胭脂。”

陈玉坚叉手施礼：“我明日便去办。”

大汗道：“货物运到幽州，那个地方叫……”

陈玉坚问：“是踏白营吗？”

大汗点头：“对了，就是那里。”

陈玉坚道：“那是我家祖上经商之地。”

“我知道。”

经过十多天的努力，陈玉坚收罗了一大批土产货物。骆驼和马匹排成长列，离开大汗驻地向金国进发。

在蒙古族境内没人抢夺羊毛和兽皮，到了金国境内可不保准，陈玉坚用钱贿赂了金国的军官，让他派兵保护，一直送到踏白营。

蒙古人修葺了素王府，把这里当成贸易据点。这里已经收罗了不少铁锅和瓷器，正在收罗绸缎和药材。

陈玉坚想弄到最好的胭脂，送给大汗的家属还有那些将军们。

最好的胭脂在金国皇宫。

他进了京都，去找已经调进朝中为官的韩志鹏和耶律楚材。两个人在外地做了县吏，两年以后，双双调进京城。当时，他们各以自己的名义给陈家写了一封信，托来往各国的朝中信使带到了西辽国。陈家也回过一封信，估计他们已经收到。

他们当初约定，双方保持通信来往，为的是各自国家遇有不测，也好相互有个照应。

韩志鹏和耶律楚材见到陈玉坚十分高兴，两人请他到饭店吃饭。

吃饭间陈玉坚说了被蒙古大汗扣留的经过。两个人饶有兴趣地听着，对于蒙古人的崛起，他们早有耳闻。但是，今天能听到一个见过蒙古大汗的人讲起那里的奇闻逸事，倒是令人开心。

韩志鹏问："他们会来攻打金国吗？"

陈玉坚道："这倒是没听说，不过，我听他们议论，说早些年金国把一个大汗钉死在木驴上，这仇他们到现在还记得。"

耶律楚材道："金国是辽国的仇人，要是蒙古人能够消灭了金国，也算是给我们的祖先报了深仇大恨。"

三个人都是辽国的后人，他们的敌人是相同的。尽管其中两个人在金国做官，但是，这种仇恨的心理是难以磨灭的。

"你看到大汗身边有文官吗？"耶律楚材忽然问道。

陈玉坚道："好像没有看到，大汗周围的人个个都是赳赳武夫。"

耶律楚材对韩志鹏道："那我们应当学习天文地理知识和古往今来的有用学问，将来好为大汗服务。"

韩志鹏连连点头。

陈玉坚问："怎样才能弄到皇室的胭脂？"

韩志鹏道："找皇室管家，只要把他贿赂好，就能弄到。"

耶律楚材道："金国皇室用的胭脂都是从江南宋国买来的，质量上乘。"

第二天，韩志鹏找到了皇宫管家，给了他一笔钱，果然，他便弄出几种胭脂出来。

这些货物在金国不算什么贵重物品，可到了蒙古地界就成了宝贝。陈玉坚事先派人通知大汗派兵保护。

谁知，到了蒙古地界，来人只给了他一块二指宽的银牌，上写着：

天赐，成吉思皇帝，疾。

银牌上有个圆孔，陈玉坚就把它挂在脖子上，路上有人拦截，看到他脖子上挂的银牌就乖乖退走。原来，成吉思汗在蒙古地界有这样大的威力。

到了大汗的驻地，分发完物品，他把胭脂给了大汗，还留出一些给了木华黎。因为木华黎毕竟救过他。

他回到自己的帐篷，却见妻子和孩子跑出来迎接他。

这一去一回三个来月，大汗果不食言，把他的妻子和孩子接了过来。

两个孩子已从少林寺习武归来，已是各个身怀绝技。妻子掏出一封信，递给了他。

信是弟弟写来的，信中说，西辽国已是今非昔比，屈曲律当了驸马，架空皇帝独揽大权，闹得已是天怒人怨。希望他好好服侍大汗，西辽国已经到了日薄西山的时候了……

到了第二年，成吉思汗对他说，屈曲律在西辽国已经掌握实权，日渐坐大，他不能容忍这个乃蛮族的反叛者独霸一方，他要派兵攻打他。

第三十章

西辽亡国

屈曲律本是乃蛮部落的人，他的父亲是乃蛮部的首领，人称太阳汗。乃蛮部被成吉思汗剿灭，太阳汗被杀死。剩下屈曲律隐藏在乃蛮部的死党家中，过着担惊受怕的日子。

西辽国距离乃蛮部不远，两国相互熟悉。

这次闻知萧穆德国舅前来，屈曲律就设下了圈套。先是用一美女迷惑萧穆德，待他上钩后，屈曲律便出面，说他要面见西辽国皇帝耶律直鲁克，告诉他，乃蛮部落有精兵强将，如果合兵一处，便可天下无敌。

萧穆德以为为皇帝立一大功，便带着屈曲律脱离了陈玉坚，径自回国。

直鲁克听到屈曲律的吹嘘，信以为真，不但奖赏了他，还任命他为大将军，把自己的女儿也嫁给了他。

屈曲律咸鱼翻身做了驸马爷、大将军，便想办法架空皇帝。他一人独揽大权，凡事都是自作主张，从不与皇帝商量。

皇帝想要问一问军国大事，反而遭到他的斥责："你这个老东西！管那么多干什么？"

独霸大权之后，他又使出第二条毒计，他以巡视的名义来到当初被耶律大石征服的西域属国花剌子模。

花剌子模是突厥之后裔，信奉伊斯兰教，自被耶律大石击败，岁岁纳贡，直到第三代依然如此，心中难免愤懑。

屈曲律告诉国王，他将从东边带乃蛮部的旧部攻打西辽国，让他从西边攻打。东西夹攻，西辽国必灭，灭西辽之后，花剌子模自行独立，不再是西辽国属国，也不用再交纳岁贡。只要尊奉他为西辽国皇帝，两国就世代友好。

听到屈曲律这样一说，国王不禁心花怒放，两人一拍即合。

陈玉强虽然是一名经贸官员，平时家中多有官员到访，经常言及屈曲律之恶行。陈玉强道："萧穆德引狼入室，西辽国危在旦夕。"

时值陈俊杰病故，举家哀丧。

此刻，陈玉坚在蒙古未归，蒙古人来接他的家眷，陈玉强眼见西辽国危如累卵，想哥哥如在蒙古能够安顿下来，将来也不失为一去处。

所以信中只说了西辽情况，并未言及父亲去世，只是怕他分心。

屈曲律自从独揽大权，便把乃蛮旧部召到了西辽国，这些人沿途抢掠烧杀，无恶不作，引起极大民愤。

这些乃蛮残部进入西辽国的首都巴拉沙衮，仍然不改恶习，沿街抢掠，胡作非为。

一日，十几个乃蛮人夜间喝得大醉，便闯入一家民宅，见财物就抢，见到女人就强奸。此家乃是陈玉强的邻居。

一孩子逃出，到陈家求救。

陈玉强怒不可遏，提着宝剑杀了进去，将十几个乃蛮人全都杀死，他连夜回家带着家眷骑着马向北方逃去。

第二天，屈曲律见状大怒，下令追杀陈玉强一家人，追杀的人以为他们会逃往夏国，便向西方追赶，追赶到夏国边境也未见到人影，只好撤回。

岂知陈玉强正向北方逃去，颠簸十数日，找到了大汗的金帐，见到了正在筹集货物的哥哥。

兄弟见面都大感意外，弟弟向陈玉坚详述了在西辽国的情况，又告诉他，父亲已经过世。

陈玉坚连忙向空跪拜。

成吉思汗听说他弟弟陈玉强也来到蒙古，便命他为踏白营的商贸主管，不日上任。

想不到阔别几代人之后，还能重回踏白营，实在是让陈玉强大喜过望。

临行前，大汗召见了他，并赐给他银牌一块，让他在那里可以见机行事，行使特权。

哥哥陈玉坚的这批货物要运到夏国，大汗要他多收集夏国的军事情报，陈玉坚拒绝了，他说，他只管贸易不管其他，这是他陈家经商几代人的规矩。

大汗只好在他的商队人员中安插细作。

弟弟陈玉强出发去金国幽州踏白营，临行前来向哥哥告别。

哥哥告诉他别坏了陈家几代人的规矩，只管贸易不管其他。

哥弟二人各奔东西。

哥哥陈玉坚到了夏国，找到了李楚贤的儿子李力明。李力明继承父亲的职务，担任夏国的中书令。

鉴于几代人的交情，陈玉坚还是提醒他，要注意夏国面临的危险。

李力明心情沉重地说道："我何尝不知？但我生是党项人，死是党项鬼，只有对夏国鞠躬尽瘁，死而后已。"

半个月后货物售尽，由原来的骆驼装上日用品返回大漠。已经听说，大汗派兵以神箭手哲别为先锋，去攻打西辽国，要生擒屈曲律。

花剌子模已经重新夺回领土主权，免了岁贡，举国欢庆。

此时，皇权已被屈曲律完全篡夺，老皇帝气得一命呜呼。那屈曲律又娶了相国之女，对其宠爱异常，那女子笃信佛教，便怂恿屈曲律下令，让所有伊斯兰人都改信佛教。

屈曲律言听计从，一声令下，所有伊斯兰人都要改信佛教。

这样一来，全体伊斯兰人都强烈反对，闹得全国民怨沸腾。

一天，屈曲律带着兵将来到一家清真寺，看见还有人在做礼拜，便把他们都抓了起来严刑拷打，逼迫他们改信佛教。

屈曲律若发现做礼拜者，便把他们抓起来，除了严刑拷打，还让他们给佛像叩头，无数伊斯兰人纷纷出外躲避。

一位伊斯兰信徒不改信仰，屈曲律把他的手和脚钉在门上，以便对所有人进行威吓。

这日，成吉思汗庆祝寿辰，他准备近日攻打西辽国。

一位王后问道："我主千秋万岁后，何人继承大统？"

这是一般人不敢问的事情。

成吉思汗本想发怒，但转念一想，问的也有道理，便把四个儿子召集到一起，要听听他们的想法。

他的长子叫术赤。

成吉思汗道："你是长子，我死以后，你是否愿意继承大统？"

话音未落，二儿子察合台便大声问道："父汗，他是蔑里吉种，我等如何能叫他管辖？"

这话涉及大汗一段伤心往事。当年，他的妻子确实叫蔑里吉人掠去过。隔了很长时间才把她抢回来，第二年就生了术赤。

未等大汗说话，那术赤已经揪住了察合台的衣领，呵斥道："父亲都没挑剔这件事情，你却在这里说三道四。你敢与我比武吗？"

这时，察合台也揪住了术赤的衣领，两个人各不相让。

大汗喝住他们，两个人复又归坐。

成吉思汗道："术赤明明是我的长子，下次不可乱说。"

察合台道："三弟窝阔台，宅心仁厚，诚实谨慎，可以继承父亲大统。"

术赤也说："三弟为人大家都很了解，察合台已经说了，只要三弟继承大统，我等谨听遵命。"

大汗又问四子拖雷。

拖雷道："我饿了就吃，吃饱了就去打仗，别的不管。"

窝阔台道："我能力太弱，尽管二位兄长抬举也难成大器。"

大汗道："你只要谨慎行事，有事情多与哥哥商量，有什么干不了的？还有这么多大臣辅佐你，怕什么？"

窝阔台道："那孩儿就遵从父亲安排，我知道我才疏学浅。还望两位哥哥和弟弟多多帮助我。”

继嗣问题已经商定，这时候，有潜伏在西辽国的细作前来报告，说是屈曲律穷凶极恶，民怨沸腾，希望大汗尽快解民之倒悬。

大汗遂命哲别率大军进攻西辽国。

哲别领命，带兵出征。

哲别杀入西辽，第一个目标就是可敦城。

他首先宣布信教自由，各信各教，绝不干扰，许多人把哲别当成救星，纷纷帮忙带路去打屈曲律。

西辽国可敦城守将看见蒙古大军，未战先溃，弃城逃亡。哲别兵不血刃占领了可敦城。接着又带兵攻打西辽首都巴拉沙衮。屈曲律决心拼死一搏，他让乃蛮部旧将打头阵，出城攻击蒙古大军。

双方在城外厮杀。

乃蛮部自在草原让成吉思汗剿灭，心中怀着多年激愤，冲杀起来十分拼命，加上巴拉沙衮的城墙自打耶律大石时期就多次加固，易守难攻。

哲别一时无计可施。

相持数日，一老者领着一个青年人来见哲别。

老者说，这是他的儿子，他可以找到一处城墙下的地沟，从那里可以进入城中。

哲别大喜，当夜就找到那处地沟，挖开后，士兵们陆续进入城中。

第二天交战时，城中隐蔽的士兵从里面打开城门，蒙古大军蜂拥而入，屈曲律以为蒙古军队无法攻破城池，正在宫中饮酒，不料有人报告，说是城门已被攻破，蒙古大军已经入城。

屈曲律一听大吃一惊，急忙收拾珠宝细软，也顾不得带那些娇妻美妾，只顾骑上马向西方奔逃，他想要逃到花剌子模，再做计较。

哲别入城，找不到屈曲律，心中大怒，他问明屈曲律的逃跑方向，带兵一路追赶，一直追到巴克达山。

这里山高林密，道路崎岖，一时难以寻找。

这时，有一个牧人来找蒙古大军，说他发现了屈曲律的藏身之地。哲别一听高兴异常，便让牧人头前带路，果然在一个山坳里看到了屈曲律。

那屈曲律还自恃骁勇，与攻来的蒙古军人厮杀，怎奈，寡不敌众，蒙古士兵上前把他生擒。

屈曲律被押到哲别跟前，哲别历数他与乃蛮部的罪状，挥刀将他斩首。

西辽国自耶律大石辛苦建立，历经九十年后，彻底亡国。

第三十一章

蒙金战争

某日，成吉思汗大宴群臣。席间，成吉思汗问：“西辽国已灭，下一步将进攻哪里？”

木华黎献策道：“周边几个国家，我看，先图西夏国，再图金国，最后图宋国，天下可以大定了。”

大汗点头道：“那就先图夏国。”

一锤定音，夏国首遭其难。

春天，大雁来了，成吉思汗选定吉日良辰，祭旗发兵。

早有夏国的细作，把蒙古大军开拔，直扑夏国的消息传到李力明处。

最担心的事情终于发生了，李力明疾奏皇帝，派兵布防。

夏主李安全任命李尊项为统兵元帅，高令公作为副将，率大兵十万据守乌梁海城，以迎战蒙古大军。

蒙古大将博尔忽城下挑战，高令公率队出战，双方交手不几个回合，高令公便被博尔忽砍于马下，博尔忽接着率队攻城。

元帅李尊项在城楼见高令公被砍死在马下，吓得三魂出窍，连忙带着人马从后城门逃离。

蒙古军大摇大摆地进了乌梁海城。

进城之后烧杀抢掠三日，大军长驱直入围攻夏国都城。

李力明虽是文官，却提着宝剑日夜巡查城墙防护，在他的鼓励下，守城军民毫不懈怠，日夜抗击蒙军进攻。

蒙古军连续进攻不能攻破，成吉思汗亲自到前线视察，他发现城外河水汹涌，便下令，掘开河堤，要用水灌进城中。

却不料，掘开河堤水反而淹了城外蒙古军驻地。

成吉思汗不得不派文臣到城下喊话，要招降夏国。

夏国皇帝一直盼望救兵，这救兵就是金国答应出兵相助。可是左等不来，右等也不来，现在蒙古军招降，他便赶紧答应，还把爱女送给成吉思汗。

大汗得了美女，根据议和条件宣布撤军。

夏主李安全把气都撒向了金国，埋怨他们言而无信，白白给你们当了几十年的从属国。

金国只能辩解称，新皇登基无暇他顾，下次一定帮忙。

有细作报与大汗，大汗愤愤地说，金国不灭，终是祸害。

大汗遂决定，尽快发兵攻打金国。

此时金国派来的特使到达金帐。说是新君嗣位，特来颁赐。

这大概暴露了金国的情报工作不灵通，大汗已决定要与金国开战，金国好像还被蒙在鼓里。

大汗问："新君是谁？"

使臣道："就是卫绍王永济。"

大汗道："我以为大金国的皇帝是天上人坐的，似这等庸庸碌碌之辈也能在大金国当皇帝，真是可笑至极。"

使臣不高兴了："你曾受大金国封赐官至招讨使，今天颁赐到此，理应跪接，怎么说出这样的话来？"

大汗怒火中烧："我的宗亲俺巴孩汗被你们金国活活钉死在木驴上，这笔账我还要找你们算呢。"

使臣还想说什么，大汗把手一摆："轰了出去！王八蛋！"

手下早有人拥上来，七手八脚便把使臣推到帐外。

金国使臣被赶出了蒙古大帐，只能愤愤回国。

其实在当年，大汗押送朝贡进京都时，见过卫绍王，他瘦弱不堪，说话含糊，成吉思汗根本没把他放在眼里。

金国使臣走后，成吉思汗选了吉日，祭旗发兵。

大汗亲率长子术赤、次子察合台、三子窝阔台统兵数万，由哲别为先锋，首战乌沙岭。

哲别率兵攻入金营，金兵慌忙迎战，哲别勇猛异常。金兵无人敢挡，蒙军如虎狼蹿入羊群，大杀一阵，金兵溃逃。

哲别攻占了乌沙岭，遂向大汗报捷。

大汗挥军直取金国的西京，守将胡沙虎硬撑了七天，看看支持不住，率部下突围东逃。

大汗分兵几路，遂把金国在西北的驻地全部攻占。

金主得到报告，得知胡沙虎战败，立即派招讨使完颜纠坚、监军完颜额诺乐带领四十万大军屯兵野狐岭。

这野狐岭是北方要塞，山势高峻，易守难攻。

金军本应在此固守，偏偏完颜纠坚仗着兵多将广，粮草充足，决心要与蒙古军决一死战。

手下将领明安劝道："蒙古军来势汹汹，锐不可当，我们应当屯兵固守，不能跟他们硬碰硬。"

完颜纠坚道："我有骑兵二十万，步兵二十万，就是要给他一些教训，免得他日后滋扰。"

第二日，蒙古军杀到，完颜纠坚命令明安出阵，当面责问蒙古军队为何兴兵犯境。

哪知明安出得阵前，便说明要投降蒙古军，还把守军的驻扎情况和布防位置说了个一清二楚。

蒙古军有此人领路，一路杀到金军近前。

完颜纠坚还等着明安回来报告情况呢，谁知蒙古军已经杀到。这边金军只做了出阵厮杀的准备，哪料反被敌人攻击。况且天色已黑，金军不辨谁的人马，自相践踏，蒙古军乘胜掩杀。

杀了一夜，尸横遍野，四十万大军逃得不见人影。

成吉思汗乘胜追击，来到宣德州，取了宣德州，便来到居庸关脚下。

大汗仍遣哲别进攻居庸关。

居庸关依山而建，艰险异常，正面强攻绝无胜算。

哲别暗中分兵两路，一路在关前挑战，一路偷偷绕道关后准备接应。

关前挑战者与金军两下交手，很快就被打败，守关金军立功心切，马上派兵追赶。

追到一处山谷，埋伏的蒙古军杀了出来，金军慌忙败退，回到关前一看，城头已经插上了蒙古军旗。

第二路偷袭成功！

成吉思汗来到居庸关暂住，此时已到年底，大汗提出休兵来年再战。

到了春天，大汗兵发金国都城，守城的金军日夜拼死抵挡，使蒙古军无法攻进城内。

占领京都周边的大汗带领众将，来到了踏白营。

这是踏白营有史以来第三位皇帝莅临。

陈玉强率众出迎。

大汗走进素王府，询问贸易情况，陈玉强一一作答。

大汗指示：踏白营紧邻京都，应当做成北方贸易中心。从南朝来的货物和北方来的货物，都在这里集散。

陈玉强领命。

接着是细作汇报搜集到的各种情况。

成吉思汗忽然问道："我需要文官，懂得天文地理的官员，金国可有这样的能人？"

细作回答："金国京都之中，自党怀英离世，再也没有像他那样风采的文坛领袖人物出现。"

大汗道："我不要文坛领袖，我要宰辅之才的人物。要是没有，你要尽快给我找到。”

细作道：“现在京都有两个人出类拔萃。一个叫韩志鹏……”

大汗问：“是汉人吗？”

细作道：“是，他的祖上是汉人，其祖上一直是辽国高官。另一个叫耶律楚材。”

大汗问：“契丹人？”

细作道：“是的。他是耶律阿保机的第九代孙。这两个人自幼同窗就读，同年一起考上进士，现在一个在朝担任员外郎，另一个在朝担任御史郎。两人都有宰辅之才。”

大汗满意地点头：“那你就今天晚上，或是明天早上，把这两个人给我叫到跟前。”

看来这是不可能完成的任务，但是细作立即答应道：“照办。”

细作退下，大汗吩咐今晚在这里过夜。

陈玉强立即准备晚宴。

晚宴是一桌中原的饭菜。

大汗对晚宴的饭菜极为满意，他不住地称赞，还是中原饭菜好吃。他特别喜欢金国的蒸馏白酒，连干了几杯，便进入微醺状态。

第二天早上，吃过早饭。细作带着韩志鹏和耶律楚材来到踏白营。两人见到大汗叉手施礼。

大汗一见两个人都是三十出头的年纪，耶律楚材留着一把大胡子，韩志鹏倒像个白面书生。

大汗问他们愿不愿意跟随他打天下，两人都说愿意。

耶律楚材道：“读圣贤书，本为修身、齐家、治国、平天下。现今金国国势颓败，已经无可挽救。新主创业平定天下，值得跟随。”

大汗望着韩志鹏。

韩志鹏道：“金国灭辽实为世仇，大汗率军灭金，是替我们报了大仇。作为辽国遗民跟随大汗，实为报仇雪恨，我等理当跟随。”

大汗捻着短须笑道：“好！你们两人就是我的左膀右臂。”

耶律楚材道：“我家有老母、妻儿，能否容我们安排一下？”

细作道："你们想怎样安排？"

韩志鹏道："我们早有打算，想把两家眷属都迁到蓟县村落。"

细作道："二位尽管跟着大汗前去，一切由我来安排。"

成吉思汗道："去什么蓟县村落？都来踏白营，这里已经成为村落，你们的眷属住在这里，早晚都有人照顾。"

两人道："一切听大汗安排。"

此时金国又发生变故。

当初在对蒙古军作战中失利的胡沙虎被卫绍王革职归田。现在对蒙古作战无人再敢领兵上阵，皇帝没有办法又把胡沙虎召了回来，委他为右副元帅。哪知他上任后整天打猎根本不务正业。皇帝差人责备，他便陡起谋逆之心。他假意悔过，向皇帝赔礼道歉，请皇帝出宫吃夜宴，结果在酒中下毒将皇帝毒死。另立完颜珣当了皇帝，改元贞祐。

成吉思汗闻讯高兴地说道："天赐机缘，不可错过。"于是，蒙古大军分三路出发。

一路由木华黎率领从山海关外朝阳、辽阳开始扫荡，直接扫平金国老巢和发祥地。

第二路由博尔秃率领，进攻山东、河北各地县城。

第三路由大汗亲自率领，杀奔金都。

金国左副元帅高琪护卫京都，带兵出城御敌，结果被杀得大败。

胡沙虎调动金国禁卫军出战，双方在城外大战。禁卫军有一定作战能力，斩杀蒙古军百余人，逼其后退十里。

第二天，未及胡沙虎出战，左副元帅高琪带兵包围了胡沙虎家。

胡沙虎越墙逃走，不料衣襟被树枝挂住，高琪带兵冲入，将其乱刀砍死。

高琪提着胡沙虎的人头来见皇帝，皇帝述说胡沙虎罪状，褫夺其一切官爵。所有士兵都由高琪统带，固守城池，保卫京都。

许多将领想要再攻金都，大汗摆手："没有必要与他硬碰，只待日后时机成熟再取不迟。"遂向金国提出议和条件。

金国皇帝接到议和条件犹豫不决，右丞相完颜成辉道：“天佑蒙古，不如与他议和，待他撤军，我们再做补救。”

金国皇帝无可奈何只得同意议和，满足成吉思汗提出的一切条件。

把上任皇帝的女儿扮成公主送给成吉思汗，马三千匹、金帛若干、童男童女各五百一并送到蒙军大营。

成吉思汗宣布撤军回草原。

第三十二章

花刺子模

陈玉坚一直在蒙古全境搜罗羊毛和兽皮、药材，堆积如山的货物装上了五百匹骆驼，还有十匹骆驼驮的是金、银和财宝。

四百五十人随行。

成吉思汗带着军队回来了，陈玉坚要向大汗告别。

陈玉坚向大汗说："夏国和金国都在打仗，榷场都关闭了，贸易就怕打仗，现在，蒙古地区日用品奇缺，这是我的责任。"

大汗点头："说得好。"

陈玉坚说："这次我想把羊毛和兽皮销得远一点。"

大汗问："去哪儿？"

陈玉坚答道："花剌子模。它是个非常善于经商的国家，也曾派商队到我们这里交易。"

大汗道："征夏国的时候倒是听说这个国家，是伊斯兰人吧，向他们的国王问好，说我成吉思汗愿意和他们做好邻居。"

陈玉坚点头："我记下了。"

大汗还叫耶律楚材写了一封信，交与陈玉坚，信中写了成吉思汗的原话："我希望一切道路都变成通途，以利于商人们来往贸易……"

还有人向大汗报告什么，陈玉坚借机退了出来。

第二天一早，他佩戴着辛弃疾赠给他的宝剑，带队出发。

驼队走上了茫茫的草原。

风吹草低，无边的草原一片碧绿，驼队行走在其中，像是一行小船慢悠悠地逶迤前行。

陈玉坚到各国做过生意，从没感受到如此广阔，如此宁静，让他感到心旷神怡。

他回想着已经灭亡的西辽国，他没见过耶律大石，只是听爷爷讲到过他。

英俊的外表，睿智的头脑，是耶律大石开辟了西辽国的疆土。可是，一旦他离世而去，西辽国便陷入衰落。

难道，一个人的作用这样大吗？陈玉坚不由得想到了大汗，现在蒙古大军由他一个人统治着。难道一个英雄可以改变世界吗？

现在，成吉思汗带着儿子征战四方，为的是让他们体会创业者的艰难。

耶律大石忽略了这一点，他没有儿子，即使有了儿子，也没有和他一起征战四方。

陈玉坚看过从祖上传下来的记事簿，辽国如此，金国也如此，夏国也是如此，没有征战过四方的人一旦当了皇帝，就会把国家带到衰败的境地。

身为西辽国的大臣，而今却为成吉思汗服务，这有悖于道德伦理吗？

事实是，西辽国不是亡于成吉思汗之手，而是亡于乃蛮族的屈曲律和皇帝直鲁克之手。

没有大汗，西辽国也会彻底倾覆。

有人来报，说前面就是大沙漠。

陈玉坚告诉大家停下来，准备水和食品，御寒的毛毡和帐篷。

第二天，驼队走进了无边的沙漠。

白天，阳光似火，烧灼皮肤。晚上，寒风刺骨，风冷如刀。他们两次遇到沙暴。他们把骆驼围着帐篷组成圆圈，人们躲在帐篷里。风暴过后，帐篷已经被沙子埋了一半。

第十天，他们走出沙漠。重新踏上草地。又跋涉了数日，他们来到花剌子模的国界。

守边的士兵验证了通关文牒，予以放行，他们赶着驼队向花剌子模的首都进发。

陈玉坚继续催促尽快西行，以便赶在国王休假离开首都前见到他，因为他带来了大汗的话和信札。

驼队逶迤前行，来到锡尔河上游，一个叫额达拉的城市后，驼队进城找了几家旅店住宿。

庞大的驼队，几乎吸引了全城的目光，人们纷纷前来围观，蒙古商队进城的消息引起了守城将军纳里出黑的注意，他喊来士兵，叫他们严密监视这支驼队，有什么情况都要及时向他报告。

士兵们来到几家旅店，分兵把守，理由是为保证他们的安全。

吃过晚饭天光依然大亮，西域天黑的时间比东方晚许多。许多驼工想要到城里转一转。

士兵们予以阻拦。

双方产生争执，甚至互相推搡。陈玉坚出面喝止，让全部驼工都回到房间不准外出。

到了半夜事情突然发生变化，许多荷枪带刀的士兵包围了几家旅店，他们冲进房间，把驼工们从被窝里叫起一个个都上了绑。连陈玉坚也被抓了起来，那柄宝剑被一个军官拿走。

所有人都被押到一个广场，有里三层外三层的士兵看守着。

天亮的时候，纳里出黑出现了，他是个身材矮胖的中年汉子，留着浓密的黑胡子。他把陈玉坚叫出来问话。

他问：“你的队伍里有多少是奸细？”

陈玉坚回答：“我们只管经商不问其他，一个奸细都没有。”

纳里出黑说道：“对于你们的到来，我已经报告国王摩珂末，你们都是蒙古派来的奸细，他已经下令要把你们全部斩首。”

陈玉坚这才意识到情况严重，他大声道：“我带来了成吉思汗皇帝的话和信札，是要和你们和睦经商，你怎么可以这样无理？”

这时，那个拿宝剑的军官来到纳里出黑跟前，低声说道：“有十匹骆驼驮的全是金子和银子，还有许多宝石。”

纳里出黑的脸上露出贪婪的笑容，他低声对那军官说道：“全都送到我的家里。”

陈玉坚看着广场，四百多人被绑在那里，各个愁容满面，他不知道下一步会有什么厄运，但总不会惹来杀身之祸吧，因为他们确实不是奸细，只是为了友好通商。

太阳升高了，陈玉坚发现了不祥的变化，那个持宝剑的军官又出现了，随之而来的变化是，守在前排的士兵换成了一些手持弯刀的大汉，这些人，各个如同凶神恶煞，陈玉坚心中暗想：不好！

他低声告诉背坐着的驼工，一个传告一个，想办法从背后解开捆绑的绳子，准备逃跑。

就在刚刚解开捆绳的时候，有人来到军官面前，向他展示了一个金牌。那个军官把手一挥，喊了声“杀”！

这是屠杀命令！围在四周的弯刀一起举起，向着驼工们的头上砍去。

陈玉坚的双手刚刚解开，他一跃而起，大声喊道：“快逃！”

没有被砍到的驼工纷纷跃起，与那些壮汉厮打在一起。

陈玉坚看到那个持剑的军官，便纵身一跃向他扑了过去。

那军官本来是站在壮汉的后边，却不料陈玉坚已经扑到跟前，他刚想拔剑，却被陈玉坚一掌击到面门上，身子向后一仰，宝剑被陈玉坚夺了过去，他拔出剑来，顺势将军官的头颅削下了一半。

这一切都是在那些士兵身后发生的，那些壮汉还没反应过来，已经被陈玉坚砍倒了数人。

他杀开一条路，回到广场中心，见到大部分驼工都已经饮刀身亡，有的受伤在滚地哀号。有十几个人还在与士兵搏斗，他挥剑杀人，刺死了几个士兵，带领他们向外面冲杀。

幸好他夺回的宝剑锋利异常，那些木杆的枪矛一扫即断，连那些弯刀也都被削断。

怎奈士兵众多，好像是冲不开的海浪，杀退一波又一波涌上来。陈玉坚看到身后几个奔跑的驼工相继被杀死，他只能纵身一跃，跳到了士兵的头顶，再一跃，跳到士兵身后，刚好面前有一匹骏马，他纵身上马，砍倒了几个追来的士兵，策马狂奔。

他不辨方向，只知道向前奔跑，后面有几匹马追来，他不停地催马狂奔。这是一匹身材高大的阿拉伯骏马，它撒开四蹄，犹如一股风似的飞奔，渐渐把追兵落到了后面。

跑到下午，前面有一条大河拦住去路。

他下马，辨别方向。按太阳的方向看，他跑的方向是北方，他应当向东，只有过河向东，才能回到大汗那里。

他带着马凫水过河，原来，这条河就是花剌子模的边界，再向前走就是畏兀儿部落。

他向部落头领述说在花剌子模的遭遇。

部落首领很同情，送给他水和食物，还有两匹骆驼，让他尽快穿越沙漠向大汗报告。

穿过沙漠又走了几天，终于来到大汗的金帐前。

他见到大汗向他述说在花剌子模货物被抢，四百多人被杀的经过，说到痛处禁不住失声痛哭。

成吉思汗大怒，他从虎皮椅上跳起来，在帐中大步来回走着，嘴里喘着粗气。

走了一阵，他稍许平静下来，便问站在身边的耶律楚材和韩志鹏：“怎么办，我们能够轻易饶过他们吗？”

耶律楚材道：“不能轻饶，一定要问个明白。”

韩志鹏道：“这里也许会有什么误会，我们再派人去质问他们，为什么要杀我们的驼工。”

大汗不解地问：“你们汉人都是这样做事吗？”

耶律楚材道：“问清原委，先礼而后兵，是谓出师有名。”

大汗道：“好，我就依你们的。”他吩咐找几个下级官员组成一个三人质问使团，再去花剌子模，问清原委。

使团出发后，一天晚上，成吉思汗独自一人来到陈玉坚的帐篷。

成吉思汗突然出现，让陈玉坚措手不及，他急忙施礼迎接，请他坐下。

大汗不坐，低声问道："听说你们陈家，从小把男孩都送到少林寺习武？"

陈玉坚想不到大汗连这些事情也都知道，连忙答道："是的，我的武艺就是从少林寺学的，不然，我也得做刀下之鬼。"

大汗问："可不可以把我的孙子也送过去习武？"

陈玉坚想了想："可以，但是不能用大汗的姓氏。"

大汗点头："这个我懂。得说是陈家孩子。"

陈玉坚道："那就要委屈大汗了。"

大汗道："那是必须的。"

陈玉坚道："现在大汗的孙子年纪尚小，得等到七八岁的时候。"

大汗道："等打完这一仗回来，就差不多了。"

陈玉坚道："等到了年龄，就送过去。"

大汗道："一言为定。"

陈玉坚道："一言为定。"

过了二十多天，三个使臣只有一个人逃了回来，那两个人都被杀死。逃回来的人一身狼狈，而且被割了胡子以示侮辱。

耶律楚材向大汗说："大汗可以发兵攻打他了，我军是正义之师。"

大事一经决断，成吉思汗倒显得十分平静，他命哲别为先锋，陈玉坚也加入其中。速不台继后，大汗与术赤、窝阔台、察合台、拖雷为后军，耶律楚材随军，韩志鹏任断事官，在老营主持政务。

杀羊、祭旗，大军准备开拔。

忽然，天气骤变，霎时间天空乌云四合，六月份，天空却纷纷扬扬地下起雪来。只半日，积雪盈尺。成吉思汗大惊，以为是天阻其路也，对于是否出兵，一时陷入犹豫之中。

在金帐中，大汗心情郁闷，众将也都束手无策，不知如何是好。

此时，站在一边的耶律楚材说道："大汗没有必要犯难，盛夏之中天降大雪，正是上天肃杀之象。昭示我军出发将大获全胜。"

大汗问："你有什么根据？"

耶律楚材道："我军乃正义之师，天呈肃杀景象，乃预示我军将除暴安良，必将大获全胜。"

成吉思汗听完，心中大喜，遂命大军踏雪出发。

沿途，有许多部落都派兵参加到大军的行列之中。

路经夏国边境，大汗要人去传令，命夏国派兵参加西征。夏国皇帝李安全以国内无兵，予以搪塞。

成吉思汗心中恼怒，发誓道："苍天可鉴，我必须灭你！"

花剌子模国王摩珂末恨透了蒙古人。

本来，他与屈曲律密谋独立，心里就暗藏玄机。他想要在时机成熟一举占领西辽国的东部，进一步扩充自己的地盘，孰料，蒙古人杀入，打破了他的如意算盘，西辽国东部被蒙古人占领，他心中实在难以咽下这口恶气。

所以，他在接到纳里出黑的报告，说是有四百多蒙古人，以经商名义混进城来，其中大部分都是奸细时，不假思索地下了命令，杀光他们！

当质问使者来时，途经此城，也被纳里出黑扣押，他向国王禀报，说是又抓到几个蒙古人，他们指责、咒骂国王。

国王下令，留下一个回去报信，其余杀掉。

纳里出黑照办。

摩珂末国王很得意，总算杀了几百个蒙古人，给他们点厉害瞧瞧！

纳里出黑知道蒙古人一定会报复，他一边加固城墙，一边四处派出细作，了解蒙古人的动向。

一日，细作报告，蒙古大军已经到了沙漠边缘。

纳里出黑估计，蒙古人至少七天之后才能走出沙漠。他一边向国王报告请求援兵，一边操练士兵固守城池。

哪知，到了第四日清晨，蒙古大军的先头部队就出现在城外，为首的正是哲别和陈玉坚。

纳里出黑下令紧闭城门，他心里纳闷，这些人莫不是飞过来的？

纳里出黑是按着阿拉伯人的行军速度计算的。大军前行，每天至少要两次埋锅造饭，士兵吃饱了才能行军。

他哪里知道蒙古军队根本就不会埋锅造饭，他们每个人都有两三匹战马，随身带着马奶肉干，边走边吃，渴了就喝马奶。这一切都在行进中进行，一刻也不停止向前冲击。

中午，蒙古大军开始攻城。

城池坚固异常，连攻七天也没攻下。

成吉思汗下令兵分四路：

察合台、窝阔台率师围攻讹答刺；

术赤率师征毡的、养吉干诸城；

塔孩率五千骑兵征战忽毡等城；

成吉思汗与拖雷取中路，渡锡尔河，向西南横渡红沙漠直逼布哈拉城。

第二年三月，术赤等三路军马全部占领了锡尔河两岸的城市。

成吉思汗的中路军也占领了伊斯兰教的文化中心布哈拉城，完全切断了花剌子模新都撒马尔罕和旧都乌尔根奇之间的交通。

五月，蒙古四路大军在撒马尔罕城下会师，为了活捉纳里出黑，重兵合围。困城数月后，城里已经弹尽粮绝，经过六天的苦战，才得以攻破这座城池。

城墙被轰塌，城门被打开，蒙古大军潮水般涌了进来。

纳里出黑拼死抵抗，双方发生巷战。

巷战进行了一天一夜，陈玉坚提着宝剑，带着士兵到处搜寻纳里出黑的下落。到了第二天中午才发现，一幢木制房屋门前有几个士兵在守卫。

陈玉坚带着士兵冲了过去，手起剑落，几个士兵被杀死。

这时，木制房屋里冲出一个人来。

尽管几个月的围城和征战，让纳里出黑变得又黑又瘦，但陈玉坚还是一眼就认出了他。

他挥剑上前，那家伙也手执弯刀扑了上来。

尽管他拼着蛮力，怎奈陈玉坚剑法神奇，刚一交手，他的弯刀就被磕飞。

几个士兵上前将他按住，结结实实地捆了起来。

纳里出黑被押到大汗面前。

大汗通过翻译问他，是不是他下令杀死数百名蒙古人?

纳里出黑一一招供。

大汗下令，把熔化了的银子倒进他的嘴里、耳朵里。纳里出黑像被屠杀的野兽一样号叫，喊了几声，就一命呜呼。

大汗命令把他的尸体挂起来点天灯，以奠祭那些被杀的蒙古人的亡灵。

接着，成吉思汗遂命耶律阿海留守城内，哲别、速不台率三万骑兵追击国王摩诃末。

窝阔台率术赤、察合台进攻兀龙格赤；成吉思汗和拖雷向阿富汗推进，进攻巴里黑、塔里寒等地 。

那年七月，窝阔台率领的五万兵马攻打乌尔根奇。城内守将是忽马尔，统帅着十一万大军，日夜坚守。该城防卫工事十分坚固。蒙古军在城周围安营扎寨，一面遣使诏谕居民投降，一面忙于做攻城前的准备。待攻城的器械齐备后，蒙古军立即向城内发动了全面进攻。于当日破城，进入街区后，士兵到处烧杀，由于居民的顽强抵抗，蒙古军不得不转入巷战。袭击阿姆河桥的三千蒙古兵，无一生还。经过七天的激烈战斗，才占领了全城。根据志费尼《世界征服者史》记载，乌尔根奇的十一万守军，全部阵亡。工匠和妇女、儿童被当作俘虏，运送到蒙古。乌尔根奇的失守，使大片地区全部被蒙古军占领 。

之后察合台、窝阔台与主力军会师，并在塔里寒加入了成吉思汗的队伍，而术赤则回到了额尔齐斯河其辎重所在的营地了 。

这时，有人来报：大汗在去年下旨，从莱阳海边请来的神仙长春真人就要到了。

大汗心中高兴，命令：沿途做好安排，不得慢待。到了以后通知我，我要亲自迎接他。

第三十三章

长春真人

在花剌子模的日子，大汗心中时常焦躁，有时候坐立不安，晚上经常做噩梦，几次被惊醒。

军医为他诊治也不见好，耶律楚材建议他找陈玉坚来问一问，看他一个习武之人有没有什么好办法。

陈玉坚被找来，大汗与他谈心，耶律楚材作陪。

陈玉坚道：“习武之人全靠活动筋骨，疲劳了躺下就睡着了。大汗日理万机没有这个时间。”

大汗道：“我现在统御大片领土，金银财宝无数，你一生走南闯北，听说什么好办法，有没有人能够长生不老？”

一句话提醒了陈玉坚，他道：“属下早年曾经加入过全真教。先父曾经拜全真教七子之一丘处机为师，据说此人已经活了三百多岁。”

大汗问：“真的？”他的惊讶已经不仅表现在脸上。

陈玉坚道：“至于他是不是真活了三百岁，这只是传说，不过，我倒是见过这位仙人，鹤发童颜，一派仙风道骨。更为令人惊奇的是，他可以一个月不吃任何食物，照样神采奕奕。”

“他在什么地方？”大汗着急地问。

“莱阳一带，他一定住在海边。”

大汗向耶律楚材道：“拟我的旨意，恭请丘处机神仙到我这里来，我要向他讨教长生之术。”

耶律楚材很快就拟完圣旨，大汗接到手中，递给陈玉坚道：“你和刘仲黎两个人作为我亲自选派的使臣，再带上一些人，火速赶到莱阳，宣读圣旨，接他到我这里来。”

刘仲黎也赶到了这里。

陈玉坚接过圣旨问道：“大汗还有什么吩咐？”

大汗道：“没有了，你尽快出发。”

陈玉坚领了圣旨走出金帐，与刘仲黎商量一番，调集了五百名士兵，随他一起奔赴东方，去请丘真人。

行前，耶律楚材给了他一封信，是写给在踏白营的母亲和妻儿的，无非是报个平安。

陈玉坚和刘仲黎离开了花刺子模，风雨无阻，一路向东。二十多天以后，抵达老营拉哈和林。

韩志鹏正要前往踏白营检查贸易情况，陈玉坚与他同行。

到了踏白营，陈玉坚向耶律楚材的老母亲递交了那封信，耶律楚材的母亲已经年近九十，身体依然康健。

陈玉坚见到了陈玉强，兄弟二人谈起别后情景，禁不住发出感慨。陈玉坚经历出生入死，总算与亲人平安相见，乃人生之大幸也。

陈玉坚和刘仲黎告别众人，带着五百人的队伍继续向东，再往前可就是金国管辖的地界了，这队伍如何通过？

陈玉坚带着大汗的圣旨来见金国属地官员，向他说明这五百人的队伍路过此地的原因。

金国官员不敢做主，马上派人驰报上级，慑于蒙古人的压力，上级答应蒙古队伍可以过境。

下一个关口见到前边已经放行，也只能同意放行。

这五百士兵纪律严明，他们只吃随身携带的肉干和马奶。

一行人终于来到大海边上的莱阳昊天观，面见丘处机真人。

丘真人已经年逾古稀，身体依然硬朗，不时赋诗作画，打坐修行。

陈玉坚和刘仲黎递上圣旨，说明大汗渴求与他见面的心情。

丘处机犯了踌躇。

先前，金国皇帝派人来请过他，他谢绝了。

宋朝皇帝也派人请过他，他也拒绝了。

今天，蒙古人请他，他该怎么办？

他拒绝金国皇帝的邀请，是他看到了金国已经不再是当年气势，他们穷奢极欲，民怨极深，已是秋后的树叶，一阵风就会把它们吹落。

宋国已剩半壁江山，且皇帝花天酒地，只知享乐，不思进取，早已经是烂透了的瓜蒂，早晚不等人摘取，自己就会掉到地上。

而成吉思汗是新生的一代英主，他几次挑战金国，打得金国上下几乎没有还手之力。未来中国，至少黄河以北当是蒙古人的天下。全真教在新主的面前是发展扩大，或是毁灭消亡，全在他一念之间。

为了全真教的未来，没有人敢怠慢成吉思汗。

也不应当得罪成吉思汗。

据说大汗攻占一地，便实行屠城政策，无数生灵遭到涂炭。也许，他该劝说大汗悲天悯人。

陈玉坚告诉丘真人，他的父亲在很多年前就带领他加入了全真教，他的父亲叫陈俊杰。

丘处机点头，他记得陈俊杰，西辽国人，是他的弟子。

经过一番缜密地思索，丘处机答应前往。

丘处机挑选十八名弟子随他出行。

车辆和马匹都已经备好，三天后，这支队伍踏上了征程。

二十余天后他们来到金国的京都，丘真人入驻玉虚观，此时，丘处机听说成吉思汗已经于六月统兵西征中亚的花剌子模，而自己年事已高，倦冒风沙，欲约成吉思汗来燕京会见。陈玉坚和刘仲黎都认为，成吉思汗正忙于西征战事，战事胶着，他不可能东到燕京。

为了万千苍生，丘处机决定舍命西行。

过了些日子，陈玉坚请丘真人移住踏白营。

陈玉强招待大家吃饭、住宿，丘真人为众人讲道、开示，为耶律楚材的老母亲祈福。

休息数日，众人启程。

陈玉坚早已派人骑快马向拉哈和林老营报告，再由那里派人去西方，向大汗告知。

在踏白营听到有人议论，说是蒙古官员欲为成吉思汗挑选百名处女，丘处机得知后当即劝阻，他说："春秋时期齐景公为了削弱鲁国，派人挑选美女八十人送给鲁定公。鲁定公与国相季氏朝欢暮乐，朝政日衰，孔子为此指责鲁定公：'君相沉溺于声色，国家何以图强？'"

官员听了无言以对，便暂停选美，并向大汗报告。

几个月后，成吉思汗得知丘真人反对选美，遂决定罢选。

当年四月初，队伍逶迤向北，一个月后来到了拉哈和林老营。韩志鹏招待众人食宿，安排丘真人为拉哈和林的官员讲道。

休息十数日后，众人向西行进，途经漠南和中亚地区，在漠北草原见到前来迎接的大汗的弟弟之后，继续一路西行。

经回纥城、昌八剌城、阿里马城、赛蓝城，并翻越大雪山。一路的艰苦自不必说，他们经历了沙尘暴、雪崩，道路泥泞，车轮陷进去不能行走，种种艰难都没能挡住这一行人的脚步。于同年冬天抵达撒马尔罕。

成吉思汗正坐镇这里指挥战斗。

他听说丘真人到了，即刻率领全体将官出帐迎接。

大汗一见到丘真人便拉着他的手急切地问道："你远道而来，十分辛苦。你给我带来了长生不老的药方了吗？"

丘处机知道他要问这句话，他也早就拟好了答案，可是没想到刚一见面成吉思汗就问到这件事情。

他答道："我没有长生不老的药方，有的只是延年益寿的药方。"

大汗稍微一愣，随即说道：“那也好，走，到里边聊。”

两人携手走向大帐。

在大帐里落座，大汗再一次向丘处机道了辛苦，随即为他斟茶。

他知道丘真人喝不惯马奶茶，特地选了宋国南方产的茶叶相待，并把这次相会说成为“龙马会”。

因为丘处机属龙，大汗属马。

大汗既知他没有长生不老之药，便问他延年益寿之法。

丘真人答道：“想要延年益寿，必须清心寡欲，不为劳思所苦，不为焦灼所碍，平心静气，可得延年。”

大汗对丘真人的答复甚为满意，吩咐耶律楚材一一照记，要传给子孙，让他们都记住神仙的教诲。

一天，成吉思汗带着丘真人去打猎，一头野猪向大汗冲了过来，大汗刚要射杀，却忽然马失前蹄，险些栽下马来，那野猪却也没敢向前。

后面的卫士上来将野猪杀死。

丘真人道：“方才马失前蹄野猪没敢来犯，是大汗天威震慑，大汗年事已高，不应再继续打猎。”

大汗遂宣布，听神仙的话，今后不再打猎。

还有一次，两人刚要过一木桥，却见木桥已经被雷劈断。大汗问：“天为什么打雷？”

丘真人道：“雷，天威也。天下百善孝为先，打雷，主要是警告那些不肖的子孙。”

大汗遂命令耶律楚材记下这几句名言，他说，将来还要镌刻在石头上，以警示子孙万代。

丘真人对蒙古军队每攻占一地便采取屠城的残忍手段极不赞同，他劝大汗要悲天悯人，珍重生灵，不要再采取这样的政策。

大汗点头同意，他昭示众将，不是顽固反抗者，一般采取不杀的政策。

成吉思汗性好杀戮，这与他的成长环境有莫大关系。他自出娘胎起，就面临着一个弱肉强食的虎狼世界。他只有杀死敌人，才能不被敌人杀死。他是强者，他杀死了所有的敌人。

杀戮就成了他心中战胜这个世界的唯一手段。

他见到了丘处机，则是见到了一个与自己完全不同的人，丘处机征服别人恰恰不是靠着杀戮，而是靠慈悲为怀。全真教有千百万信众，也就等于说他征服了这千百万人。

原来，慈悲也可以征服别人。

丘真人此行最大的功绩就是给大汗种下了慈悲的种子。这种子总有一天会生根发芽。

大汗命耶律楚材把这次会见的过程撰写成书。

耶律楚材遵命，遂撰写出《玄风庆会录》传世。

在与丘真人相处的日子里，大汗一刻也没有放弃对花剌子模国王摩诃末的追击。

摩诃末带领亲信一路逃亡，他最终逃亡到一个海岛上，在那里得了病，无医无药，最终死在了那里。他的儿子扎兰丁纠集了一些残兵败将，企图继续抗击蒙古大军。蒙古军队在印度河畔与扎兰丁的部队展开了决战。札兰丁的六十万大军全部覆没，札兰丁纵马入河，游至对岸，仅剩四千余名跟随者逃往印度。

天已渐凉，该是丘真人返回的日子了。

行前，大汗赐给他无数的金银，真人拒收。他说，与大汗见面，是他三生有幸，大汗肯纳良言，更使他欣喜万分。这一切都是缘分，所以分文不取。

大汗很是感动，遂命令：在各地修建道观，免除全真教一切赋税。

冬天，成吉思汗在不牙迦图儿驻营，休整部队。第二年，时值炎夏，蒙古人难以适应北印度的气候条件，就于当年撤回，在巴鲁安与众将会师。九月，成吉思汗渡阿姆河，在撒马尔罕城东下营，十月下诏班师。

成吉思汗占领花剌子模国后，命长子术赤镇守，并在各城设置督官。

这时，有人报告哲别因征战中受伤，伤口恶化，不治身亡。

又有人报，木华黎在陕西庆阳战场患病，后转运到运城，不治身亡。

连丧两员开国大将，让大汗悲痛欲绝。

他下令厚葬两位将军，并让他们的儿子继任千户长，世代罔替。

这两位将军的离去，严重地影响着大汗的心情，许多日子他都感到精神郁闷，这严重地损害了他的健康。

转过年来，他想到欲攻金国必须先要降服夏国。耶律楚材献计：“先派人到夏国质问于他，为何大汗西征时不派兵将？为何到了这时还不把人质送过来？为何敢于收留乃蛮部的余孽？”

第三十四章

夏国灭亡

耶律楚材写完信札，成吉思汗刚要选择信使，只见陈玉坚走出班列，他道：“我愿去夏国送达大汗的信札。”

成吉思汗疑问地道：“你去？”

陈玉坚道：“此去有两个目的，一是送信；二是想说服夏国的中书令李力明投诚。”

大汗应允。

陈玉坚带着随从出发前往夏国。过边境时，夏国守军见是蒙古来使，不敢阻留，立即放行，陈玉坚顺利来到兴庆府。

进城之后，他先来到李力明家中。

李力明在朝中闻讯立即赶回家中，陈玉坚述说成吉思汗准备对夏国动武的情况。

李力明思忖片刻，长叹一声道：“这一天终于来了。我还是那句话，生为党项人，死为党项鬼。只是想到妻儿无辜，我想让陈兄带他们到蒙古求一条生路，不知可行否？”

陈玉坚劝说道：“夏国皇帝昏聩无能，不值得维护，你何不想想未来前程，以求自保。”

李力明道：“我家世代在夏国为官，到了我这一代，国家面临生死存亡，我怎能忍心丢下不管。”

陈玉坚道："这个国家已经千疮百孔，你单凭一己之力能管得了吗？"

李力明又叹气道："尽人力，凭天命而已。"

陈玉坚道："你再想想，你一个文职官员，手无缚鸡之力，不会拿枪动刀，你能做些什么？"

李力明道："夏国有二百年的历史，自立文字，档案文件无数，我不能让它们毁于一旦，我要领着人把资料全部掩埋，以免让蒙古人损毁。"

陈玉坚见无法劝动他，只好答应把他的妻子孩子带到安全的地方。

李力明把夫人和孩子叫出来与陈玉坚相见。

夫人听说只让他们走，而李力明不走，夫人也表示坚决不走。

李力明只好告诉他们，让他们先走，自己随后就到。

这样夫人才同意，明天就跟陈玉坚走。

当晚，陈玉坚告辞李力明住在驿馆中，第二天一早，便带着随从来到了夏国朝堂。

夏国皇帝换了一个小孩子，接见时还不忘玩耍。陈玉坚当着他和文武大臣的面宣读大汗的信札。

信里质问他，为何大汗西征时不派兵马？为何不把人质送到蒙古？为何收留乃蛮部的人？

这三条让夏国皇帝扔了玩具，浑身颤抖，哑口无言。

不料，却惹恼了旁边一位将军，他粗声大气地喊道："你们闭嘴！这一切都是我的主使，要想厮杀你们到贺兰山来战，想要金银珠宝到这里来取。赶快回去，你们走吧！"

这位将军叫阿莎敢钵，口气大得惊人，陈玉坚只好退了出来。

陈玉坚来到李力明家，接了李力明的夫人和孩子，返回蒙古驻地。

陈玉坚向大汗禀报，夏国大将粗俗无理，竟然公开叫嚣，十分可恼。

成吉思汗一听大怒，下令立即出兵。

接着陈玉坚又报告劝降李力明的情况，他违心说道，李力明已经答应归降，只是要把档案资料进行处理后，便来蒙古，为表诚意，李力明把夫人和孩子先行让我带了过来。

大汗吩咐，好生款待。

不料，就在夫人等待为她搭建帐篷时，一个军官从这里路过，他见到夫人有些姿色，便上前调戏，还动手动脚。

吓得夫人连忙喊叫。

陈玉坚听见急忙赶了过来，推开那位将军。不料，那位将军却动起火来，大喊道：“一个投降的女子有什么了不起？我非要她陪我睡觉！”

说着便拔出弯刀动手要抢。

陈玉坚不想伤他，见旁边有一块大石头，他伸出手，啪的一掌将石头击得粉碎。他喝问道：“难道你的脑袋有它硬吗？”

那将军一见，连忙收了弯刀，躬身施了一礼，溜之乎也。

李夫人连连向陈玉坚致谢。

陈玉坚道：“别理他，这是个粗人。大汗已经吩咐要好生款待，没有人敢惹是生非。”

蒙古营中，这样的粗人可不少，陈玉坚忙把他们送到了踏白营，让陈玉强好生照顾。

后来，夫人听说李力明战死，郁郁而终。李力明的大儿子一直跟着陈玉强做事，成了他一个好帮手。

蒙古大军在拉哈和林郊区集结。大汗要去检阅部队，便骑着马带着随从向郊区进发。

途经一片树林，见到林中有野兽出没，想到自从听了丘真人的劝告，好长时间没有打猎，一时兴起，便搭弓射箭，却不料那马却猛地扬起前蹄，把成吉思汗摔下马来。

众随从急忙上前扶起，重新扶他上马。

这一摔，摔得他头昏眼花，神情不安。

人所共知，蒙古人是马背上的民族，尤其是大汗，他从出娘胎，就是在马背上长大。他多年骑马，从未失蹄。这匹马也骑了多年，是温顺、健壮的阿拉伯马，跑起来四蹄如飞。今天是怎么了?

他心中好像预感到什么，有些不快。但是，发兵在即，他不能表现出来一丝不宁。

他在军前历数夏国之罪状，号召勇士们英勇杀敌，剿灭夏国。

大军出发。

当晚，大汗在帐篷中发起烧来，也遂皇后前后服侍，军医也赶来诊治，却不见退烧。

直到第二天拂晓，大汗沉沉睡去，才逐渐退了烧。

成吉思汗的金帐是安放在一个大车上，由五十头牛拉着前进。

文武大臣听说大汗有恙，纷纷赶到金帐车前来探望，有的人劝大汗可否在家休息。

大汗怒道:“夏国说这般大话，我怎好回去?别说我没死，就是死了也饶不了他!”

行军数日，来到贺兰山下。

见夏国军队已在山麓扎下营盘。领兵的就是那位在金殿说大话的将军阿莎敢钵。

蒙古大军便在山下列开阵势等待夏军来攻。

夏军果然冲下山来，离着蒙古大军还有百步远的时候，蒙古大军全然不动，只是万箭齐发，让夏军无缝可钻，只得退了回去。

接着，夏军又发起第二波攻势，蒙古军还是如法炮制，一声令下，万箭齐发，夏军只得又退回去。

两波冲杀均未奏效，夏军已经疲惫，蒙古军便在阵前挑战。

夏国军队便发动第三波冲击，人马冲下山来。这时，蒙古军中一阵号角声响，营门大开，蒙古骑兵像潮水一样涌了出来。

双方厮杀到了一起。

夏军已是第三波冲击，气焰已衰。蒙古军气势正盛，锐不可当，把夏军杀得大败而逃，纷纷退回山寨。

蒙古兵乘胜追击，杀入山寨，将夏军砍死一大半，吓得阿莎敢钵望风而逃，总算捡了条性命。

占据了贺兰山就等于控制了夏国的全境。

蒙古军攻占黑水城，转攻西凉府，再围灵州，夏主派兵来援也被击退。攻入灵州，再陷盐州川。

时值寒冬，黄河封冻，蒙古大军踏冰渡河，攻下积石州，进占临洮府及西宁两州兵临德顺。

夏国节度使马肩龙坐镇德顺府，他闻蒙古兵来攻，开城迎战，大战三天，双方各有胜负。

马肩龙知道此城难守，便向京城发出请求救兵的文书。哪知此时夏国京城已是一片混乱，大臣们纷纷逃到郊外，挖地洞藏匿财宝，竟然无人理会请求援兵的文书。

时值李力明回朝，在地上捡到文书一看，方知德顺府请求援兵。

他见皇帝已经躲得不知去向，便号召京城老弱残兵三千多人赶往德顺府增援。可怜一个文职官员马还骑不稳，便带领人马赶往德顺府。

哪知，半路上遇见了蒙古军队，一交手，三千兵马被杀散，李力明也被乱箭穿身而亡。

马肩龙等不到援兵，见城外潮水般的蒙古兵，自知守城无望，便带了敢死的将士杀出城来，与蒙古兵殊死一搏。

怎奈，敌兵无数，围了一层又一层，只杀得他精疲力竭，身上挨了无数刀剑，最终呕血而亡。

时值盛夏，天气炎热。成吉思汗到六盘山避暑，命令将士围困夏国京城，要夏主出城投降。

陈玉坚进入夏国就急于寻找李力明的下落，他见到俘虏就问："见到中书令没有？"

直到京城附近，他见到一个夏国的老兵，老兵才向他说起李力明战死的经过。

老兵叹息道："看来夏国真是没人了。让一个文官带兵上战场，他死得太可惜了。”

夏主见大军围城，知道国将不国，便把祖传的一尊金佛和金银器皿及骆驼马匹开门献出。

大汗闻报，要夏主亲自出降。夏主无奈，哭着告别宗庙，出城到六盘山来见大汗。

大汗将夏主拘留三日，下令将他及全家统统斩首。

蒙古大军进了夏都大肆抢劫，掠了财物女子和皇宫的宫眷。

唯有耶律楚材收罗了许多书籍，他见有当地药材大黄数车，便命士兵悉数运走。后来在西征途中，发生瘟疫，许多士兵拉肚子，有的甚至死亡。耶律楚材以大黄熬汤，让他们服用，挽救了万余士兵的生命。

夏国被彻底征服，大汗下令屯兵固守，命令管理西辽国的将军负责主理该地区事务。

大军正要班师，大汗忽然感到身体忽冷忽热，哮喘不止。也遂皇后日夜服侍，军医诊治、巫师作法均无效果。众将军只能守候在金帐外探听消息。

忽然，有人喊话：大汗传几位将军进账。

进帐后，只见成吉思汗半躺在床上，气喘吁吁，他招呼将军们走到身前，用嘶哑的声音说道：“我有破金之策，大家谨记。金国精锐皆聚于潼关一带，我军攻取，难以速胜，唯有假道宋朝才能破之。”

有将军问：“假若宋朝不肯呢？”

大汗道：“不会，宋朝没有那样的眼光。就像他当年帮助金国灭辽国一样，他们与金国是宿仇，必会帮我们。只有围困汴梁，金国才能够调潼关之兵，那时金兵远道而来，人马疲惫，不是……我们的……对手。”

说完合上了眼睛，众将再喊，无声无息，大汗已经过世了，享年六十六岁。

金帐内一片哭声……

大汗驾崩，就在行在举行葬礼。窝阔台、察合台、拖雷陆续赶到。

大汗灵柩运回蒙古，在他生前选中的地方下葬，然后用马把地踏平。

诸王、诸将齐会于咕噜尔河畔，遵从大汗遗愿，奉窝阔台为大汗，耶律楚材为右丞相。

耶律楚材以原有典章过于简单为由，恭请窝阔台准其增修朝仪，以示大汗尊严。

金国闻大汗过世，派来使节吊唁，并带来礼品。

窝阔台道："你们金主久不归降，我将出师问罪，这些礼品统统不收，滚回去吧。"

使节回到金国报与皇帝完颜守绪，皇帝和大臣皆感惊恐，又有大臣献策："吊丧不受，可否多送金银、珠宝，祝贺新君登基。"

皇帝准奏。

使节二次携带金银、珠宝，前来朝贺新君登基。窝阔台依然不受。金国使节第二次灰溜溜地走了。

窝阔台两次拒绝金使，已经发出明确信号，蒙古即将伐金。

第三十五章

少林寺

陈玉坚奏明新汗窝阔台，言及大汗在西征前，曾要臣把拖雷的公子忽必烈送到少林寺习武，不知尊意如何?

窝阔台道:“大汗和我谈过此事，但必须以陈家后人的名义方能进入，此事甚合我意，但须保密前行，望能尽快启程。”

陈玉坚领旨。

陈玉坚随大军回到哈拉和林，便来面见皇后，皇后得知也很高兴，便叫忽必烈过来相见。

忽必烈是成吉思汗四子拖雷的儿子，窝阔台视为己出。那年八岁，长得虎头虎脑，而且极有礼貌。

陈玉坚的儿子七岁，相比之下显得瘦小。

一天夜里，忽必烈拜别了大汗和皇后，与陈玉坚和他的儿子及几名亲兵，骑着马悄悄地离开了营地，踏上了南下之路。

陈玉坚没有告诉耶律楚材，但是，到了踏白营他必须告诉弟弟。因为忽必烈是以弟弟陈玉强儿子的名义前往少林寺的。

窝阔台这样重视忽必烈，将来会有储君的地位，陈玉强不能不为此担忧，他道:“哥哥也许要长住少林?”

陈玉坚道:“我有此打算。这个孩子不能有半点差池。”

离开了踏白营，几个人都换了便装，一路南下。

过了黄河，到了汴梁再转登封，便到了少林寺。

一路上市井繁华让忽必烈心情振奋，他悄悄对陈玉坚道：“将来，我们蒙古人要统治这些地方。”

陈玉坚点头，他知道伐金即将行动，必将是摧枯拉朽。

少林寺老方丈已经圆寂，他的同门师兄做了方丈，法号会明。

会明见到两个孩子心中喜欢，便问他们的名字。

忽必烈答道：“我叫陈青松。”

陈玉坚的儿子答道：“我叫陈青柏。”

会明笑道：“好啊，一松一柏，将来都有出息。”

陈玉坚说道：“西辽国灭亡了，我已是无家可归，把这两个孩子送来，是我弟兄的一点拜托。我想住在少林，帮助师兄打点些事务。”

会明道：“好啊，寺里琐事繁多，让我有时候焦头烂额，你能帮我打理最好不过了。”说着，他吩咐打扫出一套房间，供三人使用。

陈玉坚道：“我们也去帮忙。”说罢，带着两个孩子拜别会明，去帮助收拾房间去了。

房间收拾好了，三人住在一个房间中，两个孩子睡在一张床上。当天晚上三个人都剃了光头。

第二天便投入练功。

院子里有十多个孩子在练武，由于来寺院时间不同，有的在练对打，有的在拿大顶，一松一柏则先要蹲马步。

蹲马步要求脚下生根，站得稳，那可不是一天两天能练成的。练了一天，到了晚上，两个孩子腰酸腿疼，连床都爬不上去。第二天，起床钟声一响，还得接着练。

两个孩子都趴在床上不动弹。

陈玉坚连拉带拽把他们拉下床，推到了院中，继续练蹲马步。

一连数日，总算是熬过了肌肉酸疼这一关，两个孩子的马步也练得越来越扎实了。

一连半个月，练完了蹲马步，便练拿大顶，然后是腿绑沙袋，练习跳跃、奔跑……

陈玉坚的亲兵都住在离少林寺不远的地方，他们在那里租了住房，经常组织一些货物贩运到北方，也随时把忽必烈的习武情况向新汗做报告，使窝阔台随时了解孩子的近况。

一年以后，两个孩子开始练习拳术，相互对打，每练习一套拳术，便有一名师傅当面传授，这就是在少林寺练武的优越之处。专练一路拳法的师父，技艺精湛，对拳法研习较深，教出来的技法自然精到。不像陈玉坚等学习了多套拳法，到后来融会贯通合为一体，现在已难找出各自拳法的路数。

此间，窝阔台已经下令攻金。

拖雷率大军直下陕西攻凤翔和潼关。

金主派平章政事完颜哈达驰援，哈达惧怕蒙古兵，谎称潼关形势危急，要先援助潼关。

以致凤翔空虚，金兵守了不到三个月，被蒙古军攻克。

蒙古军围攻潼关久攻不克，部下有人献计道：“我军应当绕过潼关，出宝鸡沿汉江进发，那时攻克汴梁的日子就不远了。”

拖雷依计而行，大军直取宝鸡，攻入大散关，破凤州，并渡过嘉陵江突入蜀地，拔寨四百多处。

窝阔台亲率大军已经攻克郑州。

天险潼关也被攻克。

蒙古大军围攻汴梁。

蒙古人用石炮攻城，每个城角置炮百余门，轮流弹击，昼夜不息。怎奈汴梁城十分坚固，相传为五代后周周世宗所修，坚密如铁。虽受炮击，外面有损，并未洞穿。

窝阔台便让金主议和。金主便命户部侍郎杨居仁出城带着牛羊美酒金银珠宝犒赏蒙古军，并且答应送皇子到蒙古为质。

谁知，天有不测风云，蒙古人派去作为议和使臣的唐庆刚住到驿馆，金国神府军头目申福竟然带兵闯入驿馆，将唐庆和随行三十余人全都杀死。

议和之事，又起波澜。

窝阔台以金国背盟杀使为理由重开战端。

这时，一松一柏在少林寺习武已经到了第三个年头，当前的功课是练习长短兵器。

这天早上，陈玉坚去驿馆，与几位亲兵商量货物交易中出现的问题，意外发生了。

一队金兵进了寺院，找到了会明方丈，拿出了登封县的告示。告示说，本城凡是十六岁以上的男子，都必须入伍当兵。你这里有不少和尚，也得让他们入伍当兵。

会明方丈说："寺院是方外之地，从不介入世间是非，不能当兵。"

领头的军官说："我不是让他们真的当兵，只是去充数，等到衙门点过人数，就让他们回来。"

会明不信。

军官道："你这里供的都是佛祖，我还能当着佛祖说谎吗？"

会明又问："此话当真？"

军官拍着脑门说道："我要是说话不算数，天打五雷轰。我就是用你的人充个数，点过卯，就让他们回来。"

会明见他说得恳切，便答应挑几个年纪大的和尚跟着他去充数。

这军官是这一带地面的官员，也是轻易不能得罪的。

十几个和尚排成一排跟着那些士兵走了。

到了傍晚，陈玉坚回来，却不见了一松一柏两个孩子。

他跑去问会明方丈，方丈说："有人来找和尚去当兵充数，我没叫这两个孩子去啊。"

陈玉坚一听坏了，一定是跟着他们走了。

会明方丈立即动员寺中的人到县城去找。

陈玉坚跑到驿馆，招呼那些亲兵骑上马，到县城去找。

直到晚上，才在县城的一个广场上找到了这伙士兵。这两个孩子刚跟着士兵们吃完饭在玩耍呢。

陈玉坚心中一块石头算是落了地。

他喊来两个孩子，让他们上马，回到寺院。

在房间里陈玉坚严厉斥责两个孩子，警告他们，谁也不能离开寺院一步！

陈青松道：“你别怪他，是我让他跟我去的，我就是想看看金朝的兵将，是怎么过活的。”

陈玉坚觉得忽必烈果然不愧是皇家子弟，有胆识，敢担当。他问道：“你看金兵如何？”

陈青松道：“各个怕死，吃饭的时候就商量怎么能够藏到队伍后边，别让刀枪伤着，这样的队伍焉能打胜仗？”

陈玉坚点头：“有眼力，算你看得准确。”

隔了几天，那些去充数的和尚，果然都回来了。一场有惊无险的风波平息了。

蒙古大军的这次攻势十分猛烈，金国皇帝看汴梁守不住了便逃往蔡州（今河南汝南）。

天兴三年正月，蒙古和宋朝军队联合加紧围攻蔡州。

金朝皇帝在正月初九夜里召集百官，决定传位于当时任东面元帅的完颜承麟，完颜承麟又哭又拜，不敢承受。

皇帝说：“朕肌体肥重，连骑马逃亡都很困难。卿平日矫捷，万一得脱，国祚不绝。”

这样，完颜承麟才继了帝位，即位礼毕，他就立即带兵迎敌，此时南宋军队攻入蔡州南门，刚卸任的皇帝上吊身亡。

完颜承麟闻知大哭，未等祭奠结束，元宋联军已经杀到门前。

末帝完颜承麟在乱军中丧命，他只当了不到半天的皇帝。

至此，历时一百二十年的金王朝彻底灭亡。

来到少林寺已是第五个年头，一松一柏武艺已经学成，两个孩子也又高又壮，陈玉坚拜别会明方丈，带着两个孩子和亲兵踏上了回程。

过了黄河，在路上遇见几十个金国的散兵游勇打劫一个颇具规模的商队。

路见不平，豪杰性起，一松一柏首先提着朴刀拍马冲了上去。接着。陈玉坚恐孩子们有失，也拍马冲了上去。

一阵厮杀，把几十个散兵游勇杀得四散逃窜。

一问，这支商队原来是往北方踏白营送货的，众人便结伴而行，一起向北方走去。

到了京都，见到了在此指挥坐镇的窝阔台，忽必烈一见伯父，激动地上前拥抱，五年不见，时间不算短，两个人有说不出的亲热。

在大殿上，窝阔台让一松一柏两个人展示学到的武艺。

两个孩子整天在一起打斗了好几年，双方路数都十分清楚，两个人先是抱拳站定，接着相互进招，打到了一起。

一个似猛虎下山，一个似豹子腾跃，两个人上下翻腾，看的满朝文武各个目瞪口呆。

看了一阵，窝阔台连连叫好，接着连声喊道让他们停下来。

只听两个人一起喊："招法还没完呢。"

窝阔台只得接着看下去。

打了一阵，只听得四掌相击，铿锵有声。两个人说了声："承让。"各自跳出圈外，双双站定。

大殿里爆发出一阵掌声。窝阔台下了龙椅把两个孩子搂在怀中："好。你们都是我的好孩子。"

当下窝阔台便要认陈青柏为义子。

陈玉坚和陈青柏父子叩头谢恩。

窝阔台任命陈玉坚为殿前卫士长，统管大内亲兵。

文武大臣一起祝贺。

第三十六章

耶律楚材

那年秋天，成吉思汗在六盘山的军营中病逝。

他在临终前的病榻上曾指着身边的耶律楚材对窝阔台说："这个人是天赐给我家的，今后一定要重用他。"

在追随成吉思汗的几年中，耶律楚材的才能并没有得到充分发挥。他真正发挥作用是在窝阔台汗当政时期。

尽管成吉思汗明确认定窝阔台继承他的汗位，在窝阔台当政初期，拖雷却充当监国的角色。

但是，由于各怀心思，拖雷一直不肯放弃自己监国的权位。

有些人向拖雷反映说，燕京的社会秩序很乱，一些强盗竟公然赶着牛车闯进富家劫财行凶，燕京当局无法禁止。

作为监国，觉得有责任管理此事。拖雷便从漠北调耶律楚材与自己的侍卫到燕京共同处理此事。

耶律楚材一到燕京，马上查清了这些强盗的藏身之处，他命人把这些强盗全部抓了起来。经过审讯，发现这些强盗有的是燕京最高长官的亲属，其余的也都是有权势人物的子弟。

拖雷的侍卫感到此事涉及权贵不好处理，耶律楚材却向拖雷报告，要求他果断下令把其中十六个人押到闹市上斩首示众。

拖雷批准了这个决定，十六个罪犯被押到闹市区斩首示众，以示安民。

燕京从此强盗绝迹。

耶律楚材为了巩固治安成果，又提出《便宜十八事》作为临时法律：

严禁地方官吏擅自滥杀老百姓；

不准商人和财主贪污公物；

打击地痞流氓和杀人盗窃犯；

禁止地主富豪夺取农民田地……

这样，各地社会秩序就渐渐安定下来。

成吉思汗去世后，拖雷担任监国也已经两年。尽管汗位已经属于窝阔台，但监国拖雷却是罩在窝阔台头上的一块乌云。

窝阔台不能与拖雷公开叫板，汗位等于虚悬。

作为大汗和新汗的近臣，耶律楚材意识到，监国和新汗双方很快就要为权力展开角力，下一步完全可能酿成黄金家族内部骨肉相残的局面。

他看在眼里，急在心上。当晚，他找来韩志鹏述说心事。

韩志鹏听后鼓励他道："为臣以忠，死谏而已。"

有了韩志鹏的鼓励，耶律楚材决定冒死说服拖雷尽快让出监国的权位，让窝阔台早日真正即位。在议定汗位继承人的忽里台大会的休息期间，耶律楚材决定挺身而出，他要劝说拖雷放弃监国。

拖雷听了耶律楚材的话说道："父汗在世时曾经说过，你是天赐我家的。我从来不曾薄待过你，你为什么要和我分心呢？"拖雷的心思昭然若揭。

耶律楚材说："众所周知，窝阔台是大汗指定的继位人！大汗生前有恩于在下，在下必须肝脑涂地来报答。所以我不能因为你是监国就见风使舵，作出违背大汗旨意的事来。"

拖雷心中恼怒，但他依然压着火气问道："可你知道这样做的后果吗？"这些话可都是一个字一个字蹦出来的。

耶律楚材淡淡一笑说："一死而已，也好早日拜见大汗。可你百年之后，将如何面对你的父汗呢？"

拖雷无言以对。

耶律楚材乘机说道："监国毕竟是个临时的职位，汗位才是国家的象征。你抓住监国不放，让窝阔台难以施展权力，会让众臣感到心寒。难道一定要闹到国家分裂不可吗？要是到了那个地步，如何对得起大汗的在天之灵？"

耶律楚材发自肺腑的一席话，终于说服了拖雷。第二天，他就宣布，卸下监国权位，把权力移交给窝阔台。

窝阔台登上汗位，群臣礼节混乱。耶律楚材开始制定群臣朝拜制度。并规定臣子见大汗一定要行跪拜大礼。

为了推行这一制度，他对窝阔台的哥哥察合台说："您虽是皇兄，但位则为臣，按礼当拜。你要拜，其他人莫敢不拜。"

察合台深以为是。第二天早朝，察合台率皇族及臣僚跪拜于帐下。

朝拜完毕，察合台对楚材说："你真是社稷之臣。"

蒙古人对于皇帝及长辈行跪拜礼，就是由此开始的。

窝阔台登基大典之后，他要把一些犯有死罪的人立即处死。

耶律楚材奏道："陛下新即位，应大赦天下。"

窝阔台采纳了他的意见。

蒙古人以马上得天下，对读书人大都瞧不起。夏国人常八斤，因善造弓，受到大汗的赏识，便到处宣扬："大汗领着大家正在打仗用兵之时，像耶律楚材这样的儒生有何用？"

楚材知道后向大汗进言说道："造弓，需弓匠，坐天下，岂能不用治天下的匠人。"

大汗认为说得有理，甚是高兴。

当年大汗忙于西征，无暇制定各种军政制度，以致州郡官吏任意烧杀抢掠，燕蓟留后长官咸得卜尤其贪暴，杀人无数。

楚材知道后立即奏报大汗，并请下令各州郡官吏，非奉大汗命令不得擅自征发百姓当差，凡判处死刑者必须上报批准，否则治以死罪。经过这样一番整顿，贪暴之风稍稍收敛。

楚材建议："州郡长官只主办民事，万户专管军政，他们所掌握的课税，权贵

不得侵占。”

这些规定遭到蒙古权贵们的反对，贵族咸得卜诬蔑楚材任人唯亲，怀有二心，非杀不可。窝阔台查明此系不实之词，谴责了咸得卜。其后，有人控告咸得卜违法，窝阔台命楚材去审理。

楚材说：“咸得卜骄傲自大，易招人毁谤，现要征讨金国，这事以后再办。”

窝阔台对侍臣说：“楚材不计较私仇，为人宽厚，你们应当效法。”

按蒙古军原来规定，攻城时如受到抵抗，破城之后对抵抗者尽杀不留。

大臣别迭经常散布说：“汉人留着于国家无用，不如把他们统统赶走，杀掉，把他们的土地用来放牧。”

楚材针锋相对地反驳道：“陛下将南伐宋朝，需大量军费，如果让老百姓安于农商各业，政府征收田赋、商税以及盐、酒、铁等税，每年可得银五十万两、帛八万匹、粮食四十余万石，足供国家一切费用，怎能说汉人于国家无用？”

窝阔台采纳了楚材的意见，并设立十路征收课税使。那年秋天，窝阔台到云中时，十路都送来所征的课税。

窝阔台非常高兴，对楚材说：“你没有离开我，就能使国家充足。”当即授楚材为中书令，军国大小事务都先告知他。

汴梁即将被攻克，大将速不台遣使奏报说：“汴梁金人顽强抵抗，我军多有死伤，攻克后应将全城屠杀干净。”

楚材忙入奏劝阻说：“将士们在外征战数十年，希望得到被征服的土地和人民，若把百姓都杀了，要土地何用。”

窝阔台还是犹豫不定。

楚材又说：“汴京是奇工巧匠和财富集中的地方，若把城中百姓杀尽，将一无所获。地还得汉人种，把人杀光了，地空下来了，蒙古人又不会种地，上哪里去征军粮？”

窝阔台最终采纳楚材的意见，只下诏谴责金朝皇室完颜氏的罪行。由于耶律楚材的劝阻，使汴梁城中一百四十万余人得以保全生命。

说他是汴梁城的大救星，也毫不为过。

蒙古军平定河南，被俘人口中十之七八逃走了。窝阔台下令：凡收留和资助逃民者，杀其全家，同乡邻里亦治罪。于是逃难的人民不敢避居人家中，多饿死于路旁。

楚材进谏说："河南既已平定，那里的百姓就是陛下的赤子，他们会逃向哪里？何必因一俘囚而使无数人遭到株连。"

窝阔台醒悟了，他急忙下令废除原来的旨令。蒙古军在灭金时，只有秦、巩等二十余州未攻下，楚材建议皇帝下令赦免这些州郡抵抗蒙古军的人民。结果，诏令一下，这些地方都开门降顺了。

楚材非常善于理财，窝阔台执政第八年春天，有个叫于元的大臣上表奏请发行纸钞。

楚材说："金章宗时初行纸钞与钱币一起流通，但官府只印发纸钞不收回。钞价贬值，一万贯只能买一个饼子，以致民穷国贫，应当引以为戒，今若发行纸钞，不能超过万锭。"

窝阔台采纳他的意见。

楚材任中书令后，日理万机十分繁忙。韩志鹏不时过来帮他整理文件，起草文书。

韩志鹏自嘲道："我父亲当年为党怀英帮闲，而今我为楚材帮闲。"

楚材捋着长须道："当年韩伯父无官一身轻，你今天可是拉哈和林的后勤大总管，到我这里就是帮忙。"

两人对坐饮茶时，经常回忆起小时候在闾山书院读书时的逸闻趣事，禁不住感慨唏嘘。

楚材的母亲以九十五岁高龄去世，楚材与韩志鹏赶到踏白营处理后事。

窝阔台、察合台、拖雷各送挽幛一副，以示悼念。

踏白营人人戴孝，哭声一片……

此时，窝阔台接到密报说：花剌子模国王的儿子的札兰丁死灰复燃，又纠集兵马，想要夺回丢失的土地和臣民。

窝阔台勃然大怒，立即派遣驻扎在西边的大将军卓马尔罕统兵三万，前去镇压。

时值天寒，札兰丁正在拥炉喝酒，听到细作军报，说是蒙古大军正向这边开来。

札兰丁问：“距此多远？”

细作回答：“四五百里。”

札兰丁毫不在意，大雪飞扬，道路险阻，赶到这里至少也要两天，我明天点兵迎敌也来得及。

喝完酒，他便拥着妃子躺下睡觉，这一觉，札兰丁睡得好香，直到太阳出来才醒。

他刚穿好衣服，却听到喊杀之声，原来蒙古兵已经杀到。

天杀的！蒙古兵怎么来得这么快？几个亲兵催促他赶快逃走，他跑出来上了马，一路狂奔逃出城外。

卓马尔罕攻陷城池，向窝阔台报捷。

札兰丁孤身逃进山里，被土著人抓到，以为是奸细，将其拦腰斩断，可怜一代英杰……

这时，蒙古大营传来噩耗，拖雷病故，窝阔台大哭……

第三十七章

陈青柏

窝阔台不断接到报告，成吉思汗西征时征服的国家凡是有号召者，都已经叛乱，有的杀了管控地方的蒙古人，扬言要踏平蒙古帝国。

窝阔台决定派兵再次西征。

他命令术赤的儿子拔都为帅，速不台为先锋，即日发兵。

一天傍晚，忽必烈陪着窝阔台在皇宫院内散步，这里是金国旧日的皇宫，窝阔台住进不久，许多地方还没到过，两个人在院中指指点点，奇妙的园林和恢宏的宫殿建筑，让两个人不住称奇。

忽必烈已经长大成人，他甚至比伯父还高出半头。

拖雷病故，窝阔台对忽必烈更加珍爱，两人几乎形影不离。

两人走到一僻静处，周围是一片竹林。窝阔台想要小解，便要在竹林撒尿。蒙古人生活在草原，有随地便溺的习惯，住进皇宫也难更改。

就在他刚站到竹林边时，就听忽必烈大喊一声："伯父小心！"喊话间已经拔剑出鞘，与两个飞过来的蒙面黑衣人打到了一起。

这时，一个黑衣人与忽必烈打斗，另一个黑衣人却直扑窝阔台，吓得窝阔台顾不得小解，急忙钻进了竹林中，那黑衣人也要钻进竹林中，却被一个飞身赶到的人横剑拦住。

两个人在竹林外交起手来。

交战片刻，忽然一个黑衣人打了个呼哨，两个人双双纵身跃上房顶，穿房越脊，逃之夭夭。

待忽必烈和横剑之人跃上房顶，已经不见黑衣人的踪影。

两个人跳到院中，窝阔台才看清来人正是陈玉坚。

陈玉坚半跪在地：“臣救驾来迟，大汗受惊了。”

窝阔台把他扶起：“亏得你及时赶到，不然我命休矣。”

忽必烈和陈玉坚把窝阔台送回后宫，忽必烈责成陈玉坚保护大汗，他匆匆走了出去。

他来到陈青柏的房间，先听了听屋中的动静，然后伸手敲门。

门没锁，陈青柏应了声请进，忽必烈推门走进。

只见陈青柏身穿浅色短衣，从书案前站起，急忙走过来让座：“皇兄，怎么得闲到我这儿来？”

忽必烈道：“方才有两个黑衣人行刺大汗……”

陈青柏急忙打断他的话：“父汗安好？”

忽必烈道：“被我和你父亲赶走了。”

陈青柏以手抹额：“谢天谢地。”

忽必烈道：“两个黑衣人都蒙着脸，奇怪的是，跟我交手的人，剑法奇特，里面却有少林剑法。”

陈青柏问：“难道会是少林的人？”

忽必烈道：“说不清楚，大家多加小心才是。”

陈青柏道：“关键是要加强对父汗的警戒。”

忽必烈道：“这个自然。”

陈青柏道：“我得加入警卫队伍。”

忽必烈道：“你不必参加，自管读书，等我将来设科举考试，你好考个头名状元。”

说完，转身出门。

陈青柏送到门外，二人道别。

送走了忽必烈，陈青柏重新坐到案前，其实，他无心读书，心中纠结，慌乱，成了一团乱麻。

他知道自己正在做一件大逆不道，甚至可能造成家毁人亡惨剧的事情，但是，另一个力量，正把他一步步拉向深渊。

一切都有开头，这个开头在三个月以前。

自从他被窝阔台认为义子，便住在皇宫里。除了每天跟忽必烈练习武艺，便是读书。

忽必烈鼓励他，将来要有科举考试，让他参加科考，以求得功名。

一天，他读书困倦，便到皇宫后院散步。他信步走到宫墙边上，忽然听到墙外有挥拳跳跃之声，他便跃上墙头观看。

只见皇宫外有一个院落，原来，那里是皇宫的菜园，一位妙龄女子正在挥拳练武。

只见她把拳打得呼呼生风，这是一套他从未见过的拳法。他一时性起便跃下墙头与她一起对打。

两人打得难解难分，陈青柏闪展腾挪，使出全身招数，那女子毫不占下风。陈青柏卖了一个破绽，那女子不知是计，挥拳打来，却被陈青柏拿住手腕，稍一用力，那女子轻声叫喊，乖乖认输。

陈青柏问那女子是何来历，为何在给皇宫种菜?

那女子道:“我叫紫木兰，是夏国皇室贵胄，我的父亲是皇帝的哥哥，蒙古人攻克夏国，杀了我全家，独把我掠来作为奴婢。”

那时她才十二岁，刚从外面习武回家，就被掠走。因为长得瘦小，才没有被侮辱。她被分配到皇宫，侍候皇妃。这些年，她渐渐长大，前些天，王妃要把她送给一个王爷，她顶撞了王妃，被罚到菜园种菜。

陈青柏问她在哪里习的武。

她回答:“在崆峒山，跟一位尼姑习武四年。”

紫木兰已经十六岁，出落得颇有些姿色，具有成熟少女模样，加上她语中带恨，更叫人觉得楚楚可怜。

陈青柏初次与女孩这样近地接触，心里便同情她，便向她说道:“我是窝阔台大汗的义子，你要有什么困难，我来帮助你。”

她斜眼看了他一眼：“哦，怪不得穿得这么华丽。我把心思告诉你，你能帮我的忙吗？”

陈青柏道：“能，一准能。”

紫木兰道：“我的全家是被蒙古人杀的，那时候是成吉思汗，他死了，我要杀窝阔台为我全家报仇，你能帮我吗？”

陈青柏一听连连摆手，他站了起来：“我不能帮你，我劝你也别有这样的想法，会有惩罚的。”他想要离开她，他忽然觉得这个女孩十分可怕。

他转身要走。

紫木兰忙拉住他：“怎么，当真了？我不过是跟你说着玩的，看把你吓成这样。”她握住了他的手，两个人挨得挺近，彼此间闻到了对方呼吸的气味。

紫木兰把嘴唇凑到了陈青柏的唇边。

禁不住的诱惑。

陈青柏猛地把她抱在怀中，也许是本能的促使，两个人的嘴唇紧紧地贴到了一起。

两个人就这样抱着，吻着，都感到已经融化在对方的身体里。

不知道过了多久，两个人才慢慢分开，互相看着对方，他们再不是陌路之人，而是一对刚刚坠入情网的恋人。

这时，一个身体佝偻的老太太走进花园，陈青柏刚要躲避。

紫木兰拉住他：“不用躲，她耳聋眼花，看不见的。”

据说，她原是金国宫中一位妃子，因为失宠，被贬到菜园种菜，年纪虽然不大，因为得了病，头发白了，身体佝偻了，耳也聋了，眼也花了，现在算是苟延残喘地活着。

两个人又亲热了一阵，紫木兰推开他：“我得干活了，晚上我找你。”

陈青柏问：“你到哪儿找我？”

紫木兰道：“我到你房间去。”

陈青柏摆手：“不行，晚上经常有人过去。”

紫木兰道："那就晚一点，你熄灯之后。"

陈青柏点头答应，越墙回到宫中。他回到房间，再也没有办法读书，他的心像有几只小鹿在乱撞，让他无法平静。

这一天，吃茶吃饭都没有味道，好容易等到晚上，应付了父亲的问候。老早就熄灭了灯。

熄灯不久，紫木兰果然悄然而至。两个人在黑暗中拥抱亲吻，接着便倒在了床上。

两个人欲火中烧，相互胡乱解着对方的衣服。

紫木兰忽然推开他道："我偷看过宫中的《导引术》，说是把那东西插到女孩身体里，叫'破处'，你要插，就得答应我的要求。"

满身的欲火让陈青柏已经不能自持，连说道答应答应。

听到这句话，紫木兰才劈开腿，两个人做起爱来。

直到两个人精疲力竭，陈青柏冷静了许多，他忽然想到方才答应了什么："方才你说让我答应什么？"他气喘吁吁地问道。

"杀死窝阔台啊。"

陈青柏一骨碌翻身坐起，连道："不可，不可，这怎么能答应？"

紫木兰听后也不说话，默默地穿着衣服，下了床。她匆匆走到门口回身说道："你是个无情的家伙，说话不算话，我不理你了。"说着推门走出。

陈青柏一见慌了手脚，急忙披上衣服下床追赶，待到门外，已不见了紫木兰的踪影。

第二天晚上，陈青柏早早就熄灯等待，紫木兰没有来。这一夜，他辗转无眠，直到天将亮，才迷迷糊糊地睡去。

起床后他神情恍惚，父亲问他是不是病了，陈青柏摇头。

他无法忍受见不到她的日子，心里一直盘算着答应与不答应的事情。

他知道，要不答应，他会永远见不到她，那样的日子真是生不如死。最后，他下了决心——答应！

看来，一旦坠入情网，有些人的初衷可能彻底改变。

他又到菜园去找她，告诉她决心答应，再不反悔。

紫木兰答应晚上与他相会。

熄灯后紫木兰又悄然而至，陈青柏见到她，就像久旱的庄稼逢了甘雨，禁不住心花怒放，两个人又宽衣解带在床上做爱。

两个人情欲炽烈，直做了三四次才肯罢休。

待平静下来之后，两个人商量谋刺的办法。

紫木兰要陈青柏准备两套夜行衣裤，然后蒙面，谁也不能看出来。

陈青柏说：“忽必烈几乎与窝阔台形影不离，一旦动手，我的少林剑法很可能被他识破。”

紫木兰答应，教他几套崆峒剑法，很快就能学会，就用这套剑法与忽必烈交手，防止露出破绽。

崆峒剑法教了，夜行衣和蒙面布也准备了。陈青柏又动摇了。

他劝紫木兰说：“我还是怕，下不了手。”

紫木兰就两天不理他。

陈青柏又像掉了魂似的，连连找她。紫木兰发誓不再见他。

陈青柏万般无奈，只好再一次答应，两人和好如初。

这一天真要准备行动了。陈青柏再也没有反复，两人穿上了夜行衣，蒙好面，潜伏在花园中等待窝阔台露面。

因为紫木兰已经摸准了窝阔台和忽必烈的行动规律。

两人行刺即将成功，却因陈玉坚的出现被彻底打乱，两个人各自逃了回去。

陈青柏回到房间脱下夜行衣，把它塞到床下，装成看书的样子，果然，忽必烈找上门来。

接着陈玉坚也过来询问。

陈青柏似乎感到他们已经怀疑到他。

有了这次意外变故，窝阔台不再到花园里来。偶尔来一两次也是戒备森严，无从下手。

陈青柏认为既然已经走了这一步，就不能回头，一旦回头，他就得丢失紫木兰，这是他无论如何也受不了的事情。

他留心窝阔台的行踪，寻找下手的机会。

隔了一段时间，他发现窝阔台和忽必烈傍晚遛弯换了一个院子。这里离菜园更近，尽管也有警卫，但离得较远，要是一击致命，时间还来得及。

这天傍晚，两个人又做了准备，甚至连得手后逃跑骑的马都备好了。

两个人身穿夜行衣躲在高墙后面窥视。

先是几名卫兵来到花园，他们到处搜寻一阵，便站到了远处。

隔了一会儿，窝阔台和忽必烈出现了，他们对这个花园指指点点，这时，两个黑衣人从墙外的隐蔽处一跃而出，两把剑直奔窝阔台刺来。

忽必烈持剑反击。

只见窝阔台喊了声来得好，转身甩掉了身上的龙袍和下颏的胡子，横剑在手，与冲过来的人打到了一起。

原来，他不是窝阔台，而是陈玉坚假扮的。

两个黑衣人一见，原来这是设下的陷阱，只听一个人打了一声呼哨，未等卫兵冲到跟前，两个人纵身一跃，越过了高墙。

忽必烈和陈玉坚也越过高墙追了过来。

幸好两人备了马匹，两个人跃上马，跑出菜园，一直向北逃窜。

陈玉坚向忽必烈喊：“我跟着他们，看他们逃到哪里？你快去调集马匹，一定要追上他们。”说着便一路飞跑跟了下去。

忽必烈跃回墙内，调了几匹马，跑出宫门，也向北边追了过来。

两匹马飞快逃跑，陈玉坚渐渐被落在后面，但是，逃跑的方向是直奔燕山而去，他总算是把握了他们的目标。

忽必烈带着马匹赶了上来，陈玉坚上了马，一起在后面尾追不放。

燕山距离京都有几十里的路程，紫木兰在那里找到了一个隐蔽之处。但是，追兵太急，他们不敢向隐蔽处跑，只能向大山里逃窜。

眼看跑到山顶，他们两人的马毕竟是民间的马，跑了这么远的路已经精疲力竭，到了半山腰，打死也不走了。

两个人眼看追兵也在上坡，便弃了马，径直向山上攀爬。

皇宫的马脚力强健，直接爬上山坡。

陈青柏和紫木兰到了山顶，已经无路可走，前面是万丈悬崖。

陈玉坚和忽必烈骑着马到了山顶。

两个黑衣人并肩站在悬崖边上。

尽管他们还是蒙面，而陈玉坚已经大声喊道："孽障！还不跪下受死！"

陈青柏浑身一抖，显然父亲已经认出了他。

忽必烈喊道："你为什么变成这样？"

两个人下了马，手执宝剑，逐渐向他们逼近。

只见得紫木兰用剑指着两个人："你们别过来，我们宁肯死给你们看，也不会投降的。"

只见她一转身抱定陈青柏，两个人一起纵身跳下了悬崖。

听见她大声喊着："大夏国——我来了……"

陈玉坚来到悬崖边上向下看了一眼，转身跪在忽必烈跟前道："臣，教子无方，惊扰圣上，愿领死罪。"

忽必烈把他拉起来，送他上马道："回去禀告大汗，祸害已除。我不明白，他为什么会变成这样？"

在回去的路上，忽必烈一直叨念着这句话："他为什么会变成这样？"

回到宫中，陈玉坚向窝阔台请罪。

窝阔台念其大义灭亲，没有降罪，只是罚他半年薪俸，降为禁卫军副统领，却一直没派统领。半年后，他官复原职。

第二天，忽必烈派士兵下到悬崖底下，发现了两个人的尸体，虽然已被野兽啃得面目全非，但是扒开夜行衣看见里面的装束，确实是陈青柏无疑。

另一个人就是菜园的紫木兰。

忽必烈下令，把两个人就地埋葬到一个坟穴里。

第三十八章

拔都

拔都是成吉思汗长子术赤的儿子。

窝阔台之所以选定拔都为统帅，就是想让他打出一片天地，由他建立汗国进行统治。

拔都领命西征，任命速不台为先锋。

速不台是术赤的老部下，老谋深算，作战骁勇。虽然只有一只眼睛，但看战争形势比谁都清楚。

速不台大军开到阿里城。

原来这里已经降服，只是蒙古大军一走，便开始叛乱。大军一到，知道不能抵抗，便又出城归降。

阿里既然降服，拔都便把大营设在这里。速不台再去攻打下一个目标——钦察地区。

钦察地区部族首领八赤蛮拒不投降，组织人马与速不台对抗。

双方展开激战，互有胜负。

拔都见钦察久攻不下，便命拖雷的长子蒙哥率大军增援。

蒙古援军开到，八赤蛮吓得弃城逃走。

蒙古军到处抓捕八赤蛮，八赤蛮却一日三窟，仗着地形熟悉，与蒙古军兜圈子。

后来，在一个偏僻山沟里搜到一名老妇，询问八赤蛮的下落，她指向西边的海说，八赤蛮跑到海里去了。

蒙古军沿海边搜索，抓到了八赤蛮的妻子，询问得知，他已经逃到海里的岛上去了。

蒙古军看到了那个海岛，离岸不远，但海水滔滔，如何过得去？

正在踌躇，却见海水逐渐退去，露出了大片湿地，原来是海水正在退潮。下水试探，只有齐腰深，蒙古军兴奋之极，一起大喊："真是苍天助我。"纷纷下水奔向海岛。

八赤蛮果然在海岛上，海岛面积太小，无处躲藏，只能束手就擒。

此时，蒙哥已率部队来到海边，见抓到了八赤蛮，喝令他投降。

八赤蛮立而不跪道："我八赤蛮也是一国之王，兵败被擒，一死而已。不能像骆驼似的说跪就跪。"

蒙哥下令杀了八赤蛮，率军攻打俄罗斯。

拔都把大营前移到钦察首府。

蒙古军攻克也列赞城，速不台下令屠城，将城中所有兵民一律杀死。

接着又攻克附近的克罗木纳城，很快逼近莫斯科城下。

莫斯科建城已有百年，俄罗斯大公的两个儿子相继战死，宫妃和官员都躲到一个大教堂里据守。大教堂颇为坚固，蒙古军便放火焚烧教堂，将里面的人全部烧死。

占领莫斯科后，蒙古军转攻图里斯格城，城邦之主瓦西里奋勇抵抗蒙古军，速不台久攻不下，气得独眼通红。围城两个多月，依然相持。

拔都亲自到阵前观察，与众将设计，大军佯退，引城中追赶。

瓦西里果然中计，他派兵追赶，却无法赶上，只得回军。

哪知，这城门一开一闭，便有一批改变装束的蒙古军趁机混入城中。

这批蒙古军在城中潜伏三天，到了第四天夜里，四处点火，杀死了守城门的官兵，打开城门，蒙古兵一拥而入。

瓦西里仓促应战，巷战在城中展开。

蒙古兵越来越多，巷战残酷而激烈，瓦西里几乎被俘，他挣脱敌手，宁死不降，最后投水自尽。

拔都继续督促大军西进，前锋已达现匈牙利境内。

拔都道：“霍都思汗逃入马加，米海勒逃入波兰，我们将继续追赶，向他们声讨问罪。”

蒙古大军遂分为两部，一部由拔都自己率领进入马加，一部由速不台率领进入波兰。

波兰酋长调兵遣将，三万兵力分为五军，两军由日耳曼人组成，其他三军由波兰人组成，分头迎击蒙古大军。

日耳曼军队恃勇急进，与速不台大军相遇。

奇怪的是，蒙古军队跟日耳曼人一交手，旋即溃败，狼狈逃窜。

日耳曼人以为蒙古人不过如此，便大胆追来。

追出数十里路，忽然被一支蒙古军队拦住，厮杀，蒙古军队旋即又败。日耳曼人继续追赶，不料，在一处宽阔之地，蒙古军从四面八方涌了过来。

忽然，一声炮响，无数巨石横空飞来，都砸在日耳曼军的头上。日耳曼军四下躲避，都被杀回，只能在战场中央经受巨石打击。

可怜日耳曼军都做了石下之鬼。

消灭了日耳曼军，蒙古大军继续西进，又遇到了波兰军队。

速不台的儿子兀良合台奋勇当先，率领骑兵冲入阵中，把波兰军队截成数段，分段消灭，波兰军纷纷后退。

波兰酋长带着大军赶了过来，蒙古大军另一支队伍在速不台的指挥下飞马杀到，双方鏖战，波兰军听说日耳曼人全军覆没，已经无心恋战，争相后退。

酋长在奔跑中身中一矛掉下马来。接着，火把齐明，照着一杆大纛旗上挑着的酋长血淋淋的头颅。

刹那间，波兰兵吓得魂飞魄散，四下奔逃。

蒙古大军攻占波兰全境。

拔都率领部队进入马加，初战并不顺利。待他得到速不台的接应才攻克马加城。至此，欧洲震动，涅米斯（今德国）诸部百姓都纷纷逃走。

此次西征，每攻占一地，都派军驻守，为日后建立汗国做准备。

这时，蒙古军中接到噩耗，窝阔台汗去世。

拔都让贵由先去奔丧，自己率大军缓步退兵东归。

窝阔台晚年沉溺酒色，每饮必彻夜不休。

耶律楚材拿着装酒的铁槽给他看："看这里已经蚀掉，铁尚如此，何况是人的五脏六腑，哪有不伤之理？"

窝阔台似有所悟，收敛了一阵，过了不久又故态复萌，照喝不误。

有一次打猎回来，心情高兴多喝了几杯，第二天竟然昏迷不醒。

六皇后乃马真忙找太医诊治，太医说，大汗已经脉绝。

皇后忙召耶律楚材商量。

耶律楚材诊脉后说道："大汗命数未终，这都是因为法度不明，关押了无数冤屈的人，因而遭到天谴。现在要赶快发布大赦，以应天数。"

皇后忙道："那就赶快下达赦令吧。"

耶律楚材道："非得大汗亲自下令不可。"

这时窝阔台出了一身透汗，便清醒过来。皇后便把耶律楚材的话说了，窝阔台一口答应："大赦天下。"

此令一出，除重犯外，牢狱为空，耶律楚材不知又挽救了多少人。

大赦令出，窝阔台果然得以康复。

到了冬天，大雪纷扬，草木为枯，又是狩猎的好季节。

窝阔台又想出去打猎，又恐旧疾重犯，心中不免踌躇。

几个近臣道："不骑射，何以为乐？"

"冬狩本是旧制，何妨循例一行？"

这些人真把窝阔台说动了，他带领众人外出围猎五天。那天晚上，猎物颇丰，又与众人开怀畅饮直至凌晨。第二天，帐篷中一直没有动静，直到日上三竿，再进去探视，看见他还躺在床上，已经不能说话。

众人急忙把大汗抬回宫中，哪知，大汗在半路上就咽气了。

窝阔台有皇后六名，六皇后乃马真不仅美貌，而且才智过人，深得窝阔台宠信，所以宫中事务皆由她来做主，别人不得插手。

套用徐敬业讨武则天檄文中的两句话就是：“蛾眉不肯让人，狐媚偏能惑主。”

乃马真皇后就是这样的人。

窝阔台生前十分属意忽必烈，但是，毕竟是自己的皇后生了儿子贵由，就是跟着拔都在外打仗的那个孩子，忽必烈自然就排在后面了。

乃马真皇后找众臣商议后事。

耶律楚材道：“这样的事情非是外姓臣子敢于言及。”

乃马真皇后道：“贵由在外没回来，怎么办？”

耶律楚材道：“既然先帝定了贵由，那就应当遵行。”

这时一个人道：“嗣子未归，何不请皇后称制？”

耶律楚材一看，原来是乃马真皇后的近臣奥都拉赫曼，便说道：“此事需要谨慎。”

乃马真皇后道：“暂时称制，倒也无妨。”

耶律楚材刚想反驳，却见站在皇后身边奥都拉赫曼对他怒目相视，只好把话咽了回去。

这个奥都拉赫曼本是阿拉伯的商人，在成吉思汗西征时被俘。成吉思汗见他生性机敏，最善算账，便任命他为盐税官。

他更擅长的是拍马奉迎，经常陪窝阔台彻夜畅饮，久而久之，没有他陪酒，窝阔台喝酒都不痛快。连六皇后对他也是百般信任。所以，奥都拉赫曼提出母后称制，耶律楚材不敢顶撞，只是抓紧办理国丧大事。

窝阔台执政十三年，享寿五十六岁，庙号太宗。

丧事已毕，乃马真皇后果然临朝称制，升任奥都拉赫曼为相国，无论大小事务悉听其裁决。

窝阔台的亲兵卫队也遭到裁撤，陈玉坚被打发到踏白营，与弟弟一起管理贸易。

耶律楚材见这些人大权在握，称制两年多的乃马真皇后一直宠用奸佞，天天看着他们招摇纳贿，扰乱国事，心中一直抑郁不乐。某日，耶律楚材在户外散步，心脏突感不适，不由得大汗淋漓，他挣扎着回到房中，觉得天旋地转，一头便倒在地上，再也没有醒过来。享年五十四岁。

大星陨落，天地同悲。

人们多么希望他多活些年，好挽救更多人的生命。

韩志鹏赶来帮助办理丧事，他十分悲痛，决心辞官不做，回到蓟县老家，也好图个耳根清净，多活几年。

乃马真皇后认为老臣去世，应当抚恤。奥都拉赫曼坚决反对，他认为耶律楚材历事两朝，全国的赋税得有一半进入他家，还要什么抚恤。

乃马真后便命近臣麻里扎前去家中察看。

麻里扎到了耶律楚材家，看到只有古琴数张，古玩少许，书数千卷。回朝后他据实汇报，耶律楚材才得到抚恤。

乃马真皇后临朝已经四年，拔都带病按着蒙古旧有的规矩，召开大会，立贵由为大汗。

贵由继位之日，多方前来朝贺。过了数月，乃马真皇后病逝，奥都拉赫曼的末日才来临，他被投进监狱处死。

贵由在位两年，因为手脚有痉挛病，常不视事，两年后过世。

贵由的皇后斡兀海迷失秘不发丧，先派人告诉拔都，也想要摄国称制。拔都含糊应允，斡兀海迷失临朝视事。

为结束后妃称制的混乱局面，拔都在阿勒它可山召集诸王大会，决定选择嗣位大事。

会上有人推举拔都继承王位，拔都坚决拒绝。

忽必烈参加了大会，他审时度势，向拔都推荐蒙哥继承大统，拔都也认为可立蒙哥为汗，众人一致同意。

当斡兀海迷失得知立蒙哥为汗的消息时，心中愤恨，便散布说，大会不应在西方开，选举应当无效，企图继续监国。

拔都大怒，申令各地，决立蒙哥为汗，宗亲中或有异议，有国法在，谁敢不服？

诸王大臣都畏惧拔都的威势，一致同意蒙哥为汗。

忽必烈因为推荐有功，成为佐命大臣，总理漠南之事。

为了治理大片中原国土，忽必烈起用了一批名宿学子，委任姚枢为劝农使，重新调回韩志鹏任命为宣抚使，委任许衡为提学使，众人感怀知遇之恩，各展才能，京兆大治。

忽必烈志在攻城略地，他派速不台的儿子兀良合台统帅大军，自己作为后军，兵分三路进攻大理国，迫使国王段兴智出城乞降。

接着大军进入吐蕃，所向无敌，忽必烈随即颁令：降者免死。

大喇嘛萨迦班智达迎接蒙古大军。

忽必烈作为后军也进入西藏，会见班智达。

萨迦班智达有一侄子，名叫八思巴，年方十五，善诵经咒，忽必烈爱他聪慧，便把他带在身边。

第三十九章

空灵

陈玉坚被贬到踏白营，又与弟弟陈玉强干起了老本行。每天经手大量的瓷器、茶叶、药材和毛皮。

陈玉坚的夫人病了，咳痰带血，人也瘦成了一把骨头。尽管请了名医，吃了无数副汤药也不见起色。自从陈青柏死后，夫人就受了强烈的刺激。是啊，从小一把屎一把尿好容易拉扯大，想不到年纪轻轻就没了，让谁心里受得了？特别是当母亲的。

第二年，陈玉坚夫妻二人又要了一个孩子，夫人产后便一病不起。

幸好是个男孩，今年已经七岁了。陈玉坚还是想把他送到少林寺去。

这一天，陈玉坚正在组织装运货物，突然邻家大嫂过来找他，匆匆对他说，“你快回家看看，青柳的妈不行了”。

陈玉坚赶紧跑回家中，发现孩子正在床前哭泣，夫人躺在床上，已经奄奄一息。他叫人赶紧去找郎中，一边握着夫人的手，连连喊她。

半晌，夫人睁开眼睛，说了声：“我想青柏……我要找他去了。”

陈玉坚握着她的手道：“你不能去，日子还长着呢。”这时，他觉得夫人枯瘦的手逐渐变凉。

郎中来了，一号脉，脉象已经消失，夫人去世了。

孩子大哭喊着娘，陈玉坚也禁不住落下泪来。

这时陈玉强也赶来了，大家一起商量办理后事。

几天后，丧事处理已毕。陈玉坚要把孩子送往少林寺，不然，他整天在家喊娘，让陈玉坚心酸。

刚好，踏白营有一单北方药材和皮毛要送往郑州，陈玉坚顺便带上孩子，把货押运过去。

陈玉强身边的助手李守送他上路。

李守是夏国中书令李力明的儿子，母亲去世后，他一直跟着陈玉强做事，现在已经娶妻生子。他说，他还有个弟弟留在夏国，生死不明，有朝一日，他想到夏国去寻访他。

陈玉坚说，他对夏国很熟悉，将来有机会，可以陪他一块去寻找。

两个人在踏白营外分手，陈玉坚带着小儿子，押送着十几辆装满货物的大车上了路。

孩子换了个环境，每天都能见到在家里见不到的新鲜事儿，逐渐的就把想娘的事情忘了。

顺利抵达郑州，交了货，陈玉坚便带着孩子赶往登封。

路上，他嘱咐孩子不准想家，不管身上怎么难受也得坚持练功，孩子倒也听话，因为他从小就知道，陈家的男孩子，都得过这一关。

到了少林寺见到了会明方丈。

会明年近五十，身体依然强壮，一晃七八年不见，两人十分亲热。

当晚，两人吃过晚饭，对坐品茶，陈玉坚说起夫人过世，说起了陈青柏的遭遇。失妻、丧子、贬官，多遭不幸，让会明方丈禁不住连连发出唏嘘。

会明除了鼓励他振作精神，对陈青柏的突变，他说道："一定是这孩子坠入情网不能自拔。无数人间恩怨，都是出自一个'情'字。"

陈玉坚道："我难以相信，一个女人就那么重要？放着皇上的义子不做，要当一名刺客？"

会明道："情迷心窍，厉害得很哪。我想，他既穿夜行衣再加蒙面，是为了不暴露身份，既能帮助那女孩，又能继续当皇帝义子，想要一举两得。可惜，隐藏不周，让你识破了。"

陈玉坚愤愤地说道："只能说他愚蠢。"

会明道："坠入情网，就会干出傻事，这是不奇怪的。"他端起茶杯忽然停住说："我倒想起一件事情来，去年年初，有一位四十来岁的尼姑，挂单在前面的尼姑庵，一天她忽然来寺院找我，问及你的事情。"

陈玉坚感到惊讶："尼姑？问我的事情？问什么？"

会明道："她说，你原是皇宫警卫长，皇后执政后，你被贬出皇宫，不知你去了哪里？问我是否知道你的消息。"

陈玉坚道："这倒奇怪了，我去哪里，关她何事？"

会明道："是啊，我也奇怪，但我也确实不知道你去了哪里，只好说不知道。可就算我知道，也不能轻易告诉她呀，她便走了。"

陈玉坚一头雾水，他问："这女尼何等模样？我倒要小心了。"

会明道："眉清目秀，颇具姿色，尽管穿着僧装，仍显得飘逸超群。我要不是出家的和尚，倒想跟她亲昵一番。"

陈玉坚笑道："看来师兄动了凡心。"

会明道："说句笑谈。"他复又斟茶道："过几天，西北兴庆府一家寺庙复建竣工，要举行开光大典，现在那里也属蒙古人管辖，他们想请我前去主持。我想请你同行，你意下如何？"

陈玉坚想了想，他想到李力明的儿子李守说他还有个弟弟留在了夏国，生死不明，他想去打听打听。一旦找得到，也好让他们兄弟见面。再说，反正现在是无官一身轻，到处走走也好排遣心中的郁闷，便答应下来。

两人就此说定，后天动身。

天色已晚，两人分手。

陈玉坚倒在床上睡不着，他一直在想，女尼为何问他离开皇宫以后的去向，什么来头？

第二天一早，他来到那座女尼庵，找到方丈问她，在去年年初，是否有一位四十来岁的女尼在此挂单？

方丈找来挂单登记薄，查了一下道："有，来自崆峒山般若庵，法名叫空灵。"

女尼庵挂单的人不多，一查便知。“我记得那天她说要去趟少林寺，回来便离开了这里。”

看来，能了解到的情况只有这么多，陈玉坚便回来了。

第二天，陈玉坚把儿子青柳找来，叮嘱他在寺院里好好练武，便与会明一起骑马上路。

一路上，打尖，住宿都在沿途的寺庙里。会明方丈云游四方，大都是熟人。路上，又遇有几个僧人加入到去兴庆府开光行列。

很快，大家都成了熟人，一路上说说笑笑好不热闹。

七八天后到达兴庆府，来到了那家开光的清源寺。

寺中方丈三十来岁，法号楚立，出来迎接会明一行，把大家分到两厢寮房住宿。吃过午饭，略作休息，大家聚到方丈室，研究明天开光的议程。

交谈中，陈玉坚得知，蒙古人摧毁了夏国，战争十分残酷，几乎家家都有伤痛。现在是蒙古人统治这里，许多夏国有才学的人都不愿为蒙古人服务，便把精力纷纷转到宗教和文化研究方面。这座清源寺战争时期损坏严重，是楚立方丈自己捐钱修复的。

陈玉坚听说方丈法名楚立，便有了想法，待会议结束，他与会明留了下来，与楚立方丈单独交谈。

陈玉坚问：“在当年夏国有中书令李家，方丈可熟悉？”

楚立方丈反问：“你问他何事？”

陈玉坚道：“我们是故交。”

楚立问道：“莫非你是西辽国的陈家人？”

陈玉坚道：“正是。”

楚立立即起身，双手合十：“原来是恩人到了，请受小僧一拜。”

陈玉坚也连忙起身：“不敢当。敢问方丈您是……”

楚立答道：“李力明是家父，我俗名李业。”

陈玉坚问：“李守是你大哥？”

楚立道：“正是。我这楚立的法号就是从爷爷的名字中取了个楚字，从父亲的名字中取了个立字。”

这可以说是踏破铁鞋无觅处，得来全不费工夫，如此容易就找到了李守的弟弟。陈玉坚告诉他：“李家人到蒙古后，安置在燕京西郊的踏白营。前些年老太太已经过世，李守现在踏白营做事。”

楚立听说母亲已经过世，眼中垂泪，忙向北边拜了几拜道：“感谢您帮了我家逃离苦海。”

陈玉坚道：“陈、李两家几代交好，又是姻亲，互相帮助是理所当然。”然后他问：“你为什么没有跟着母亲和大哥一起走？”

楚立道：“母亲离家的时候，我正随着夏国使团在宋国公干，等我回来，他们已走。父亲让我把家中资产藏到崆峒山，我便在那里参佛。”

会明看见两家相认，十分高兴：“不瞒您说，陈师弟早年失子，最近妻子又仙逝了，还被朝廷贬了官，多少不幸都凑到一起，心中十分郁愤，我是想带他出来散心的，想不到今天有此收获，真是可喜可贺。”

三个人在一起越谈话题越多。楚立方丈谈起他见到国破家亡，便一心向佛门寻求解脱。他把家资变卖，用来重修清源寺，自任为方丈。

陈玉坚也说起踏白营的历史，说李守现在是踏白营的主管之一，精明能干。等他们兄弟老了，就把踏白营交给李守来管理。

晚饭后继续品茶，会明以为两人会谈更多的家庭事情，不便参入，便找了个借口回寮房去了。楚立和陈玉坚接着交谈，直到夜半方散。

陈玉坚独自走回东侧寮房。

今天月色很好，陈玉坚因为巧遇李业，心情一直很亢奋，边走边哼着小曲，脚步轻快地走着。

突然一道黑影一闪，一道白光直奔面门，陈玉坚意识到是宝剑刺来，便急忙躲闪，接着又刺，他低头躲过，接着，又是一剑刺来，他往旁边一闪，一步蹿出一丈开外，那黑影追了过来，他双脚一跺，跃上了屋顶。

谁知那黑影也跃了上来。

陈玉坚只能逃跑，他有意踹碎了房上的瓦，为的是惊醒屋中的人。

果然，会明提着宝剑跑了出来，他一看，房上的陈玉坚狼狈逃窜，便跃上房顶，用剑止住了黑影。

黑影挥剑直劈会明，会明挥剑抵挡，两个人在屋顶厮杀起来。

陈玉坚跑回寮房取出宝剑，重新跃上房顶，与会明同战那黑衣人。

那黑衣人力战二人终觉不支，便向空中卖了个破绽，二人不知是何种剑法，稍一愣神，那黑衣人已经跃下房顶，在院中奔跑几步，接着，蹿出院墙，消失在院外的丛林中。

陈玉坚和会明跃下房顶，陈玉坚想要跃出院墙去追，会明拦住他："穷寇莫追。"

陈玉坚执意不肯，想要挣脱。

会明道："我们人生地不熟，追不到的。"

陈玉坚愤愤地跺了下脚，跟着他走进寮房。

陈玉坚怒气不消："这是什么人，与我有什么冤仇？深更半夜这样暗下黑手？"

会明道："这个黑衣人使的是崆峒剑法，莫不是与那女尼有关？"

陈玉坚道："我也感到剑法奇特，那女尼跟我到底有什么冤仇？"他抓起宝剑："我去问问楚立，他也许知道什么？"

会明也同意去找楚立，两个人便一起来到方丈室。

一敲门，楚立还未休息，他见两人提着宝剑深夜到来十分奇怪："出什么事了吗？"

陈玉坚便把方才遇到黑衣人行刺的事情说了一遍。

会明道："我看她使用的是崆峒剑法，想必与夏国的人有关。"

陈玉坚道："据师兄说，有个女尼去年春天曾找他打听过我，我便查了一下，她去年春天曾到少林寺附近的尼姑庵里挂单，法名叫空灵，来自崆峒山的般若庵。"

楚立惊讶地："空灵？般若庵？我想一定是有什么误会，一定是误会。"

陈玉坚和会明不解地望着他。

楚立道："这样吧，两位先行休息。待明天开光大典结束后，我立即解决此事，我想一切都会迎刃而解。"

会明问道："方丈知道空灵这个人？"

楚立道："岂止是知道，这样吧，今天太晚了，明天，一切等到开光大典之后，好吧？"

两人点头，互道晚安，便走出了方丈室。

回到寮房，陈玉坚还叨念这件事："楚立说岂止是知道，显然他们之间还有交情。"

会明道："睡吧，看来不会有事了，一切等开光之后再说吧。"

陈玉坚抱着宝剑上了床。

第二天一早，众人来到大雄宝殿，在主法人会明和楚立的带领下，几十位大德高僧分站大殿前甬道两边。

陈玉坚等俗家信众只能站在大殿外面。

高僧们在会明和楚立的带领下，鱼贯走进大殿。

木鱼敲了三声，大典正式开始。

木鱼，笙磬铙钹一起奏响。

众人齐诵佛号和经文。

在笙磬铙钹的伴奏下，长长的诵经持续了一个时辰。

诵经结束，主法者会明拿起毛巾向佛像作拂尘的动作，这是表示要拂去众生心地上的垢尘。

然后又用镜子一照，表示垢除净显，明心见性。

最后由楚立方丈用朱砂笔点向佛眼，点开佛眼，以开发众生智慧。

众人齐颂阿弥陀佛……

开光大典结束，众高僧陆续告辞，楚立站在庙门一一送别。

众僧都已送走，信士弟子也陆续走尽，楚立回身，看见陈玉坚和会明还站在身后。

他招呼二人："二位，请跟我来。"

二人跟着他走向方丈室。

进了方丈室，见到一个女尼端坐在椅上。她四十来岁，正在闭目打坐，风姿静逸。

几个人走进。

尼姑睁开眼睛。

楚立叫了声师姐。

尼姑点头。

楚立介绍道："这位是少林寺方丈会明。"

尼姑打了个稽首："见过。贫尼空灵有礼了。"

楚立又介绍道："这位就是陈玉坚。"

空灵眼露杀机道："我欲取尔性命，是为徒弟报仇。"

楚立挥手让两人落座，说道："师姐，此仇是报不得的。"

空灵道："兹事体大。我若不能取他性命，不仅不能参与争夺寺院掌门一职，还得退出佛门。"

楚立问："这话从何说起？"

空灵道："前几年，崆峒派掌门，也就是般若寺方丈晶清大师圆寂，掌门一职空缺多年。其实，对掌门一职的争夺和博弈，早在大师病重时候就开始了。我们师姐妹三人一直在暗中角力。"

三人倾听。

空灵道："由于争执不下，为防止刀兵相见，般若寺一位老尼提出三件大事，要我们三人抓阄决定要完成哪一任务，任务完成便可回来夺取掌门之位，若完不成，就要退出佛门，以减少竞争者。尽管这决定有些残酷，但我们还是同意了。"

楚立问："是哪三件大事呢？"

空灵道："第一件是要率领崆峒派打败敌手终南派；第二件是寻找般若寺遗失多年的镇寺之宝盘龙剑；第三件是杀死陈玉坚，为徒儿紫木兰报仇。我抓到了第三件。"

楚立道："师姐，这是你无法完成的任务。我来介绍一下陈先生，他的祖父是我祖父的乘龙快婿，我们两家有姻亲之好。"

空灵面露诧异。

楚立道："这许多年两家交往不断。当年蒙古大军进攻夏国的时候，陈先生冒险给我家送信，将我母亲和哥哥带到踏白营以保平安。他是我家的恩人，也是你家的恩人。"

陈玉坚听得出，他们两家好像有亲戚关系。

楚立道："不仅是般若寺失去了女徒，陈先生的儿子也跟着丧命。虽然他的儿子当了刺客，全然是般若寺女徒从中蛊惑，可陈先生并未提出要找崆峒派寻仇，而是埋怨自己的孩子不争气，这是何等高风亮节？"

会明插嘴道："这个孩子在少林寺习武多年，是蒙古大汗窝阔台的义子，前途无量。"

空灵瞟了陈玉坚一眼，见他在偷偷拭泪，可能是会明的话，触到了他心中的痛处。

楚立道："师姐得知前因后果，做何感想？"

空灵道："这事让我为难，我不能为徒弟报仇，不仅不能争夺掌门位置，还得退出佛门，这如何使得？"

会明道："那就退出佛门嘛，我预计，就算你回去夺得掌门之位，也做不安生。"

楚立道："这对师姐确实处于两难，但是，于情于理，你都不该与陈先生作对。"

空灵站起身来，朝着陈玉坚打了个稽首，又深施一礼："陈先生，多有得罪，贫尼这厢赔礼了。"

陈玉坚站起，急忙还礼道："实不敢当。"

空灵也朝着会明和楚立打了个稽首："贫尼告辞了。"

楚立忙拦住她："师姐，你去哪里？"

女尼道："我报仇不成，回寺院也不成，好在度牒在身，我只能云游天下去了。"

楚立急忙拦住她："师姐请留步，容继续商量。这些年，我知道姐姐过得异常艰苦。寺中、派中争斗如此激烈，出乎我的想象，师姐不如决心还俗，就住在这里，我为姐姐颐养天年。"

会明插嘴道："干什么要你颐养天年？还俗就要嫁人嘛，找个心仪之人，嫁了，岂不两全其美？"

楚立不解："怎么会两全其美？"

会明道："她与陈师弟是不打不相识，他是个鳏夫，我看他二人年龄相当，不如还了俗就嫁给我师弟，岂不两全其美？"

楚立看了看两人，拍了一下手："我看使得。"

不料，空灵却板起了脸："我如今僧袍未脱，就谈论婚嫁之事，岂不是亵渎佛法？"

楚立道："师姐说得对，那我们不如就办个还俗仪式，也算是了结师姐这一段佛缘。"

会明道："如此甚好。"

楚立问道："师姐意下如何？"

空灵道："事已至此，我还能有什么选择？"

接着，众人又回到大雄宝殿，楚立焚香，敲起木鱼，念了几句经文。

空灵掏出度牒在佛前焚化，接着跪下拜了三拜。

想起这么多年艰苦修行，最终还是退出佛门，空灵禁不住眼中流下泪来。

叩头已毕，楚立上前为她脱下僧袍，早有人拿过一件俗家外衣，陈玉坚接过，披在她的身上。

空灵也恢复了本来的姓名。原来她是回纥人，与陈玉坚是同族同源，名叫谷伊勒。她的姑姑嫁给了李力明为妻，她与楚立是姑舅亲戚。

当晚，几个人对坐品茶，陈玉坚和谷伊勒各自介绍了身世，彼此双方做一番了解。陈玉坚告诉她，她的姑母已在踏白营过世，她的表哥正在踏白营做事，原来两家有这样深的渊源。

交谈中，两个人情投意合。会明建议待头发长起，便举行婚礼，到时候，他和楚立都赶去参加。

第二天，三人依依不舍与楚立告辞。谷伊勒穿着男装，一起骑马踏上了返程的旅途。

第四十章

忽必烈

在乃马真皇后称制期间，蒙古曾向宋国派过议和使者，不料，却被宋国扣押不放。等到蒙哥称汗，听说使者已经被宋人杀死，心中愤怒。

“两国交兵，不斩来使”，这是自古以来的规矩。汉朝时候匈奴就不讲规矩扣押过汉使苏武，长达十九年之久。

金国也扣押过宋朝派去的使节。没想到，宋朝也不讲规矩，把蒙古使臣给扣押了，最后还杀掉，这当然惹怒了蒙哥，他调集人马，从山陕进入四川，是谓抄宋朝的后路。

“兵马未动，粮草先行。”并不是说押运粮草要走在大军前边，而是先要调集和准备。忽必烈知道陈玉坚已经在踏白营，便下令把后勤补给的任务交给了踏白营。

许多蒙古士兵常年转战中原，已经不习惯顿顿吃牛羊肉，他们觉得米和面吃下去长力气。虽然攻城略地可以得到一些粮食，但必须要备不时之需，百余辆大车装着成袋粮食逶迤出发。

除了粮食还有士兵的单衣，因为到了南方天气炎热，需要换装。这批单衣刚刚送到，来不及发给部队，只好运到前方。

队伍庞大，踏白营百余人随队押运。

陈玉坚带着李守负责前后照应。新婚不久的谷伊勒，也穿上男装，跟在陈玉坚身旁。

大车队伍过了河北一进河南，看到最多的就是饥民。黄河改道，造成大片农田被毁，加上连年旱灾、蝗灾，无数农民流离失所，四处逃亡。他们看见运粮大车就会发疯似的扑过来抢夺粮食，任凭驱赶也不后退。

无奈，陈玉坚下令，每次都要把十几袋粮食分送给饥民，才能走路。几袋粮食简直就是杯水车薪，看到这里可以得到粮食，引得更多的饥民不断涌来，陈玉坚难以招架。

陈玉坚不得不请求派兵保护。

蒙古骑兵走在运粮车两侧，饥民再不敢上前，车队终于来到黄河岸边。

等待渡船时刻，忽然有一位官员来到车队传令：

忽必烈要召见陈玉坚。

原来是忽必烈从燕京出发，也在这里过黄河。

陈玉坚领命前往。

在岸边大营，忽必烈正站在黄河岸边与几位将军商谈什么，见到陈玉坚来了，便停止交谈，来到他的跟前。

陈玉坚施礼拜见。

忽必烈道："黄河两岸饥民遍地，你把粮食就地分配给两岸的县衙，让他们分给饥民，不然，会饿死更多的人。"

忽必烈体恤民情，这让陈玉坚很感动，他问："那前方怎么办？"

忽必烈道："南方没有灾情，让他们自行筹集。"

陈玉坚道："黄河改道，灾情涉及一百多个县，这些粮食显然不够。"

忽必烈道："你分完这些粮食，马上回去再行筹集，从关外、从山陕征集粮食，再运到这里。"

陈玉坚道："我不过黄河了，那些单衣怎么办？"

忽必烈道："交给我的士兵。"

忽必烈的几道命令，改变了陈玉坚的使命，他从运粮使变为救灾使。

陈玉坚命令运粮车开赴几个县城。

饥民把这消息传到县衙，各县纷纷派人前来认领，粮食很快发放一空。

大车掉头，再回踏白营筹集粮食。

这件事情改变了谷伊勒对蒙古人的看法，她认为蒙古人除了杀人，不会干别的事情，想不到，他们会想到救济灾民。

一个月后，二百辆大车满载粮食从踏白营出发，一路冒着连绵秋雨，再次来到黄河北岸。

一百辆大车留在北岸，一百辆大车乘渡船过了黄河。

一百辆大车进了汴梁。

周围各县都派员来领粮食。

陈玉坚和谷伊勒、李守赶着一车粮食来到了少林寺。

谷伊勒和李守见过会明方丈。

会明见到粮食大喜过望，他道："近几天，全寺都以稀粥度日，这一车粮食可是救苦救难了。"

说话间，青柳被找来见过父亲。

陈玉坚让他给继母叩头。

谷伊勒也给孩子带来了见面礼，一套新衣服，还有两盒点心。

这孩子已经度过艰难期，对练武产生了兴趣。

这孩子偷偷问了陈玉坚一个让他感到意外的问题："蒙古人为什么要打宋朝？"

陈玉坚一时难以回答。

青柳说："要是宋朝打不过蒙古人，他们就要去帮助宋朝。"

陈玉坚感到吃惊。

在前些年，少林寺还活在世外，他们不关心国内外的纷争，只知道练武、诵经。可是为什么到了青柳这一代，小小年纪产生了这等想法？

想想陈家，几代人为辽国服务，后来又为金国服务，这些年又为蒙古人服务。他们就是随波逐流，随着朝代的更迭而变化。完全没有想过正义与非正义的事情，更没有国家和民族观念，谁给饭吃，就给谁干活，到他这里应当是第十代了，这就是几代草民的基本信念。

可是，到了青柳这一代，小小年纪，为什么会有了这样的想法，这让他百思不得其解。

他问会明："青柳言及要保宋抗蒙，这话从何而来？"

会明道："最近寺院里来了个挂单和尚，说是曾在汴梁大相国寺担任知客，常与弟子们讲蒙古兵攻克汴梁的种种暴行，估计是多受他的影响。"

陈玉坚道："我陈家曾在辽国、金国做事，而今又为蒙古人做事。实是觉得一介草民以安身立命为主，国家兴亡，朝代更迭，自有定数，我们只能是顺势而已。"

会明道："我理解，你要不在踏白营为蒙古人做事，我怎能得到这一车粮食？为谁干是一回事，干什么又是一回事，只要不做对不起老百姓的事情，就可以心安理得。"

此时蒙古大军已经杀入四川，一路南渡嘉陵江，一路入剑门关，蒙哥亲自带兵杀到阆州，却被一座小小的城池挡住了去路，这座城池，就是钓鱼城。

钓鱼城位于距离合川十余里的钓鱼山上，其山突兀耸立，高约百丈。地处嘉陵江、渠江、涪江三水交汇处。三面环水，壁垒悬江，城周十余里，均筑数丈高的石墙。作为城外防御，从南到北建了一条一字石头墙。

城中有池塘多处，水井九十多眼，水源充足，还能种植粮食，不愁吃喝。

此地，上可控三江，下可护卫重庆，是支撑四川战局的重要的防御要塞。

严格说，对这个弹丸之地，蒙哥并没有放在眼里。他先派了一个与钓鱼城守将王坚熟悉的投降将领晋国宝前去劝降。

王坚见了晋国宝，大骂他无耻叛变，辱没祖宗，喝令把他推出去斩首，并把人头用杆子挑着给蒙古人看。蒙哥闻报大怒，于当年正月率大军攻克周围几座城池，亲临钓鱼城下。

此刻，钓鱼城已是孤城。

那日，蒙古大军猛攻城外的一字墙。

王坚率部拼死防守，挫败了敌人的进攻。第二天，敌人绕道西边攻打镇西门，仍被宋军击退。

这时，蒙古大军又添增援，史天泽部抵达城下，将钓鱼城铁桶般团团围住，从东新门、奇胜门、镇西门一齐攻打。

激烈地战斗持续了一天一夜，蒙古军终被击溃。

接着，天降大雨二十天，两军休战。

雨初晴，蒙古军突袭南边护国门，被击退。

蒙古军深夜攻破嘉陵江一侧的一字墙，王坚闻讯，亲自上阵，率领勇士拼死奋战，终于夺了回来。

小小的钓鱼城久攻不下，且损兵折将，让蒙哥大汗暴怒不已，他召集众将研究破敌之策。

大将术述忽里认为：这么多的兵力屯在坚城之下是不利的，不如留少量军队困扰之，而以主力沿长江水路东下，与忽必烈等军会师，一举灭掉南宋。

此言一出，首先遭到了几员大将的反对，他们认为这是迂腐之谈。打惯了胜仗的众将领个个都主张强攻坚城，相信有大汗指挥，用不了多长时间，一定会攻上城头。

蒙哥汗几经思索，也不同意采纳术速忽里的建议，他连连拍着椅子扶手："我不相信宋军还能守上几天。明天全力攻打。攻城以后把城中一切生灵全部屠杀，鸡犬不留。"

第二天，蒙古军攻势更猛，怎奈，钓鱼城城高石坚，蒙古军的一切手段都不管用。反而被围攻达数月之久的宋军依然斗志昂扬，钓鱼城物资充裕。

一日，王坚为表示城中实力，命人将两条重三十多斤的鲜鱼和百余张蒸面饼抛给城外蒙古军，并投书一封，明确告诉蒙古军，称即使再守十年，城中也有吃有喝，蒙古军也无法攻下钓鱼城。

此时算来，从寒冬正月攻城至今，已有半年之久，现在已是盛夏。蒙古军来自北方，本来就畏暑恶湿，严重水土不服，导致军中疟疾、霍乱等疾病流行，蒙古军战斗力已经大减。

王坚乘机多次夜袭蒙古军营地，使其人人惊恐，夜不得安。

一天早晨，蒙古军前锋元帅汪德臣率军乘夜突破外城马军寨，王坚率兵拒战。天将亮时，下起雨来，蒙古军攻城云梯又被折断，被迫撤退。

蒙古军攻城半年而不能下，汪德臣遂单骑至钓鱼城下劝降，被城上飞石击中，不久死于缙云山寺庙中。

蒙哥汗大怒，命大军在东新门外筑台建楼，他要窥探城内虚实以便决战。

王坚见蒙古人在城外搭木建塔，不知弄什么名堂，便调来几门火炮，瞄准了它。

七月末，木塔建成，远远望去，有不少衣着华贵之人拾级登塔。

王坚下令开炮。

木塔被轰倒，一群人跌落塔下。

谁知，这群登塔的人为首的正是蒙哥大汗，他连中飞石，受了重伤。加上天气炎热，伤口恶化，一周后死于军中。

此时，忽必烈正在渡过淮河，闻听大哥的死讯，他十分哀痛，接着便命令大军继续攻宋。

这时，传来南方捷报，说是大将兀良合台已经平定交趾，要与忽必烈南北夹击攻宋。

此刻蒙军大将董文炳已经率军打过长江，正在围困鄂州。

到了蒙古大军逼近的时候，昏庸的宋朝皇帝才知道大势不好，忙叫丞相贾似道领兵退敌。

贾似道独霸专权，祸乱朝廷。让他领兵退敌，他的腿早已经哆嗦。他领着大兵慢腾腾地走到距离鄂州还有百里的地方，听说鄂州守将张胜已战败被杀，吓得魂飞魄散。

贾似道不敢打仗，便派人到蒙古军营中商量议和，同意纳币称臣。

忽必烈开始不同意，但是，他的部下有人劝他，现在国遭大丧，神器无主。宗亲诸王无不窥视。不如先与宋朝议和，即日北归迎先帝灵舆，收取帝玺，议定嗣位，待登大宝，再来攻宋不迟。

忽必烈恍然大悟，便与宋使签订和约，每年献贡银二十万两、绢二十万匹，忽必烈遂退兵北返。

贾似道又命杀沿途百姓百余人，诈称诸军大捷，杀得蒙古人已经退兵。

昏庸透顶的宋朝皇帝闻讯大喜，加封贾似道为卫国公，大加恩宠。

忽必烈北返时路过踏白营，便进来稍作休息。

陈玉坚和陈玉强兄弟奉命来见。

忽必烈问起赈粮之事，陈玉坚一一做了汇报。接着，陈玉坚让屏退左右，又向忽必烈报告了一件令他感到蹊跷的怪事。

前些日子，接到拉哈和林老营方面通知，让踏白营出一百民兵，到和林老营报到。现在整个燕京都在征集民兵，两丁抽一，违者重罚。还说，这是先王蒙哥的遗命。

陈玉强插嘴道："先王殉国于四川，遗命怎么会出自和林老营？"

忽必烈也感到奇怪："我们的军兵充足，还招集什么民兵？而且要招到和林老营？"

陈玉强道："我大胆猜想，恐怕是和林老营有人要图谋不轨。"

忽必烈点头："看来，和林老营有好戏。"他看了看左右无人，便道："玉坚替我传令，叫姚枢来见我。"

陈玉坚走出，不一刻，姚枢匆匆赶来。

忽必烈对他道："拟一个文告，征集民兵之事，予以废除，各民返籍，安居旧业。"

姚枢道："几路王爷都在上京等候您，准备要拥戴您为大汗。"

忽必烈点头："那我们就赶赴那里。"说着起身。

陈氏兄弟送到踏白营外。

燕京已经聚集了几位王爷，他们议了几天，还是认为推举忽必烈为大汗最为稳妥。

待忽必烈一到，大家都一起劝进。

忽必烈都摇头拒绝。

他在等一个人的消息。

果然，有人来报，远征欧洲的旭烈兀已从西域班师回来。他也建议一定要推举忽必烈为大汗。

得到这个消息，忽必烈脸上露出了笑意，他欣然答应继位大汗。

没有传统的库里台大会的推举，忽必烈便宣布荣登大宝。

大臣姚枢、屠希献等草拟文告，遍布天下，同时还仿汉制建元的体例，把这一年定为中统元年。

建元既定，便要饬修官制。

其实，成吉思汗年代设置的官吏太过简单，一个是设断事官，兼掌政刑；二是设统兵官，叫作万户，别无其他。

忽必烈命刘秉忠、许衡酬定内外官制。总理政务的叫作中书省、统辖兵权的叫作枢密院；其次有寺、监、院、司、卫；外放官员有行省、行台、宣抚、牧民长官、州、府、县……

且说这日陈玉坚正筹备忽必烈登基，从南方景德镇运来一批彩瓷。他正在组织卸货，韩志鹏来到了踏白营。

陈玉坚让别人掌管卸货，便把韩志鹏请到了客厅沏茶叙话。

原来是忽必烈的小弟弟阿里不哥要在拉哈和林召开传统的库里台大会，要参加大会的各路将领和王子拥戴他做大汗。

韩志鹏是来筹备大会物资的。

陈玉坚一听，心中一惊，这里忽必烈就要举行登基大典了，怎么那边又冒出一个大汗？

陈玉坚道：“这边忽必烈就要登基了，你不能再辅佐另一个大汗，这样，国家就乱了。”

韩志鹏道：“我已经知道忽必烈就要登基坐殿，可是，他不是库里台大会推选出来的，显然是不合法的。”

陈玉坚道：“你糊涂！库里台大会是草原时期的事情，现在，蒙古拥有这么大的天下，怎能还袭旧制？忽必烈是一代英主，那个小弟弟干过什么？这两个人怎么能够相比？”

韩志鹏思索半天问道：“就算是我不回去，库里台大会照样召开，我有什么办法？”

陈玉坚道：“那你就不回去，就在踏白营待着，静观其变。”

韩志鹏道：“我还得回去，我已经答应要帮阿里不哥做事，不能食言。”说着站起要走。

陈玉坚道："我不准你回去，虽然说是王位之争是黄金家族的事情，但是，他关系我们每个人的身家性命，你必须得听我的！"他说着，口气已经变得强硬，似乎不容韩志鹏反驳。

韩志鹏执拗地还是要走。

陈玉坚喊道："来人，把韩大总管请到楼下，好生侍候。"

几个人走进来，客气地伸手相请，韩志鹏无奈只得跟着下楼。

接着，陈玉坚也急忙下楼，他骑上马，直奔燕京而来。

他见到了大臣姚枢，向他禀报："拉哈和林大总管韩志鹏来报告说，阿里不哥在和林准备召开库里台大会，要大家推选他做大汗。"

姚枢听了大惊，不召开库里台大会，直接推选忽必烈为大汗是他出的主意。本以为凭着忽必烈的威望，应当登高一呼，天下响应，想不到真就出了个阿里不哥也想要做大汗。姚枢急忙跑去向忽必烈报告。

忽必烈听完冷笑一声，立即传令：兵发和林。

此时，大会已经开完，阿里不哥踌躇满志地当上了合理的"大汗"，他马上派人到燕京持"圣旨"通告忽必烈。

受命的三个人走在路上正好与忽必烈大军相遇，立即被拿下杖毙。

到了和林，大军包围了几位王子的府邸。

几位王子战战兢兢地连连请罪，忽必烈不但没有加罪，反而奖给他们金虎符，让他们在各自领地安生度日。

六盘山守将混塔葛正调大军开往和林，以策应伪"大汗"。忽必烈派大军前往征讨。

当了"大汗"的阿里不哥带兵前来与忽必烈对峙。忽必烈只一挥鞭，大军踊跃冲击，"大汗"大军一触即溃，阿里不哥仅带十几名亲信逃脱。

为亲情计，忽必烈也不追赶，便命官员整饬和林，宣布统一执行中统年号，不得有误。

回燕京途中，途经踏白营，忽必烈召韩志鹏来见，刚想要嘉奖他几句，不料，韩志鹏却道："我本来是为筹备大会物资而来，却被陈玉坚扣住，不得脱身。实在有愧于大汗。”

陈玉坚在一旁说道：“韩总管来到踏白营，本是秘密派遣，言及大会要举新皇之事，实属重要，望能开恩赦他不知之罪。”

忽必烈笑道：“你二人倒也诚实，韩卿加官一级，继续统管和林。玉坚尤为可嘉，望将踏白营充实扩大，把它变成燕京第一大商埠。”

二人领命。

忽必烈启程回燕京，众人送至踏白营外。

回到营中，陈玉坚道：“韩大总管，你可真是实在，只要你能够稍稍改变几句，你就是大大的功臣。”

韩志鹏道：“性格如此，难以改变。好在大汗没有加罪，实属万幸。”说着他起身施了一礼：“我得谢谢玉坚，让我逃过一劫。”

陈玉坚忙打断他：“你我兄弟谈什么谢字？”

陈玉坚吩咐下人摆宴，一为庆贺韩志鹏加官一级，二为让韩志鹏认识一下新嫂嫂。

席间，韩志鹏与新嫂嫂见礼，众人畅叙别后情景，好不热闹……

第四十一章

攻宋

当年蒙哥在拔都和忽必烈的支持下继承汗位，首先平定了定宗后及太宗皇孙失烈门的反叛，巩固了统治地位。

忽必烈支持蒙哥继承汗位是有深刻原因的。

首先，两个人同是拖雷的儿子，蒙哥为长子，是大哥，忽必烈是四弟。看到兄长也有意角逐大位，他当然不可能与之争锋。

但是，他一定要支持大哥，为的是保住拖雷一脉在成吉思汗黄金家族中的执政地位。

目的达到了，蒙哥继承大统，便着手进行攻宋的准备，在临近南宋边境地区建立了屯驻基地。

南宋的军队经与窝阔台时期蒙古军作战，深知蒙古骑兵善于驰突、精于野战的特点，逐渐形成守长江上游以固其下游，守汉、淮以蔽长江的防御方针。

四川战区，宋将余玠采取守点控面的防御措施，先后建立了以重庆为中心，以钓鱼城为屏障和支柱，以长江为依托，以岷江、嘉陵江、涪江、渠江旁新建的山城为骨干的纵深梯次防御体系。

荆湖战区，宋安抚制置大使孟珙招兵置军，加强江陵、襄樊、鄂州的守备，大兴屯田，为阻止蒙古军过夔门沿江东进，实行三层防御部署。

江淮战区，宋在军事重镇和要点加筑城寨，增兵守备，并于城寨百里以内，三里一沟、五里一渠，以遏制蒙古骑兵长驱奔袭。同时还造轻捷战船，以水、步混编组成游击军，屯戍长江中，拟随时应援。

蒙古人不善水战，也没有水军，难越长江天险，遂采取战略大迂回，从翼侧及侧后攻宋。

蒙哥汗二年七月，蒙哥命其弟忽必烈率军征讨大理，经吐蕃境入云南。

蒙哥汗六年六月，蒙哥汗鉴于对宋的侧后包围已经完成，遂以宋囚使为名，决定由两翼攻宋。

右翼，命兀良合台自云南，帖哥火鲁赤、带答儿自利州、兴元南北对进夹攻四川。

左翼，命宗王塔察儿、驸马帖里垓攻宋两淮。右翼北路军帖哥火鲁赤、带答儿沿嘉陵江、渠江南下，于十一月进抵重庆附近地区。

右翼南路兀良合台率军于九月击乌蒙，趋石门，十月，破秃刺蛮三寨，于马湖江击败宋军，得船二百艘，改道东进。循大江南岸，水陆并进，至重庆转向北进，十二月达合州附近，与帖哥火鲁赤、带答儿部军会师。次年正月，三路大军先后原路返回。

左翼塔察儿率军至东平因军纪不严，掠民羊豕，被蒙哥遣使问罪，攻宋未有成效。

蒙哥汗七年春，蒙哥汗为消耗南宋实力，再次命诸王、众将出师攻宋。

右翼，命都元帅纽璘攻掠东川；命万户刘黑马、夹谷龙古带攻西川。

左翼，命塔察儿攻荆襄。右翼：纽璘率军自利州经大获山，出梁山军直抵夔门。

蒙哥汗为建立超过父祖的功业，决定亲率大军攻宋。

命兀良合台率军自大理经广西北上策应。

忽必烈率军南攻鄂州。

蒙哥汗自率主力攻四川，企图东出夔门，浮江而下，待三路会师鄂州后，合兵攻宋国都城临安。

蒙哥汗九年七月，在钓鱼城被火炮击中，卒于军中。

经过几年的皇位争夺，忽必烈终于登基做了大汗，百官朝贺。

忽必烈吩咐刘秉忠在燕京地区选地建造皇都。

一日，姚枢奏道："那年，攻宋之时，贾似道曾言愿意议和，每年贡银二十万两、绢二十万匹，如今音信皆无，当叱问之。"

忽必烈心里也是纳闷，说得好端端的，怎么现在一点消息都没有了呢？

他决定派翰林院侍读学士郝经为国家信史，翰林侍制何源，礼部郎中刘仁杰为副史携带他的书信赴宋继续商谈议和修好。

使臣到了宋地，立即有人通报宋少师卫国公贾似道。

贾似道一听吃惊不小。因为上次谈判已和蒙古军达成协议。年贡银二十万两，绢二十万匹，蒙古军队始撤军北返。其实，那是一场骗局，他答应了蒙古军撤军条件，可他向皇帝报告时，说是杀退了蒙古军，所以宋朝皇帝才龙颜大悦，赐他为卫国公的头衔，压根儿就没谈议和纳贡的事情。

现在怎么办？蒙古人派使节来追问这件事情，如何回答？一不小心就捅露馅了，这该如何是好？

要是这些使臣见到了皇上，揭穿谎言，皇上该怎么对待他？

贾似道左思右想没有好主意，身边的谋士出主意，只好把来使关押起来，拖过一日算一日。

看来，也只有出此下策了。贾似道下令扣押蒙古来使，把他们关押在真勇军的军营。

翰林侍读学士郝经感到不妙，便连连给宋朝皇帝写信，陈说战和利害，希望能尽快放他们回国复命。

这些书信也统统被贾似道扣押，不准上报。

等了许多日子，使臣音信皆无，不由得让忽必烈心生疑虑。他派人去质问宋朝守边元帅李庭之，也没得到明确答复。

想不到宋朝皇帝如此不讲信义，忽必烈气满胸怀，他开始调集军马，准备伐宋。

刘秉忠提议，蒙古应定国号。

忽必烈让他挑选名称。

刘秉忠以《易经》"大哉乾元"的"元"字候选。

忽必烈钦定，国号为元。并改元为至元。

至元元年，忽必烈兴兵伐宋。

宋景炎元年，赵昰登基，比他爹还昏庸，还无能。他死命抓住贾似道，以为他就是大宋朝的救国栋梁，先是封为太师，言必称相师，又在葛岭为他修建别墅，以资休养。

贾似道还要花样，三天两头请求辞职，弄得皇帝拉着他的手，苦苦哀求，甚至是哭着拜留。

由此，贾似道更加肆意妄为，凡军国大事必须先经他示意方可议论。朝中大臣稍有异议立即驱逐。皇帝稍加可否，他便要称病辞职相威胁，弄得朝中言路断绝，唯贾似道马首是瞻。

贾似道为所欲为，欲揽尽天下美女皆入怀中，命手下四处探访，凡有姿色者，每晚必送至葛岭。

还有一件他最喜欢的事情就是斗蟋蟀，常常终日不出。有时六日登朝，有时十日登朝。此时襄阳被困已经三年，吕文焕拼命支撑，方保不失。他连连发文请求救兵，贾似道一概不理。

一天上朝，皇帝突然发问："襄阳被困已有三年，如何是好？"

贾似道愤然道："这是哪里话来？北兵早已退去。是何人这般大胆，胡言乱语？"

皇帝道："前日听一宫女说起。"

贾似道追问："哪个宫女？叫她出来见我。"

皇帝自然不肯说出，贾似道当着众臣的面大发雷霆之怒："皇上要不说出此人，我就当场辞官！"说着就要摘帽子，脱蟒袍。

皇帝一看连连说道："我说，我说……"那宫女被皇帝出卖，贾似道便以祸乱朝纲为由将其活活杖毙。

如此这般，谁还敢再报军情？

朝纲混乱到这步田地，谁还有心抗敌保国？

先是潼川副使刘整，平素便遭贾似道忌恨，每每予以刁难，见元军前来，便率周边十五郡归降。

襄阳被困到了第五个年头，已经到了山穷水尽的地步，朝廷迟迟不发救兵，加之元军新增西域火炮，已将城墙轰得千疮百孔，孤城已难再守。

元军大将阿里海牙在城下喊话：“尔等据守孤城，至今五年，为主尽忠，也是应分的事情。但，朝堂昏聩，势孤无援，徒害生灵，于心何忍？你要能够归降，赦免一切，城中百姓概不追究。还将对你有所任用，你选择吧。”

吕文焕心存疑虑，担心元军进城会祸及百姓。

阿里海牙在城下折箭为誓，保证出言不悔。

吕文焕向临安方向拜了几拜，遂率队出城请降。

阿里海牙带着吕文焕来见忽必烈，忽必烈对吕文焕褒奖一番，委任他为襄、汉大都督，继续统管襄阳、樊城和江汉一带。

吕文焕受此封赏，连连谢恩。他想想便有些后悔，要知有今日，何必抗拒五年之久？

襄樊失守，江南再无险可依。忽必烈连连发布文告，痛斥贾似道惑主背盟、羁押使者等诸多罪名。赵昰才得知贾似道专权误国，可也动他不得。日忧夜患，不日竟然卧床不起，没几日便一命归西。

皇帝没了，宫中一阵大乱，便推出一个七岁孩子登基坐殿，由太后谢氏临朝听政。

此时，元军攻势凌厉，势如破竹，屠沙洋城，破新郢城，取鄂州，张晏然、程鹏飞开城投降。宋室江山朝不保夕。

接下来是建康守将遁逃，元军进常州，夺无锡。

贾似道想要故伎重演，与元军奉币议和。伯颜知他反复无常，一口拒绝。贾似道无计可施，只好请太后迁都。

太后不同意。

这是宋家王朝第一次反驳了贾似道的主张，廷臣见到有机可乘，连连上本弹劾贾似道，列举他一系列罪行。

太后早已经看出贾似道祸国殃民，便罢他为平章都督。

太后得知贾似道一直扣押着元朝使臣郝经等人，忙让人释放，让他们返回元朝，又下诏勤王。

勤王诏出，应者寥寥，只有鄂州都统张世杰率师入卫，江西提刑文天祥起兵赶来，湖南提刑李芾也募壮士三千人东出勤王。

此刻，忽必烈与群臣商议，宋朝已经精疲力竭，如果留着南宋这个小朝廷，让它俯首称臣，每年纳币进贡，也不失为一途径。众臣多为南人，何尝忍心让宋朝彻底毁亡，便一致同意派使臣与宋议和。

忽必烈命姚枢起草国书，遣尚书廉希宪、工部侍郎严忠范奉国书南来，欲与宋朝谈判议和。

廉希宪来到建康，见到伯颜元帅，说明来意，并请兵自卫。

伯颜认为：“行人在言不在兵，兵多反遭疑忌。”经廉希宪再三要求，便派兵五百人保护随行。

谁知到了独松关守将张濡部下，不管是不是来使，先杀了严忠范，把廉希宪押送临安。有兵丁回报伯颜。

伯颜当即大怒，发信质问，宋廷派人来说，此乃边将所为，未曾禀报，不知为何云云。

伯颜再遣议事官张羽同宋使返回临安，不想到了平江，张羽又被杀死。看来宋朝是绝了议和之路了。

忽必烈闻报气愤难平，他命令伯颜元帅加大攻击力量，这回，要一举荡平宋廷。

伯颜统帅大军直逼扬州，宋将李庭芝派苗再成、姜才等人领兵抗击，两人很快败下阵来。接着是荆南被攻克，嘉定守将也叛宋降元。宋朝已无将可派，临安已经岌岌可危。

前来勤王的江西提刑张世杰与刘师勇等人调动舰船，屯守焦山。但遭到元军火攻，大败而遁。

此时临安危如累卵，文天祥、张世杰劝请皇室入海躲避，他们愿意背城与元军一战。

但是，太后因病迟迟不见答复，因为她已派人想要与元军纳币议和。

伯颜不允。

使臣便改口说愿为侄国。

伯颜依然不允。

最后说，宋作为孙国可否议和?

伯颜依然不允，还讲了一番大道理:“从你们太祖得天下，便是从大周孤儿寡母手中抢夺的。”

使臣只能点头称是。

伯颜道:“现在你们也是孤儿寡母，把江山交出来，不是天道循环，报应不爽吗?”

使臣哑口无言。

此刻，临安陷入大乱，已经有大臣受丞相陈宜中之命，捧着传国玉玺出城投降了。

伯颜得到玉玺，要找宋室丞相陈宜中具体商谈议降之事，不料，陈宜中吓得六神无主，连夜逃往温州去了。

文天祥张世杰闻讯气满胸膛。

张世杰率刘师勇所部入海。

文天祥回到寓所，请僧兵会明等人议事。

会明带领十多名僧兵是从襄阳撤出来的，其中年纪最小的是陈青柳。

第四十二章

文天祥

文天祥，最早用的名字叫云孙，字履善，又字宋瑞，自号文山、浮休道人。

选中贡士后，改名为天祥，改字为履善。

古书中记载说他相貌堂堂，身材魁伟，皮肤白美如玉，眉清目秀，观物炯炯有神，显然是一个高大俊秀的标准男儿。

在孩提时，看见在读书的学堂里所供奉祭祀的乡贤欧阳修、杨邦乂、胡铨的画像，谥号都为“忠”，让他羡慕不已说：“如果不成为其中的一员，就不是真正的男子汉。”

他二十岁便考取进士，在集英殿答对论策。当时皇帝在位已很久，治理政事渐渐怠惰，文天祥以法天不息为题议论策对，其文章有一万多字，没有写草稿，一气写完。皇帝亲自选拔他为第一名。考官王应麟上奏说：“这个试卷以古代的事情作为借鉴，忠心肝胆好似铁石，我以为能得到这样的人才，可喜可贺。”

文天祥在南宋宝祐四年考中状元，再改字宋瑞。不久，他父亲在原籍逝世，文天祥回家守丧。

宋开庆初年，元朝的军队开始攻伐宋朝，宦官董宋臣对皇上说，得往南迁都，才能保江山稳固，当时，董宋臣总揽朝政，没有人敢说个不字。文天祥当时已经入朝做官，被任命为宁海军节度判官。他听到迁都的建议，怒不可遏，便愤笔上书“请求斩杀董宋臣，以统一人心”。

他的奏章没有得到具体的回音，国都也没有南迁，而董宋臣则对他百般刁难，一气之下，文天祥就自己请求免职。

显然董宋臣在朝廷有着巨大的势力，文天祥不但没有撼得动他，反而被贬出京城，出外任瑞州知州，后改迁任江南西路提刑。

朝中还有一个权臣贾似道祸乱宫廷，他以为皇帝离不了他，便常常以称说有病，请求退休，用以要挟皇上，皇上发布诏令不应允。这篇诏令就是文天祥起草的，所写文字都是讽刺贾似道的。

贾似道看后极不高兴，命令台臣张志立奏劾罢免文天祥。文天祥已经几次被斥责，一气之下便退休还乡，当时他只有三十七岁。

宋咸淳九年，皇帝又想起了他，便起用他为荆湖南路提刑。有一次他见到了原来的宰相江万里。江万里平素就对文天祥的志向、气节感到惊奇，同他谈到国事，神色忧伤地说："我老了，观察天时人事应当有变化，我看到的人很多，担任治理国家的责任，不就是在你吗？望你努力。"

文天祥在外地做官长达五年之久，一直到了宋王朝快要灭亡的危急时刻，他才被派到江西去担任赣州的州官。

在江西赣州任上，文天祥接到朝廷要各地带兵马前来勤王的诏书，听说响应者寥寥无几。文天祥却认为报国的机会来了。他闻风而动，立刻招募了三万人马，准备赶到临安去抵御元兵。

有人劝他说："现在元兵长驱直入，您带了这些临时招募起来的人马去抵抗，好比赶着羊群去跟猛虎斗，明摆着要失败，何苦呢？"

文天祥长叹一声回答说："这个道理我何尝不知道。但是国家养兵多年，现在临安危急，却没有一兵一卒为国难出力，岂不叫人痛心！我明知道自己力量有限，宁愿以死殉国。但愿天下忠义的人，闻风而起，人多势大，国家才有保全的希望。"

文天祥排除种种阻挠，带兵到了临安。右丞相陈宜中派他到苏州防守。这时候，元朝统帅伯颜已经渡过长江，分兵三路进攻临安。其中一路从建康出发，听说有个叫文天祥的官员要死心保国，便命令部队绕过苏州，直取临安城外的独松关。陈宜中又命令文天祥退守独松关。文天祥刚离开苏州，独松关已经被元军攻破，想再回苏州，苏州也失守了。

调动文天祥的是丞相陈宜中，他不懂兵法，更不知道怎样打仗，他随意调动兵力，让文天祥顾此失彼，两头都不能相顾，最后文天祥只得带兵赶赴首都临安。

就是在这个时候。会明带领着从襄阳撤出来的僧兵找到了文天祥。

文天祥见到了这些僧兵，便让他们在军中暂住，他要进临安去面见当朝执政的谢太后。

会明方丈是怎么来的？这得从他与陈玉坚和空灵分手之后说起。

会明回到少林寺，一心领着众徒儿练武，匆匆几年过去了。陈青柳已经十四岁。由于练功刻苦，他的武艺已经可以和比他早练几年的师兄们一决高下了。

一天，那个曾经在少林寺挂单的大相国寺的和尚智圆又来到少林寺。

会明见到他，两个人在方丈室闭门密谈了小半天。

智圆说他从江南来，会明问他宋蒙交战情形如何。

智圆在一张纸上画着地图，他道："蒙军已经占领了夏国，接着占领了陕西，又南下四川，攻克了大理国和高原的吐蕃。他们留下兵马围困着钓鱼城和襄阳两地。今年，忽必烈当了蒙古国的皇帝，建国号为元，改元至元。这个家伙极为聪明，听说在你这里学过武艺。"

会明一头雾水："他怎么会在我这习武？"

智圆道："具体情况我也说不太清楚，反正有人说他有一身少林功夫。"

会明道："那也许是跟俗家弟子学的。不说他了，快说战局。"

智圆道："现在抗拒元兵的只有两个地方，一个是钓鱼城，另一个就是襄阳。钓鱼城进不去，也出不来。唯有襄阳，有我们用武之地。"

会明道："襄阳被围得水泄不通，进不去，出不来，我就是犯愁有劲使不上。"

智圆道："这回，我就是来找你商量这件事儿的。你知道吗？宋军要派兵硬闯襄阳。"

会明道："快说说，怎么回事儿？"

智圆道："襄阳被围，朝廷也着急想救，多次都被元兵打了回来，这回，李庭芝督军救援襄阳，我们便可以乘机杀进城去，与将士们一同守城，再解襄阳之围。"

会明问："李庭芝是什么人物？"

智圆道："领兵元帅啊。他手下也有一批习武之人，是他的精锐部队，名叫江勇军，是他的杀手锏，这次他拿出老本了。"

会明道："他们什么时候发兵去解襄阳之围？"

智圆道："我估计从调集兵马，再到开拔，再走到襄阳，怎么说也得一个月左右。"

会明道："那就是说还来得及。"

智圆道："来得及。"

会明道："那我今晚就组织队伍，明天出发，直奔襄阳。"

当天晚上，在筹划人选的时候，会明找他们逐个谈话，谈了十多个人，一直没找陈青柳，不料，他自己找上门来了。

"我听说，你选人去给襄阳解围，我也得去。"一进门青柳就喊了起来。

会明道："我一直没有选你，都怪你年龄太小。"

青柳把胸脯一拍："他们打得过我吗？"

会明道："上战场是最危险的事情，你哥哥没了，你再有个好歹，让我如何向你父亲交代？"

青柳道："你别管他，我觉得他们活得有点窝囊。"

会明问："何以见得？"

青柳道："当年辽国亡了，陈家去了西辽。西辽也亡了，陈家又给金朝办事儿。金朝亡了，他们又给蒙古人干事儿。有没有点主见！"

会明惊讶地看着他："嗨——小小孩芽儿，说出大人话了。"他苦笑一声："其实，你还小，不懂得世代更迭，人情冷暖。"

青柳不服气："不管怎么更迭，人，总得有点主见吧。"

会明道："我听说你家祖上是个髡头的，这就是一介草民吧。"

青柳点头。他从小听过父亲跟叔叔、婶婶谈过家史，给他留下了深刻印象。

会明道："后来到了踏白营，跟各地做生意。后来又献了传国玉玺，一步登天，被封为素王。尽管封了王，可还是做生意。辽国被灭的时候，陈家扔了踏白营去了西辽国，这就是主见呐。"

青柳认真听着。

会明接着说道："金国皇帝下令一把火烧了踏白营，激起了陈氏的家仇，从此，你们陈家再不为金国做事，你的爷爷还参加过岳家军，杀过无数金兵。报家仇也报国仇，这不是主见吗？"

青柳点头。

会明道："蒙古人恢复了踏白营，派你叔叔当总管，你们陈家又给蒙古人干事儿。其实，咱们是老百姓，你陈家也是老百姓，老百姓最大的能耐就是为了维护祖上的那份家业，这不是主见吗？"

青柳道："我有我的主见，我要去解襄阳之围。"

会明道："好！就冲你这句话，我带上你。可有一条，打仗的时候，你寸步不能离开我。"

青柳响亮地回答："是！寸步不离。"

第二天，十八个人的队伍整齐肃立。

会明训话。

他说，上阵就会有伤、有死，但谁也不能当孬种。出门谁也不能说是少林寺的人，凡带有少林标记的东西一概拿掉。我们是山东泰山龙门寺的和尚。因为庙被蒙古人给毁了，我们是来报仇的。

吃罢早饭，连智圆和尚，一行人匆匆上路。

因为元军是几路大军同时攻宋，江南一带几乎到处都是战场。为了不耽搁行程，他们就选择僻静山道沿着汉江匆匆赶路。

终有一日，他们站在一个山岗上，看见了被围的铁桶般的襄阳城。

忽听那边有喊杀之声，众人急忙奔了过去。从山头往下看，只见山脚下一队宋军正在骑马败逃，蒙古骑兵在后面紧紧追赶。

智圆道："快去劫杀那些蒙古骑兵。"

众人纷纷跑下山岗，让过了败逃的宋军，拦住了飞奔而来的蒙古骑兵，杀了上去。

十九名僧人各执兵刃杀到蒙古骑兵跟前，他们飞腾跳跃，杀法奇特，霎时间便把蒙古人杀得人仰马翻。

蒙古人被这突如其来的打击吓蒙了，只看到血肉横飞，几十名蒙古兵被斩落马下。

会明手执禅杖，舞得呼呼风响，一个接一个骑兵被打得脑浆迸裂。一边打，他一边喊道："青柳，跟着我！"

青柳挥舞着一口戒刀，上下翻飞，一个又一个蒙古兵被他砍落马下，他连声大喊："杀得痛快！痛快！"

一直被追赶的宋军骑兵发现身后的追兵被人拦住，看了一阵，觉得是个反败为胜的好时机，便又拨马杀了回来。

两股力量合到一起，蒙军无法招架，纷纷掉转马头向回逃窜。

几十名蒙古军被杀死，受惊的马到处乱跑。

会明喊道："把马都圈回来，咱们当一回骑兵。"

宋军中一个将军模样的人下了马，走到会明跟前叉手施礼："敢问是何方圣僧前来助阵？"

会明打了个稽首道："我们是泰山的和尚，因为寺庙被蒙古人毁了，特到襄阳来找他们报仇。"

许多宋军也都下了马，一人道："这是我们的副帅范文虎大人。"

范文虎请众人上马："请到军营一叙。"

会明招呼大家到军营去。

这回这十九个人都成了骑兵，跟着范文虎向军营走去。

来到军营，见到了主帅李庭芝。

范文虎介绍了众僧杀退元兵解围的情况。

李庭芝听了大加赞赏。

范文虎说："他们要冲进襄阳，帮助守城或是解围。"

李庭芝道："好极了，我正在调动江勇军的船只过来，等他们到了，我们一起冲进襄阳。"

在军营中等了三天，众僧都穿上了军装，会明还穿了将军的铠甲，个个摩拳擦掌准备厮杀。

第三天中午，两员大将来到军营报到。

两个人原是亲兄弟，一位叫张顺，另一位叫张贵，各个膀大腰圆，都有一身好武艺。

李庭芝把会明介绍与他二人，几个人便在帐中研究行动计划。

张顺道：“现在汉江水涨，船只可以直抵城下。细作探知，江上有蒙古军船只无数，但都是降蒙的宋军，我们可以冲过去。”

张贵道：“这些宋军只想保命，给宋朝打仗都不卖命，何况给蒙古人？”

李庭芝道：“他们后面有蒙古人督战，不得大意。”

范文虎道：“冲不进去就退回来，保存实力要紧。”

众人得令。

十九名僧兵跟着两兄弟来到江边上船，十几艘船只满载士兵，顺风顺水直向襄阳进发。

到了襄阳附近，发现蒙古军战船密密麻麻摆满江面，无数士兵端着武器看着来船，准备迎战。

张贵张顺的船只到了江心，径直朝敌船冲去。

船只相撞，接着就是一场恶战。

张贵和会明等十九名僧兵在第一条船上，为的是能够冲开一条血路。

士兵们拼命划船，会明和青柳站在一起与敌船上的士兵厮杀。会明挥动禅杖，打得敌船士兵纷纷落水。青柳手执一柄长刀，砍得敌兵纷纷后退。

智圆大声呐喊纵身跳到敌船上大杀大砍，杀退敌人又纵身回来，敌军对这一艘船只能纷纷避让。

第一条船杀得敌军不敢靠前，真的冲开敌人船只阻拦杀到岸边。可回头一看，其余船只都被敌船团团围住。

襄阳城中士兵看见有船只闯过敌阵，急忙出城接应，张贵和会明等人不能回头接应被困船只。只好尽快登岸，一起向城里跑去。

襄阳守将吕文焕正在城头观看，只见第一条船登岸，其余船只有的被击沉，有的掉头顺江而逃，禁不住连声长叹。

张贵率众人进城，吕文焕下城头迎接。众人上了城头。

城外水战已经停止，张贵担心哥哥生死，吕文焕便安慰他，张顺将军武功高强，不会有事。

襄阳城已经被困长达四年之久，里无粮草，外无救兵。马已经杀光吃了，现在听说已经有人吃人事情发生了。

吕文焕的官邸尚且完整，众人来到院中，看到到处堆着野菜，想必他们就是靠这些充饥。

众僧兵拿出随身带的干粮，交给下人，做了一顿饭。

吕文焕边吃边说道："许久没有吃到干粮了，真香。"

住了两天，张贵惦记哥哥，想要重新杀出重围，去李庭芝处搬救兵，他认为，只要船只够多，是可以突破重围的。

吕文焕劝他不要妄动，等待机会再说。

张贵执意不肯，吕文焕无奈，只好让他带着几十名士兵重新出城，找一条船向外冲杀。

会明和智圆都认为此举不妥，但碍于张贵太执着，也不好多说，只好祝他此战成功。

智圆和尚愿意助他一臂之力，便随着张贵出发。张贵等人出城登船杀向敌阵，很快就被困在核心，杀了半个时辰，也无法突出重围，最终是船沉人亡。

智圆和尚也命丧江心。

吕文焕等人站在城头看到这一切连连摇头，痛惜不已。

从进城起，会明等一干人就变成了吕文焕的亲兵，吕文焕走到哪里，他们就跟到哪里。哪里战事紧张，他们就出现在哪里。

这一年来，他们跟随着吕文焕日夜征战，甚至忍饥挨饿，靠吃野菜系命。但是，这一年来，少林众僧各个如铁打钢铸，毫不动摇。特别是陈青柳，已经变成标准的男子汉。

直到有一天，吕文焕把他们叫到一起，流着泪说："朝廷已置襄阳于不顾，我不能看着全城百姓死光。你们都看到了，昨天，蒙将阿里海牙已经说了，开城投降保证不杀一个百姓。”

青柳插话道：“蒙古人说话要是不算数呢？”

吕文焕道：“他折箭为誓，想必是得到忽必烈的同意，才说这番话的。我困守襄阳已经五年，对得起皇上也对得起祖宗。我要开城投降。不然，全城十多万百姓都得饿死，难以活命。”说着，又流下泪来。

一席话引得众人心酸，大家也都跟着纷纷落泪。

吕文焕道：“你们各个身怀绝技，城破之时，你们赶快出城，另找报国之路，我这里谢过了。”说着，起身一揖。

众人也向他拜谢。

吕文焕放弃襄阳，开城投降，五年的襄阳保卫战宣告结束。但，五年的坚守，足以证明他的赤胆忠心。可惜，朝廷昏庸，武将无能，不能帮助襄阳一丝一毫，如果得到不杀百姓的承诺，开城也未尝不可。

城开后。元军进入城中，果然不食前言，没有对百姓施以杀戮，城中很快趋于平静。

会明等人在夜间混在难民群中潜出城外，直奔临安方向而去。

这时，文天祥已经率兵到了临安，他跟郢州来勤王的将领张世杰商量，向朝廷建议，集中兵力跟元军死战。但是，胆小如鼠的丞相陈宜中说什么也不同意。

伯颜带领元兵到了离临安只有三十里的皋亭山。

朝廷里一些没有骨气的大臣，包括左丞相留梦炎都溜走了。谢太后和陈宜中惊慌失措，赶紧派了一名官员带着国玺和求降表到伯颜大营求和。

伯颜鉴于宋人反反复复，指定要宋朝派一位丞相亲自去谈判。

陈宜中害怕被扣留，不敢到元营去，逃往南方去了，张世杰不愿投降，气得带兵乘上海船出海。

谢太后没办法，只好宣布文天祥接替陈宜中做右丞相，要他到伯颜大营去谈判投降。

文天祥答应到元营去，但是他心里另有打算。他带着大臣吴坚、贾余庆等到了元营。

伯颜布置了一个刀枪阵迎接文天祥。

元军士兵各个弓上弦，刀出鞘，杀气腾腾地迎接这一群人的到来。

离伯颜大帐百米开外，一百多名元兵排列两行，都把刀枪举过头顶，搭起了一个刀枪盖顶的甬道。

文天祥鄙夷一笑，迈步从刀枪甬道下缓缓走着。

几个随从吓得两腿哆嗦，也只得跟在后面。

伯颜就在大帐外面看着，他看到文天祥气定神闲地走了过来，心中难免诧异，这个人好大的胆气。

伯颜把文天祥等人让进帐中。

见了伯颜，文天祥根本不提求和的事，反而严正地责问伯颜说：“你们究竟是想跟我朝友好呢，还是存心消灭我朝？”

伯颜说：“我们皇上的意思很清楚，并不是要消灭宋朝。”

文天祥说：“既然是这样，那么请你们立刻把军队撤退到苏州或者嘉兴。如果你们硬要消灭我朝，南方军民一定跟你们打到底，对你们未必有好处。”

伯颜把脸一沉，用威胁的口气说：“你们再不老实投降，只怕饶不得你们。”

文天祥也气愤地说：“我是堂堂南宋宰相。现在国家危急，我已经准备好拼一死报答国家，哪怕刀山火海，我也毫不害怕。”

文天祥一脸正气，声音铿锵，反把伯颜的威胁顶了回去。周围的元将个个感到惊奇。

伯颜见文天祥态度强硬，挥手结束了谈判，他下令把文天祥等人带到另一帐中。气得他在地上来回踱步。

看来，跟这个文天祥谈判是谈不出什么结果的。伯颜传令，让其他使者先回临安去跟谢太后商量，把文天祥留下来。

他不能放文天祥回去，因为他已经得知文天祥率三万人从江西赶往临安勤王。要是让他回去，这三万人也不是好对付的。

文天祥知道伯颜不怀好意，向伯颜抗议。伯颜装出若无其事的样子说：“您别发火。两国和议大事，正需要您留下商量嘛。”

随同文天祥到元营的吴坚、贾余庆回到临安，把文天祥拒绝投降的事回奏谢太后。谢太后心中恼怒，这个文天祥，为什么不按哀家旨意行事？莫非他另有图谋？

既然文天祥回不来了，那就再派人去说明哀家一心要投降的诚意。她改任贾余庆做右丞相，带着降表到元营去求降。

伯颜接受降表后，再请文天祥进营帐。伯颜冷冷地告诉文天祥：“你忠于的朝廷已另外派人来投降。”

文天祥气愤至极，把贾余庆痛骂一顿，但事已至此，太后亲自签署的降表已经拿在伯颜手中，宋朝向元朝投降的事情，已无法挽回了。

伯颜带兵占领临安。谢太后和赵㬎出宫受降，伯颜下令把谢太后和小皇帝当作缴获的猎物押送大都，文天祥也一起随行。

陆秀夫带着几个皇亲贵戚逃出了城，临安被占领，大宋朝灭亡了！

会明见到了跟随文天祥从江西前来勤王的方副统领，得知文丞相被元军扣押，正紧急商量救援办法。

方副统领估计，押解太后和文天祥的队伍要从镇江过长江，他们把救援的地点就设在镇江边上。

他们连夜向镇江进发，以期在元军来到前找好埋伏位置。

会明几个人穿上了元军的服装，等待押解队伍来到时乘机混进去。等到元军来到江边，让文天祥等人上船时，会明故意把几个押解的元兵推到江中，引起一场混乱，他乘机架着文天祥登上了早已准备好的一条快船。

这条快船紧挨着那艘大船，文天祥一登船，快船急速向下游划去。

元军一见文天祥逃跑了，急忙命令射箭。

众僧兵在船上连连拨打，船很快就趁着夜色消失得无影无踪了。

天亮时候，船在一座江北的小城靠岸，这座小城还在宋军的控制之下。

来到城门外，通报守城士兵，说是文丞相被救了出来。

守城士兵通报守将苗再成，苗再成登上城楼一看，忙叫士兵打开城门。苗再成见到从文天祥十分高兴，他知道临安已经陷落，尽管这样，他表示愿意跟文天祥一起，集合淮河东西的兵力，打退元兵。

文天祥逃走的消息很快就报到了伯颜那里，伯颜吃了一惊。他知道文天祥一定会利用自己的威望收拾残兵与元军决战。这是他极不愿意看到的局面，如何对付逃走了的文天祥，成了伯颜一块心病。直到第二天，一个谋士向他献策，何不如此这般。

伯颜大悦，忙传令向宋营尽快散布，说是元军派文天祥回到宋营做奸细，以瓦解宋军的抵抗。

这一招十分恶毒，它让文天祥逃出后的作用丧失殆尽。

扬州守将李庭芝听信谣言，得知文天祥在苗再成处，忙传去公文，命他把文天祥杀掉。

苗再成不相信文天祥是这样的人，但是又不敢违抗李庭芝的命令，只好以到城外看地形的为名，把文天祥骗出城外，把扬州的来文给他看了，叫文天祥赶快离开。

两军交战就是斗智斗勇，现在伯颜棋高一着，自己破解不了，只好躲避锋芒，文天祥谢过苗再成，带领着会明等人向扬州前进。

扬州在长江北岸，尚在宋军控制之下。他们连夜赶路到了扬州，城门尚未开放。城外等了许多想要进城的人。

听他们闲谈，说是城里画影图形要缉拿元军奸细右丞相文天祥。

听到这个消息，文天祥知道扬州已经不能进了，他决定向海边进发，到那里找船，向南去找带着小皇子出逃的陆秀夫。

扬州距离海边还有几百里地，一行人脚步不停直奔海边。

走到第二天上午，突然，对面来了一伙元兵，为首的军官骑着马。

众人忙保护着文天祥到附近一面土围墙后面隐蔽，但是，对面的元兵已经发现了他们。

他们来到土围墙跟前，呈扇形散开，慢慢向围墙推进。

眼看元兵到了跟前，会明大喊一声，众僧兵从围墙后面杀了出来。这些元兵抵挡不住少林武功，被杀得纷纷倒地。那个骑马当官的想要逃跑，他打马跑出几十步远，会明捡起地上一把钢刀甩了出去。

钢刀在半空划了一个弧形，不偏不倚刚好落到那军官的背上，那军官应声落马。

陈青柳跑了过去，一刀结果了那军官的性命，把马牵了回来。

众人让文天祥上马，大家加快脚步，直向海边奔去。

到了傍晚来到海边，找到一处渔村。

他们发现海边有元兵巡逻，便隐藏到村中，找了一家村边的人家上前敲门。

开门的是一位中年渔民，他听说是文丞相到了，连忙出门迎接。

文天祥不想进屋打扰，便在屋外对他说，他们要找一条船到南方去。

渔民说，为防止宋人从海上逃走，元兵让船都靠了岸，派兵把守，一旦发现有人上船，格杀勿论。

文天祥叹了口气："这该如何是好？"

会明道："我们可以抢一条船，只是没人会张帆使舵。"

渔民道："你们要能抢到船，我为你们张帆使舵。"

文天祥道："谢谢，那就麻烦你了。可是，你一走，元兵要祸害你的家人该怎么办？"

那渔民愤愤地道："我家老母亲被元兵杀了，我无牵无挂了。大家都发誓要找元军报仇。"

文天祥这才发现，村中许多房屋都被烧毁了。

文天祥决定：趁着元兵刚刚走过去，大家赶快到海边找船。

渔民道："我取一些干粮。"说完跑进屋中，抱着几个馒头出来道："都跟我来。"说着便向海边奔去。

众人跟着他，青柳牵着那匹马，跟着跑向海边。

那渔民找到了自家那条船，便起了锚，招呼大家上船。

青柳把马牵到船上，众人一起推船入海。

远处，元军发现了，大喊着跑了过来。

船离开海岸，推船的人也上了船，渔民招呼大家升起船帆，船借着风力向大海深处驶去。

元兵只能在岸上喊叫，他们之中没有人会使船。

船在海上航行了三天三夜。

这几天，先是青柳学会了使帆、使舵。接着僧兵们也都跟着学，连文天祥也试着掌舵，他说：“使船和反元一样，要把握方向，顺势而为。”

三天后船在福州靠岸，文天祥等人登岸，寻找朝廷所在地。

原来，丞相陈宜中南逃之后便在福州找到了张世杰和陆秀夫，商议另立朝廷的事情。刚好，文天祥赶到了。所幸，伯颜制造的文天祥是奸细的谣言没有传到这里，众人对他脱险表示祝贺。

国家不可一日无君，众人便商量要拥立赵昺继帝位。

当天便拥着小皇帝坐上了临时的王位，众人跪拜之后，便宣布继位诏书，接下来大家坐下来商议权力分配：

陈宜中任左丞相兼枢密使、都督诸路军马；

张世杰任枢密副使；

陆秀夫任签书枢密院事；

文天祥任右丞相兼知枢密院事。

这个分配大致还是按着临安时期职务高低而论。

在讨论军情的时候，文天祥提出回温州组织水军，由海道收复两浙。

陈宜中连连摆手，他不同意。因为他手中无兵无将，文天祥一离开，他就成了光杆司令，他一百个反对。

直到七月，文天祥才说服了陈宜中，让他以枢密使的名义，在福建南平募兵抗元。积聚兵马之后，文天祥便把部队带到江西边界，发动进攻江西的战役。

初战告捷，参赞吴浚攻下雩都。刘洙、萧明哲、陈子敬等自江西起兵来会，声势大振。

元军见文天祥在江西抵抗猛烈，便转道直取福州，先是南平守将于十一月降元，陈宜中、张世杰等只能带着赵昰逃往海上，元军得以长驱进入福建，文天祥被迫移屯漳州予以抵抗，进攻江西之军也相继退出。

第二年三月，文天祥率军收复梅州，整训军队。

五月，文天祥再次亲率大军进攻江西。六月，大捷于雩都，军事基地设在了兴国。

文天祥的初胜，极大地鼓舞了江西抗元势力。统兵数万的江西安抚副使邹凤带兵到至兴国与文天祥相会。

在抚州乡下隐居家中的何时也聚兵入崇仁，宣布愿归文丞相指挥。

文天祥的两个妹夫孙桌、彭震龙也从龙泉、永新来到兴国会见文天祥。

分宁、武宁、建昌三县豪杰皆表示听从文天祥节制……

文天祥因势利导，分兵三路进攻：以督谋张汴、监军赵时赏、赵孟率兵数万攻赣州；

安抚副使邹凤率赣州诸县兵攻永丰、吉水；

招抚副使黎贵达率吉州诸县兵攻泰和。

八月，文天祥所部复赣州九县，吉州八县收复大半，军势大振。

湖南邵阳的张虎，衡山的赵瑶，安徽太湖北的张德兴、傅高等抗元豪杰，皆起义响应。

元军以为宋朝的反抗只是强弩之末，起初并未在意。但是，伯颜看到文天祥节节得胜，不得不商讨对策。他们以塔出为右丞，麦术丁为左丞、李恒等为参知政事，于江西南昌扎营。

八月，元军李恒派军队驰援赣州，以铁骑冲击围困赣州城的赵时赏。

元军所谓的铁骑，是仿造金国样式的“拐子马”，人、马皆披重甲，锐不可当。这时的宋军已经不知道岳飞当年大破“拐子马”的战术，见到元军重骑兵冲来，大溃而逃。

与此同时，李恒亲率精兵偷袭文天祥驻地。

文天祥没有料到李恒突然杀到，仓皇北撤，欲与永丰的宋军会合。不料，那一支宋军先被击溃，文天祥只得退至吉安。

文天祥被元军追击，会明只好将僧兵分为两部，十几个人随部将巩信截击元军，自己与青柳等人保护着文天祥逃跑。

为掩护文天祥脱险，十几名僧兵与巩信所率领的战士与元军殊死搏斗。怎奈元军像潮水样涌来，杀尽一拨又一拨，众人被困在核心，从早晨杀到中午，最终全部战死。

会明等人保着文天祥带着妻儿和文官赵时赏退至吉安境内，被元军追上，会明与青柳等人拼命阻击，掩护文天祥从小路逃脱。

文天祥的妻妾子女都被抓住。赵时赏坐在轿子中，后面的元兵讯问他是谁，赵时赏说“我姓文”，众兵以为是文天祥，活捉了他返回军营，不再追赶，文天祥因此得以逃脱。

会明等人见到文天祥已经逃走，随即杀出重围，仓皇而逃。

从此，会明等人便与文天祥失散。会明带着青柳和三名弟子进入了广东的大山里跋山涉水，四处寻找文天祥的所在。

第二年春天，终于在在潮阳听到了文天祥的消息，他正与邹凤、刘子俊的部队会合，组织了几千人的队伍。

会明等人赶到，文天祥大喜过望，他留下青柳等三人做护卫，让会明带领士兵去讨伐原来的宋军将领，投元以后又据山为匪的陈懿。

陈懿曾几次偷袭文天祥在潮州的部队，此人不除，实为大害。

会明进山剿匪，把陈懿打得大败，陈懿逃走，又去勾引元军攻打文天祥。双方在潮阳城下展开激战。

怎奈文天祥所组织的队伍大都是乡民和游勇，没有多大的战斗力，加之元军士气正胜，文天祥见无法取胜，便率部向海丰转移。

行至海丰北面的山谷中，发现前有元军挡路，后有追兵将至。青柳等人掩护文天祥奔向山坡。元军发现后紧追而来。

青柳与几名僧兵拼死抵抗，逐渐被困在核心，剩下文天祥孤立无援，终于被元军俘获。

青柳一见，知道大势已去，忙招呼僧兵杀出重围，可惜，冲出来的只有青柳和师弟两人，仨人从一段悬崖跳下，才算逃脱了性命。

文天祥被俘，元军推他来见千户王惟义。

文天祥早就做好了牺牲准备，他暗藏药丸一粒，这是别人为他配制的，说是服后即刻肝肠寸断而死。当元兵抓住他的时候，他便把药丸服了下去。

奇怪的是，他并没有死。

文天祥被押至潮阳，见到了元军首领张弘范，大帐里左右官员都喝命他行跪拜之礼。

文天祥没有理睬，他一直昂然挺立。

张弘范也不为难他，以宾客的礼节接见他，并带他一起去崖山，那里是宋军张世杰和陆秀夫抗击元兵的最后战场。

张弘范要他写信招降张世杰。

文天祥长叹一声说道："我不能保卫父母，还教别人叛离父母，这难道可以吗？"

那年正月，张弘范率元军攻至崖门，元军浩浩荡荡陆续抵达崖山，对南宋形成三面包围之势。面对巨大压力，张世杰下令千多艘宋军船只以"连环船"的办法用大绳索一字形连贯在海湾内，并且安排皇帝的"龙舟"放在军队中间。

元军以小船载茅草和膏脂等易燃物品，乘风纵火冲向宋船。但宋船都涂上了泥巴，足以抵御元军的火攻。

元朝水师见火攻不成，便以水师封锁海湾，又以陆军断绝宋军汲水及砍柴的道路。宋军吃干粮十余日，饮海水之士兵呕泻。

张世杰发现再拖下去就要被元军困死，遂率苏刘义和方兴日大战元军。

张弘范擒住了张世杰甥韩某，同时向张世杰三次招降均，被拒绝。

双方对峙一月有余，张弘范预备发动猛攻，元军中有建议先用火炮，弘范认为火炮会打乱宋军的一字阵形，令其容易撤退，没有采纳。

第二天，张弘范将其军分成四份，在宋军的东、南、北三面皆驻一军；张弘范自领一军驻扎在与宋军相距一里有余的地方，并以奏乐为以总攻讯号。

首先乘潮进攻宋军的李恒被宋军击退。

元军假装奏乐，宋军听后以为元军正在宴会，稍微松懈了。

岂知道，这奏乐就是进攻的讯号。

正午时分，张弘范的水师从正面进攻，他们用布遮蔽预先建成并埋下伏兵的船楼，以鸣金为进攻讯号。各伏兵负盾俯伏，在矢雨下驶近宋船。两边船舰接近，元军一时间连破七艘宋船。宋师大败，元军一路打到宋军中央。这时张世杰见大势已去，抽调精兵，并已经预先和苏刘义带领余部十余只船舰斩断大索突围而去。

皇帝赵昺的船在军队中间，四十三岁的陆秀夫见无法突围，便背着八岁的赵昺投海，随行十多万军民亦相继跳海。

战后，十余万具尸体浮在海面上。

突围出去的张世杰希望找到杨太后，以太后的名义，再找宋朝赵氏后人为帝，再图后举。

但杨太后在听闻宋帝赵昺的死讯后亦赴海自杀，张世杰将其葬在海边。

不久，张世杰在大风雨中带领部队在山地行军，突然脚下一滑，失足滚落悬崖，不幸摔死于平章山的山谷之中。

崖门海战之后，即二月七日早晨，在十万海上浮尸中，陆秀夫的尸体被百姓找到，安葬起来。而小皇帝赵昺的尸体则为元军寻得，只见一眉清目秀的小儿身穿龙袍，头戴皇冠，身上还挂着一个玉玺。元兵将玉玺交给张弘范，张弘范确认这小儿是赵昺，派人带回。

目睹崖山战役宋军全军覆没，文天祥五内俱焚，他本着“亡国之大夫不可图存”的信念，决心以身殉国，遂写下了绝命诗一首《过零丁洋》：

辛苦遭逢起一经，干戈寥落四周星。

山河破碎风飘絮，身世浮沉雨打萍。

惶恐滩头说惶恐，零丁洋里叹零丁。

人生自古谁无死，留取丹心照汗青。

张弘范发现此诗后便收藏起来。

崖山战败后，元军中置酒宴犒军，张弘范把文天祥请来，规劝道：“丞相的忠心孝义都尽到了，若能改变态度像侍奉宋朝那样侍奉大元皇上，将不会失去宰相的位置。”

文天祥两眼流泪说道：“国亡不能救，作为臣子，死有余辜，怎敢怀有二心苟且偷生呢？”

宴会上，他始终未动筷子。

张弘范感其仁义，实在不忍心杀他，他与伯颜商量，伯颜也有同感。那就让皇上做决定吧，便派人押送文天祥到京都。

文天祥在路上，绝食八天，没有死。元兵强行灌食，才又吃饭。

会明和尚带着两个弟子在广东一带流浪，试图寻找文天祥。不久便听到了他被俘的消息。

他既担心文天祥的安全，又担心青柳等人的安全，接着又听到了崖山战役宋军全军覆没的消息，想想离开少林寺四年有余，从襄阳转战临安，再到江西、福建、广东，除了败仗还是败仗，带出来的僧兵死了大半，大宋江山没有保住，功名利禄两无成。他怀着沉痛的心情走出广东，想回到少林寺再等待消息。

这一天他们来到建康，站在长江边上等待渡船，却发现几百名元军押解一个大号的囚车上了另一艘大船。

待渡的人群议论纷纷，说那囚车里押的一定是文丞相。

眼见着大船向江心驶去，会明只看到囚车中一个模糊的身影，那就是他日夜护卫了三年多的文丞相吗？

眼看着文丞相被敌人押解着，会明心有不甘。他尊敬文丞相，爱戴文丞相。他曾日夜不离左右地保护过他，可他却眼看着文丞相成为元军的俘虏。

过了江，他让两个徒弟追踪囚车走向，他要回趟少林寺，再带些武功高强的弟子出来，人多势众，才能救出文丞相。

进了河南，会明就从岔路直奔嵩山。分手的时候，他们约定，以汴梁为一站，到了汴梁，要是囚车还往前走，就一人跟踪，一人留在汴梁，就在汴河桥边等候，避免失掉联系。

分手以后，会明加快脚步，连夜赶路，进了登封县城，虽然天色已晚，他也不想歇息，要连夜赶回少林寺。

刚刚出城，就听背后有人喊他，他回头一看，原来是寺里的知客僧原道。他提着一个包裹，喊着跑了过来。

会明停下脚步，原道跑到跟前说道：“方丈！你千万不能再回少林寺了。”

会明疑问的问："为什么？"

原道说："打从你带着人离开少林寺，监院就把你告了。"

会明问："监院？圆和？把我告了？"

原道说："是的，就是圆和，你平日对他不错，可他向官府告你带人去襄阳保宋抗元。官府下令通缉你和那些师弟们，下令让他当了方丈。少林寺你是不能回去了。"

这个消息对于会明来说不亚于五雷轰顶。

原道说："现在，少林寺外有元兵把守，就是等着抓你。寺里的人谁也不准外出。"

会明问："你是怎么出来的？"

原道举起手里的包裹："圆和病了，让我出来给他抓药。"说着，他朝会明点了点头："我该走了，你千万别回去。"

原道走了，剩下会明一个人站在那里，他不知道下一只脚会迈向哪里？四周夜幕笼罩，他感到了从来没有过的孤单。

因为圆和是监院，临走的时候，会明便把寺里的事情托付给他。当时圆和就反对会明带人出征。现在他彻底叛变了，让会明无家可归。

他忽然想到两个徒弟还在追踪囚车，也许已经到了汴梁。他要赶过去，找到他们伺机再动。

到了汴梁已是第二天上午，他找到了两个徒弟。

这两个人都没有离开汴梁，说明囚车就在汴梁。

情况正是如此。两个徒弟告诉他，囚车押在原来开封府衙的大院里，可能是在修整或是换防。

兵马众多，无法下手。

会明带着徒弟找了个旅店歇息，他只顾赶路，已经几夜没有歇息了。

到了后半夜，会明起身，穿上夜行衣，来到开封府衙附近观察。

果然兵马众多。

他跃上附近的屋顶观看府衙院中，只见囚车还在院中，里面是空的。不知道文丞相在哪个屋中睡觉。

院中点着篝火，有的士兵在站岗，有的围着火堆在交谈。元军这样整夜严密防守，会明还没见过。

无从下手，会明只得回到旅馆。

第二天上午囚车离开了府衙，向北出了汴梁城来到黄河渡口。

也许是吸取了上次在镇江让文天祥逃脱的教训，渡口早早就已经戒严。囚车来到时，先有士兵登上大船，再把囚车推上去。大船两侧都有小船护卫，连渡口北岸也已经戒严，布置得真是风雨不透。

会明等人就挤在等候过河的人群中，眼巴巴地看着大船载着囚车渡过黄河而无计可施。

过了河又跟踪几天，他们摸清了押解的兵力。全部都是元兵，为首的是一位百夫长。他的权势不小，每到夜晚休息都要调当地一百左右的元兵来接防，好让长途押解的士兵休息。

这些当地的元兵整夜都不休息，提着武器戒备万分。第二天，押解士兵上路，当地元兵撤回。

实在是无懈可击。

几天后，走出了河南，来到河北境地，会明决心跟踪到最后一刻，实在无法下手也只好作罢。但是，前面会不会有机会？会明还要跟到最后。

十几天后，囚车到了京都门口。

走过了卢沟桥，来到宛平境内，天色已晚，他们把囚车推进了宛平县衙的大院里。

奇怪的是，今晚没有当地元军前来替防。大概，这里已是京畿地面，御林军他调不动吧。

站在离县衙不远的一处高地，他们看见了文天祥下了囚车，被送到东边厢房的一个房间。门前有两个士兵把守。

吃完晚饭，百夫长下达命令，押送士兵分两班看守，子时交班换岗。

就在走下高地的时候，会明发现远处也有两个人向县衙里窥看，其中一个人好像是青柳。

他急忙走过去看个究竟。

那几个人也向他走来。

离老远会明就看出正是青柳和青柳的师弟。

能在这里见面十分意外，仨人显得十分激动。

几个人在回旅馆途中各自述说了别后的遭遇。

青柳自与文丞相分散后，带着两个师弟在大山里逃亡。有一天他们误闯了一个山寨，杀了两个山大王，全山寨的几十名土匪都拥护他们做山寨头领。青柳答应了。

可是过了几天，他们三个人都觉得心里空落落的。他们每天吃香的喝辣的，可是文丞相在哪儿？他身边没有我们保护不是更危险吗？

于是那天黑夜，他们偷偷离开了山寨，走出大山去寻找文丞相。不久他们就听到了文丞相被俘的消息，现在正押往京都，可能已经过了河南了。

他们三人骑着马拼命追赶，直到今天上午追到宛平才追上囚车。下午，他们来踩地形，准备夜间动手。

“看来就是一个巧。”会明说道：“我们从江南一直跟踪到这里，总算是在宛平看到了机会，想不到你们也来了，这就是个好兆头。但愿佛祖保佑文丞相，今晚一战成功。”

青柳也觉得今晚有如天助，必能成功！

回到旅店他们继续研究营救方案，考虑到撤退时，必须要有马，才能尽快逃离。

一位师弟说，在旅店的马圈里就有十几匹马，行动时牵走就是。

一切研究妥当，大家稍事休息。只听到街巷里传来三更的梆子响，众人纷纷起身。

有人从旅店的马圈里把马都拉了出来，众人骑上马，留一匹给文丞相。众人打马直向县衙方向奔去。

众人在离县衙不远的一条巷子里下了马，留下一人看守马匹，其余人分成两路向县衙摸去。

来到围墙跟，见抱着枪执岗的两个元兵已经睡着，他们一人一剑，结果了元兵的性命。

会明首先爬上墙头向里面观看。

院里的巡逻兵刚刚走过去，关押文丞相的那个房间门前也没有放岗。会明回身一招手，自己先翻过墙去。青柳等人也翻身越墙。

青柳手提宝剑，蹑手蹑脚一步步靠近那个房间。

来到房间门口，他轻拉了一下房门，房门没锁。这倒让他心生疑惑，怎么会不锁房门?

可是，已经到了这里，无论如何也得进门行动，他把房门拉开一道窄缝，闪身进去。

房门里还挂着一道布门帘，他刚要挑开门帘，就这时，有几只长矛隔着门帘一起向他刺了过来。

因为隔着门帘，无法看到屋中的情景，三只长矛一起刺入了他的前胸。

随着一阵呐喊，元兵把青柳连同门帘一起挑到了门外。

会明一见大惊失色，他挥剑砍死了几个元兵，把长矛从青柳胸前拔出，扛着他大喊:“中埋伏了，快撤!”

这时，院里响起一阵锣声，元兵从各个房间奔了出来。

几个师兄弟一面抵挡元兵，保护着会明退到墙边。众人跃出墙去，墙外面也有元兵围了过来。

几个人拼命厮杀，冲开了一条路，看马的师弟牵着马跑了过来。

众人簇拥着会明上了马，他把青柳放在马鞍前，双腿用力一夹，马向城外奔去。

其余几个人刚要上马，元兵纷纷把手中的长矛掷了过来。几位师兄弟纷纷倒地。

未等他们站起，元兵冲上来，把他们统统刺死。

百夫长率领几个人骑马追赶会明，追了一段路，他忽然止步，拨转马头喊道:

"回去！小心调虎离山计！"几个人纷纷拨转马头向县衙奔去。

会明得以逃脱。

又跑了十多里地，后边再没有元兵追来，会明在一个山坡下了马。

这时他才发现，青柳的胸前有三个血窟窿在向外涌血，那块布门帘还粘在他的身上。

把他放到地上，再三喊他也不应声，原来，他已经气绝身亡。

会明放声大哭。

直到天色朦胧，他看到了谭枳寺的围墙，又看到附近一片房屋，原来，他来到了踏白营附近。

他把青柳的尸体搭到马上，牵着马向前走去。他要在踏白营还在熟睡的时候找到陈玉坚。

来到重新修葺的素王府大门前，他叩动门环。

开门的家丁看到了会明浑身是血，吓了一跳，忙把他和驮着尸体的马拉到院中。

这时陈玉坚和夫人谷伊勒早已起床，他们听到动静忙出来观看。

会明一见陈玉坚夫妇急忙双膝跪地，痛哭失声，口中连连喊着："我对不住陈家。"

陈玉坚夫妇一见，忙把会明拉起，把青柳的尸体抬到了后堂。

陈玉坚百唤不醒，知道青柳已经死于非命，心中涌起一阵悲痛。他觉得心中发堵，只能放声大哭。

夫人谷伊勒也跟着落泪。

会明在后堂换了衣服，便把这几年参加襄阳保卫战，解救文天祥，并跟随他在南方抗击元兵，以及在宛平城解救文丞相失利的经过说了一遍。

陈玉坚强忍着悲痛听着，一边擦眼泪，一边不住地叹息。

自己在元朝做官，儿子却是个抗元尖兵。这是为什么？现在儿子没了，他该埋怨会明吗？不应当。

会明是汉人，保卫襄阳，保护文丞相都是他的职责。儿子在那样的环境里，忘记了自己是回纥人的子孙，也义愤填膺地上了战场，是为了抗击不公和元兵对宋朝的杀戮。他做了自己认为该做的事情。

这时，陈玉强也过来了，大家商议一下还是尽快把陈青柳偷偷埋葬了，并传告家人谁也不准走漏风声。

陈玉坚告诉会明，先躲一阵子，待风声过后再走。

青柳被埋葬在素王府后花园的假山石下，待有机会再移到祖坟去，跟他的太祖太爷们长眠在一起。

晚饭后，陈玉坚夫妇约会明和兄弟玉强围坐饮茶。

两个回纥人，一个党项人，一个汉人，四个人围坐到一起，免不了要谈到家国大事。

会明有一腔感慨，他道："宋朝亡矣，自灭之？天灭之？先是辽国，后是金人，这次最为彻底，占领全国，是蒙古人。有宋以来，自太祖起便是'崇文抑武'，到了偏安江南的时候，简直到了'崇文恐武'的程度。以为外敌入侵，可以媾和赔款，家臣一旦反叛，才是最大的危机。当年，唯有岳家军可以抗击金国。皇帝担心岳家军坐大，危及皇位。秦桧看穿了皇帝的心思，不管岳飞有没有反叛之心，因为你已经具有了反叛的力量，就必须除掉。这是何等昏聩？"

陈玉强道："宋亡，乃自亡之。"

会明连连点头。

陈玉强道："我们爷爷就参加过岳家军，破过金国的'拐子马'。后来因为十二道金牌调岳飞回去，岳家军被迫解散，他才回家。"

陈玉坚道："我和父亲还跟着辛弃疾参加起义军，抓过叛徒张安国。"

夫人谷伊勒给大家倒茶，她说道："陈家几代人为辽国、金国和蒙古人做事，维生而已。公平买卖，不做奸细，实是难能可贵。"

会明道："不论是在宋国，还是在夏国。陈氏族人所作所为都是为正义而已，这一点实在令人敬佩。"

夫人谷伊勒道："蒙古人灭了宋朝，可不是以前那些改朝换代，实是中国第一次彻底亡国。"

会明道："蒙古人规定汉人和南人的部队只允许驻扎在长江以南，汉人士兵平时不允许骑马和射箭，平时的武器也是木头制作的，似这等侮辱如何能够忍受。"

陈玉坚道："宋朝国富，天下无比，虽然皇帝昏聩，但汉人顽强不屈，颇具血性。在蒙古人用几年时间横扫欧亚大陆后，独立抗击蒙古人，鏖战数十年。可叹！可敬！"

看看已是夜深，大家分头休息。

隔了几天听说文丞相已被收押到监牢之中。会明便在一天夜里溜出了踏白营，他改名换姓在北方寺庙中挂单隐居，直到老死。

陈玉坚两个儿子青柏和青柳都死于非命，让他每每想起都痛惜不已，忧郁成疾，早于陈玉强而离世。

踏白营和少林寺彻底断绝了联系，再也没有后人到那里习武……

（全文终）

2016年2月19日